DEEPAK CHOPRA

Los Señores de la Luz

Javier Vergara Editor
GRUPO ZETA **Z**

Barcelona / Bogotá / Buenos Aires
Caracas / Madrid / México D. F.
Montevideo / Quito / Santiago de Chile

Título original
LORDS OF LIGHT

Edición Original
St. Martin's Paperbacks

Traducción
Rosa Corgatelli

Diseño de tapa
Raquel Cané

© 1999   Boldergate, Ltd.
© 1999   Ediciones B Argentina s.a.
         Paseo Colón 221 - 6° - Buenos Aires - Argentina

ISBN 950-15-2039-0

Impreso en la Argentina / Printed in Argentine
Depositado de acuerdo a la Ley 11.723

Esta edición se terminó de imprimir en
VERLAP S.A. Comandante Spurr 653
Avellaneda - Prov. de Buenos Aires - Argentina
en el mes de noviembre de 1999.

Agradecimientos

El autor desea agradecer la ayuda y el asesoramiento de Rosemary Edghill, que fue de importancia fundamental en la preparación de este manuscrito para su publicación.

Índice

La noche de Qadr

7 de junio de 1967

—*¿Náhga, Náhga?*

El pastor dejó de gritar. Resultaba inútil combatir el vacío del desierto con una sola voz. Miró el cielo con ojos entrecerrados. El sol pendía hosco, ya demasiado brillante, justo por encima del horizonte dentado donde se iba levantando un remolino oscuro de arena. Solos, a merced de la tormenta, la oveja perdida y el cordero que ésta llevaba en el vientre sin duda morirían. El pastor, que se llamaba Samir, se echó el rifle al hombro. Ya había reunido en el camión el resto de su pequeño rebaño. Dos animales se movían y quejaban. La lana despedía un olor cálido a lanolina y estiércol.

La cara de Samir brillaba de ansiosa transpiración. Perder la oveja que faltaba en su rebaño representaría una gran penuria. Había acampado bajo la sombra de un volcán inactivo que sobresalía de la superficie del desierto. Tal vez la oveja había subido por las faldas en busca de pasto. El pastor se dispuso a ascender tras ella.

El gran desierto sirio es un páramo volcánico tan infernal y yermo que uno tiene la sensación de hallarse ante el enemigo declarado que ha jurado acabar con toda vida humana. Sin embargo, el camino que lleva de Bagdad a Damasco constituyó durante más de veinte siglos una legendaria ruta de comercio. Desde los albores de la historia, las arenas solían tener la fragancia de las especias y la seda. Aquí, en la parte más árida del desierto, ahora hay una extraña paz, porque no queda nada capaz de despertar en alguien deseos de robar.

La noche anterior el cielo estaba tachonado de estrellas como diamantes sobre terciopelo. Suave como la huella de un lobo del desierto, el viento que corría antes del amanecer había dejado de soplar. Atravesaba el silencio el leve gemido de las ondas de Radio Damasco, que emitía canciones *pop* estadounidenses pirateadas junto con una sabrosa mezcla de propaganda gubernamental y ferviente religión. Aquella mañana proclamaba el fin del mundo: la caída de Jerusalén en manos de los israelitas.

En el total vacío del desierto, la guerra en Israel parecía remota. Allí nadie oía el eco de la histeria y la devastación. Un viejo pastor beduino podía dormir junto a sus animales, tan inmóvil como si él mismo fuera una piedra, con su *kafeeyeh* echado encima de la cara para resguardarse del frío.

No había guerra cuando Samir había salido con su rebaño, la semana anterior. Ahora iban cayendo los lugares más sagrados de Jerusalén. Aquella mañana Samir tenía sus propios asuntos que atender. Por hábito nacido del miedo y la cautela, se frotó los ojos y apagó la radio para no distraerse al contar sus animales.

Uno, dos... seis, siete...

Las ovejas que estaban en el camión constituían toda la riqueza que Samir poseía en este mundo, y las atendía con ternura. Entre los beduinos, el trabajo de pastoreo solía dejarse a los niños, las mujeres y los viejos, pero el padre de Samir había muerto el año anterior en la explosión de una mina terrestre, y pronto lo había seguido la esposa del pastor, que murió de parto tres meses después.

—¿*Náhga*?

No podía dejar de llamarla, aunque su voz no surtía efecto alguno contra el silencio. El viento comenzó a soplar en forma constante desde el sur, como la corriente de aire que despide un horno abierto.

En ese momento oyó el aullido.

Samir permaneció inmóvil, escuchando, alerta al peligro. Sabía que estaba despierto, pero el aullido bien podría pertenecer a un sueño, pues sonaba como el lamento de un alma angustiada. ¿Un lobo? Se dispuso a dar media vuelta y dirigirse al camión. Entonces recobró el sentido común. Elevó una plegaria en voz baja. "Dios, protégeme. No existe más dios que Dios", murmuró para sí.

Andando como un autómata, un pie delante del otro, continuó su camino, aún preocupado. Sabía que los *jinns*, los seres sobrenaturales que Dios creara al hacer al hombre y la mujer, habitaban la oscuridad invisible. No eran amigos de los humanos, sino parodias distorsionadas y maliciosas de éstos.

Un mortal no era capaz de ver a los *jinns*, pero él sabía que nada resultaba más tentador que el poder que estos seres ofrecían, ni había pecado mayor que aceptarlo. Rogó que la fe bastara para protegerlo de ellos.

¿Qué querría un *jinn* de un pobre pastor?

Mientras estos extraños miedos le apresaban la mente, Samir silbó y llamó, en la esperanza de que su oveja le respondiera. Comenzaron a acalambrársele las piernas de trepar entre los desechos que cubrían la cuesta. Estaba a punto de volverse, exhaustos los pulmones, cuando por fin oyó el ansioso balido de la oveja. Divisó al animal a poca distancia, cuesta arriba; se hallaba parado ante un grupo de piedras grandes, con —Alá fuera loado— dos corderos gemelos a su lado. Uno era de ese color blanco tan puro, propio de los corderos recién nacidos, y el otro, negro como las tiendas de los antepasados del pastor. A Samir se le hinchó el corazón de gratitud. Los gemelos eran un buen presagio.

Alcanzó a la oveja antes de advertir que lo que había tomado por un grupo de piedras era en realidad un reborde que sobresalía del lecho de roca. En la superficie había una fisura que él no había visto, lo bastante grande como para que cupiera un hombre. Al clavar la vista en la oscuridad, Samir vio el parpadeo del fuego que danzaba encima de las paredes de piedra.

—¿Hola? —gritó—. ¿Hay alguien ahí?

Del interior de la cueva salió un sonido débil. Samir echó un vistazo hacia atrás, a sus animales. Eran los únicos seres vivos en aquel paisaje pero, de algún modo, eso no lo tranquilizó. El viento levantaba la arena en forma de pequeños demonios de polvo, y el pastor hizo la señal del mal de ojo contra el *shaitan* que merodeaba por los espacios desolados. Sería en verdad mala suerte dejar que un hombre solo muriera en un lugar como aquél, si resultaba haber un caminante desamparado dentro de la cueva.

—¿Hay alguien ahí? —preguntó de nuevo, y avanzó un paso. Luego vio algo asombroso: dos huevos de paloma a sus pies, y frente a sus ojos, una telaraña. El corazón le dio un vuelco. Todos los creyentes sabían lo que eso significaba. Cuando el Profeta huía de la Meca, en su fuga a la ciudad santa de Medina, sus enemigos habían intentado perseguirlo y atraparlo. Mahoma se refugió entonces en una cueva; aunque no fuera la misma donde lo visitara Gabriel diez años antes, sí era una igualmente milagrosa. Se echó, exhausto, a pasar la noche. Si a la mañana estaba muerto, tal sería la voluntad divina. Sus enemigos registraron la ladera. Pero, para proteger a Su elegido, Dios puso dos huevos de paloma y una telaraña en la boca de la cueva con el fin de dar la impresión de que no había nadie dentro. A partir de ese milagro quedó asegurado el futuro del islam.

Temblando de emoción, Samir entró. Percibió olor a humo y vio la luz de una fogata. La cueva se abría a un espacio no mucho mayor que la tienda del propio Samir. En el centro ardía un fuego, cuyo lecho de brasas lanzaba destellos de color naranja. Había un joven, de tez olivácea clara, que estaba sentado con las piernas cruzadas junto al fuego, de espaldas a Samir y la entrada de la cueva. Se hallaba totalmente desnudo. El cabello largo y negro le caía sobre los hombros, lustroso y suave.

—*As salaam aleeikom* —saludó Samir al forastero con voz temblorosa.

El joven no respondió. Tendió la mano hacia el fuego con tanta indiferencia como si la metiera en un cesto de dátiles. Los dedos delgados escogieron un carbón y lo retiraron de las llamas. El pastor se quedó helado —demasiado atónito incluso para tomar su rifle— mientras el extraño comenzaba a frotarse los brazos con la brasa ardiente, como si se limpiara con fuego vivo.

Samir dio un paso atrás, aterrado. Al oír el sonido de los pies sobre el suelo, el desconocido se volvió y lo miró.

Sus ojos eran negros como pozos en una noche sin estrellas, y tan fríos...

—Ven aquí. —El desconocido hizo una seña—. Debes de ser un enviado.

La voz era grave y musical; el rostro poseía la belleza clásica que había agraciado los frescos de los templos del Levante durante miles de años. Cuando se puso de pie, el fuego se avivó de manera imposible, elevándose hasta alcanzar la altura de un hombre. El hermoso joven entró en él sin vacilar y permaneció en medio de las llamas.

De nuevo el joven angelical hizo una seña.

—Ven —dijo con una sonrisa, mientras tendía una mano fuera de las llamas—. No tengas miedo. Toma mi mano.

Temblando, el beduino hizo lo que se le indicaba. Oyó que el joven pronunciaba las palabras divinas que él había soñado oír, el cumplimiento de su anhelo de estar con su amada esposa. Qadr —el poder de la verdad de Dios— le recorrió los miembros. La unción de las palabras cayó sobre él: "Un gentil y poderoso mensajero ha venido a ti, honrado por el Señor del Trono." Sumido en la dulce protección de esas palabras, Samir supo que el fuego jamás le haría daño.

En el mismo momento, a cuatro mil ochocientos kilómetros de distancia, unas nubes negras avanzaban desde el valle de Ohio como si fueran árabes furiosos que se precipitaban a través del cielo. Lleva-ban truenos y relámpagos en estrepitosas oleadas, pero el bebé no se sobresaltaba.

—Mira, Ted, qué valiente es —comentó la madre con una sonrisa; tomó a su hijo, de un año de edad, que de algún modo había subido al alféizar para ver la tormenta.

—Eh, Mikey. —El padre palmeó la cabeza del pequeño con aire distraído—. Es un trepador. Supongo que será mejor que quite esa silla de junto a la estufa.

"Así que esta vez me llaman Michael." Las palabras se formaron con claridad en la mente del bebé que miró atrás encima del hombro de la madre, hacia la lluvia. Muchas veces había sido un Michael, según recordaba. Y conocía los caballos árabes, porque un Michael había cabalgado con los francos en la Primera Cruzada.

—*Ga* —barbotó el bebé al tiempo que señalaba el cielo al estallar el siguiente trueno.

¡Qué extraño que pudiera pensar pero no hablar! Imágenes relampagueantes cruzaban la cabeza de Michael. Se veía montando un hermoso corcel negro, de cuerpo compacto pero increíblemente potente, que él había robado en Alepo cuando asaltaron esa fortaleza. Corría el año santo 1000, y él se había arrodillado con lágrimas en los ojos en el río Jordán junto con sus caballeros hermanos. Pero un hechizo oscuro maldijo ese momento. Sintió un terrible remordimiento por los niños que perecieron asados en espetones frente a la mezquita de Alepo. Trataba de no oír los gritos que lanzaban los infieles al ser arrojados a fosos de fuego, y sabía que los otros caballeros lloraban de dicha, sin tener idea de lo que sentía él.

En esa vida había muerto durante el ataque a Jerusalén, escaldado por un recipiente de brea hirviente arrojada desde los antiguos muros. Había tenido suerte de escapar. Su único miedo era volver otra vez como soldado... y el miedo es un imán del alma. Una y otra vez había muerto en armas, hasta que al fin desesperó de que la Tierra no fuera más que un osario, un campo de muerte. Juró no volver a pelear jamás y, pese a las nubes retumbantes que se cernían en el cielo como yunques negros, percibió la tranquilidad de la tierra y la familia que lo rodeaban. Esta vez sería diferente.

—*Ga* —repitió el bebé.

—¿Qué pasa, amor? —preguntó la madre y lo acunó un poco; parecía que el chico estaba a punto de llorar.

Michael miró los grandes ojos castaños de la mujer. Era asombroso cuánto quería a esta madre. Pero otra parte de él no la reconocía, no sentía más que la habitual calma que asiste a un alma en su viaje. Era bien consciente de que no debía verse como un alma. Era un niño en una granja del sur de Illinois. La asignación de almas lo había ubicado allí, entre buena gente. Lo querrían; serían puestos a prueba por abortos naturales, malas cosechas, la depresión del padre tras una ejecución hipotecaria del banco a mediados de la década de los ochenta. Sin embargo, por muchos que fueran los tropiezos, nunca caerían.

La visión de Michael se disipó, el futuro se oscureció. La madre lo sentó en una silla alta y fue a la sala, donde el padre se hallaba de pie ante el televisor.

—Querido —dijo—, ¿qué ocurre?

El padre no desvió la mirada.

—Algo terrible —rezongó—. Que peleen todo lo que quieran, pero yo no iré. —Las imágenes de comandos israelíes que atacaban los altos del Golán titilaban en el televisor mientras la tormenta descargaba sobre la casa.

—Nadie va a pedírtelo, ¿no? —respondió la madre—. Ahora ven antes de que se enfríe la comida.

En la pantalla del televisor explotó una granada, que desparramó escombros por un aterrado campo de refugiados palestinos. Una masa de tanques entraba en Gaza, disparando a algún blanco invisible cercano al horizonte.

El padre apagó el televisor y entró en la cocina. Acercó una silla a la mesa mientras su esposa le servía el plato. Cuando comenzó a bendecir el alimento, se apagaron las luces; el chasquido de un trueno sacudió la vajilla que estaba guardada en los armarios. El bebé oyó ruidos confusos mientras el padre iba a arreglar la caja de fusibles del porche. La madre le acarició un brazo con dedos tranquilizadores.

—No te preocupes —dijo la mujer—. La oscuridad no va a durar mucho.

¿Oscuridad? Michael no comprendía lo que ella quería decir. ¿Acaso no podía ver? Era tan obvio... Alrededor de la habitación, formando un círculo resplandeciente, había una docena de seres de luz. Brillaban con una refulgencia tenue, de un débil tono blanco azulado, y sus cuerpos, aunque transparentes, no eran fantasmales sino tranquilizadoramente presentes. Michael los conocía a todos. Miró a cada uno, y los ojos luminosos de ellos le devolvieron la mirada. Los guardianes estaban con él. Nunca antes habían descendido así, pero ahora lo habían acompañado. Michael se relajó, apenas preocupado por el hecho de que la madre no pudiera verlos.

Por fin, tras haber sufrido el largo viaje de su alma, se hallaba a salvo.

Resonaron alaridos entre las piedras del desierto, gritos que sobresaltaron a la vieja oveja arrancándola de una plácida satisfacción por sus vástagos. El animal alzó la cabeza y bajó con dificultad por la cuesta, pero como no ocurrió nada más que lo alarmara, disminuyó el paso y se detuvo.

Pasó el tiempo. Samir no regresaba. El sol se elevó más alto en el cielo broncíneo.

Había movimiento en la entrada de la cueva. Apareció el joven forastero, la cara velada por un *kafeeyeh*. Ahora vestía las familiares prendas gastadas de un pastor beduino. No llevaba arma alguna, como si no lo necesitara. Bajó corriendo con agilidad la ladera, se detuvo junto a la oveja y tomó uno de los corderos.

—Quieto —susurró—. Sé bueno.

El silencio circundante, apenas perturbado, volvió a sumirse en su callado reposo. El volcán inactivo no despertó; la cúpula del cielo no se agrietó ni cayó. En ese aspecto, al menos, las profecías se habían equivocado. La vieja oveja, sosegada, comenzó a balar pidiendo comida.

—Pronto —dijo el joven.

Se quitó el *kafeeyeh*. De pie en el desierto, con el cordero negro en los brazos, volvió el rostro hacia la luz, y su apariencia era más hermosa todavía. Entonces sonrió, posando para un público hipnotizado al que aún habría de congregar.

Capítulo Uno

Camino a Damasco

Oriente Próximo, primavera de 1999

Era la segunda semana de abril y el clima ya resultaba intolerable, aunque la *Lonely Planet Guide* afirmara con jovial autoridad que allí, en el desierto central de Siria, en primavera la temperatura era templada.

"Templada —reflexionó con acrimonia Michael Aulden— debe de significar entre treinta y dos grados y el infierno." Y todavía haría más calor; él lo sabía por experiencia. Encendió un cigarrillo y se apoyó contra la pared floja de la tienda de campaña. Pasaron a toda prisa dos enfermeras, charlando en árabe. En medio del caos y el ruido le resultaba imposible oírlas; sólo veía el movimiento de sus labios.

—No deberían mandar vacunas aquí; envíenlas a la tienda C —gritó al ver un grupo de mujeres de una tribu, que llevaban velos negros y bebés en brazos. Las enfermeras se apresuraron a echarlas. Otros cuerpos llenaron el espacio que ellas dejaron vacío. Michael echó una mirada alrededor, incapaz de superar el malhumor. Alcanzaba a oír bebés que lloraban y un vago quejido bajo, la música de los ascensores del Hades. El puesto de emergencia se había montado de forma apresurada cerca de lo que en otros tiempos fuera la ciudad romana de Palmira. Trabajaban en él médicos extranjeros enviados en avión por la Organización Mundial de la Salud, profesionales que trataban de brindar alguna semblanza de atención a los miles de refugiados que atravesaban cada año los portones de acero.

El verano anterior, según comentaban todos, había sido el peor de que se tuviera memoria, y Michael recordaba que había sido lo bastante caluroso como para derretir una cantimplora de plástico si se dejaba sobre el capó de un todo terreno durante más de diez minutos. Suponiendo, desde luego, que nadie la robara. Y suponiendo también, ante todo, que hubiera agua limpia que echar dentro, y que los bandidos o terroristas o el ejército invasor de turno no cortaran la carretera Damasco-Alepo, que constituía la línea vital de comunicación con lo que hacía las veces de refugio y orden en esa zona.

Michael había llegado a Oriente Próximo en 1996, como prometedor cirujano, recién licenciado en Estados Unidos, pero enseguida comprobó que allí no había necesidad alguna de cirujanos prometedores. La cirugía, incluso la de tipo no prometedor, era un lujo: la gente amontonada que veía todos los días necesitaba con desesperación comida y agua y antibióticos, no transplantes de corazón. Él hacía por ellos lo que podía, no lo que estaba capacitado para hacer. Sólo los peores traumatismos tenían el privilegio de llegar al quirófano. Ahora hacía ya tres años que estaba allí. Tenía treinta y tres años, pero en ocasiones se sentía del doble de esa edad.

La OMS era una entidad subsidiaria de las Naciones Unidas, con el expreso objetivo de elevar los estándares de salud en todo el mundo. Eso era política. La realidad consistía en introducir una pizca de piedad en un estado de emergencia que se prolongaba desde hacía cincuenta años y amenazaba con mantenerse durante cincuenta más. Los rebeldes kurdos luchaban en Turquía. Los musulmanes chiítas peleaban con musulmanes sunní casi en todas partes (en apariencia sus enfrentamientos procuraban un récord Guinness, ya que duraban desde hacía más de mil años). Sólo Dios sabía qué maldad había en Irak. Y entre ellos —se quejaba Michael para sus adentros— todos los conflictos, de la misma forma que todos los caminos conducen a Roma, derramaban refugiados hacia Siria; las hordas desalojadas avanzaban hacia el oeste y el sur, rumbo a un refugio imaginario. Los rechazaban a miles en cada cruce de frontera, pero aún venían; una vasta marea doliente que ni toda la caridad del mundo era capaz de contener. Pero allí la caridad —personificada en las Naciones Unidas— pasaba de mano en mano tazas de té en la Costa del Infierno.

Michael apagó el cigarrillo y regresó a su trabajo.

—Necesito otro equipo de sutura —pidió—. Controlen cuántas bolsas de suero quedan, y ustedes, los asistentes, den prioridad a los heridos de guerra, si los hay.

Esto último equivalía a una tétrica broma. Tres "conductores de ómnibus" habían llegado a pie, casi hechos pedazos. Alguien, en apariencia impulsado por motivos políticos, había volado un ómnibus. Los pasajeros eran iraquíes que se hallaban en Siria en forma ilegal; el ejército se había limitado a enterrar a los muertos allí mismo, para luego reunir a los sobrevivientes y enviarlos de vuelta en camión al otro lado de la frontera. Los que no estaban muertos ni vivos habían terminado allí: más presión aún para la capacidad del campamento. Michael vendó el cráneo del que estaba menos herido. El joven, que no podía tener más de dieciséis años de edad, lloriqueaba.

—Sólo un segundo —dijo Michael, tratando de tranquilizarlo. Suponía que ese "conductor de ómnibus" debía de ser uno de los terroristas. Esto no lo enojó ni escandalizó; uno adquiría una suerte de aturdida aceptación.

Dentro de la tienda la luz resultaba intensa aun a través de la lona, pero el resplandor que entraba por la solapa abierta era demasiado intenso para denominarlo del sol. La radiación era tan impresionante que de algún modo Michael esperaba que produjera un ruido; un rugido, quizá, como un motor de alta potencia o uno de los ya hace mucho extintos leones del desierto. Parecía imposible que esa luz tuviera tanta fuerza.

"Que los convoyes de provisiones logren llegar —rezó Michael con expresión casi ausente—. Que este año haya agua suficiente."

La plegaria era inútil. Bien sabía que no habría suficiente de nada. Ni para el equipo médico de la OMS ni para la destartalada

23

ciudad de chozas de cartón y refugios rescatados de la basura, que se hallaban diseminados alrededor de las chozas del hospital. Sin el sol blanqueador del desierto, el hedor de los excrementos, la basura y los cuerpos sin lavar resultaría intolerable. Tal como estaban las cosas, el aire olía a desesperanza.

Terminó de vendar la cabeza del joven terrorista; el muchacho se puso en pie de un salto y metió una mano en el bolsillo lateral de sus pantalones. Contra su voluntad, Michael dio un paso atrás, listo para cubrirse la cara. Pero lo que salió del bolsillo no era una granada.

—Gracias —murmuró Michael al tiempo que aceptaba la naranja sucia que le tendía el muchacho con una tímida sonrisa.

El fruto no era lo bastante bueno para proceder de Israel, lo cual hizo que Michael se sintiera vagamente agradecido. No quería pensar que la naranja había sido arrebatada a un cadáver tras una incursión de frontera en el Golán.

"No olvides que fuiste tú quien quiso venir aquí." El recordatorio se había convertido en algo semejante a un mantra; Michael procuraba algún consuelo en la familiaridad de esas palabras.

Tragó saliva y sintió un sabor a arena y sequedad.

—¡El siguiente! —gritó, elevando la voz encima del estrépito que reinaba.

Yousef, el joven árabe que se había encariñado con Michael desde su llegada y que pronto se había vuelto indispensable; pues aunque Michael llevaba mucho tiempo allí no había logrado dominar más que un puñado de palabras en cualquiera de los diversos dialectos árabes que se hablaban en la región, guió a la siguiente paciente al interior de la tienda.

—Dile que suba a la mesa —indicó Michael.

Yousef tradujo, pero no ocurrió nada. El enfermero se encogió de hombros.

Era una mujer de una tribu nómada que iba envuelta en un *chador*, lo cual la convertía en lo que las fuerzas estadounidenses, durante la guerra del Golfo, llamaban OMN: Objetos Móviles Negros. Las únicas partes del cuerpo que Michael veía eran los ojos y la mano que, en presencia de un extraño, sostenía un pliegue de la túnica sobre la parte inferior de la cara; sin embargo, por la forma en que caminaba, se dio cuenta de que la mujer se hallaba en avanzado estado de gestación.

—No voy a lastimarla —dijo Michael mientras le indicaba que fuera hacia la camilla portátil para examinarla, la mujer subió con timidez y recelo—. Muy bien.

La mujer desvió la vista, rehuyendo la mirada del médico.

La familia de la mujer —o eso supuso Michael que eran aquellas personas— entró en tropel en la tienda tras ella. Se trataba de una masa de personas polvorientas, festivas, inquisitivas, a quienes el concepto de espacio personal resultaba dichosamente desconocido. Detrás, la horda que aún aguardaba atención empujaba hacia adelante.

Michael se esforzó por ocultar el cansancio que le enronquecía la voz.

—¡Yousef! Diles que tienen que hacer cola fuera de la tienda.

Oyó que Yousef comenzaba a arengar a las personas en un árabe rápido y estridente. La gente rezongó y arrastró un poco los pies, pero no se movió.

—¡Partera! —gritó Michael.

Una joven sueca uniformada se apresuró a entrar, tras salir de la tienda contigua; el pelo, aclarado por el sol, lo llevaba recogido dentro de un *kafeeyeh*, quién sabe si por concesión a las costumbres locales o por la dificultad de conseguir agua suficiente para lavárselo. Se llamaba Ingrid, pero no era hermosa.

—Ayúdame a examinarla, y después di a Sergei que quizás en unos minutos necesite una radiografía.

Ingrid abrió los ojos como platos, ya que el equipo de rayos X era casi tan notoriamente inestable como el técnico que lo manejaba, pero asintió y fue a buscar guantes y una jeringa. Michael palpó los pliegues del *chador* hasta encontrar la mano de la paciente. Estaba tibia y húmeda; el pulso latía tan rápido como el de un gorrión. Michael esbozó una sonrisa profesional, pero temía lo que pudiera encontrar, los horrores que la desnutrición y la guerra hubieran causado en el niño que estaba por nacer. Su conciencia apenas registró el súbito aumento del ruido que se produjo en el fondo de la tienda.

El repentino chasquido de un disparo rasgó el aire. En el umbral que separaba la tienda médica de la de las provisiones, Ingrid chilló como si fuera la protagonista de una película de serie B.

—¡Abajo! —gritó Michael al tiempo que se daba la vuelta.

Un joven árabe se abrió paso a empujones entre la multitud de parientes. Tenía los ojos ocultos tras unos lentes oscuros y su ropa estaba polvorienta al punto del anonimato, pero el fusil que acababa de disparar hacia el techo de la tienda se hallaba reluciente y bien cuidado. Era un AK-47, el accesorio más popular en Oriente Próximo. El hombre lo bajó y apuntó a Michael mientras gritaba en árabe y blandía el cañón para enfatizar sus palabras.

"Pensé que bastaba con desarmar a los pacientes", pensó Michael con resignación. No tenía miedo. Estaba demasiado cansado para eso.

—*Bhutuhl... ah, Bhutuhl da!* —dijo, recurriendo al poco árabe que sabía—. ¡Basta!

Yousef entró a la carrera.

—¡El doctor le dice que pare! —gritó en inglés, pero fue en vano. Pareció darse cuenta al mismo tiempo que Michael. Detrás del hombre armado, el gentío, que había retrocedido con el primer disparo, ahora se adelantó, en apariencia para ofrecer serviciales consejos a ambos bandos.

Ingrid, que sostenía en la mano un frasco de Valium y una de sus pocas y preciosas jeringas estériles, dio un tímido paso hacia delante. El árabe titubeó, sin saber si ocuparse de la nueva intrusión o proteger a la mujer que probablemente era su esposa. Yousef aprovechó la oportunidad; aferró el cañón del fusil y lo dirigió con un movimiento rápido hacia el techo. Entonces Michael lo arrebató de manos del agresor.

—¿Usted es el marido? ¡Aquí están prohibidas las armas! *Mammoo-a!* —gritó Michael con la mayor severidad de que fue capaz. Entregó el arma a Yousef, que la puso fuera de alcance.

El enfurecido atacante no escuchaba. Avanzó hacia su esposa y la bajó de la mesa de un tirón. Ella se resistió un poco y enseguida cedió. El hombre se volvió hacia Yousef, con la obvia intención de exigir su fusil.

—Dile que lo recuperará cuando se vaya —ordenó Michael—. Relájate, Ingrid; la crisis ya pasó.

El marido escupió una maldición.

—Dice que tiene una bomba —tradujo Yousef con expresión desolada—. Dice que eres un demonio y que su esposa nunca volverá a ser la misma. Creo que quiere pedirte dinero.

—Entonces dile...

—¡Doctor! —Era uno de los enfermeros de la tienda de cirugía; su traje verde estaba salpicado de sangre fresca—. ¡Doctor, lo necesitamos! ¡Ya! —El hombre volvió a salir corriendo, sin esperar respuesta.

Michael corrió tras él mientras se quitaba la chaqueta blanca. No oyó la llegada de la ambulancia. Nunca supo lo que fue de la joven madre lastimosamente necesitada.

Las luces del quirófano emitían un resplandor de tono verdoso sobre la mesa de operaciones y titilaban cada vez que alguien encendía una tostadora en el poblado. Michael se inclinó sobre la paciente, observando sólo el espacio que dejaban al descubierto las sábanas quirúrgicas. El cuerpo parecía muy pequeño sobre la mesa, como el de una muñeca flaca. Hacía una hora que Michael no miraba el reloj. La operación era tan ardua que ni siquiera sentía aquel calor que los ruidosos ventiladores situados junto a sus pies, sólo lograban empeorar.

—Sostén el retractor, ¿quieres?

Una de las enfermeras árabes cristianas tendió la mano y tomó el instrumento. Un montón de esquirlas había destrozado a la paciente, una niñita kurda que se dirigía a la escuela; a un costado el jefe de Michael, un cirujano ruso llamado Nikolai, operaba a la hermana, que había caído sobre la niña de siete años al oír la explosión. En Siria se podía aprender mucho fuera de la escuela.

La cavidad abdominal estaba llena de esponjas, pero casi tan pronto como él ponía una, ésta se empapaba de sangre.

—¿Se mantiene todavía la presión sanguínea? —preguntó Michael. Miró al anestesista egipcio, Umar, el cual meneó la cabeza en gesto de negociación. Estaban llegando a los límites de transfusión—. Bueno, ponle otras dos unidades.

—Yo no he oído eso —dijo Nikolai desde el otro extremo del quirófano.

—Bueno —respondió Michael en tono sombrío. Había reglas estrictas sobre cuánta sangre se permitía usar. Nikolai, un cirujano especialista en tórax era lo bastante bueno como para mantener un ojo puesto en la operación de Michael mientras él se ocupaba de otra. Ninguna de ambas intervenciones era menos que desesperada. Michael miró enojado la última esponja ensangrentada.

—Tengo que ir más allá —murmuró—. La hemorragia se origina en algún punto que no encontramos.

—Ese hígado es un desastre —observó Umar en tono categórico.

Michael hizo caso omiso y hundió más la mano en el arco pelviano... y lo encontró.

—Por Dios —murmuró.

—¿Qué? —Nikolai alzó la vista. Dime.

La mano de Michael había tocado una astilla de metal —tal vez un clavo del interior de la bomba, quizás un fragmento de la parte exterior— y de pronto la sangre bombeaba con fuerza contra sus dedos.

—La aorta abdominal va a estallar —dijo. Umar meneó la cabeza; Nikolai no contestó nada. —Vamos —murmuró Michael. Sus dos primeros dedos encontraron el vaso, que él oprimió. El flujo de sangre paró.

—Nikolai, ven aquí —llamó. El ruso, sin alzar la vista, se limitó a negar con un movimiento de cabeza—. Maldita sea, estoy apretando este punto de hemorragia —gritó Michael—. ¿Qué esperas que haga?

Por primera vez vio la cara de la niña. Umar le había quitado la máscara; era bonita, un querubín dormido, de pelo negro. Michael miró de soslayo a las dos enfermeras, que se apartaban de la mesa.

—Eh, esto no ha terminado —exclamó, enojado—. Denme un poco de hilo y una número cuatro... —De pronto saltó, al sentir una mano en el brazo. Era Nikolai—. Bueno, has venido —dijo Michael—. Toma ese sujetador, ¿de acuerdo?

—Déjala en paz —dijo Nikolai en voz baja.

Michael negó con la cabeza.

—De ninguna manera. Es mi nena.

—Ya no.

Michael oía el pulso latiéndole en el oído. Exhaló, tras darse cuenta de que estaba conteniendo la respiración. Despacio, soltó los dos dedos. Tras un primer hilo de líquido burbujeante, no salió nada. La mano de la niña yacía extendida a un lado de la mesa, blanca como el yeso. Michael soltó otra bocanada de aire y dio un paso atrás.

—Esperen —dijo.

Las enfermeras se disponían a cubrir la cara de la paciente. Michael acomodó la mano junto al cuerpo y la aseguró con el borde de la sábana; luego agachó la cabeza. Era algo natural, aunque nunca lo había hecho antes. ¿Por qué entonces ahora? Su mente no formuló la pregunta, pero al cabo de un momento él alzó la vista y había una forma cerca de su cara. Era como una sombra que nadaba en el aire o una luz trémula de calor que se eleva de una carretera caliente en verano, sólo que más débil y fresca. Si no hubiera abierto los ojos, habría pensado que lo había rozado una suave brisa.

"¡Dios mío, es su alma!" Después Michael no recordaría si de veras había pensado estas palabras o simplemente había sabido, en un fugaz segundo, qué era esa cosa desconocida. Con la misma rapidez con que experimentó la sensación ésta se esfumó. La forma-sombra se tornó aún más clara y se desvaneció.

—¿Doctor? —Las enfermeras parecían inquietas, y Nikolai había vuelto la espalda. Lo único que veían, en apariencia, era a un colega sumido en una contemplación privada, y se sentían incómodos en su esfuerzo por mostrarse respetuosos.

—Muy bien, gente, ya pasó el mal momento. Ocupémonos del próximo paciente.

El personal volvió a la acción. Michael miró hacia atrás; la forma había desaparecido.

Michael salió tambaleante de la tienda de cirugía. Eran las dos de la tarde y en el exterior el aire resultaba tan asfixiante como dentro, pero de repente sintió un ahogo y tuvo que salir. La adrenalina que lo había mantenido en pie comenzaba a disminuir; estaba agotado. Había una sola sala de aseo, que se hallaba al otro lado del complejo, junto a la tienda de obstetricia. Se dirigió allí.

También la hermana de la niñita había muerto. Las otras víctimas, menos heridas por la explosión de la bomba junto al camino, se habían salvado y estaban en las salas de recuperación. Sin notarlo, Michael se frotaba las palmas con un movimiento automático de lavado, pero sus manos, protegidas con guantes quirúrgicos, se encontraban limpias; era el resto de sí mismo lo que se había salpicado de sangre, que momentos antes parecía pender como una niebla fina en la atmósfera de la tienda, húmeda y carente de aire.

—¿Michael? —Nikolai se acercó. El cirujano ruso se había quitado la bata verde y la sostenía por encima de la cabeza para protegerse del sol—. Lamento haberte metido en esto... Deberían haber enviado las ambulancias a un hospital de verdad, en Damasco.

—No te preocupes. —Michael continuó caminando, pues no deseaba hablar, pero Nikolai lo siguió.

—Escucha, en tu hoja de turnos observé que pasaste por alto la última oportunidad de tomarte un permiso, un poco de descanso y relajación.

—Sí. Dejé pasar un par de oportunidades. No hace falta que seas tan diplomático.

—De acuerdo, ¿pero podrías decirme por qué? Es decir, aquí no hay ocasión de promocionarse para obtener el premio Albert Schweitzer. No hacemos más que poner apósitos protectores a una catástrofe, ya lo sabes: aplicar algunas vacunas, rogar que los *hakims* o los curanderos locales no nos maldigan a nuestra espalda. En dieciocho meses se levanta el campamento y nos vamos a otra parte.

Michael había doblado a la izquierda, en dirección a su tienda. Mientras Nikolai hablaba, se dio cuenta de que estaba demasiado cansado para lavarse; antes debía dormir un poco.

—Escucha, Nikolai, tengo la sensación de que hablas desde tu cargo de administrador. No necesito salir de aquí, y cuando así sea te lo diré.

Su tono de voz sonó más áspero que lo que se proponía, pero Nikolai no se perturbó. Asintió con un gesto y se encaminó en la otra dirección, hacia la sala de aseo. Michael oyó que decía por encima del hombro:

—Recuerda que fuiste tú quien quiso venir. —El humor negro iba difundiéndose.

Pero ése era también el modo que tenía su jefe de decirle que, la próxima vez que hablaran, se le ordenaría tomarse un tiempo de vacaciones. Michael llegó a su tienda y al abrir las solapas lo recibió una ráfaga de aire fresco. Un aparato portátil de aire acondicionado, de facturación italiana, su único lujo, mantenía una temperatura soportable en el habitáculo. Se desplomó en el catre de metal del ejército y empezó a dormirse. Todavía lo recorría la energía nerviosa; se dio cuenta de que se encontraba en esa etapa en que la mente demora largo rato en disminuir la actividad y permitirse algo de descanso. El extraño fenómeno que acababa de presenciar en el quirófano intentaba volver a su conciencia. Lo apartó, pues no quería pensar en eso.

Se levantó de un salto y fue al lavabo que estaba situado en un rincón; se echó agua fría en la cara, se pasó los dedos por el pelo castaño, suelto, y se quedó mirando el espejo. Reconoció la cara que le devolvió la mirada; no pertenecía a un extraño, a un gemelo perturbado ni a un hombre tan presionado que envejeciera antes de tiempo. Pero tampoco era una cara que contara su historia. No se apreciaban en ella los cientos de noches pasadas trabajando en la sala de urgencias de un suburbio de Filadelfia, donde cada noche se enfrentaba a una HAF —taquigrafía neutral que mitigaba la realidad de tantas personas heridas por armas de fuego— de catorce años, el pecho desgarrado por balas disparadas por otros chicos de catorce años. Esas heridas simplemente eran absorbidas por el tejido de un cirujano en ejercicio, endureciéndolo y haciéndolo apto para afrontar la realidad. Pero detrás de esa cara había otras cosas que ni el mismo Michael era capaz de distinguir, porque las ocultaba un velo.

Se había fugado. Para cualquiera que lo hubiera conocido en los Estados Unidos, Michael era uno más de tantos residentes ambiciosos, egocéntricos, exigentes —en otras palabras, una copia al carbón de sí mismo—, que cambiarían sus años de servidumbre médica por un peldaño más alto en el escalafón, tras lo cual cobrarían su dinero, se volverían muy buenos en su profesión y dejarían algo a la siguiente generación que esperaba a pie de escalera. De modo que cuando surgió lo de la OMS —nadie sabía siquiera que él había presentado una solicitud— y él rechazó ofertas para comenzar a ejercer, unas cuantas personas se sorprendieron. Al cabo de un mes se olvidaron; después de todo, si él deseaba bajarse en la estación antes de que partiera el tren, era su problema.

Lo extraño era que él mismo no lograba desentrañar sus motivos. No tenía razones oscuras y profundas para correr a un lugar del mundo donde uno tenía el privilegio de que lo odiaran la mayoría de los países a los que ayudaba y lo ignoraran aquellos a los que dejaba atrás. Poco antes de dirigirse a Oriente Próximo había roto con una novia formal, una interna chino-estadounidense cuyos padres habían emigrado de Shangai. Liu se había mostrado muy herida, aduciendo que ambos estaban comprometidos, o casi; Michael, sin embargo, se sentía bastante seguro, desde el primer día, de que la familia de ella la presionaría mucho —incluso en el caso de que los dos llegaran a plantearse en serio el tema del matrimonio— para que no se casara con un extranjero.

No era una relación fracasada lo que lo impulsaba, ni tampoco la muerte reciente de su madre, que había dejado al padre desamparado —y tal vez entregado a la bebida— allá en el Medio Oeste. El verdadero problema, si lo pensaba bien, eran otras cuestiones, montones de asuntos, ideales y dilemas no resueltos... una suerte de patrimonio arqueológico que todos albergan en su interior, pero que pocos excavan. Podría hablarse de un Michael Aulden compuesto de imágenes largamente olvidadas, instantáneas de su alma que él no se proponía revisar nunca. Sin embargo, a veces esas imágenes querían mirarlo a él, elevándose de la oscuridad del pasado: peregrinos del desierto y padres del desierto que solían rondarlo mientras dormía. Milagros tan exóticos y extraños como monótona e inabordable era la llanura siria. Lázaro resguardándose los ojos del sol mientras salía azorado de su tumba. La Cúpula de la Roca, donde el caballo alado de Mahoma dejó la huella de su casco al saltar al paraíso con el Profeta en el lomo. El joven rabino Jesús manteniendo a raya al diablo durante cuarenta días mientras se le prometía el dominio sobre el mundo. (Almas más débiles habrían cedido a cambio de un odre de agua fresca al cabo de cuarenta minutos.) Resultaba asombroso que los coloridos grabados baratos que aparecían en los libros de la escuela dominical se mantuvieran vivos dentro de una persona, pero de niño Michael había quedado profundamente impresionado con esas imágenes. Aún veía a san Juan Bautista cubierto con sus pieles de animales, sobreviviendo en el yermo a base de langostas y miel. Y aunque el niño que recordaba haberse arrodillado junto al río Jordán en la Primera Cruzada permanecía olvidado desde mucho tiempo atrás, envuelto en una bruma de amnesia, estas otras imágenes daban la impresión de seguir atrayéndolo, indicio tras indicio, hacia el misterio de sí mismo.

"En cada pecador hay un santo esperando nacer —le había dicho su abuela católica—, pero en cada santo hay un pecador esperando que Dios no descubra su secreto. De modo que ten cuidado." Era el tipo de enseñanza severa que recitaban muchos niños en las granjas remotas donde se leía la Biblia, no sólo para la redención sino como un manual de supervivencia cuando la sequía quemaba la soja o un virus aniquilaba las gallinas.

Michael había experimentado en buena medida el miedo y la penitencia. Pero, aunque apenas lo recordaba, la fe lo obsesionaba de una manera extraña. Nadie le había hecho tragar a Jesús por la fuerza. Él solo se había abierto paso hacia el desván, para desempolvar los libros desechados por un anterior granjero Aulden que se había arruinado la vida tratando de convertir veinte hectáreas de piedra y madera en campos de trigo. En esos libros, de los viejos tiempos de los fuegos infernales, Michael descubrió aquellas vidas de santos terribles de leer: hombres asados, empalados, desollados, desgarrados por leones, mutilados y crucificados, junto con mujeres tratadas de la misma manera, si antes no se arrancaban los propios ojos o se quitaban la vida arrojándose sobre una espada.

Su fascinación ante toda esa truculencia sagrada lo había vuelto extraño. Durante un par de años, cuando su madre se hallaba muy presionada por haber tenido dos hijos en rápida sucesión, Michael pasaba cada día con su abuela católica, y ella, que no estaba habituada a los niños, aceptaba su rara manera de ser como una de las pocas cosas que sí comprendía. De modo que ambos formaron su propia y pequeña secta, y rezaban largas horas y cantaban himnos mientras la mujer seleccionaba frijoles a la mesa de la cocina. La abuela detestaba el orgullo de los presumidos feligreses que acudían a la iglesia; ésa era su propia forma de orgullo. Michael escuchaba con atención. Al cabo de un tiempo abandonó el ámbito de la anciana y retornó a la escuela y su familia, pero si se escarbaba en él lo bastante hondo, se advertía que su tristeza de toda la vida comenzó allí.

Por fin la medicina había canalizado su sospechoso fervor por Dios en una causa realista... y luego casi le mató el espíritu. La injusticia de la muerte lo golpeó con más dureza que lo que se consideraba saludable. Lo devastaron las dudas sobre sí mismo y los ataques de depresión lo llevaron a permanecer absorto durante horas sentado en una silla, la mente intoxicada de reproches. Su tío, un médico rural veterano que había ejercido la profesión durante cuarenta años y que en las épocas de escasez había sobrevivido ayudando a traer al mundo tanto potrillos y terneros como niños, representó una gran influencia. "Hay dos clases de médicos, Mike. Una clase trata a diez pacientes y salva a nueve. La otra clase también trata a diez pacientes y salva a nueve. Pero cuando mira atrás, sólo consigue recordar al único que perdió. Sé a qué clase pertenezco yo. Antes de que partas a la facultad de Medicina y hagas perder el tiempo a un montón de cadáveres caros, te conviene mirarte a ti mismo."

Michael creyó haberlo hecho, y nunca tuvo oportunidad de volver a plantear el tema. El tío, un fumador de tres paquetes diarios, y orgulloso de ello ("Lo creas o no, cuando yo estudiaba medicina creían que el tabaco podía curar la tuberculosis"), murió de cáncer de pulmón cuando el sobrino aún se hallaba en la facultad. De modo que durante casi diez años Michael se refugió en los estudios médicos, y cuando emergió no había más melancolía, ni santos perseguidos ni niño que soñara con guardianes infundidos de luz alrededor de su cama. Partió al primer año de la Facultad de Medicina con el aspecto de un futuro monje; salió sabiendo que los médicos leen historias clínicas, no biblias. Tal como le comentó una noche un residente exhausto, mientras bebía una taza de café aguado: "Sólo se puede elegir un sacerdocio por vez. No es ninguna vergüenza elegir el que mejor pague."

Michael arrugó la frente al ver su rostro en el espejo. Se echó más agua en la nuca y luego se arrojó en el catre, a ver si esta vez conseguía dormir.

Cuatro horas después volvió en sí, sin darse cuenta de que había estado casi desmayado. Desaparecido el cansancio, se encaminó hacia la sala de aseo. Entre las tiendas de los médicos había un callejón largo y polvoriento. A lo lejos divisó la cinta clara que dibujaba el polvo del camino, que pendía encima del desierto rocoso. El instinto aguzado por los años que había pasado en una zona de guerra no declarada lo llevaron a recorrer con rapidez la lista de posibles visitas. Podía ser el convoy de provisiones, que ya llevaba cuatro días de retraso. No esperaban ninguna otra cosa. Por lo general, la clientela llegaba a pie. Sólo los soldados disponían de camiones.

De forma inconsciente, Michael cuadró los hombros. Por ser el hijo mayor, siempre se había encargado él de mirar bajo la cama para espantar los monstruos. Por instinto, aún aplicaba ese método para alejar los horrores. Para combatirlos. Para establecer su verdadera naturaleza.

Esta vez eran amistosos. Cuando llegó al portón de entrada del complejo, los soldados de las Naciones Unidas estaban levantando la barricada, y Michael vio un gran emblema de la Cruz Roja a los costados y en la parte superior de los camiones, aunque poca fuera la protección que eso podía brindarles. Se volvió, aliviado, mientras se frotaba la nuca y pensaba en un uniforme limpio y quizás en una rara taza de café turco, ahora que las provisiones por fin habían llegado. Los miembros árabes de la misión bebían un té negro y cargado que Michael encontraba imposible de tragar. Jamás imaginó que ansiaría el café instantáneo de las latas de raciones militares, pero lo último que le quedaba se había terminado hacía un mes.

—*Khelee baalak!*

Cuando llegó al borde del complejo principal, la voz de la mujer resonó a sus espaldas, exigiendo en rudo árabe que los obreros tuvieran cuidado.

—No, no, no —decía—. ¡Paren! Pónganlo donde les dije. *Allez*, así está bien. *C'est bon.* ¡Desgraciados! Vamos, no se les va a romper la espalda. Que Ala los acompañe.

Al reconocer la extraña sucesión de lenguas, Michael se volvió. Uno de los conductores, una mujer, se hallaba parada frente al camión principal, con un pie apoyado en el paragolpes, mientras arengaba en jerga de camellero a los hombres que descargaban los camiones y gritaba acusaciones a los refugiados que merodeaban por allí, atentos a una oportunidad de robar las preciosas provisiones. Llevaba un chal blanco que le cubría el pelo rubio y un par de lentes de marca. Salvo eso, iba vestida para una expedición a las minas del rey Salomón, desde las botas de montar cubiertas de polvo hasta la cazadora de color caqui.

—¡Susan! —gritó Michael al tiempo que corría hacia donde se habían detenido los camiones. La mujer lo saludó con la mano, pero no redujo su torrente de invectivas.

Susan McCaffrey era, igual que él, estadounidense. Además era la administradora jefa de los campos de asistencia de todo el Levante. Seis campos de refugiados en dos mil quinientos kilómetros cuadrados de desierto dependían de ella, en carácter de enlace con la sede regional de la OMS en Alejandría, para que les consiguiera las provisiones y los permisos que necesitaban con objeto de hacer lo poco que podían. En aquel lugar, Susan equivalía también a una veterana árabe, pues se hallaba en la región desde hacía mucho más tiempo que Michael y lograba milagros cotidianos de provisión mediante el tacto, la intriga y la flagrante ambigüedad.

Se suponía que Susan debía estar refugiada en su oficina con aire acondicionado, en Damasco.

—¿Qué estás haciendo aquí? —preguntó Michael.

Ella se volvió y se quitó los lentes para echarle una mirada enojada. La expresión le recordó a Michael por qué los árabes se hacían la señal de la cruz contra los extranjeros de ojos azules.

—¿Supongo que preferirías que me quedara en casa? —replicó ella—. ¿Qué sucede? ¿Crees que una rubia no debería conducir un camión con cambio manual?

Se quitó el chal y sacudió el pelo. El cuadrado de seda blanca estaba transparente de sudor. Susan se encogió de hombros y se lo ató al cuello, un insulto a las costumbres de sus anfitriones que indicó a Michael cuán nerviosa se hallaba.

—Deberías haberte quedado, o habernos avisado, o pedido una escolta armada. Esto es demasiado peligroso —la frase resultó inadecuada. Vio que la boca de Susan se dibujaba en una línea furiosa. "Por supuesto que esto es peligroso —parecía decir su expresión, con desdén—. No hay un solo centímetro cuadrado seguro en ninguna parte, y nunca lo hubo. ¿Y qué?"

—No digas que no quieres que esté aquí. —La voz de la mujer era casi un gruñido—. Durante dos semanas sudé para conseguir un permiso para este precioso convoy, y no tengo ninguna intención de verlo disolverse en la nada, como ocurrió con el último.

—¿Dónde está tu egipcio, el que duerme con la Uzi? —Michael advirtió que ella había llegado sin ningún hombre armado, ni siquiera los habituales adolescentes provistos de semiautomáticas que iban sentados en la parte posterior de los camiones.

—Esta vez no pudo venir —respondió Susan en tono casual al tiempo que echaba con una seña a los muchachos itinerantes que trataban de escabullirse en la trasera del convoy—. ¡Les estoy viendo, sabandijas! ¡Salgan de ahí! ¡Ya!

Michael se estaba exasperando.

—No eres tú la que define las reglas, ¿sabes?, ni tomas decisiones unilaterales acerca de cuándo se permite violarlas. Traer este cargamento sin escolta armada va contra el reglamento. Pones todo en riesgo, y sabe Dios que lo último que necesitamos aquí...

—¿Desde cuándo diriges el fuerte, *mon* coronel? —interrumpió Susan con tono acalorado—. ¿Querías estos materiales o no? Y no me culpes a mí si el cargamento es un poco escaso. Corren tiempos difíciles, ya sabes.

Era buena para responder a los desafíos, pero Michael veía algo tras los ojos de ella que lo hizo apartar la mirada.

—Te atacaron en el camino, ¿no? —preguntó Michael. Aunque intentó lo contrario, las palabras sonaron a acusación—: Probablemente mataron a tus guardias, o acaso los desgraciados huyeron y te abandonaron.

Susan se mostró impresionada.

—Digamos que mis hombres consideraron que tenían un conflicto de intereses, y se retiraron antes de tiempo.

—¡Santo Dios! —estalló Michael—. No deberías tomarlo tan a la ligera. Te tendieron una trampa, y lo sabes. ¿Cómo lograste escapar sin desayunar plástico de bombas?

Susan se apartó del camión y esbozó una sonrisa cansada.

—No sabía que te importara tanto.

—¡Susan!

—Está bien, jefe. Fue algo razonablemente amistoso, para tratarse de una emboscada. No querían matar a nadie... Imagino que desde el primer momento no fue más que una acción menor de renegados, nada de lo que fueran a enterarse los peces gordos. Así que entregué un poco de efectivo, una caja de batas de hospital, cien barras de chocolate y un pedazo de polvo blanco que se parecía vagamente a la cocaína... ¿Tu cocinero encargó mucha fécula de maíz, por casualidad? En este momento hay alguien que está haciendo una fiesta con eso.

Michael pensó que actuar con semejante arrogancia en aquel polvorín equivalía a pedir el último deseo, pero debía admitir que Susan salió de la prueba mejor parada que cualquier persona externa al comando armado... y muchos de los de adentro.

"Si tuviste mucho miedo, puedes contármelo", deseaba decir Michael, pero le fue imposible. No era el código propio de ellos. Los dos se parecían demasiado, acarreaban cargas que nadie les había pedido llevar, sólo porque alguien debía hacerlo. Pero ella llevaba una carga mucho mayor que él: era una mujer en el mundo masculino de la asistencia internacional, y desde que la habían asignado a ese puesto lidiaba con los obstáculos adicionales que el islam colocaba en el camino de una mujer occidental. A esas alturas Michael la conocía lo bastante bien para saber con certeza que nada en el mundo la haría retroceder. En cambio, sí había muchas cosas capaces de enojarla, y eso sucedía con frecuencia. La furia de Susan McCaffrey era a la vez espada y escudo en sus batallas diarias, y Michael había aprendido a respetarla.

—No deberías quedarte aquí parada. ¿Quieres venir a la tienda de provisiones? —dijo.

Le ofrecía una especie de tregua de paz, y ambos lo sabían. La exasperación de Michael por los métodos que empleaba Susan había madurado a lo largo del tiempo hasta convertirse en un amor reacio y tentativo.

Susan sonrió.

—Está bien. —Cada una de las tenues arrugas de su cara se profundizaba a causa del polvo blanco del desierto; Susan se limpió la frente—. Vine preparada. Tengo el único café turco torrado que hay en seiscientos kilómetros a la redonda. —Alzó un termo plateado—. Del Grand Hotel sirio, recién preparado: a las cuatro de la mañana de hoy.

—Te amo —declaró Michael con fervor.

Susan rió: un sonido áspero de desinhibido triunfo.

—¿Por qué no me llevas a tu tienda, así te muestro qué más traje?

Michael compartía su tienda con otros miembros de la misión que rotaban en turnos azarosos, pero todos habían encontrado lugares mejores y más alcoholizados donde hallarse a esa hora. Michael tiró con gesto automático de la cadenilla de la única lamparita que colgaba en lo alto. Una luz amarilla y titilante llenó la tienda, prueba del funcionamiento continuo del generador de la misión, provisto por el ejército. Susan desenroscó la tapa del termo y la llenó de café. Al percibir el aroma, a Michael se le hizo agua la boca. Lo bebió a grandes sorbos con la precipitada naturalidad que había aprendido durante su etapa de formación universitaria, indiferente a la temperatura ardiente, y luego tendió la taza pidiendo más. Ella se apresuró a llenarla de nuevo; luego cerró el termo y lo dejó sobre la desvencijada mesa de juego que había en el centro de la tienda.

—Arriesguémonos a la hipotermia, ¿sí? —propuso Susan.

Encendió la unidad de aire acondicionado en su punto máximo, y el aparato comenzó a hacer circular el aire pesado lo mejor que podía.

—Te corresponden un par de días de permiso en la gran ciudad, ¿sabes? —dijo Susan, estudiándole la cara—. Podrías volver con nosotros. Partimos por la mañana.

La mañana, para ella, significaba una hora antes del amanecer, de modo que Michael no podría siquiera cumplir con las primeras rondas.

—Andamos escasos de personal —respondió Michael—. Hoy hice media docena de operaciones.

La cafeína estimulaba una parte de él que ignoraba que se hallara adormecida, lo cual le daba una fuerza ilusoria. Resultaba asombroso que una diminuta molécula pudiera significar la diferencia entre la comodidad y el tormento, como si una taza de café de algún modo dispersara todo el dolor el alma.

—Siempre andan escasos de personal —replicó Susan. Su voz se suavizó—. Michael, no dejo de repetírtelo: No esperes demasiado.

No salvaremos a nadie. Siempre habrá más pobres y hambrientos para destrozarte el corazón... o romperte la espalda.

—Por Dios, ¿qué es lo que piensan todos de mí en este lugar?

—No todos... Yo —contestó ella. Estaba claro que sabía que él intentaba una maniobra evasiva—. Tratas de convertir este trabajo en más de lo que es. ¿Qué más, amor? No hay nada más. El mundo es lo que es, y nosotros desempeñamos nuestro papel hasta que baja el telón. —Sacó de la mano de Michael la taza de café y la dejó sobre la mesa—. Perdón por la metáfora.

Sentó a Michael en el catre. Se arrodilló frente a él y comenzó a desabotonarle la camisa empapada de sudor y salpicada de sangre. Antes de que terminara, él se acostó y se quedó dormido.

El sueño tenía la fuerza apremiante de la realidad, como si hubiera ido desarrollándose junto con él y Michael acabara de integrarlo. Poseía la familiaridad espantosa de un lugar, un sito geográfico al cual viajaba en las horas indefensas de la inconsciencia. Estaba lleno de las llamas, la detonación de bombas que caen, los gemidos estridentes de los incrédulos heridos. Era todas las guerras que había visto en su existencia: viejo metraje de noticiarios cinematográficos y emisiones televisivas de su infancia y fotos en sepia de libros de historia e imágenes de la CNN captadas por encima del hombro en hospitales mientras corría de una crisis a otra.

Era la última guerra que habría jamás: Armagedón, el Apocalipsis, Götterdämmerung, el fin de los tiempos. Estaba mirando la última guerra que el hombre libraría jamás.

Y duraba por siempre.

Michael no le había hablado a nadie de esos sueños, ni siquiera a Susan, a quien le contaba casi todo. En aquel lugar todos tenían pesadillas. Había tanto sufrimiento que hasta los inocentes parecían absorberlo; acechaba en los sueños como una promesa no cumplida, y Michael se habría sentido codicioso y egoísta de haber pedido algo de compasión para sí. Lo peor de todo era que sus sueños parecían una suerte de retorcida profecía, un avance de lo que vendría. Como a un peregrino de antaño, la densa soledad del desierto lo había abrumado de visiones.

Lentamente, a medida que transcurrían los meses, Michael llegó a creer a medias que sus visiones eran algo más que la rebelión de un espíritu presionado. En su mente habían adquirido una suerte de realidad objetiva. El fin de los tiempos era ahora, en cada segundo de su sueño. Y eso era lo que él menos deseaba creer, pues la voz de la visión le prometía que él desempeñaría un papel antes del oscuro final.

El clímax de cada sueño era el mismo.

En el centro de la devastación pendía una espada suspendida en el aire ante él, clavada en una gran piedra negra. Imágenes tortuosas de cruzadas fatales pasaban por su mente como apresuradas hojas de otoño: de una gran cruz de hierro que caía del cielo, de un arma forjada con la sangre de esclavos y mártires, tan poderosa que se convertía en una leyenda, un paradigma del honor y la muerte sagrada. El símbolo se había tornado en aquello que simbolizaba, y la reluciente hoja forjada con los fuegos del sol se convertía en la fuerza misma de la tentación. Le hacía señas: "Quien me empuñe será rey, por encima de los reyes que vengan en lo sucesivo...".

No. Aun en sus sueños, donde aquellos a los que trataba de ayudar se deshacían en cenizas antes de que él lograra tocarlos, Michael se negaba a adjudicarse el papel de guerrero. No sería el brazo de alguna revelación febril. El secreto de continuar vivo radicaba en despertar. Ya. A pesar de sí mismo, Michael comenzó a tender la mano...

Oscuridad.

Se sentó, parpadeó como un búho y prestó atención al sonido que lo había despertado. Tanteó en busca de Susan, sabiendo que era demasiado tarde, que ella se habría ido. Curiosamente, nadie más había regresado a la tienda. El sudor de la noche le cubría la cara con un brillo grasiento, y la sábana delgada y andrajosa se adhería a él como si la hubieran empapado en agua.

Había alguien de pie junto a la tienda.

El extraño no vestía el uniforme del campamento, ni las prendas harapientas de los refugiados que atestaban el lugar. La vestidura de beduino relucía blanca e inmaculada, y su barba oscura estaba cortada con esmero. Sin ella, quizás habría sido demasiado hermoso, pero así tenía el aspecto de un águila del desierto, como si la serena inhumanidad de los páramos hubiera encontrado un rostro viviente.

—¿Quién eres? —preguntó Michael con desconfianza.

El joven se acercó. Su piel, de un tono aceitunado claro, parecía resplandecer, y sus ojos eran insondables, como la negrura detrás de las estrellas.

—Vengo a sanar al mundo de sus pecados —dijo en un perfecto inglés puro y sin acento.

—¿Qué? —preguntó Michael, atónito—. Escucha, si estás enfermo...

—Dios llama a Sus hijos a la batalla —dijo el joven.

Las palabras proféticas se acercaban demasiado al sentido de las visiones de Michael. Bajó las piernas del catre y aferró al hombre por un brazo.

—Creo que tú y Dios habéis venido a la tienda errada —dijo en tono severo.

El mundo estalló en refulgencia.

Michael, echado de espaldas, cegado por la luz, manoteó en busca de un interruptor de luz inexistente y se dio cuenta, atontado, de que alguien le iluminaba los ojos con una linterna. Aun dormía cuando había soñado con el joven profeta.

—¿Qué sucede? —preguntó con voz espesa por el sabor del sueño y el café rancio. El raro final de su pesadilla iba evaporándose de su mente como un espejismo.

—Venga rápido, doctor —apremió Yousef con voz ansiosa—. *Halan!* Enseguida.

Michael se puso los pantalones caqui y una camiseta. Se calzó un par de Air Jordans, sin medias, y tomó su chaqueta blanca. Agarró el estetoscopio mientras seguía a Yousef, al trote, a través de la oscuridad de la madrugada. ¿Qué hora era? ¿Dónde estaban los demás?

Yousef lo llevó hasta la entrada del complejo. Del otro lado de la cerca había una multitud de lugareños, todos observaban algo que había en medio de ellos. Michael saltó la barrera bajo las miradas indiferentes de los guardias, y se abrió paso a codazos entre el gentío.

—¿Van a quedarse ahí parados? —gritaba mientras avanzaba a empujones.

En el centro vio a un hombre, ¿acaso un aldeano local?, que yacía en el suelo. Estaba descalzo y llevaba la cabeza descubierta. Su túnica y sus pantalones se caían a pedazos, como ocurre con los tejidos cuando se han expuesto a una ráfaga de calor y radiación intensos.

—¡Yousef! —gritó Michael—. ¡Necesito una camilla, rápido!

El olor a quemado le llegó a la nariz a pesar de la distancia y le revolvió el estómago. "Que no sean armas nucleares. Que no las haya aquí. Por favor, Dios, si en verdad existes..."

—Yousef, espera. ¡Busca a Ingrid o a alguien! ¡Ya! —gritó—. Que traiga una jeringa de lactato de Ringer y un poco de morfina... y la camilla. —Sin esperar a ver si Yousef obedecía, Michael se arrodilló junto al hombre.

Su cabello había sido negro; aún le quedaban unos cuantos mechones en el cráneo lleno de ampollas supurantes. El resto se le había caído, desvelando manchones amarillentos y sangrantes de cuero cabelludo en carne viva. La mayor parte de la piel expuesta presentaba motas de color negro pardusco, más oscura que su color normal. Michael intentó recurrir a algunas palabras árabes para hacer retroceder a la multitud, pero no le acudían a la mente. ¿Dónde estaba Yousef? ¿Por qué se demoraba tanto?

El desconocido agonizaba. Michael tenía la certeza más allá de toda esperanza. Pero, por el bien de los vivos, necesitaba saber por qué.

—*Ismak ay?* ¿Cómo se llama?

El hombre abrió la boca para responder. Tenía la lengua negra como si hubiera bebido tinta. Michael experimentó una desagradable sensación de alivio, pues sabía que ése no era uno de los síntomas del envenenamiento por radiación. Era otra cosa lo que había matado al forastero.

"Gracias, Dios."

Michael acunó al hombre en sus brazos. Había conservado el instinto de consolar a los agonizantes cuando no había nada más que hacer. La lengua del hombre colgaba de la boca al intentar hablar, y los ojos se le desorbitaron por el esfuerzo. Estaban blancos, como cubiertos de cataratas, pero Michael habría apostado que una hora antes el hombre podía ver. De lo contrario, ¿cómo habría llegado hasta allí? El desconocido comenzó a hablar con voz ronca en árabe, esmerándose en formar las palabras con claridad.

—¿Qué está diciendo? ¿Alguien habla inglés? —preguntó Michael, desesperado.

—Dice que está maldito. —Yousef se arrodilló junto a él al tiempo que ponía una cantimplora de plástico en la mano de Michael—. Todo su pueblo ha sido maldito por el espíritu de la desolación. Sólo queda él.

Con suavidad, Michael echó agua en aquella boca horriblemente ennegrecida. El hombre la lamió con avidez; luego cayó hacia atrás, exhausto. Michael sentía como propios los desesperados esfuerzos que hacía el paciente por respirar.

—Yousef, rápido. Necesito saber exactamente de dónde vino.

Se odiaba por perturbar los últimos momentos del hombre, pero esos síntomas no se parecían a los ninguna enfermedad que Michael reconociera. Si alguna epidemia desconocida había atacado la región, necesitaban saber dónde buscar.

Yousef habló con el viejo en árabe urgente y acelerado. Tuvo que repetir dos veces la pregunta antes de que el hombre se incorporara de nuevo, y cuando respondió, su voz era apenas un susurro. Yousef debió acercarse para oírlo. Luego se enderezó, con expresión vacía.

—De una aldea del Wadi, en Ratqah —explicó, y se encogió de hombros con gesto fatalista, como si no hubiera nada más que decir—. Del otro lado de la frontera —agregó, despacio, al ver que Michael no comprendía.

Se produjo una conmoción ante la llegada de los camilleros, que se abrían paso a empujones entre el gentío.

—Pregúntale... —dijo Michael, pero era demasiado tarde.

—Sintió que el forastero se ponía rígido y luego se aflojaba en sus brazos, el cuerpo insensiblemente más liviano cuando el alma abandonó su morada. Michael lo depositó con delicadeza en el suelo y se puso de pie, para permitir que pasara la camilla.

—Será mejor que quemen el cuerpo —indicó, medio entre dientes. Se volvió hacia Yousef—: Consígueme un todo terreno. Y un mapa; tendrás que mostrarme cómo llegar a ese Wadi.

Yousef inclinó la cabeza. Michael miró hacia el este, donde el viento que se eleva antes del alba ejercía una presión leve y fresca sobre su piel.

Allá había algo.

Algo que quemaba.

—Si vas a donde creo, no puedes —dijo Nikolai cuando Michael salió de su tienda; éste llevaba una mochila llena de suministros médicos en una mano, y el termo vacío en la otra.

Era evidente que alguien se había apresurado a despertar al jefe del puesto; éste no había tenido tiempo para afeitarse, y la media luna oscura que le cubría las mejillas y el mentón le daba un aspecto de pirata. Todavía vestía la bata de baño y calzaba borceguíes con los cordones sin atar... Mucho antes de ser médico, Nikolai había sido soldado del Ejército Rojo.

—Wadi ar Ratqah está en Irak. No tenemos autorización para operar allí —agregó.

—¿Acaso la peste bubónica esperó autorización? —replicó Michael, al tiempo que pasaba junto a Nikolai rumbo a la tienda de provisiones.

—¿Peste? ¿Te refieres al tifus? —preguntó Nikolai en tono preocupado, pues en una región que carecía de medidas sanitarias adecuadas o agua limpia, el tifus constituía una amenaza constante.

Michael, seguido por Nikolai, fue hasta la tienda de provisiones, donde tomó unas latas de raciones y comenzó a llenar su termo.

—Casi desearía que lo fuera —respondió despacio—. Pero no sé de qué murió el hombre... y será mejor que lo averigüe. —Enroscó la tapa del termo lleno de agua caliente y se lo echó al hombro.

—¿Por lo menos sabes adónde vas? ¿O qué encontrarás?

—Gente muy enferma —respondió Michael, que levantó la solapa de la tienda y pasó por debajo, en dirección al parque de vehículos.

—Gente que con toda probabilidad te disparará —señaló Nikolai.

—Si están tan enfermos como ese hombre, lo más probable es que yerren.

Ya antes de llegar donde se estacionaban los vehículos Michael oyó el sonido de los motores del convoy acelerando. Las luces de los camiones que se preparaban para partir proporcionaban al complejo una iluminación fantasmagórica, teatral, como de una extraña noche de estreno. Susan no debía de haberse marchado todavía. A los conductores sirios del convoy les gustaba acelerar los motores como si se tratara de una competición; era un hábito que nadie podía quitarles.

Michael echó un vistazo alrededor, pero no vio a la mujer. Una parte de él deseaba que Susan ya se hubiera ido, aunque era imposible evitar que ella supiera de su aventura. Si no se enteraba de algún otro modo, Nikolai se lo haría saber en su informe diario.

El *jeep* se hallaba listo; Yousef se ubicó en el asiento del conductor y dirigió a Michael una sonrisa desenfadada.

—Sin mí, jamás encontrará el Wadi ar Ratqah, doctor. Y si lo encuentra, necesitará un traductor hábil.

Michael miró de reojo hacia atrás, a Nikolai, y vio que en él no encontraría apoyo para convencer a Yousef de quedarse en el puesto. Además, el asistente tenía toda la razón. Michael cedió a la evidencia; subió al asiento del acompañante y echó la pesada mochila de suministros médicos en la parte trasera. Yousef puso en marcha el motor, que cobró precaria vida con un rugido. Los faros delanteros atravesaron la penumbra de los momentos previos al alba, captando a Nikolai en su resplandor y proyectando una larga sombra negra por encima de la tienda que se alzaba más atrás.

—¡Michael! —Susan corrió hacia ellos, sin aliento, y aferró la puerta del acompañante como si con su mera fuerza de voluntad pudiera evitar que el vehículo avanzara—. ¿Adónde crees que vas, acompañado por Sancho Panza?

Estaba vestida para el largo viaje de regreso a Damasco, ya alerta y con los ojos brillantes pese a la hora, con el chal blanco sobre el pelo y los superfluos lentes oscuros montados en lo alto de la cabeza.

—Creo que hay un brote de algo nuevo. Voy a ir a ver unas aldeas —respondió Michael. No era toda la verdad, pero era cierto.

—¿En Irak? —replicó Susan con tono desconfiado—. Si no, ¿por qué te irías de esta manera clandestina?

Los rumores —reflexionó Michael— eran lo único que viajaba más rápido que la guerra. Se encogió de hombros, desafiándola en silencio. Lo que él hacía era oficialmente responsabilidad de ella, pero ambos sabían que él no le permitiría dictarle lo que debía hacer.

—Espero una respuesta —insistió Susan, cuyos nudillos se pusieron blancos de tanto aferrar la puerta del vehículo.

Michael sintió el súbito aumento de tensión en el aire, como la acumulación de energía del relámpago a punto de estallar.

—Como ya te dije, no eres tú quien establece las normas —replicó Michael con firmeza.

—Ni decido cuándo van a violarse. También dijiste eso. —La voz de Susan era baja y vibrante—. Volverás antes de cruzar la frontera iraquí, ¿de acuerdo? Ya sabes el tipo de asunto desagradable que causaría un paso ilegal. Nos sacarían de aquí a empellones.

Sin darle oportunidad de responder, Susan se volvió y regresó con rapidez a los camiones.

—Vuelve entero —lo despidió Nikolai al tiempo que alzaba una mano en saludo militar—. No tenemos personal suficiente para recomponerte.

—Vamos —dijo Michael.

Salió el sol, un punto caliente y opaco en un cielo encapotado, mientras conducían hacia el este. Como siempre, a Michael le maravilló la absoluta inmensidad del vacío. Se hallaban a menos de una hora de la frontera iraquí, pero el lugar bien podría haber sido la superficie de la luna. Ni una planta, ni un animal, ni una estructura fabricada por manos humanas perturbaba el vacío virgen de huellas.

"Todo su pueblo ha sido maldito por el *jinn* de la desolación..." La cara del hombre que había muerto en el puesto de emergencia llenaba los pensamientos de Michael, inextricablemente confundida con su sueño. No la paz, sino una espada...

No vieron a nadie más en el camino, pese a que se aproximaban a una de las fronteras más peligrosas y, era de presumir, mejor patrulladas de la zona. Hasta el momento Irak había respetado la soberanía siria, pero eso podía cambiar en cualquier momento. Y si así ocurría, lo que ahora era sólo un camino trillado a través del desierto se convertiría en una ruta muy transitada, repleta de tanques y vehículos de transporte de tropas. Michael miraba fijo a la distancia, como si pudiera divisar alguna expresión material de una frontera carente de toda realidad fuera de las mentes de los políticos y los cartógrafos.

El terreno, que había ido ascendiendo poco a poco mientras avanzaban, los llevaba a través de una garganta baja, tras la cual el camino caía en picada. Michael vio que del otro lado de la cima el sendero atravesaba un valle; en la base de uno de los cerros yermos había una aldea.

—Ahí —dijo Yousef al tiempo que detenía el vehículo en lo alto de un promontorio. Señaló, con expresión ceñuda—: Pero quizá no debamos ir.

"Buen intento, pero es probable que hayamos cruzado la frontera hace veinte minutos", pensó Michael. Susan tenía razón: más allá de la arbitraria designación política, si los atrapaban del otro lado de la frontera siria-iraquí casi con seguridad dispararían de inmediato contra Yousef, y entonces el hecho de causar una violación del protocolo internacional de fronteras sería tal vez la menor de las preocupaciones de Michael.

Siempre podía aducir que se habían perdido. Tal vez surtiera efecto y les permitiera partir sólo con una severa reprensión y una escolta que los llevara hasta la frontera. Nunca se sabía.

Michael echó un vistazo hacia la aldea distante, deseando disponer de unos binoculares. Lo primero que advirtió fue que en el aire pesaba el silencio, como un manto grueso y sofocante. Lo segundo fue la luz, de una clase que jamás había visto antes.

A través de un agujero que se abría en la capa de nubes grises, un haz intenso iluminaba la aldea como un rayo solar, salvo que estaba demasiado alto en el cielo como para provenir del sol, apenas una hora después del alba. ¿Y qué clase de luz solar era de un blanco azulado como aquélla, en apariencia tan caliente como una estrella diminuta y al mismo tiempo tan fría como el hielo ártico? La luz parpadeaba débilmente, como al ritmo del latido de un corazón sobrenatural.

—Supongo que no sabes qué es eso —dijo Michael.

Yousef murmuraba algo entre dientes. Se interrumpió, como cortando una plegaria.

—Aquí el desierto es de lo más traicionero. La gente del lugar tiene un dicho: lugares como éste deben dejarse a Dios y el diablo. Ellos deberían tener un lugar en la Tierra donde poder pelear.

"Me pregunto quién de los dos estará ganando en este momento." Michael volvió a mirar la luz. No daba la impresión de brillar necesariamente desde lo alto. También era posible que brillara de abajo hacia arriba, como si en esa lejana aldea de muros de barro, por improbable que pareciera, hubiera una escalera mecánica hacia la otra vida.

—Ven. Cuanto antes bajemos hasta allá y averigüemos de qué murió ese hombre, antes podremos marcharnos —señaló Michael con impaciencia.

Yousef no hizo ademán de poner en marcha el *jeep*.

Michael meneó la cabeza.

—Si no vienes conmigo, iré solo. Ya lo sabes —dijo.

Yousef hizo un gesto de resignación. Respiró hondo.

—*Insh'allah* —murmuró, y puso el motor en marcha.

Había ido con la idea de enfrentarse a una peste. Pero aquello...

No era natural. Olía la muerte en dosis masivas... En el camino, más adelante, había quedado impresa la sombra de un cadáver, pero no había cuerpo alguno. Al atravesar los lindes desiertos de la aldea, Michael sintió un escalofrío de horror, pero no lo exteriorizó; si Yousef veía cuán conmocionado estaba, sin duda huiría.

Wadi significa "río" en árabe, y Wadi ar Ratqah se elevaba cerca de una de las pequeñas corrientes estacionales que salpicaban la región. Aunque menguaba en verano, el agua bastaba para irrigar los cultivos de invierno, y Michael alcanzaba a ver parcelas bien cuidadas de verduras dispersas entre las casas vacías. Reinaba el silencio.

Por doquier el follaje aparecía marchito en su totalidad; las plantas yacían marrones y flácidas contra el suelo. La tierra que las rodeaba relucía oscura, como vidriosa.

"¿Gas venenoso?", se preguntó Michael.

—¡Doctor! —gritó Yousef, al tiempo que hacía una señal.

Junto al camino había un cuerpo... el primero que veían.

—¡Para! —ordenó Michael, y bajó del vehículo mientras éste aún se hallaba en marcha.

El cadáver yacía boca abajo, como si lo hubieran matado en plena huida. Con cautela, Michael le dio la vuelta. Al tocarlo sintió la carne curiosamente blanda, como si bajo la piel los músculos estuvieran semidescompuestos.

Salvo eso, los síntomas eran los mismos que los del hombre que había muerto en el campamento: la boca ennegrecida, los ojos cegados. Como quemado de adentro hacia afuera.

—Parece que hemos venido al lugar indicado —murmuró Michael. Volvió al *jeep* en busca de su bolsa, y se desvió un poco para echar una mirada más de cerca a los huertos marchitos. Lo que al principio había tomado por astillas de vidrio desparramadas en el suelo eran cuerpos relucientes de langostas, que yacían muertas entre los cultivos que habían sido incapaces de devorar. Se dio cuenta de qué otra cosa le había causado extrañeza: no se veían por ninguna parte los animales vagabundos tan comunes en aldeas como aquélla. Ni cabras ni gallinas; ni siquiera los perros y gatos hambrientos que solían encontrarse con frecuencia en la región.

En aquel lugar no había nada vivo. El Ángel Exterminador lo había devastado.

Michael regresó al todo terreno.

—Deberías quedarte aquí —indicó a Yousef—. Debo controlar para ver si hay algún superviviente.

Se proponía librar a Yousef del riesgo de contaminación, pero en apariencia al traductor lo asustaba más la idea de quedarse solo que el hecho de exponerse a algún nuevo agente patógeno potencial. Cuando Michael se alejó, Yousef lo siguió con un rifle colgado del hombro.

Wadi ar Ratqah era una aldea de tamaño considerable para la región, pero el centro quedaba a menos de diez minutos a pie de donde habían dejado el vehículo. La inquietud de Michael aumentó a medida que atravesaban las calles. Las puertas de todas las casas se hallaban abiertas, como si los ocupantes hubieran huido de repente, abandonando todas sus posesiones. No habían dejado ningún rastro tras de sí, ni siquiera sus cuerpos. Del otro lado de la calle, Michael vio que Yousef se asomaba al interior de las viviendas, ahora tan curioso como Michael. ¿Cómo podían haberse ido todos así? Michael vaciló junto al umbral de una puerta mientras Yousef continuaba caminando calle arriba. ¿Le había llegado un sonido desde el interior de la casa? "Si se trata de la peste, algunos habrán muerto en sus camas", pensó.

Entró. La sala del frente olía a ajo y tabaco. Había un televisor que tenía encima una foto en colores chillones de Saddam Hussein, y unos muebles gastados. Unos escalones empinados llevaban a un segundo piso. En el fondo de la casa había una cortina cerrada; ese umbral debía de dar a la cocina, y a algo que hacía las veces del aposento de las mujeres en las viviendas demasiado pobres para disponer de un verdadero *purdah*. Con cautela, Michael apartó la cortina.

La mesa de la cocina se hallaba puesta para la cena, pero nadie había comido. El guiso y el pan se habían enfriado en los recipientes, intactos. Ni siquiera había moscas atraídas por la comida descompuesta. Lo que hubiera ocurrido, fuera lo que fuere, se había desarrollado la tarde anterior, entre las seis y las siete: la hora de la cena, y por eso el único superviviente que logró huir y llegar al campamento tuvo tiempo suficiente para llegar allá a pie a las cuatro de la mañana.

¿Pero de qué huía? ¿Del ántrax? ¿De un gas? La velocidad con que todos habían salido de las viviendas hablaba de algún tipo de supertoxina que el gobierno habría encubierto de inmediato, aunque a Michael le costaba creer que incluso Saddam estuviera tan loco como para probar un arma química tan cerca de la zona que patrullaban los aviones espías aliados. Absorto en sus especulaciones, Michael salió sin mirar... y eso dio ventaja a su atacante.

—¡Aaahhh! —gritó el hombre al tiempo que descargaba todo el peso de su cuerpo contra el lado izquierdo de Michael.

El golpe derribó a Michael y lo dejó sin aliento. Tosiendo polvo, con la garganta cerrada, trató de incorporarse sobre las rodillas, pero el agresor le saltó sobre la espalda y le agarró la cabeza. Se volvió para ver quién era, pero el esfuerzo le hizo perder aún más el equilibrio. Ambos cayeron de costado en el polvo.

—¡Basta! —Michael gritó lo más fuerte posible, en la esperanza de sobresaltar al hombre... Ahora veía que era un aldeano enloquecido. Habría gritado: "¡Soy estadounidense!", pero tuvo el tino de pensar que eso enfurecería aún más a su atacante. Rodaron juntos por el

53

suelo. Michael sentía unos dedos de acero, endurecidos por años de cultivar la tierra, que le aferraban la cara, la boca, la nariz, los ojos.

De repente una mano perdió fuerza. Antes de que lograra reaccionar, Michael advirtió que el hombre había encontrado el cuchillo del ejército que él llevaba sujeto al cinturón. En apenas unos segundos la hoja le cortaría la garganta o se le hundiría en el pecho. Con frenética fuerza echó el hombro hacia atrás, contra las costillas del agresor, y en el mismo instante intentó ponerse en pie.

Tuvo suerte. Con una fuerte exclamación, el hombre quedó sin aliento y cayó hacia atrás. Michael se levantó de golpe, pero estaba demasiado agotado para correr. Se volvió a mirar al aldeano, que había dejado caer el cuchillo en el camino. El hombre tanteaba, a gatas, y entonces Michael reparó en dos cosas: el hombre emitía fuertes sollozos, y no tenía idea de dónde se encontraba el cuchillo, que yacía a un metro escaso de su mano derecha.

Estaba tan ciego como el viajero que había muerto en la estación.

—¡Doctor! —Yousef corría hacia ellos, apuntando el rifle hacia el atacante.

Michael dio un paso adelante y alzó las manos.

—¡No, no ocurre nada! ¡Estoy bien!

Dudoso, Yousef bajó el arma. Al acercarse vio el estado lastimoso que ofrecía el aldeano, el cual ahora, una vez pasado el ataque de locura, yacía silencioso en la tierra, crispándose débilmente.

—¿Puede hacer algo? —suplicó Yousef en voz baja.

Michael negó con un movimiento de cabeza.

—Trataré de ponerlo cómodo.

Volvió al todo terreno a buscar su bolsa. Pasada la lucha, se tornaron evidentes las graves quemaduras que presentaba el hombre, obviamente fatales. Cuando Michael retornó, cinco minutos después, Yousef ya había arrastrado el nuevo cadáver hacia el interior de una casa. Tenía el rostro pálido y paralizado por las emociones reprimidas.

—Hay más gente, doctor. Venga.

Ninguno de los dos habló mientras Yousef lo conducía a través de la plaza de la aldea, que estaba flanqueada por el bazar a un lado y una mezquita al otro. Una fuente semidesmoronada continuaba funcionando en el centro muerto de la aldea. Michael se detuvo a echarse agua en la cara. Cuando alzó la vista, Yousef ya desaparecía en las sombras de la parte exterior de la mezquita. Extrañamente, era el único edificio que daba la impresión de haber sido en verdad bombardeado. Sin embargo, como por milagro, y a pesar de las paredes destrozadas, la cúpula central todavía se mantenía en pie; estaba hecha de una costosa mezcla de bronce y aluminio que la hacía brillar como oro bajo la cruel luz del sol.

Yousef reapareció en el umbral.

—¡Venga, venga! Están esperándole.

"¿Quiénes?" Michael cruzó la plaza con paso vacilante. Su inquietud aumentaba por momentos, y de pronto supo por qué.

Aquél era el lugar que había visto en su sueño. El lugar donde le habían ofrecido la espada llameante. "No seas ridículo." La súbita irritación lo ayudó a disipar la aprensión, y apretó el paso. La entrada de la mezquita estaba cubierta de escombros, cada uno de los pedazos decorado con elaborados motivos y dibujos geométricos árabes, una lluvia de belleza destruida. Mientras avanzaba entre los despojos, Michael bajó la mirada a sus pies y, cuando volvió a alzarla, se hallaba apenas a unos pocos metros de la cámara central, bajo la cúpula. Quedó asombrado ante lo que vio.

Una docena de personas se amontonaba en medio del suelo. Miraban fijo, pero no a él. Sus ojos estaban puestos en lo alto, y sus rostros brillaban en el círculo de luz que entraba por los altos ventanales que rodeaban la base de la cúpula. Pero no era eso lo único sorprendente. Alrededor del pequeño grupo de mujeres, niños y dos viejos que debían de haber formado parte de los *ulama*, el consejo de ancianos de la mezquita, Michael vio bailarines. Eran todos hombres jóvenes que vestían túnicas largas hasta el suelo y los gorros ahusados de los derviches, y ejecutaban sus pasos girando en círculos extáticos, como si ni la menor perturbación hubiera afectado su ritual.

Hipnotizado, Michael contempló a los bailarines que se movían con la gracia sobrenatural de ángeles autómatas, girando sin cesar con devoción alrededor del Trono. Sus babuchas producían ruidos leves y fluidos al deslizarse por el piso de piedra, y luego el silencio fue roto por un canturreo. Los bailarines entonaron una melodía larga y lenta para acompañar su movimiento deslizante; los aldeanos se les unieron.

Michael se sintió increíblemente conmovido.

—¿Qué los salvó? —preguntó a Yousef en un semisusurro, pues no deseaba romper el hechizo.

—La fe.

Michael meneó la cabeza. Creer eso le exigía tener fe en la fe misma, y no la tenía. Miró a Yousef, y notó que había cambiado de una manera sutil. Le resplandecía la cara, y sus palabras no salían de la boca del traductor contratado que lo había llevado allí. Michael sintió que el corazón le latía con fuerza; un pensamiento loco y paranoico le cruzó la mente: "Yousef me ha tendido una trampa".

Pero su mirada volvió a la escena que se desarrollaba frente a él. Los sobrevivientes de la terrible luz mortífera —pues ésa era la única explicación, por muy extraña que resultara, de lo que él había visto— parecían increíblemente apacibles. Una joven madre, sin embargo, se liberó del grupo con paso rápido y vacilante. Sostenía un bebé en los brazos, y lo levantó por encima de la cabeza, como si hiciera una ofrenda. "¿Entrega a su primogénito?", se preguntó Michael de forma inconsciente, y se sintió aturdido. De algún modo debía hallarse en lo cierto, pues el bebé, una niñita envuelta en algodón blanco hilado a mano, seguía elevándose, fuera de los brazos de la madre, en dirección a la cúpula. Su cuerpo se detuvo en medio del aire, a un metro por encima del grupo. Todos la miraban; nadie se movía.

Presa del pánico, Michael supo que debía escapar de aquel lugar. Se volvió y dio unos pasos, a punto de huir, pero sintió que una mano fuerte le agarraba el brazo. Yousef, que lo retenía, meneó la cabeza.

—No tiene por qué sentir miedo. Le esperaban. —Ahora su voz era firme y fuerte; no era la voz de Yousef.

Más que cualquier otra cosa, ese pequeño detalle inquietó a Michael, y un velo de manchas negras comenzó a descender sobre sus ojos, preludio de un desmayo. Se sacudió para liberarse y avanzó

56

tambaleante hacia la puerta. Jadeaba, agitado, y aunque no se desmayó, su visión borrosa lo hacía tropezar con los escombros que se hallaban diseminados.

Yousef se puso frente a él.

—Por favor, señor. Aquí está a salvo. Éste es el único lugar seguro.

Esta vez Michael se detuvo, perplejo.

—¿Cómo puedes llamar "seguro" a este maldito sitio arrasado? —preguntó con voz ronca, pues tenía la garganta reseca de miedo. Antes de que Yousef contestara, un anciano salió de entre las sombras. Tenía una larga barba blanca y vestía una túnica de lana tosca. Michael percibió que recobraba los sentidos y se dio cuenta de que aquél era un santón errante, un viejo sufí. En árabe la palabra "*suf*" significa "lana" y denota a los que usan túnicas austeras, como las marrones, hiladas a mano, que adoptaron los monjes franciscanos en señal de su voto de pobreza. Michael notó que había comenzado a respirar de nuevo y que iba calmándose. Pero no se volvió para quedar otra vez de frente al vestíbulo central.

El viejo sufí lo miró con unos ojos extraordinarios, diferentes a cualesquiera que Michael hubiera visto antes: profundos, plenos, oscuros, pero al mismo tiempo encendidos.

—Él desea hablar con usted —dijo Yousef, ahora casi con timidez.

—Ansío oír lo que tiene que decir. ¿Sabe qué clase de ataque fue éste?

En el mismo instante en que las palabras le salieron de la boca, Michael se dio cuenta de cuán absurdo era su planeamiento. Debido a toda una vida vivida con desprecio por la irracionalidad, en aquel lugar el irracional era él. Después de lo mucho que había visto, aún quería que todo retornara a la locura de una explicación razonable.

Como Michael dejó de hablar, el santón sonrió y habló en árabe.

—Dice que él le conoce —tradujo Yousef al cabo de un momento.

—No creo —replicó Michael—. Dile...

El anciano lo interrumpió con un gesto impaciente.

—El fin es la naturaleza de todo lo imperfecto. Sólo Dios es eterno —tradujo Yousef. Sonrió, como si los dos compartieran una broma privada.

"Él quiere que usted sepa algo: uno no puede hacer que un río vaya a donde uno quiere. El río lo lleva allá donde quiere él.

—Magnífico. —La preocupación y la falta de sueño se combinaban para agriar el carácter de Michael.

—Dice que hay una razón para las cosas que debe ver aquí, motivo por el cual se le ha traído aquí. No debe temer tener fe. Debe reconciliarse con la creencia. —Yousef dijo todo esto sin que el sufí pronunciara una palabra.

—¿Ahora lees las mentes? —replicó Michael.

Trató de pasar junto a los dos hombres, pues sentía una nueva ansiedad acerca del peligro en que probablemente se hallaban aún. Pero el anciano se arrodilló frente a él, barrió unos escombros con la mano y con un dedo trazó un signo en el polvo. Michael lo miró: era el número treinta y seis.

Como si hubiera ejecutado una seria tarea, el santón se puso de pie y dio media vuelta. Lo último que Michael vio de él, por encima del hombro, fue la figura del sufí que volvía a sumirse en las sombras.

—Ven —dijo Michael—. Nos vamos.

Las casas desiertas parecían burlarse de él mientras avanzaban a paso rápido. No comprendía lo que acababa de suceder, y no le gustaba esa sensación. Michael echó la bolsa de suministros médicos en el asiento de atrás del *jeep* con tanta fuerza que los preciosos frascos de penicilina y morfina entrechocaron; luego subió al siento del conductor. Yousef llegó corriendo.

—Se encuentra enojado, doctor Aulden —dijo el traductor—. Por favor, ¿qué está pensando?

"Estoy pensando que llamaría a un equipo de inspección de las Naciones Unidas para que examinara este lugar, si existiera algún modo de poder admitir que estuve aquí."

—Si vienes, sube —contestó en tono cortante. Aceleró el motor. Por un momento el joven forastero al que había visto en el sueño y el anciano de la mezquita se convirtieron en la misma persona—. Y no me gusta que nadie piense que mi alma está en alquiler. Quienquiera que sea.

En cuanto Yousef subió al vehículo, sin decir nada, Michael decidió atravesar la aldea y dar un gran rodeo para volver al camino. Tal vez en el trayecto encontrara una explicación a todo aquello. Estaba atrapado en su enojo, cerrado al mundo del mismo modo como siempre lo había hecho su padre, utilizando su furia para elevar muros del todo infranqueables. Se hallaba tan sumido en sus sentimientos que no oyó los aviones hasta que Yousef le tiró de la manga.

—¡Señor, escuche!

Era el zumbido que habían vuelto familiar cien viejas películas de guerra, ahora irreal en su intrusión en el mundo real. Michael divisó una línea de pequeñas nubes de polvo a través del camino, más adelante, antes de entender que estaba oyendo el repiqueteo sordo de una ametralladora.

De pronto había un avión de caza encima de ellos ametrallando el camino. Su sombra pasó por encima, y el sonido que producían sus armas era como el rasgón de un paño. Unas descargas de armas de fuego y proyectiles incendiarios se mezclaban con las balas, dibujando rayas y capullos de llamas dondequiera que dieran.

Michael dio un golpe brusco de volante e hizo girar el todo terreno al otro lado de regreso a la aldea.

—¡Salta! —gritó.

Yousef se arrojó del vehículo y rodó de costado. Michael vaciló; quería desviarse del curso que seguía el avión, pues sabía que, aunque por el momento había cesado el fuego, éste empezaría de nuevo en pocos segundos. Pisó a fondo el acelerador y saltó, todo en un solo movimiento torpe y falto de práctica.

El impacto contra el suelo le dolió, y por un instante su conciencia se concentró en eso. Después reparó de nuevo en el sonido del vehículo, seguido por los disparos mientras el avión de guerra hacía una segunda pasada. Las descargas de ametralladora parecían sacudir la tierra como pasos pesados. Se oyó un sonido metálico y chocante cuando las balas dieron contra el todo terreno, seguido por el silbido de una descarga de balas trazadoras y el súbito y aterrador estrépito de una explosión. Un calor por entero diferente al calor del desierto le recorrió la piel con engañosa suavidad.

"Corre, maldición." Michael se puso de pie, tambaleante, y se obligó a correr hacia el edificio más cercano. Era una choza de campaña hecha de barro, que se hallaba a veinte metros de distancia. Yousef estaba de pie en el umbral y contemplaba algo que Michael no podía ver, mientras hacía gestos frenéticos.

Michael oyó alrededor un golpeteo semejante al que produce la lluvia y su mente como si surgiera de la distancia, le dio la explicación: eran restos de la explosión del *jeep*, impulsados al cielo por la fuerza del estallido, que caían de vuelta a la tierra. Un pedazo de metal caliente le propinó en el hombro un golpe centelleante, y el dolor inesperado lo hizo tropezar y caer de nuevo de bruces en el polvo. En la caída se mordió la lengua, y la injusticia de ese pequeño percance le llenó la mente de furia.

—¡Levántese, doctor! —Yousef había corrido a alzarlo, creyéndolo seriamente herido.

—No, estoy bien. ¡Corre! ¡Busca refugio!

Para ese momento estaba de nuevo en pie y corriendo, pero el avión ya retornaba. Por primera vez Michael tuvo la certeza de que iban a apuntarle a él. Con un empujón salvaje echó a Yousef a una zanja del costado del camino y saltó tras él. Aterrizaron en un agua lodosa rodeada de cañas, pero aquello no les brindaba verdadera protección. Yousef y Michael yacían expuestos, uno junto al otro. Michael sabía que estaba a punto de morir.

Una sombra fresca cubrió su cuerpo. Michael rodó sobre la espalda, miró hacia arriba y vio al anciano sufí de la mezquita, de pie a su lado. Parecía muy tranquilo.

—Por el amor de Dios, agáchese —susurró Michael, espantado. Cuando terminó de hablar, la línea de balas los había alcanzado.

Los había alcanzado y pasado por encima como si Michael y el anciano ocuparan alguna otra realidad en la que no había aviones de guerra. Estupefacto, Michael continuaba echado de espaldas. Sintió calor bajo el cuerpo: la humedad tibia de la sangre fresca. Tal vez estaba muerto; tal vez aquello era lo único real que estaba sucediendo. Vio que el sufí se arrodillaba para tocar a Yousef, que no se movía. Entonces Michael supo que la sangre era de Yousef.

—Váyase, déjeme atenderlo —dijo.

El viejo sufí negó con la cabeza. Con un solo vistazo al cadáver atravesado por las balas, Michael supo que el joven traductor había muerto. Pero no tenía tiempo para emitir un juicio. Un estruendo diez veces mayor que todos los anteriores estremeció el suelo. Por encima del hombro del sufí, Michael vio que la aldea comenzaba a estallar, de cinco en cinco edificios. El denso rugido de los bombarderos llenaba el cielo.

Con la mente oscurecida de pánico, Michael corrió. Podía alcanzar la choza de campaña en menos de un minuto si corría a la desesperada, y eso era lo único que tenía en la cabeza. Nuevas explosiones se produjeron tras él, al parecer cada vez más cerca. Michael no se oía gritar por encima del ruido ensordecedor, pero un relámpago de dolor ardiente le subió por la pierna antes de que perdiera el conocimiento en medio del camino.

Despertó donde cayó. Una bruma oscura se disipó de su vista, y vio que el sol brillaba a través de una hendidura en las nubes. El sonido de los aviones había desaparecido. Michael se esforzó por sentarse.

—Vinieron a por ti —dijo una voz, cerca.

Michael volvió la cabeza, mientras hacía una mueca de dolor. Era el viejo sufí, que se hallaba de pie cerca del lugar donde había caído Yousef. Clara sangre arterial goteaba por el costado de la zanja en rayas chillonas, y Michael olió la sangre derramada con el instinto de un cirujano experimentado.

Todo parecía claro, diáfano. Los restos de adrenalina tornaban intensos todos los colores. Michael se imaginó capaz de oír el momento exacto en que el corazón de Yousef dejó de latir.

—Deliras. No te muevas.

Michael tardó un momento en darse cuenta de que el sufí le hablaba en inglés, un inglés tan impecable y carente de acento como el de Yousef.

—Yousef sabía lo que sucedería si elegía venir aquí —dijo el santón.

—¿Y ahora decides hablar inglés? —preguntó Michael.

Trató de ponerse en pie pero se desplomó al instante y gritó. Tenía quebrada la pierna derecha y toda la parte inferior de su pantalón aparecía teñía de color rojo.

—Debes mantenerte a salvo. Te necesitan. He venido a ti porque ahora, contra todo lo acostumbrado, lo sagrado debe ser visto... Él no nos deja opción. —El anciano se le había acercado y casi le susurraba al oído. Michael se volvió y clavó la vista en sus ojos.

—Voy a levantarte. Recuerda: en la soledad sólo hay miedo.

—No, no intente levantarme —protestó Michael, que se debilitaba por el dolor y la pérdida de sangre—. Soy médico. Usted debe hacer lo que yo le diga.

El santón hizo caso omiso de las palabras de Michael.

—Lo que ha estado separado debe unirse. El que no busque no encontrará.

—Mire... —dijo Michael febrilmente, pero el anciano tiraba de él para levantarlo.

Pese al dolor, logró resistir mientras el sufí lo alzaba de un costado y se lo apoyaba en un hombro para arrastrarlo hasta la choza de campaña, que de forma misteriosa aún permanecía en pie. Michael pensó que la pierna izquierda le causaría tal dolor que se desmayaría, pero descubrió que, al arrastrarla apenas y dejarse llevar por el santón, se mantenía consciente.

Se apartaron del camino hasta una estrecha senda de tierra que lo atravesaba. De pronto a Michael se le ocurrió algo.

—Minas —dijo con voz débil—. Esta parte podría estar minada. Tenga cuidado.

—Lo tengo. —La expresión del sufí era como la de un padre al que se advierte tener cuidado en un juego de guerra infantil. Michael lo vio agacharse un poco y tantear el sendero con la sandalia. Se reveló la forma roma de un disparador; la mina terrestre se hallaba en el centro del sendero.

—¿A esto te refieres? —preguntó el sufí.

Michael estaba por responder que sí con un gesto cuando el anciano plantó el pie firmemente sobre el disparador de la mina con un movimiento fuerte. Michael se preparó para la detonación, aunque no podría haber reaccionado con la suficiente rapidez... y oyó reír al viejo. Continuaron la lenta marcha hacia la choza desierta.

Entonces debió desmayarse, porque lo siguiente que recordaba era que estaba acostado de espaldas sobre una rústica mesa de madera, elemento que formaba parte de los equipos de trillar que alcanzaba a ver a su alrededor. El sufí lo miraba con paciencia.

—Mi pierna... ¿está muy herida? —preguntó Michael.

Ahora el dolor era más agudo, y cuando movió con cuidado la pantorrilla sintió el tirón del hueso protuberante. Era el tipo de herida que podía matar si no se la trataba, y dejarlo tullido a menos que regresara al campamento en pocas horas.

El sufí posó con curiosidad la mirada en la herida.

—No está tan mal —murmuró—. Te sorprenderá. —Se envolvió la mano en un pliegue de su túnica—. Quédate quieto.

—Michael sintió un apretón cálido alrededor de la pantorrilla, listo a desmayarse por el dolor intenso... que nunca llegó. Tras unos segundos el puño se aflojó y el santón levantó de nuevo la mano con una expresión que parecía decir: "¿Ves? No tengo nada en la manga." Sin mirar, Michael supo que el hueso estaba completamente curado.

—¿Qué hizo? —preguntó.

Antes de que lograra sentarse, el sufí le dio un suave empujón en el pecho. Michael, atontado, se recostó con un débil quejido. Poco a poco comenzó a darse cuenta de que todavía se hallaba en un grave apuro: débil a causa de la pérdida de sangre, solo, sin medio de transporte, en algún lugar del lado iraquí de la frontera, y sin la menor idea de cómo iba a regresar al campamento.

—Cuídate, y recuerda —le dijo el sufí, muy cerca del oído.

Michael oyó una voz débil, acaso la suya propia, que decía:

—Que Dios te acompañe.

Luego una mano áspera le cubrió los ojos, y Michael durmió.

Capítulo Dos

El buen samaritano

Michael caminaba desde hacía dos horas, según sus cálculos. El reloj había sido víctima del bombardeo, de modo que no podía tener la certeza, pero las nubes se habían evaporado y el sol colgaba suspendido en un cielo impecable.

"La primavera en el desierto sirio es una estación templada", citó Michael para sí en tono burlón. El aire soplaba a cuarenta y cinco centímetros del suelo, un río reluciente y caluroso como un horno. Michael ya tenía la piel cubierta de la sal de su sudor. Se había atado la camisa alrededor de la cabeza, pero la prenda le ofrecía muy poca protección frente al calor abrasador.

Sabía que debería haber esperado hasta que oscureciera para emprender su viaje, pero temía que, de permanecer en la aldea, ocurriera algo peor, por muy difícil de imaginar que eso resultara. La mayor parte de Wadi ar Ratqah había estallado en llamas a causa de las bombas incendiarias, y el fuego devoraba todo salvo el barro y la piedra.

"Debes mantenerte a salvo... Te necesitan." Las palabras del anciano le latían en el cerebro. Aun en el recuerdo sentía la fuerza de la santidad que irradiaba el imán de túnica blanca; una bondad exigente. Había desafiado a Michael a unirse a la batalla pronosticada en sus sueños desasosegados, la guerra de opuestos en la cual una dicha intransigente arrojaba el guante a una desesperanza incondicional.

En ellos un pilar de fuego lo retaba a conducirla. Michael alzó la vista y, a sus ojos, era un pilar de fuego lo que se alzaba en algún punto cercano al horizonte. Yousef había dicho que allí era donde peleaban Dios y el diablo. ¿Acaso Dios había estado en Wadi ar Ratqah? ¿Un ángel había preservado a esas personas a las que Michael había visto en la mezquita y evitado que él fuera aniquilado por el mismo ataque en que había perdido la vida Yousef? ¿Por qué él merecía salvarse?

"No eres ningún candidato a la santidad", se dijo Michael. Respiró hondo; se sentía aturdido. El aire del desierto le resecaba desde la garganta hasta los pulmones. Se hizo sombra sobre los ojos. El pilar de fuego aún continuaba allí, y el penacho brillante, visible aun a pleno sol, se acercaba.

"Por la picazón de mis pulgares, algo siniestro viene hacia aquí."*

Michael echó un vistazo alrededor, como si a los quince segundos de partir no hubiera aún visto todo lo que había para ver. Aunque presentaba cierta pendiente, el paisaje era llano y estaba cubierto de pequeñas piedras. No había ningún sitio donde esconderse, si ello le hubiera servido de algo. De todos modos, no podría sobrevivir mucho más en aquel lugar.

Pero cuando el penacho se acercó veloz y directo hacia él, Michael vio que no se trataba de fuego, y aún le quedaba bastante claridad mental para estremecerse ante lo que en verdad era: polvo del camino; y no provenía de un *jeep* ni de ninguno de los ubicuos camiones con techo de lona, sino, por increíble que pareciera, de una reluciente limusina negra.

El vehículo aminoró la marcha al acercarse a él, y luego se detuvo en medio de una nube ondulante. El vidrio de una de las ventanillas

---

* *Macbeth*, IV acto, primera escena. (*N. de la T.*)

posteriores descendió con un suave zumbido eléctrico. Se asomó un hombre. Tenía el pelo teñido de rubio y estaba inmaculadamente afeitado; llevaba una cazadora de color caqui y una cámara fotográfica, cuya correa le colgaba del hombro. Cuando habló, lo hizo con un refinado acento británico que se había originado en algún punto de la región central de Inglaterra y se había abierto paso hacia el sur, a Londres.

—¿Perdido, amigo? —preguntó el desconocido, como si pudiera existir algún otro motivo para que Michael se encontrara allí—. Hace un poco de calor para salir a pasear.

—Debería haberlo calculado —respondió Michael, con la boca seca e hinchada de sed.

—Suba, entonces —indicó el hombre, que subió el vidrio de la ventanilla y abrió la puerta de la limusina—. Lo llevaremos sano y salvo a donde sea que se dirija.

En el interior de la limusina había aire acondicionado, puesto a una temperatura ártica, y reinaba una oscuridad cegadora tras la luminosidad del desierto. Michael se sentó agradecido y comenzó a desatarse la camisa con que se había envuelto la cabeza. Su salvador se inclinó hacia delante y dio unos golpecitos en el tabique que los separaba del conductor. Volvieron a ponerse en marcha.

—Hermoso animal —comentó el anfitrión en tono feliz al tiempo que se reclinaba en el asiento—. Era de un jeque local del petróleo y estaba blindado como un maldito tanque. No, mejor que eso; los tanques no vienen con aire acondicionado y bar. —Abrió la pequeña heladera y ofreció a Michael una botella de agua—. Nigel Stricker, mucho gusto —agregó—. Miembro temporalmente consentido del cuarto poder, en busca de una noticia. —Indicó el grupo de cámaras de 35 mm que había en el asiento, a su lado—. ¿Y usted?

Michael desenroscó la tapa y bebió, con cuidado de no tomar de golpe todo el contenido de la botella. El agua helada le causó la sensación de revestirle de plata la garganta; casi pensó que podía emborracharlo.

—Michael Aulden. Médico yanqui temporalmente perdido. ¿Por casualidad sabe usted dónde estamos?

Nigel se encogió de hombros con gesto teatral.

—Del lado errado de una situación espinosa. Así que supongo que usted es de la OMS, ¿sí? Pero anda bastante lejos de su lugar. —El inglés esbozó una sonrisa torcida y miró con expresión contemplativa por la ventanilla lateral, de vidrio ahumado.

—Mi *jeep* explotó —dijo Michael, sin más explicación—. Mire, a un par de kilómetros de Palmira hay un puesto de emergencia. ¿Cree que podrá llegar allí?

Nigel tendió las manos en un gesto de disculpa.

—Lo haría si pudiera, amigo, pero por el momento voy a ver al mago. Y a mi jefe no le gustaría que me perdiera la que podría ser la noticia del milenio. Pero por lo menos puedo dejarlo en mi hotel, en Damasco. ¿Le sirve?

—Sería magnífico —respondió Michael con un suspiro de alivio. Después de todo, no se hallaba cara a cara con el desastre, aunque la pérdida del todo terreno y los suministros le dolía. Vería a Susan en el Grand, y tal vez ella pudiera arreglar las cosas.

—¿Y cuál es su noticia, señor Stricker?

El periodista gráfico alzó una mano.

—Por favor, tutéame. Los amigos que tengo me llaman Nigel. Y yo te llamaré Michael, como el capitán de los ejércitos de Dios. En cuanto a nuestro destino, parece ser que las arenas sagradas han dado un nuevo profeta...

Michael se echó atrás en el asiento, exhausto, mientras el hombre parloteaba. Se preguntaba qué clase de periodista no repararía en la pernera ensangrentada de su pantalón o siquiera preguntaría por qué había explotado el vehículo . Pero ahora tenía la respuesta: un periodista en busca de la noticia del milenio.

El pequeño pueblo estaba cerca del mar de Galilea, que pese a su nombre era más bien un gran lago, así como una importante fuente de agua potable. La frontera israelí se hallaba a pocos kilómetros de distancia, pero mientras que Galilea y Nazaret eran populares puntos turísticos, exuberantes y pintorescos, el paisaje a través del cual viajaban Nigel y Michael era la misma extensión yerma y pobre de tierras áridas que caracterizaba a los territorios ocupados.

Sin embargo, directo hacia adelante, estaba lleno de gente: doscientas, trescientas personas. Tal vez más. La multitud bloqueaba el camino, tornando cada vez más lento el avance de la limusina. Su destino, hasta donde se alcanzaba a ver, era un olivar que se evelaba en lo alto de un cerro, al borde de alguna aldea cercana. Había ya casi cien personas arracimadas al pie del cerro, mirando ladera arriba con la expectación escrita en las caras.

A ojos de Michael, la muchedumbre ofrecía el aspecto desasosegado de los refugiados, pero muchos iban demasiado limpios y bien vestidos para serlo. Vistosas prendas deportivas al estilo occidental se entremezclaban con los atuendos tradicionales, y había una cantidad sorprendente de automóviles dispersos por el lugar, junto a un notable número de omnibuses estacionados al azar junto al camino. Cualquiera que fuera el acontecimiento que había convocado allí al gentío, tenía cierto aire festivo, y a Michael no le sorprendió ver que la muchedumbre había atraído la inevitable presencia de vendedores ambulantes de *falafel* y limonada, que intensificaban la atmósfera de carnaval con sus gritos estridentes. El parloteo de tantas personas era tan potente que traspasaba el habitáculo hermético de la limusina.

Nigel golpeó el tabique de vidrio.

—¿Amir? ¿Se supone que éste es el lugar?

El tabique se abrió. El conductor era un joven lugareño, cuya piel aceitunada se hallaba profundamente marcada con cicatrices de acné. Podría haber sido griego o turco o egipcio, miembro de cualquiera de las diferentes razas que se cocían a fuego lento en ese crisol de la guerra.

—Si estamos aquí, estoy seguro de que lo es, señor —respondió Amir, prudente, en inglés con fuerte acento.

Algo extraño en aquella muchedumbre, advirtió Michael, era la gran cantidad de enfermos y heridos que se mezclaban entre ella. En las cercanías divisó media docena que avanzaban con muletas; otros llevaban la cara vendada o les faltaba algún miembro. Nigel siguió su mirada.

—Pobres tipos. La superstición no morirá nunca. Se quedarán a esperar que los toque un nuevo mesías medio loco, en lugar de acudir a un médico de verdad. Pero eso no es ninguna novedad para ti, ¿eh? —Volvió a golpear el tabique, esta vez más fuerte—. ¿Por qué nos hemos detenido, Amir? Maldición, tengo que llegar más cerca.

—¿Qué puedo hacer, señor? —protestó Amir, que obviamente se negaba a abrirse paso entre el gentío.

—Por el amor de Dios, hombre, ellos se apartarán —protestó Nigel—. Sigue.

El auto comenzó a avanzar centímetro a centímetro, y se abrió el mar de gente que los rodeaba, no sin golpear el capó con los puños y echar miradas furibundas a las ventanillas ahumadas.

—Así está mejor —dijo Nigel, que se puso a hurgar en su equipo—. Una vez que empiece el espectáculo, necesitamos un maldito asiento en la primera fila, o de nada servirá haber venido, ¿no?

—Todavía no me has dicho cuál es la noticia, ¿recuerdas? —apremió Michael.

—Correcto. Bueno, en esta instancia ver es mejor que creer, pero ahí va: Toda esta gente corre hacia ese cerro de enfrente, en cuya cima está sentado el mesías medio loco que acabo de mencionar, y no es probable que estos tipos almuercen hasta que él produzca algún milagro creíble... o soporte las consecuencias si no lo hace. Tales consecuencia, si incluyen apedrear o arrancar miembros, constituirían una noticia mejor que la que hemos venido a presenciar, o no, como podría ser el caso.

Michael agregó unos cuantos rumores que había oído en el campamento de la OMS e interpretó este despliegue de pretenciosa verborrea de la siguiente manera: durante las dos últimas semanas habían llegado del desierto rumores sobre un hombre santo que tenía el poder de curar a los enfermos y resucitar a los muertos. De manera inusual para aquella parte del mundo, no afirmaba tener vínculos con ninguna religión establecida. Por lo menos no lo había hecho hasta el momento.

—El auto no puede avanzar más, señor —anunció Amir, como si el hecho no tuviera nada que ver con él.

—Malditos domingueros... Supongo que el mundo nunca lo ha visto —gruñó Nigel—. Mira, Michael, ¿no quieres quedarte en el auto? Amir puede mantener el motor en marcha para que siga funcionando el aire acondicionado.

—No —respondió Michael con lentitud—. Si es verdad que este tipo obra milagros, podría dejarnos a todos sin trabajo. —Pensó en el viejo sufí de la aldea devastada, aunque intentar que su mente aceptara esas experiencias se le tornaba muy penoso. El mundo terrenal iba consumiendo la impronta de lo sobrenatural—. Aquí podría haber algo peculiar —añadió sin convicción.

—Sin duda —replicó Nigel en tono agrio. Suspiró y comenzó a colgarse cámaras del cuello—. Vamos, entonces. —Abrió la puerta de la limusina—. Hora de dar de comer a los leones.

Eran poco más de las dos, el infierno del día. El calor arrollaba a los dos hombres como un muro blando e implacable, y Michael sintió que la piel le picaba al brotarle sudor de todos los poros. Ante él se desarrollaba una escena no diferente de las otras que había presenciado cien veces desde su llegada a Oriente Próximo, pero ahora el espectáculo estaba imbuido de un misterio que jamás antes había poseído. Cuestiones que Michael había desechado por completo volvían a saltar al primer plano de su conciencia, exigiendo atención inmediata.

No podía alterar el hábito de pensar como un agnóstico. Ésta es la ironía de los milagros: confunden la mente pero rara vez disuelven nuestras creencias. El agnóstico que había en Michael era un idealista fallido. Sólo cuando era niño la batalla entre el Bien y el Mal le había parecido cualquier cosa menos un cansado cliché. Cuando tenía diez u once años de edad, veía ese drama como algo nuevo y digno de ganarse. A veces los mitos tienen más carne y hueso que la realidad. Michael aún recordaba que en otros tiempos la tentación de Eva a Adán con la manzana le parecía de veras una traición fría pero emocionante. Cuando oyó por primera vez esas historias, creyó que Noé pudo haberse ahogado en la inundación, Job podría haber sufrido hasta morir, y el Arca de la Alianza era la única garantía contra la aniquilación futura... "No con una inundación, sino con el fuego, la próxima vez..." Michael apenas conseguía remontarse más atrás en su inocencia —¿quién podía?—, hasta aquella época en que su experiencia de las historias del Génesis era para él como su propia vida, cuando le parecía justo y correcto que los primeros tiempos del mundo llenaran de maravilla su corazón.

Sabía que la apatía espiritual era como una podredumbre que desintegraba el alma, pero incluso él, a quien quizás otros consideraran un hombre sospechosamente inclinado a creer, a menudo se sentía enfermo de dudas y no tenía manera alguna de describir el agujero que sentía en la boca del estómago cuando veía que el sufrimiento se imponía sobre la curación. En secreto admiraba a los sucios e ignorantes aldeanos musulmanes —los autodenominados fieles— por la ferocidad de su fe. Era una creencia fanática, una espada que cercenaba la cabeza de la tolerancia, negada al debate. La teología significaba una sola cosa: teme a Dios. La redención significaba una sola cosa: obedece a este Dios temible, y Él te guardará un lugar en el cielo, para siempre. La propia palabra "islam" significaba "sumisión", y a aquellos que se negaban a cumplir con ese precepto les esperaba un infierno tan cruel como placentero era el paraíso. Un infierno donde el fuego te quemaba la piel hasta que el dolor te hacía implorar la muerte, y entonces, mediante algún negro milagro, cuando estabas a punto de morir, te aparecía una nueva piel y la tortura florecía en una renovada temporada de dolor.

Dios y el demonio. Imprime las palabras en espeluznantes mayúsculas, grítalas desde un púlpito televisado, degrádalas con sermones acerca del fuego infernal llevados hasta el odio y miedo más extremos, búrlate de toda la estructura infantilmente horrenda, y aun así podría ser cierto, en un sentido cósmico. ¿Quién lo sabía en realidad?

Tal vez, si fuera sincero consigo mismo, Michael se habría dirigido a esa parte del mundo en la esperanza de absorber algo de la simple fiereza, del acero espiritual que contemplaba fuera del auto. No era así, pero ahora algo estaba ocurriendo allí. No cabía duda; no después de ese día. Michael meneó la cabeza en un intento de alejar estos pensamientos. Siguió a Nigel y a Amir, que se abrían paso a empujones entre el gentío.

La presión de los cuerpos se tornó más densa a medida que se aproximaban al pequeño cerro. En la cumbre había un olivar umbrío —aquella zona era famosa por sus olivos— y un joven de cabello oscuro, descalzo y vestido con un caftán inmaculado, al igual que el del viejo sufí, se hallaba de pie junto a un pequeño grupo de discípulos que lo rodeaban. La multitud se detuvo al pie del cerro, como si hubieran chocado con un muro invisible.

—¡Mierda! Amir, aparta a estos tipos... No logro enfocar —se quejó Nigel, cuya voz resonaba con el egocentrismo propio del periodista occidental que cree que el mundo fue creado para que él pudiera registrar sus chismes y luchas vecinales.

El conductor, reacio, hacía lo que podía, empujando y dando codazos mientras arengaba al gentío en árabe amenazador. Pero los tres apenas lograron avanzar un poco. Varios metros los separaban todavía del borde del cordón invisible que parecía mantener el obrador de milagros. Aunque Nigel no conseguía enfocar con precisión, Michael se daba bastante cuenta de lo que acontecía.

El joven y barbado Isaías o Elías del cerro —a Michael le costaba imaginarlo como cualquier otra cosa que no fuera un profeta, aunque Nigel hubiera dicho, durante el trayecto en auto, que todavía no había pronunciado ningún tipo de discurso— gesticulaba dirigiéndose a los discípulos, que descendían entre la multitud a seleccionar individuos que llevar ante la presencia del profeta. Uno por uno iban subiendo, y luego lanzaban un grito y caían de rodillas.

Michael penetró la luz deslumbrante del sol, tratando de asegurarse de lo que veía. El joven profeta parecía estar curando gente mediante la imposición de manos. Sus acólitos sacaban a rastras a los curados, semiconscientes o sollozando de forma espasmódica. "Curación por la fe", pensó Michael, asqueado. Podía ver lo mismo en cualquier reunión de renovadores de la fe, allá en su país. Una combinación de histeria masiva y el poder de la sugestión; los efectos de tales supuestos milagros desaparecían en pocas horas o días.

"¿Acaso esperabas otra cosa?" Michael se sentía vagamente decepcionado, como si ahora mereciera prodigios por encargo, un signo de que el día entero no había sido una alucinación. Junto a él, Nigel tomaba las fotos que podía por encima de las cabezas de la muchedumbre. Ante cada curación, el gentío se excitaba más, hasta que comenzó a incitar con gritos y vítores al joven obrador de milagros. De pronto toda la escena —la ansiedad, la adulación— colmó a Michael de una profunda sensación de repugnancia.

—Dame las llaves —dijo—. Regreso al auto.

Nigel hizo un gesto entre el ruido ensordecedor: negación, asentimiento, o simplemente la petición de que esperara, Michael no conseguía certeza de qué había querido indicarle. Alrededor de ellos, la multitud apenas se apartó. Llevaban cerro arriba a otro doliente, sobre una lona, para que fuera tocado. Michael vaciló, a punto de marcharse. Algo lo retuvo. Dos de los discípulos pusieron al tullido de pie y lo sostuvieron erguido entre ellos a unos treinta metros de la cima. Sin la lona, el hombre se hallaba impotente, incapaz de moverse. Al verlo, el profeta comenzó a bajar hacia él. Michael no podía distinguirlo, pero le pareció que al enfermo le faltaba una pierna.

"Ambicioso", pensó con sarcasmo. Pero siguió mirando. La multitud le impedía observar la escena en su totalidad. La gente estalló en exclamaciones, y Michael se dio cuenta de que, si se había obrado un milagro, él se lo había perdido. A su lado oyó que Nigel soltaba un profano aullido de triunfo, y el apretujamiento de cuerpos que los rodeaba empujó hacia adelante, gritando y exigiendo atención. Michael parpadeó en un intento de enfocar lo que veía. El tullido al que el profeta había tocado estaba erguido. Parado sobre sus propios pies.

Michael sintió que se le erizaban los pelos de la nuca. ¿Había visto mal? ¿Se trataba de un truco? ¿De hipnotismo? Aunque él se sentía desconcertado, la muchedumbre no albergaba duda alguna de lo que había visto, y se hallaba a punto de estallar en un disturbio. La gente bullía en todas las direcciones, apretando a Michael contra Amir, estrujándolos como en un puño gigantesco.

—*Estanna!* —gritó el profeta. Era una palabra que Michael conocía: "Esperen".

El profeta continuó gritando a la multitud.

Amir, al ver la confusión de Michael, le tradujo al oído:

—Dice: "Proclamo ante ustedes que los que se granjeen la buena voluntad del Padre serán curados. Y los que no se granjeen Su buena voluntad..."

Las últimas palabras de Amir se perdieron entre los gritos, pues el profeta había hecho un gesto y uno de los olivos de la ladera ardió en llamas; la madera viva se consumió a una velocidad imposible, hasta que no quedó nada más que cenizas. A Michael le recorrió la piel una sensación de indiferenciada y temerosa admiración. Ahora que el profeta se acercaba al lugar donde él se encontraba, lo reconoció como el extraño que había entrado en su sueño. La misma cabeza hermosa y los mismos ojos penetrantes, aunque parecía investido de un nuevo poder al jugar con la muchedumbre. Pese a la curación, Michael pensó que todo el espectáculo sólo constituía un medio para lograr un fin, no una buena obra ejecutada como servicio. Detrás de la máscara de los milagros, el joven barbado escondía motivos profundos, y no necesariamente caritativos.

Pero nada de este frío análisis llegaba a Michael salvo a través de la actividad sísmica de su cerebro, conmocionado tras el trauma que había representado la jornada, sumado al estrés de los últimos tres años. El desorden debería organizarse un poco antes de que él fuera capaz realmente de pensar y absorber cualquier otra cosa. El puro instinto había tomado el mando. "Cuídate del santo que responde a tu idea de un santo." Michael necesitaba esa advertencia tanto como los peregrinos enloquecidos que lo rodeaban. ¿Y la advertencia más severa? "Cuídate del milagro que te quita tu poder de hacer milagros." Por Dios, ¿alguna vez dejaría de preocuparle la tentación?

El joven profeta comenzó a descender el cerro mientras el olivo aún ardía. La multitud retrocedía y empujaba hacia delante al mismo tiempo, y los que habían acudido en busca de curación tendían frenéticos las manos para tocarlo.

—¡Maestro, maestro!

Lo que podía haberse convertido en un disturbio era en cambio una especie de comunión; la violencia de la muchedumbre se mantenía a raya sólo por el deseo del joven profeta de que así fuera.

"Y el hecho de que él puede hacer a cualquiera lo que le hizo al árbol... Todos saben eso, también."

Nigel empujaba sin piedad, hasta que quedó justo frente al profeta.

—Prensa —dijo, como si la palabra fuera un talismán. Alzó una de sus cámaras—. ¿Habla inglés? Quiero tomarle una foto. ¿Entiende? ¿Foto? ¡Amir!

Pero el chofer no se movió de junto a Michael. Éste lo sentía temblar de terror, mientras sacudía la cabeza ante los gritos de Nigel.

"Yo debería estar también asustado", reflexionó Michael. ¿Acaso el terror no era la reacción adecuada ante lo irracional? Pero no era eso lo que sentía. Sentía algo así como si hubiera descubierto un nuevo orden de realidad, un conjunto de verdades que iban más allá de las que él conocía. Estas nuevas verdades contenían su estructura y su lógica propias, algo que, con el tiempo, él llegaría a comprender. El supuesto profeta de su sueño se había convertido en el profeta que tenía ante sí —verdadero, innegable—, y sin embargo esto despertaba más dudas de las que despejaba. ¿Los milagros fortalecerían el espíritu, o sólo debilitarían la carne? ¿Esa aparición asombrosa surgía del mundo de los ángeles o del de los demonios? ¿Tales mundos existían siquiera? Y si así era, ¿se desgarraría la trama completa de la racionalidad moderna? En un solo día, según entendía Michael, el drama cósmico que había rondado sus sueños desde que tenía memoria había adquirido un rostro.

Nigel y el joven obrador de milagros se hallaban a varios metros de distancia, pero no había muchas personas entre ellos y Michael, de modo que podía ver con claridad la sonrisa dulce que iluminaba la cara del profeta al menear la cabeza en respuesta a las preguntas que vociferaba Nigel. El joven colocó ambas manos sobre la cámara que el fotógrafo sostenía en alto y la tocó con delicadeza un instante; luego dio unos pasos atrás.

—¡Espere! —dijo Nigel—. ¡Vengo de Londres! ¡Usted necesita que alguien cuente su historia!

Hablaba al aire. El profeta avanzaba otra vez entre la multitud, sin que Nigel pudiera acercársele. Al cabo de unos momentos, Michael perdió de vista la figura ataviada con el reluciente caftán blanco.

—Vamos —dijo a Amir—. Vayamos a algún sitio donde podamos respirar.

El aire acondicionado de la limusina comenzaba a surtir efecto cuando Nigel volvió con ellos. Se lo veía tan alterado como si hubiera aspirado cocaína: los ojos brillantes, el cuerpo crispado en el esfuerzo de ir en todas las direcciones a la vez.

—¡Desapareció! —gritó con amargura al tiempo que se arrojaba en el asiento situado frente al de Michael—. ¡Se desvaneció en el aire, como el conejo de un maldito mago! —Daba la impresión de no poder comprender cómo alguien era capaz de rechazar la publicidad por propia voluntad. Meneó la cabeza—. ¡Amir! Regresa al hotel. ¡Rápido! Tengo que revelar estos negativos. ¿Lo viste? —preguntó a Michael.

—Vi algo —respondió Michael con cautela.

No estaba del todo seguro de qué era lo que le causaba desconfianza en aquella función que acababa de presenciar. "Función" implicaba que estaba todo escenificado. ¿Pero para quién?

—Fue tan fantástico, tan increíble... —farfulló Nigel mientras el auto salía al camino principal—. El Segundo Advenimiento, aquí mismo, en la CNN...

—No creerás de veras que acabas de ver al Mesías, ¿no?— preguntó Michael, casi horrorizado.

—¿A quién le importa eso? —replicó Nigel en tono brutal—. Es joven, carismático, saldrá mejor en las fotografías que diez Spice Girls envueltas en celofán. Y puede hacer milagros. convertir agua en vino, aquí mismo, en el noticiario de las seis... a prueba de bombas. —Comenzó a descargar las cámaras, y besaba cada rollo de película a medida que los guardaba en su chaleco.

Michael no se molestó en discutir; se puso a mirar por la ventanilla. Nigel tenía razón. El misterioso joven podía obrar verdaderos milagros. Causaría una conmoción en los noticiarios y encendería un polvorín. Los musulmanes ortodoxos no podían aceptar la aparición de un nuevo profeta en ninguna circunstancia, pero en el ambiente musulmán no tradicional existía un violento deseo de que un imán sobrenatural condujera la fe. En la víspera del nuevo milenio, los fundamentalistas cristianos anhelaban señales y prodigios. Los judíos conservadores de Israel ansiaban con fervor la posibilidad de que amaneciera una era mesiánica. Y en cuanto a la vieja mezcla de aceite y agua de lo seglar y lo sagrado en toda la Tierra Santa, si ese fenómeno trataba de presentarse como el Cristo o el Anticristo declarado, Michael no podía siquiera comenzar a imaginar las reacciones.

Una vez que salieron del pueblo, pronto el camino volvió a tornarse desértico. En el calor de la tarde —ya eran casi las cuatro— no había siquiera tránsito local que rompiera la monotonía. Los conductores de largas distancias evitaban en lo posible viajar durante esas horas del día, y cuando Michael divisó un camión que estaba detenido junto al camino, pensó que el conductor simplemente había decidido aguardar que pasara el calor, así como se espera a que pase una granizada.

Pero era una idea ridícula. Nadie permanecería bajo el sol del desierto ni un instante más de lo necesario. Además, el capó estaba levantado.

—Miren allá —dijo Michael, señalando. Dentro de la cabina del camión había alguien detrás del volante.

No se le ocurrió pensar que Nigel no daría a Amir la orden de detenerse, de modo que el camión pasó como un relámpago antes de que Michael se diera cuenta de que ni siquiera habían reducido la velocidad.

—¡Esperen! Allá hay alguien.

—¡Bromeas! No hay tiempo. Tenemos que llevar estos...

—¡Detén el auto! De pronto, furioso por el obsesivo egoísmo que mostraba Nigel, Michael golpeó el tabique divisorio con el puño—. ¡No, no lo harás! —Empujó a Nigel hacia el asiento cuando el periodista se inclinó hacia delante para revocar la orden que había dado Michael.

La limusina se detuvo. Amir abrió el tabique.

—¿Señor? —dijo, procurando no mirar a ninguno de los pasajeros.

—Vuelva a la altura de ese camión que acabamos de pasar —ordenó Michael. Se volvió hacia Nigel, que lo miraba furioso—: Esta mañana caminé durante dos horas antes de que llegaran ustedes. Si alguien precisa ayuda, vamos a responder.

—No soy la maldita Madre Teresa —replicó Nigel—. Tengo la mejor noticia desde los tiempos de Jesús.

—¡Por el amor de Dios! —exclamó Michael.

Amir desanduvo el recorrido de la limusina mediante el simple recurso de retroceder a toda velocidad.

—Y no se te ocurra irte y dejarme aquí —advirtió Michael. Por un instante la pura furia barrió cualquier otra emoción.

—No tardes demasiado —lloriqueó Nigel mientras Michael bajaba.

El conductor, al darse cuenta de que alguien acudía en su rescate, bajó de la cabina. Tal como Michael había sospechado, era Susan. Corrió hacia ella. Estaba sucia y tiznada, pero no sangraba. Michael se apresuró a llevarla a la limusina, no muy seguro de cuánto tiempo Nigel permanecería intimidado. Soltó un suspiro de alivio para sus adentros cuando ambos se hallaron a salvo dentro del auto.

—¡Ándale! ¡Ándale!* ¡Rápido! —gritó Nigel en el instante en que se cerró la puerta.

Michael sacó una botella de agua de la pequeña heladera. Susan tragó el contenido de golpe.

—¡Cuidado! ¿Qué estás haciendo aquí? —preguntó Michael.

El único camión del convoy se hallaba ciento cincuenta kilómetros al sur de donde se suponía que debía estar. Susan apartó la botella de sus labios, jadeando por los largos sorbos que había bebido.

—En la carretera de Damasco había una barricada, así que tuve que dar un rodeo hacia el sur. Cuando se estropeó mi camión, los otros dos siguieron adelante. Creí que me quedaría allí hasta que el siguiente bandido necesitara ruedas nuevas.

—Tienes suerte de estar viva —dijo Michael.

Susan se encogió de hombros con un fatalismo producto del manantial de la experiencia.

—Gracias por rescatarme, gentil caballero —dijo a Nigel con una buena dosis de encanto—. No sé qué habría hecho si ustedes no se hubieran detenido. —Se quitó el chal y se pasó la mano por el pelo al tiempo que lanzaba su suspiro.

Por muy anticuado que sonara aquel formulismo surtió el efecto deseado. La cara de Nigel perdió su expresión displicente y le devolvió la sonrisa.

—Siempre encantado de servir a una dama —respondió—. Nigel Stricker, periodista.

—¡Vaya, un periodista! —Susan adoptó un tono de impresionado interés.

—Deduzco que ustedes dos se conocen —agregó Nigel.

---

* En castellano en el original. *(N. de la T.)*

—Michael es uno de los médicos de nuestro campamento de Palmira, y yo ardo en deseos de saber cómo lo conoció —dijo Susan—. ¿Qué le pasó al *jeep*? ¿Dónde está Yousef?

—Muerto —respondió Michael en tono sombrío. Susan abrió los ojos como platos—. El jeep explotó, y toda una maldita aldea pereció quemada. La parte positiva es que probablemente no exista un brote de peste.

Susan, ya desaparecida su máscara jovial, miró a Michael y a Nigel, tratando de establecer si aquello era una broma destinada al inglés. Meneó ligeramente la cabeza, como para advertir a Michael que no dijera nada más, pero él sabía que Nigel estaba demasiado absorto en lo que había visto cerca de Galilea como para prestar demasiada atención a cualquier otra cosa.

Durante los minutos siguientes Susan se dedicó por entero a Nigel, cautivándolo y sosegándolo. Michael la había visto en acción alguna que otra vez, y de nuevo se maravillaba del infalible radar social que permitía a Susan detectar a la persona más importante de cualquier situación y concentrar todas sus energías en ella. Así como unos escasos médicos poseían la habilidad de curar fuera de los confines de los procedimientos médicos tradicionales, Susan tenía algo que Michael denominaría "empatía de fuerza de combate", la habilidad de irradiar aprobación a su blanco hasta poner al individuo por entero de su lado, ansioso de ayudar. Nigel se entusiasmó aún más cuando descubrió quién era Susan; los periodistas siempre necesitaban fuentes bien informadas, y los representantes de la OMS tenían conocimiento de mucha información sobre el funcionamiento interno de la región.

Michael guardó silencio mientras Nigel contaba a Susan la historia de la fenomenal aparición que habían ido a ver. En apariencia el profeta se había dejado ver por primera vez sólo un par de semanas antes, tras abandonar el desierto y comenzar a curar en todas partes, a todos los que acudieran. Nadie sabía nada de él con certeza, ni siquiera algo tan básico como su nombre. El islam rechazaba la autenticidad de cualquier competencia con Mahoma y, sin embargo, el ámbito en que se desenvolvía el profeta parecía ser musulmán, o al menos árabe.

—Por lo visto se dirige hacia Jerusalén. Lo detendrán en la frontera, por supuesto, pero es una excelente época para acaparar el mercado de las hojas de palma —comentó Nigel.

—Un potencial reguero de sangre, querrás decir —señaló Michael—. Hoy viste a la gente, amigo. Era algo muy parecido a una turba rabiosa. Y puede que él no siempre tenga tanta suerte, sea el Mesías o no.

Susan, alarmada, quería oír más de boca de Michael, pero Nigel sonrió con afectación y renunció a la discusión con un gesto.

—Ésa es la pregunta del millón, ¿no? ¿Mesías? O... no.

Para sorpresa de Michael, Nigel no se alojaba en el Sheraton de Damasco, como hacía la mayoría de periodistas extranjeros. Amir lo llevó en el auto a través de las atestadas y cosmopolitas calles de la ciudad hacia un destino más familiar: el Grand Hotel sirio, al borde de la Ciudad Vieja. El Grand era una reliquia de la época colonial francesa y daba la impresión de que en cualquier momento fuera a entrar a zancadas por el umbral un sudoroso Sydney Greenstreet, seguido por un desconfiado muchacho nativo.

—Aquí es donde me alojo —dijo Nigel en tono jovial cuando el auto aminoró la marcha—. No es elegante, pero tiene un gran encanto, y es mucho más amable con mi bolsillo que un lugar más lujoso. ¿Le pido a Amir que les deje en alguna parte?

—No es necesario —respondió Susan—. Yo también me alojo aquí.

—A la mayoría de la gente que se encontrara en Oriente Próximo por un tiempo prolongado le resultaba más fácil y barato alquilar un apartamento, pero para una mujer vivir sola era una circunstancia diferente.

A Nigel se le iluminó el rostro.

—Entonces deben subir a tomar una copa mientras revelo mis instantáneas, y después podemos salir a comer a alguna parte, hasta que se me ocurran algunas palabras inspiradoras para acompañar las fotos.

—Me interesaría echar un vistazo a esas instantáneas, después de todo lo que me ha dicho —respondió Susan.

Ella y Michael siguieron a Nigel por el vestíbulo dignamente pobre hasta su habitación. Como la mayoría de las personas que residían desde hacía largo tiempo en el hotel, Nigel prefería las escaleras a la incertidumbre, posiblemente letal, del antiguo ascensor.

—Bienvenidos a Chez Stricker —anunció en tono grandilocuente al abrir la puerta. La habitación olía vagamente a humedad, y el aire rancio, sin oxígeno, se hallaba inmóvil como las glorias de un imperio desaparecido—. Pónganse cómodos. —Nigel se apresuró a entrar en otro cuarto; al parecer, había conseguido una de las codiciadas habitaciones con baño privado, ahora convertido en cuarto oscuro de revelado.

Michael se desplomó en un sillón desvencijado que aparecía cubierto con un manchado tapizado de seda. Susan se puso a caminar de un lado a otro, nerviosa.

—¿Qué es lo que realmente está pasando? —preguntó de repente.

Michael meneó la cabeza, abrumado por una oleada de cansancio.

—Ni siquiera sé por dónde empezar —murmuró, ansioso de sumirse en un sueño que lo aturdiera—. Si quieres, podemos ir a tu habitación y...

Susan reparó en el agotamiento que padecía Michael, y su impaciencia cedió.

—Prefiero quedarme aquí, si no te molesta. Veamos qué trae Nigel.

Michael asintió, pero quería mantenerla al margen de ese asunto. Los primeros pasos habían ocurrido de manera demasiado rápida y automática; había dejado que Nigel parloteara, y ahora Susan se sentía parte de algo de lo que en realidad estaba por entero fuera... fuera y a salvo. La tensión aumentaría, y algo tan frágil como los sentimientos que Michael experimentaba por ella podría destrozarse con facilidad en el caos.

Susan se sentó en el borde de la cama.

—Si tienes ganas, cuéntame lo que ocurrió en esa aldea. Sentía cariño por Yousef.

—Tendré que pagar ese *jeep* —murmuró Michael en tono irónico, con la intención de que sonara como una broma. Sin embargo, por la mirada que le lanzó Susan, debió de salirle mal—. Está bien. Como sabes, pensé que se había declarado la peste en una aldea del otro lado de la frontera, y decidí que valía la pena arriesgarse a investigar, siempre que no llamáramos la atención... Espera. — Vio la expresión de desaprobación de Susan—. Ya hemos discutido a ese respecto. En este momento estamos más allá de las sanciones oficiales o las discusiones sobre decisiones personales. No hallé epidemia alguna.

—¿Qué encontraste?

Él desvió la mirada.

—Por Dios, no sé. Nos encontramos atrapados en una incursión aérea, algún tipo de acción encubierta. La aldea en la que nos hallábamos pereció bombardeada; dejó de existir mientras estábamos allí, y Yousef murió en una de las barridas de metralla.

—¿Quién estaba encubriendo el qué?

—Eso realmente no lo sé. Por Dios, si fuera posible regresar allí...

"¿Regresar adónde? ¿A la aldea o al momento antes de que estallara esa locura?" Tal vez a ninguno de ambos. Necesitaba volver a un estado de confianza en sí mismo, a un tiempo en que sabía quién era. Más que eso, necesitaba volver a confiar y a amar sin cuestionamientos. Necesitaba sacarse el fuego del pecho.

—Nunca regresarás allí —observó Susan en tono seco. Michael se preguntó por un instante si le había leído la mente. Pero ella había tomado sus palabras en sentido literal—. Nadie va a regresar allá, y menos si alguien se tomó tanto trabajo para librarse de una sola aldea aislada. Toda la zona estará ocupada por fuerzas de seguridad.

Michael asintió.

—¿Me permites un instante de reflexión?

Susan calló, aplazando la intensa curiosidad que sentía. En sus ojos había una expresión que él deseó saber interpretar. La relación de ambos era impulsada más allá de los límites antes fijados por los dos; en cierto modo, esa extraña situación los había convertido en amantes que acaban de conocerse, o en extraños, dos desconocidos que no podían confiar en que su historia pasada les indicara adónde se dirigían.

Susan miró el cuarto de Nigel sin interés. Daba la impresión de que lo habían amueblado al inaugurarse el hotel, cien años atrás, y jamás habían vuelto a decorarlo. El mobiliario consistía en un tocador con un espejo oval verdoso y descascarado, un ropero enorme, la cama (sin hacer) envuelta en un mosquitero, y una mesita de noche y un par de sillas de cocina rescatadas de Dios sabía dónde.

Los artefactos de iluminación de gas que aún había en las paredes y que Nigel usaba de percheros, ya no daban luz a la habitación; hacía largo tiempo que esa función era desempeñada por faroles de querosén y lámparas baratas. La alfombra de Tabriz que cubría el piso estaba tan gastada que apenas se distinguía el dibujo sobre la base de arpillera.

—¿Qué clase de amigos supones que tiene Nigel? —preguntó Susan—. Es decir, además de otros cerdos. —En los rincones de la habitación había pilas de ropa sucia junto a paquetes de papel marrón de la lavandería del hotel: los viajeros experimentados rara vez usaban los tocadores que proveía el hotel, pues también les gustaban a los escorpiones y los ciempiés. Equipo fotográfico: cámaras, lentes, trípodes y un grabador portátil de video con cámara de televisión se apilaban en otro rincón y ocupaban gran parte de la cama. Había una hilera de botellas de bebidas alcohólicas frente al espejo verdoso manchado que presidía el tocador—. Interesante olor, también —agregó Susan—. Precolonial fétido. Se trataba de una habitación similar a la que ocupaba Susan, pero ella la había transformado en una fantasía de expatriada más bien a lo Graham Greene; Nigel no había hecho ningún esfuerzo semejante.

—No importa —respondió Michael, aburrido. Con el gesto familiar de una residente del hotel, Susan apartó el mosquitero, trepó a la cama para abrir las persianas y la ventana, y luego se paró en medio del colchón para poner en marcha el ventilador de techo. En unos momentos el aire exterior comenzó a moverse con lentitud contra la piel de Michael.

—Aquí conoces gente muy interesante —comentó Susan en tono irónico, demasiado inquieta para recostarse—. No sé con qué va a aparecerse Nigel cuando salga de su cuarto oscuro. Parece excitable. —La voz se tornó más tentativa—. Oí decir que se suponía que el Segundo Advenimiento iba a producirse con más bombo y platillo. Por otro lado...

Michael se levantó del ajado sillón, con expresión grave—. Aquí estamos muy cerca de Jerusalén, donde todos los años un par de cientos de turistas deciden que son Jesucristo en persona y hay que enviarlos a su casa contenidos en un chaleco de fuerza. Hasta tiene un nombre clínico: síndrome de Jerusalén. Y después de lo que pasó en Wadi ar Ratqah... —Hizo una pausa, pensando en la sangre de Yousef derramada en la zanja, la perturbadora convocación de la mezquita—. En este instante no sé qué esperar. En cuanto al fenómeno de Nigel, me parece que creo en lo que vi. —Rió secamente al percibir su equivocación—. Pero el momento me hace desconfiar. ¿Por qué Dios revelaría sus planes ahora, cuando nos tiene a todos acostumbrados a enlodarnos por nuestra cuenta? Los cambios de reglas a esta altura no tiene ningún sentido. Siempre pensé que las fantasías religiosas eran algo infantil de lo que uno se liberaba al crecer, como las ruedecitas auxiliares de una bicicleta. Espera, olvida lo que dije. Esto no es trivial, pero ¿de veras podrías creer que la semana que viene todos van a despertar y ver una grieta en el huevo cósmico? Sería una tortilla infernal.

Susan se encogió de hombros.

—Mensaje confuso; inténtalo de nuevo.

La miró y vio que ella le estudiaba la cara; en sus ojos había una carga de comprensión y compasión que lo asustaron.

—¡Dulce Niño Jesús! —Dentro del restringido cuarto oscuro, su cara reflejada en los baños de solución reveladora, Nigel no daba crédito a su buena suerte—. ¿Dónde está el maldito teléfono celular?

Denby va a enloquecer cuando se entere de esto. —En su apresuramiento, Nigel había olvidado llevar un teléfono consigo, de modo que no podía jactarse ante Londres todavía, no podía refregar en la nariz del jefe la noticia increíble que situaría a Nigel por encima de todas las burlas acerca de trepadores sociales y profesionales "prometedores". —Cuidado con mi bebé —susurró mientras movía el papel mojado en el último baño fijador.

Con cautela tomó otra copia y la examinó. La secuencia de fotos centrada en el tullido de una sola pierna iba a causar sensación. Después de obligar a Amir a agacharse para apoyarse en la espalda, Nigel había logrado un ángulo perfecto por encima de la multitud. La cara del profeta, tal como la había captado la cámara, casi parecía que estuviera iluminada desde dentro (lo extraño era que hubiera sido así en la vida real. ¿O acaso sí?). El corazón le latía a cien por hora debido a la oleada de adrenalina que lo invadió a la vista de aquellas imágenes. Se preguntó si la sensación de verse curado sería como el mejor de los orgasmos, y luego rió por la ociosa blasfemia que representaba el pensamiento. "¡Abracadabra! Aquí tiene su pierna nueva."

A Nigel Stricker le agradaba considerarse un hombre simple. Había nacido en Hull, era un tipo de Yorkshire ; que votaba a los laboristas cuando se molestaba en votar, y sabía sin pena que moriría siendo miembro de las clases obreras británicas, por muchos nombramientos de caballero y casas solariegas que lograra adquirir a lo largo del camino.

Su plan consistía en adquirir ambas cosas, pues el hecho de que a Nigel Stricker le hubiera tocado una mano perdedora el día de su nacimiento no significaba que careciera de ambición. Se mostraba tan jovialmente honesto sobre ello como sobre cualquier otra cosa carente de importancia. Quería arrebatar dinero y poder, más o menos en ese orden, lo cual lo inclinaba hacia el sensacionalismo, su llave del Reino.

Su concepto de dinero incluía una riqueza tan extensa que permitía despreocuparse para siempre de cuánto costaba algo, además de poder gastarlo como una actividad recreativa, por la mera dicha de manipular a otros mediante el dispendio. El dinero llevaba de forma inevitable al poder, aunque Nigel estaba dispuesto a aceptar que eran cosas muy diferentes. Había una enorme cantidad de personas poderosas que no poseían la cantidad de efectivo que figuraba en los sueños febriles de Nigel, pero que aun así tenían poder: poder para intimidar, obligar a la sumisión, poner fin a carreras o ayudar a construirlas, para moverse por la vida con una distraída crueldad que obligaba a los débiles a mirar con admiración y a los predadores menores a echarse atrás. Los verdaderamente poderosos podían hacer cosas por las cuales se arrestaba al común de los mortales.

Nigel colgó a secar la última de las copias, sujeta con una pinza. No sentía que tuviera poder ni riqueza todavía, aunque ya poseía más de ambos de lo que jamás habría soñado posible cuando era niño. El auto, el elegante piso en Londres, los gemelos, alguna que otra camisa de Turnbull & Asser... Tenía todas estas cosas, los límites más lejanos de sus sueños infantiles.

No obstante, a sus ojos todo lo que poseía carecía de valor, porque no era lo único que en realidad ansiaba: la invencible armadura de deferencia recibida. Sabía que la fama era el primer peldaño de la escalera iluminada que conducía de la inmundicia de la tierra a la corona de gloria. Y ese profeta desconocido se la haría ganar.

Curar a los enfermos, resucitar a los muertos, execrar a los infieles, intimidar: para Nigel era todo uno, mientras incluyera lo asombrosamente milagroso y un rostro joven, nuevo y fotogénico. La combinación resultaría irresistible para la opinión pública, y él, Nigel, sería el hombre que les daría su pan y circo.

El baño convertido en cuarto oscuro tenía una ventanita que daba a la calle. La había pintado de negro con aerosol el primer día que se había mudado allí. Con la desenvoltura de la larga práctica mezcló una tanda de químicos acres, al débil resplandor escarlata de la luz de seguridad. Primero el revelador —lo sustituía cada pocos días porque tendía a oxidarse con rapidez a temperaturas de más de veintiséis grados— y luego el fijador. Había utilizado partes de cuatro rollos, y sólo había revelado dos.

El siguiente iba saliendo denso o sobreexpuesto o cualquier otra cosa en ese maldito clima que Dios había inventado para pesadilla de los fotógrafos. La próxima vez fotografiaría en color, pero el color requería algo mejor que un cuarto oscuro improvisado, lo cual significaba aprovecharse de cualquier amigo al que pudiera inducir a prestarle la oficina de alguna embajada. Tal vez la rubia de los ojos penetrantes a la que había rescatado aquel día le fuere de utilidad en ese aspecto. La había recogido del borde del camino, salvándola así del proverbial Peor de los Destinos, de modo que debería mostrarse agradecida. Sin embargo, Nigel sabía por experiencia propia que las mujeres seductoras rara vez se comportaban así. Y Susan McCaffrey era todavía muy atractiva; se hallaba a unos buenos diez o quince años de esa región crepuscular donde una mujer se volvía obsequiosamente agradecida por cualquier atención romántica, en especial si provenía de un varón joven.

Nigel interrumpió estos pensamientos y volvió a concentrar la mayor parte de su atención en la tarea que tenía entre manos. Por lo visto había usado todo el cuarto rollo, aunque no recordaba haberlo hecho, y en cuanto los negativos se secaron sacó una hoja de contactos con la ampliadora portátil que mantenía precario equilibrio al borde del inodoro.

—No es que necesite más, pero a diez mil... no, a cien mil... libras esterlinas por venta...

Con aguzado instinto, Nigel eligió las imágenes más prometedoras de la serie con el fin de ampliarlas. Eran en su mayoría tomas de rostro. Salpicó agua por todas partes al enjuagar las copias mientras maldecía el chorro fino y tibio de la pileta, y pronto había otra línea de copias de veinte por veinticinco colgadas de la cuerda que había tendido entre las paredes, goteando lánguidamente sobre el piso de mosaico mientras fingían secarse.

Sólo entonces, en el tedio que es la secuela del gran entusiasmo, Nigel de veras reparó en las incomodidades del sitio que lo rodeaba. Hacía más de treinta y siete grados de temperatura en el estrecho baño, húmedo como la estación de los monzones en Nueva Delhi. El fijador soltaba un intenso olor acre, como a cuerda quemada, que se mezclaba con el aroma dulzón del moho y el olor penetrante del revelador. —Mierda, tengo que salir de aquí. El pelo rubio teñido se le adhería al cráneo. Había transpirado tanto que ya casi no le quedaban sales en el cuerpo ni le ardían los ojos al entrarle alguna gota de sudor. Sus deportivas Nike habían sobrevivido aproximadamente una semana antes de comenzar a pudrirse y crujían cada vez que cambiaba de posición.

Ansiaba un cigarrillo y una copa.

Nigel abrió la puerta del baño y miró si sus invitados seguían allí. Satisfecho al comprobar que así era —Susan se encontraba sentada en la cama y Michael en el sillón—, se volvió hacia el húmedo manojo de copias que sostenía y les echó un vistazo por primera vez a la luz natural.

—¿Quieren ver? —preguntó como alguien acostumbrado a exhibir el oro más precioso extraído del fondo del mar.

Susan había usado el teléfono de Nigel para hacer una breve llamada a la oficina de Damasco, y ahora ella y Michael hablaban con vaguedad acerca de lo que sucedería a continuación. La oficina llamaría por radio al campamento para hacerles saber que Michael se encontraba bien, y Susan podría llamar a Alejandría al día siguiente para informar de toda la historia.

—¿Pero qué es exactamente lo que voy a decir, Michael? —preguntó Susan justo cuando se abrió la puerta del baño y salió Nigel. Los dos callaron y se quedaron mirando. Nigel estaba hinchado y empapado, como si hubiera pasado la última media hora en un sauna. Se hallaba hipnotizado por las diversas tomas aún húmedas que sostenía en las manos, y la expresión de su cara hizo que Michael se pusiera de pie.

—¡Por los clavos de Cristo! —exclamó Nigel en voz baja y triunfante. Levantó las copias y luego las atrajo hacia sí con gesto desconfiado.

—Tú estuviste ahí, Mikey. Lo viste todo, ¿correcto? —preguntó.

—Sí —respondió Michael.

Nigel le metió las copias bajo la nariz.

—Prepárate para una sorpresa.

Michael tomó las fotos. El papel brillante y mojado presentaba la gomosidad elástica de un pétalo de orquídea, y se percibía frágil y desagradable al mismo tiempo. Con cuidado, para evitar que se adhirieran entre sí, Michael echó n vistazo a las imágenes.

La primera era un primer plano del joven sanador; su rostro llenaba el marco. Michael supuso que Nigel podría haberla obtenido con un teleobjetivo, pero el ángulo estaba ligeramente errado. Nigel había fotografiado cerro arriba hacia el olivar, mientras que el ángulo del retrato sugería que el profeta se hallaba arrodillado frente a él.

La segunda foto era aún más extraña. De nuevo el profeta, esta vez flotando suspendido en medio del aire, con un nimbo de luz alrededor del cuerpo, los brazos tendidos. No parecía haber fondo alguno: ni árboles ni otra gente, nada que vinculara la foto con ningún momento o lugar particulares. Era la misma figura edulcorada de Jesús que habían vuelto familiar mil imágenes baratas, y sólo la belleza morena del joven rescataba la foto de la insipidez.

—Éstas no son las fotos que tomaste —dijo Michael, confundido. Susan se había acercado para mirar.

Nigel entrecerró los ojos.

—No estropees la perfección —dijo—. No necesito tu corroboración, ¿sabes?

La imagen siguiente era otro primer plano. Mostraba al profeta arrodillado, con sangre como riachuelos negros que le corría por los brazos. Le habían encasquetado una diadema en la cabeza, y el cuero cabelludo y la frente estaban cubiertos de profundos rasguños ensangrentados. Le cruzaba los hombros un pedazo de madera algo más largo que un durmiente de ferrocarril.

—Bueno, les diré algo —comentó Susan—. No es un personaje que rehuya lo obvio. Esto es golosina para los ojos espirituales, o al menos lo sería si no resultara tan inquietante.

—¿Se supone que estas fotos son una broma? —preguntó Michael, asqueado, al tiempo que devolvía con gesto brusco las fotos

91

a Nigel. Nigel volvió a mirar, desconcertado. Muchas de las imágenes eran por completo nuevas para él.

Susan le sacó algunas más de la mano y hojeó con rapidez el resto del manojo.

—¿Cómo las falsificaste? —inquirió Michael.

—No lo hice, compañero —respondió Nigel a la defensiva, disimulando sus nervios—. Tú me viste sacar cuatro rollos de película. Bueno, las fotos que estás viendo son del rollo que estaba en la cámara cuando él la tocó... Esto es lo que salió.

—Por lo visto tienes aquí casi toda la Semana Santa —comentó Susan, mientras alzaba una foto que mostraba la imagen de una figura intensamente resplandeciente que estaba parada en la boca de una caverna—. Incluida la Resurrección.

Nigel tomó uno de los vasos de la bandeja y fue al escritorio, donde eligió una botella de ginebra y se sirvió con torpeza.

—Por mejores tiempos —dijo con fingida indiferencia.

—No vas a usar estas fotos, ¿verdad? —preguntó Michael.

Nigel se encogió de hombros.

—Soy realista. Y, como no trabajo para ti, no tengo por qué satisfacer tus dudas. Esto va a desplazar de la primera plana de los diarios del Reino Unido el cambio de sexo de la reina, y después...

—Después, el mundo —se burló Michael.

Susan miraba las fotos otra vez.

—En la década de los sesenta había un psíquico estadounidense que se llamaba Ted Serios —dijo lentamente—. Se suponía que era capaz de impresionar imágenes con sólo tocar la cámara. No sé si alguna vez se demostró que era un fraude o no. Tal vez tu mesías tenga poderes paranormales.

—En lo que a mí concierne, me da lo mismo... Cuantos más poderes, mejor —replicó Nigel con calma.

Buscó en los cajones del escritorio hasta que encontró un paquete de cigarrillos; encendió uno y convirtió la mitad en cenizas al aspirar la primera bocanada.

—Algunas de estas imágenes sí coinciden con lo que vi —admitió Michael a regañadientes.

—Bueno, importa un bledo, ¿no, querido? —dijo Nigel, con el cigarrillo en la boca—. Creo que ya lo dejé bastante claro. Necesito una verdadera joya... y este muchacho lo es.

—¿Pero por qué introdujo imágenes falsas en tu cámara para acompañar las auténticas? —insistió Michael—. ¿Propaganda? ¿Seducción espiritual?

—¿Y cómo voy a saberlo? —Nigel se encogió de hombros—. ¿Acaso esperas que lea la mente a Dios?

Por cierto, ésta era la mejor pregunta que alguien había formulado hasta el momento.

Capítulo Tres

Con las lenguas de los ángeles y los hombres

Nigel se puso de tan pésimo humor que decidieron alejarse de él. Fueron a la habitación de Susan, a ducharse; las duchas de los baños privados eran sólo de agua fría, pero en el Grand Hotel el término "frío" equivalía a temperatura ambiente, un bienvenido respiro del calor aún abrasador que invadía las calles.

Michael se sentó en el borde de la cama, envuelto en una sábana, mientras comía bizcochos Huntley & Palmer que iba sacando de la lata mientras oía ducharse a Susan. Un ventilador de bambú giraba lento en lo alto, agitando el aire estancado. Michael había enviado su ropa a lavar: uno de los pocos lujos en Oriente Próximo era la enorme cantidad de servicio personal que uno podía obtener con un manojo de libras sirias. A un cambio de cincuenta libras por un dólar estadounidense —y muchos precios que el régimen de Assad mantenía bajos—, resultaba bastante fácil sentirse rico en aquel lugar.

Lo mismo que la de Nigel, que se hallaba dos pisos más abajo, la habitación de Susan era un espejo de su personalidad. El cuidado y la atención habían convertido la suciedad en gracia; había cuadros colgados en la paredes recién lavadas y unos felpudos pintados, comprados en el bazar, ocupaban el lugar de la alfombra antigua. De algún sitio el personal del hotel había desenterrado un par de enormes sillones victorianos de orejas que flanqueaban una mesa octogonal de cedro con incrustaciones de sándalo, ébano y madreperla. Michael trató, sin lograrlo, de imaginar a Susan practicando la vaguedad discreta y sumisa que según las costumbres locales constituía el único modo de que las mujeres prosperaran allí. Ella afrontaba la vida en sus propios términos, y lo hacía como todo lo demás: de forma intransigente.

Aunque sólo había dormido unas tres horas en las últimas veinticuatro, y ya era casi de noche, Michael estaba demasiado excitado para descansar. Cuanto más trataba de alejar de sí las cosas que le habían sucedido, más se apiñaban en su conciencia, cobrando peso y gravedad.

Resultaba innegable que ninguno de los acontecimientos que había presenciado en las últimas veinticuatro horas era fortuito: todos se habían concentrado, en última instancia, alrededor de su confuso concepto de Dios. Sin duda, el desolado paisaje del Oriente Próximo no era territorio ajeno al denominado Todopoderoso; en otras épocas había residido en Palestina y su periferia, en los tiempos en que el río Éufrates corría al este del Paraíso. El propietario a veces se hallaba ausente, a veces aterradoramente presente, pero siempre hechizaba la mente de cualquier tribu que se aventurara más allá del papel de atrapamoscas que desempeñaban esos cerros. Dios se hallaba atrapado en esa región, de modo que de allí en adelante todos los que se encontraran ahí estarían atrapados junto con Él.

"El desierto es fértil sólo en dos cultivos: el de fanáticos y el de místicos. Unos creen que han encontrado a Dios, y los otros, que han encontrado al único Dios —le gustaba decir a Nikolai cada vez que deseaba inquietar a Michael—. Cada mil años, más o menos, se cosecha un nuevo cultivo y se envía al extranjero en cajones marcados con un rótulo que reza: 'Verdad imperecedera: Manéjese con cuidado'. Y la gente tiende a creer en los rótulos." Criado en la ex Unión Soviética como un alegre ateo libre de culpa, Nikolai consideraba los Siete Pilares de la Sabiduría del desierto, junto con los Diez Mandamientos y las Cinco Columnas del islam, como una mezcla de hipnosis y alucinación masiva causada por "demasiadas noches de soledad entre rebaños de ovejas, camellos, cabras, o lo que sea. No tienen otros seres con quienes hablar, y las especies unguladas son fáciles de convencer".

Michael apreciaba el cinismo recreativo, pero para él aún era causa de asombro cómo la región más yerma de la Tierra, impregnada de violencia y privación, era fuente de misterios que la edad moderna todavía no conseguía descifrar. Los maestros sagrados, que supuestamente debían explicar el misterio, de algún modo acababan tornándolo más profundo: "Les digo esto: si alguien ordena a esta montaña: 'Que te levanten de tu lugar y te arrojen al mar', y esa persona no tiene dudas interiores, sino que lo que dice ocurre, será hecho por ella".

La promesa hecha por Jesús iba más allá de cualquier cosa comprendida en el mundo racional, einsteiniano, tridimensional. Jesús había vacilado en realizar los milagros mismos que demostraban el sentido de su discurso. Aun así, el Nuevo Testamento relata treinta y cuatro de ellos, incluidas tres instancias de resucitar a alguien de entre los muertos. Estos actos de fe enviaron oleadas de reverente temor que irradiaron del desierto durante los dos mil años siguientes. Pero un milagro ocurre una sola vez, mientras que el potencial de milagros es atemporal; uno es local, el otro es eterno. Ésa era la realidad que Jesús no podía mostrar, que sólo podía enseñar y ejemplificar. La realidad, al contrario de lo que muestran las imágenes pintadas de Dios, no se sienta en un trono que levita en el cielo, no tiene barba ni manos ni pies. Carece de rostro y es absoluta. Como el desierto. Sin duda, ésta es la razón de que las religiones más abstractas del mundo hayan surgido en esa parte del mundo.

Las tres religiones del desierto —judaísmo, cristianismo e islam— enseñaban a amar el Verbo. "En el principio fue la Palabra, y la Palabra era Dios, y la Palabra era con Dios." En opinión de Michael, el ritmo hipnótico de esas palabras sagradas no conseguía disfrazar una pregunta obvia: ¿qué Palabra? Desde que fueron escritas, muchos milenios atrás, cada pocos siglos ha surgido un alma cegadoramente luminosa para echar luz sobre la Palabra, pero por cada profeta que la descifraba, morían por ella millones de personas comunes. Al parecer, tanta muerte, siglo tras siglo, había sumido a Dios en un humor permanentemente taciturno. Michael imaginaba a Dios cavilando mientras aquí, en la Tierra, los dogmas se acuchillaban entre sí. Y durante largos períodos, al ser humano común se le dijo que si no se ofrecía de modo voluntario a morir por su fe, estaba condenado.

Si todas las escrituras de Tierra Santa se condensaban en un solo fragmento práctico de sabiduría, Michael sabía que debía ser aquél que dice: "Teme al señor tu Dios con todo tu poder y toda tu fuerza y todo tu corazón".

"No —pensó—, ni siquiera es preciso examinar las Escrituras." La advertencia de adorar en el miedo se hallaba inscrita en las piedras del desierto. Era innata. Las madres enseñaban a sus hijos a creer que las otras religiones eran aborrecibles porque no temían a Dios lo suficiente. O no sufrían lo suficiente, no habían sido castigados, azotados, torturados, desposeídos, condenados al cautiverio y diezmados para satisfacción de lo verdaderamente santo. Michael se preguntaba por qué el miedo envolvía de tal forma algo que supuestamente debía ser una adoración jubilosa.

De repente se dio cuenta de que sabía con exactitud por qué había llegado el profeta: para dar a los que ansiaban el Armagedón lo que de veras querían. Y eso lo asustaba más que cualquier otra cosa.

La mente de Susan se había desviado en una dirección diferente. Se paró bajo la ducha y dejó que el agua tibia la liberara de la arena y la tierra que había acumulado en uno de los días más extraños de su vida. No había visto ninguna de las apariciones y maravillas que tanto afectaran a Michael, pero intuía que a él lo perturbaban los acontecimientos de la jornada. También ella se sentía inquieta, y no sólo por lo que Michael le había contado; resultaba evidente que él aún guardaba para sí una buena parte de su ordalía. También Susan se había enfrentado a unas cuantas cosas en los últimos días: reconocía los síntomas. Y sabía que entre ambos jamás volvería a ser lo mismo. Ocurriera lo que ocurriere a continuación, el vínculo que habían forjado poco a poco entre los dos se hallaba a punto de pasar una dura prueba. Se encontraban a la orilla de una nueva relación mutua. La perspectiva de ser arrastrada por la corriente la puso tensa y cautelosa.

"¿Quién es Michael, realmente?", se preguntó. No es que necesitara saberlo todo, pero parte de ella exigía saber más de lo que sabía. Durante tres años habían aprovechado algún rato juntos en medio de una zona de guerra, habían hablado de todos los temas existentes bajo el sol, pero en ciertos aspectos Michael seguía siendo un extraño para ella. Y los hechos extraordinarios de las últimas veinticuatro horas apenas si habían servido para ponerlo de relieve. ¿Quién era ese hombre que había visto milagros y locura en el desierto? ¿Era posible confiar en él?

Suponía que su cautela resultaba excesiva; después de todo, en los momentos y lugares en que había estado con Michael, rodeados por el paisaje áspero y los terribles traumatismos que intentaban aliviar como podían, la verdadera naturaleza de una persona afloraba con gran rapidez. Michael era un buen hombre. Pero aun así ella se sentía preocupada. Suponía que esa actitud era algo natural, después de lo de Christian.

Christian había constituido un breve intento de falsa madurez cuando Susan contaba poco menos de treinta años. Si en aquel momento hubiera sido sincera consigo misma, habría admitido que la persona con quien se casara no le importaba tanto como la boda perfecta, los accesorios perfectos, la oportunidad de decorar un apartamento "de verdad" y de blandir las palabras "mi marido" con aire casual en una conversación. Dos carreras, un solo apartamento, un estilo de vida brillante, como extraído de una revista, y un papel para que ella interpretara, papel respaldado por todos aquellos a los que conocía.

Ninguno de sus amigos había cuestionado las elecciones de Susan, ni siquiera sugerido que no eran las únicas posibles.

Cinco amargos años de una relación que en el mejor de los casos podía describirse como una guerra de trinchera a trinchera le enseñaron la locura de una falsa unión. Christian sentía que ella le había mentido, que le había prometido ser alguien que no era, y luego, cuando ella se negó a seguir con el trato, la odió. Para cuando Susan se dio cuenta de la gravedad de la situación, él le había herido el orgullo y alterado su carácter... Y entonces ella sólo deseó revancha. Al final, salió arrastrándose de entre las ruinas humeantes de su matrimonio con la misma sensación que experimenta el piloto que escapa de una colisión aérea.

Ya no sabía con certeza qué esperaba de los demás, y por lo tanto huía asustada de cualquier contacto íntimo. Mortalmente harta de cualquier clase de hipocresía, se había creado fama de administradora inflexible, capaz de resistir cualquier presión. Cuando adquirió consciencia de las consecuencias que tal actitud representaba para su vida emocional, ya era un hábito arraigado: el de volver a librar viejas batallas en un terreno donde pudiera ganar.

Siempre había buscado el significado que subyacía a los hechos, pero sabía que no era posible encontrar significado suficiente en los demás, ni siquiera en el servicio a los demás; por lo tanto, aceptaba que su viaje debía ser en solitario. Si para Susan existía un pecado original, ése era que la mayoría de las personas se entregaban por un precio demasiado bajo, rechazando de plano la felicidad del autodescubrimiento.

Ella no iba a pecar otra vez, al menos no si estaba en su mano impedirlo.

Se apagó el sonido de la ducha y unos momentos después salió Susan, envuelta en una bata de rizo blanco que tenía bordadas en el pecho las palabras: "HOTEL SHEPHERD'S, EL CAIRO". Terminó de secarse el pelo largo hasta los hombros y colgó la toalla de la puerta.

—Vaya, qué apetecible estás —dijo mientras se peinaba con los dedos el pelo húmedo—. Esa sábana te da un hermoso aspecto imperial romano.

Michael sonrió.

—Disfrútame mientras puedas. No me quedaré aquí para siempre.

—Debes quedarte en Damasco por lo menos unos días —respondió Susan—. Mírate. Lo que te carcomía desde hace unos meses ha empeorado, ¿no? No creo que puedas seguir sobrellevándolo solo, Michael. —Su voz reflejaba el desapasionado tono crítico de la cirujana, sin malicia ni miedo—. Estoy preparada para escuchar.

—¿Alguna vez has visto ángeles? —preguntó Michael, sobresaltándola. La voz le salió áspera, tensa, como si hablara alguien extraño a él.

Susan negó con un movimiento de la cabeza. Fue hasta el ropero abierto, a sacar unas prendas.

—Continúa —dijo.

—Hace largo tiempo que pienso en esto. La palabra "ángel" significa "mensajero", y no tienen por qué venir con túnicas y alas. En la Biblia, las historias dicen siempre que, al enfrentarse a un ángel, al principio el pueblo no lo reconoce. Imagino que lo mismo se aplica a los que ven ángeles en su muerte... Los mensajes podrían ser aterradores o maravillosos.

—¿De modo que crees haber visto un ángel? —preguntó Susan, que regresó a sentarse junto a él—. ¿Eso es lo que sucedió?

—No exactamente —respondió Michael—. Pero no dejo de pensarlo. ¿Cómo sabrías si te encontraras con un ángel... o digamos un mensajero? La mayoría de las personas, porque les han inculcado las nociones de alas y halos y arpas, imaginan que los ángeles son cirios religiosos de tamaño gigante, hadas más grandes que lo que indican los reglamentos aprobados por Dios, o guardianes que se encargan de que los demonios no muerdan. Aunque tampoco hayan visto nunca un demonio.

—Me estoy perdiendo. No tengo ningún problema con que los ángeles sean decorativos o inservibles. Pueden parecerse a un duende, si quieren... ¿Qué hay de malo en permitir que la imaginación tenga su propio campo de juegos?

—¿Y si la forma no significa nada? ¿Y si hemos pasado siglos pintando al mensajero y perdiéndonos el mensaje?

—Sigue.

La cara de Michael se tornó grave como la de un niño que recibe la primera comunión.

—Estamos hipnotizados por imágenes de seres alados, porque eso es lo que estamos condicionados para mirar. Vemos con los ojos del cuerpo. Pero constantemente nos llueven mensajes que tratan de abrir otro par de ojos. El mensaje angélico es siempre el mismo: "Mira, mira, mira"... y no lo hacemos. Seguimos repitiendo los mismos errores porque estamos hipnotizados por nuestra antigua manera de ver. —Michael hizo una pausa, interrumpiéndose de golpe—. ¿Esto tiene algún sentido para ti?

—No me molesta, si te refieres a eso —respondió Susan con tranquilidad. Vio la expresión decepcionada que mostraba Michael; éste esperaba más de ella—. Escucha, cuando era chica me inculcaron un montón de historias sobre ese otro mundo que supuestamente era tan cercano como cualquier cosa que yo pudiera ver o tocar. Tus ángeles estaban ahí, vigilando junto con Jesús y María y el Espíritu Santo. Pero el ser humano no vive sólo de historias. Hasta donde sé, puedes pasarte una vida rezando, enviando mensajes en una botella a ese otro mundo, esperando que aterricen en alguna playa que nunca verás realmente hasta que mueras, y los mensajes no llegan... Al menos los míos no llegaron. Así que me cuido sola, y ya no me preocupa ese otro mundo.

—Susan, muchas de esas imágenes eran reales —afirmó Michael con vehemencia.

—¿Es eso a lo que quieres llegar? Lo lamento, pero esta noche estás terriblemente críptico. Sin embargo, lo que tratas de decir va saliendo. Para ti la cortina se ha abierto, el velo se ha levantado, y ahora ves la otra orilla. Grandioso. Me alegro por ti. Sólo recuerda que yo me encuentro fuera de esta experiencia. Hasta donde alcanzo a ver, estás recibiendo señales de radio de Marte a través de tus muelas del juicio. No esperes que yo valide lo que no puedo ver.

A Michael le sorprendió que ella eligiera aquel momento para acercarse y besarlo. Era un gesto cariñoso, una suavización de sus palabras. Sin embargo Michael sentía que una mano lo había empujado hacia atrás. ¿Sería por miedo? ¿Acaso por ciega incredulidad? Ella no tenía intención alguna de revelarse hasta que encontrara el momento que le resultara más adecuado.

Susan volvió al baño con un manojo de ropa y salió unos minutos después vestida de manera enérgicamente profesional, con una falda color caqui larga hasta las pantorrillas y una blusa blanca de mangas largas.

—Bien —dijo—, ¿dónde quieres cenar?

—¿Así? —replicó Michael, al tiempo que indicaba su toga improvisada.

—Bajaré a hurtadillas y robaré algunas prendas a Nigel, lo cual nos lleva otra vez al tema A. Esas fotos, Michael. Si no las falsificó él mismo... ¿de dónde supones que salieron?

—Mencionaste a ese tipo, Serios... —respondió Michael—. Algunas de las imágenes saltaron solas al interior de la cámara, pero puedo responder por la mayoría del resto. Ahí es donde debemos empezar.

—¿Quieres decir que vas a encargarte de esto como si fuera una misión? ¿Y qué harás con tu trabajo?

Michael meneó la cabeza.

—No me queda otra elección. Los hechos me acosan.

—Por supuesto que tienes otra elección. Toma distancia, o al menos espera. Si lo piensas bien, ¿hay tanta diferencia entre un psíquico y un hechicero?

—"Hechicero" no es la palabra correcta —protestó Michael.

—¿Acaso crees que la semántica va a resolver el asunto? —Susan sonrió con ironía—. Elige la terminología que más te agrade. Tengo hambre.

Un momento después se oyó un suave golpe a la puerta. Un camarero entregó la ropa de Michael, lavada y planchada. Michael la tomó agradecido, y se retiró al baño a cambiarse. Se sintió mejor en cuanto estuvo de nuevo vestido, aunque recuperar aquella ropa intensificaba la pesadumbre por las cosas que había perdido en el desierto, muy en especial la bolsa negra y los valiosos suministros médicos.

—Listo —anunció.

—Bueno, no lucimos lo bastante elegantes para aventurarnos en Sindiana —dijo Susan, nombrando un lugar popular, que era el preferido de los expatriados, en el Mahdi Ben Baraki. Sindiana era uno de los pocos restaurantes franceses dignos de tal nombre en toda Siria, y los precios eran correspondientemente altos—. Pero nos dejarían entrar en uno de los cafés buenos.

—Mientras sirvan café —replicó Michael al tiempo que se ponía el cinturón y guardaba el pasaporte y la billetera en un bolsillo interior de la camisa. Tenía suerte de que ambas cosas hubieran sobrevivido a sus aventuras; las medidas de seguridad de rutina destinadas a disuadir a los carteristas también había servido para mantener sus documentos a salvo durante el bombardeo y la aparición.

El sol del atardecer doraba los tejados de Damasco cuando Susan y Michael salieron a la calle en busca de *kibbeh* y *bourak*. Encontraron una mesa vacía en uno de los sitios favoritos de Susan. Faltaba bastante para la hora habitual de la cena de los damascenos, y de todas partes salían hombres apresurados para ir a la mezquita a rezar las plegarias de la tarde. Frente a pasteles de carne y de queso y vasos altos y frescos de *laban* —la bebida salada, preparada con yogur, que universalmente paladeaban los sirios—, Michael retornó al tema que lo inquietaba.

—Supongo que tienes razón. El velo está levantándose, como dijiste —comentó con renuencia—. Sin embargo, no estoy seguro de lo que veo tras él. Dado lo que dijiste allá, convendremos en que quieras proteger tus derechos escépticos. Es justo, sólo que he visto cosas que atacan el escepticismo sin crear fe. ¿Cómo llamas al estado intermedio?

Se sintió incómodo en cuanto acabó el discurso, pero no conocía ningún otro modo de expresar en palabras su situación. Por primera vez, pensó, Susan le sonrió de manera comprensiva.

—Veo que esto no es un juego para ti.

—En absoluto.

—Casi debo reírme de mí misma, ¿sabes? He pasado veinte años cerciorándome de no ser más que un pilar parado ahí para sustentar el ego de un hombre, y ahora tú esperas que yo sustente tu alma. ¿Cómo lo hago? Muéstrame lo que quieres, indícamelo.

—No espero nada de ti —respondió él, ruborizado—. Si crees que trato de usarte de alguna...

—No —respondió ella con calma—. Tal vez experimentas una regresión a alguna cosa de tu pasado o tu subconsciente, y quizás a mí me resulta demasiado difícil verte hacer eso; ni hablar de comprar un pasaje y acompañarte. Yo también te haré algunas confesiones, ¿de acuerdo? Cuando tenía siete años huí de casa por alguna razón que ya no recuerdo ni remotamente. Creo que mi padre me pegó con un cinturón por algo que hice. No fue ése el hecho significativo. El hecho significativo fue que me sentí odiada por primera vez.

"Era un sentimiento terrible, que me abrumaba. Huí al bosque que había detrás de nuestra casa. En forma deliberada evité cualquier sendero, porque no deseaba que me encontraran, y al cabo de un rato me había metido en unos matorrales densos y gateaba bajo zarzas y moras silvestres tan enmarañadas que ni siquiera los pájaros podían anidar allí. Después de unas horas empezó a oscurecer, y me di cuenta de que no sabía el camino de vuelta, así que empecé a llorar. Eso duró un rato; a continuación se puso negro como boca de lobo, sin luna, el cielo encapotado.

"Para entonces oía cosas que se arrastraban en las malezas; un gran búho bajó de un árbol y arrebató un ratón que estaba a tres metros de mí. Me sentía tan asustada que me deslicé bajo una pila de hojas y me cubrí. Temblaba tanto que no lograba quedarme dormida. De pronto me alumbró una linterna a través de las hojas. La voz de un hombre dijo: "¿Susie?". Yo no sabía quién era, pero me senté, y el hombre apagó la luz para que no me hiriera los ojos.

—¿Entonces supiste quién era? —preguntó Michael.

Susan negó con la cabeza.

—De eso se trata. No lo supe, y por alguna razón no me asustaba. Me levantó en brazos y me quedé dormida. A continuación me encontré en mi cama, y me desperté unas horas después del amanecer. Mis padres jamás hablaron del tema. Actuaban como si yo nunca me hubiera fugado.

—¿Un extraño te encontró en la oscuridad? Tal vez te había seguido desde el principio.

—O tal vez era un sueño o una proyección presexual... Créeme que he intentado todas las explicaciones plausibles. Démosle el beneficio de la duda, como a las instantáneas de Nigel y a tu experiencia. Él era un ángel, enviado por Dios para rescatarme, y apareció en una forma que yo podía aceptar. Es decir, de eso se trata tu profeta, ¿no?

—Salvo que no sabemos si ha venido a rescatar a alguien.

—De acuerdo. Pero en mi caso, una experiencia sobrenatural cuando era niña no me cambió la vida. Conocí un ángel, sí, pero después crecí, en todos los sentidos de la palabra, y descubrí que en realidad no me importaba si la experiencia era real o no, porque la gente siempre encontraría una forma de arruinar las cosas, con intervención divina o sin ella.

—Es una actitud bastante derrotista —comentó Michael.

Palabras extrañas, viniendo de él. Hasta el momento había pensado lo mismo: los humanos encontrarán algún modo de empeorar cualquier cosa sin necesidad de recurrir a lo sobrenatural.

—Tú me conoces, Michael. Prefiero calificarlo de "realismo" —dijo Susan—. Y aún conservo la esperanza, supongo. De no haber sido por mi ángel, me habría dado por vencida hace mucho tiempo y afirmaría que todo fue un disparate. Supongo que, muy en el fondo, todos desean creer que existe un poder de convertir el agua en vino, o el dolor en alegría. Porque sabe Dios que necesitamos algo que haga soportable el mundo.

Michael aún no era capaz de expresar de forma directa lo que le había sucedido. Pero ya no podía hablar de ello con rodeos.

Susan le estudió la cara con atención durante un momento.

—Si fuera tú, yo cuestionaría mi criterio... de manera muy concienzuda —dijo Michael—. En especial en esta parte del mundo. A veces pienso que aquí la realidad está menos diversificada.

Había oscurecido, y ahora el llamado a la plegaria nocturna resonaba en toda la ciudad, llevado a todas las casas y los negocios por altavoces y la radio. Michael y Susan esperaron sin hablar hasta que pasó el momento. Luego él le contó los últimos detalles de la luz asesina que había brillado sobre Wadi ar Ratqah; de los derviches en la mezquita cuyas oraciones eran lo único que contenía la desolación; del viejo sufí que parecía capaz de ver el alma de Michael como si ésta fuera de cristal. Susan escuchaba con expresión grave, sin protestar. Él concluyó con la metralla de los aviones que había matado a Yousef.

—Y también me habría matado a mí, Susan. Yo me encontraba en medio de la trayectoria de las balas. Pero tuve la impresión de que me pasaban por alto ... porque el sufí estaba allí. Su sombra me protegió; luego él me habló en inglés. No sé por qué o cómo. Antes, Yousef había tenido que traducir...

"Debes mantenerte a salvo —me dijo— He venido a ti porque ahora, contra toda costumbre, lo sagrado debe ser visto... Él no nos deja opción. Recuerda: en la soledad sólo hay miedo. Lo que ha estado separado debe unirse. El que no busque no encontrará.

"Y nada de eso me sorprendió —admitió Michael con renuencia—. Porque yo había estado soñando con él, con esa aldea, durante meses. —Sólo al pronunciar estas palabras se dio cuenta de que eran ciertas.

—¿Qué soñaste? —preguntó Susan.

—Soñé que el mundo se quemaba, se disolvía en fuego. —Pero de algún modo estaba equivocado. Era como si la creación fuera absorbida hacia atrás y eso volviera mala la luz de la creación, en lugar de buena. Michael meneó la cabeza. Las palabras no podían transmitir la profunda comprensión que había vibrado dentro de él en su sueño—. Pero la peor parte no es el dolor. Es la antinaturalidad de todo, la perversidad. Una luz que mata pero que no salva.

Tomó conciencia de que Susan le estrechaba la mano. ¿En qué momento se la había tomado?

—Soy médico, pero eso no es una credencial deseable cuando te vuelves maníaco y alucinatorio.

—No es tan malo —dijo Susan—. Conozco a alguien que puede ayudarte.

—No me gusta la palabra "ayuda" —replicó Michael, decepcionado con lo que ella daba a entender.

Susan meneó la cabeza.

—No se trata de un psiquiatra; sólo un amigo. Me ayudó una vez, cuando lo necesitaba mucho.

—¿Está aquí o en Alejandría? —Michael comenzó a hacer cálculos mentales, en un intento de evaluar cuánto tiempo sería capaz de permanecer ausente del campamento sin sentir cargo de conciencia.

—Ni en un lugar ni en otro —respondió Susan—. Se encuentra en Jerusalén.

—Pero eso queda muy lejos de aquí —replicó Michael, sin expresión. Durante años, desde que Israel y Siria peleaban por las alturas del Golán, el cruce de la frontera se hallaba estrictamente militarizado.

Susan esbozó una franca sonrisa.

—No te preocupes. Puedo lograr que crucemos la frontera y volvamos a salvo. Podemos hacerlo en menos de un día.

—Tu amigo... ¿qué sabe sobre esto que yo ignore?

—Es difícil decirlo —respondió Susan, obviamente aliviada de que Michael al menos considerara una solución racional—. Sólo ha tenido tres mil años para pensarlo.

En Damasco había toque de queda, y sólo un loco o alguien mucho más desesperado que Michael trataría de cruzar la frontera hacia Israel por la noche. Lo intentarían por la mañana, cuando el alba hubiera bañado la torrecilla del Sultán con un hilo de luz. Susan despertó una hora antes del amanecer y sacudió a Michael, que estaba acostado junto a ella. Despertó sobresaltado, saliendo de un sueño negro que de algún modo le resultaba tan aterrador como fueran antes las visiones. Ya formaban parte de él en tal medida que esa interrupción era como una amputación.

Susan estaba de ánimo eficiente.

—Vamos. Pedí a la cocina del hotel que nos preparara una cesta de picnic, y un auto ya nos espera abajo. —Michael se sentó y se pasó una mano por el pelo. Se levantó y manoteó en busca de su camisa mientras Susan le alcanzaba los pantalones. Tomó la taza de café que ella le tendía y lo bebió mientras intentaba abotonar la camisa con una sola mano. Sus deportivas Nike todavía conservaban las salpicaduras de sangre de la operación que había realizado dos días atrás, pese al polvo de la caminata a través del desierto.

—Espero que este amigo tuyo no sea exigente con la vestimenta —comentó Michael al tiempo que se ponía de pie.

—La verdad, lo es —replicó Susan mientras abría la puerta.

Para cuando el sol era un astilla en el horizonte, ellos ya se dirigían al este por la ruta Dos. Al auto se le permitió cruzar la frontera hacia el Líbano en cuanto abrieron los portones, y menos de media hora después se encaminaban al sur hacia la frontera Israel-Líbano. También ésta se hallaba cerrada a sus vecinos, salvo posiblemente la península de Sinaí. Michael se habría ofrecido a conducir, pero no le agradaba hacerlo en una zona donde se consideraba un deporte de alto riesgo, de modo que lo hizo Susan. Se apartó del centro del camino justo la distancia exacta para permitir que un camión que iba a Beirut pasara rozando sin arrancarle el espejo lateral, y luego volvió al medio.

"¿Se propone cruzar la frontera con documentos falsos o mentiras? Es capaz de ambas cosas", pensaba Michael en tanto miraba por la ventanilla. De lo contrario, no existía modo alguno de que entraran en Jerusalén. Susan le había explicado un poco las cosas. El hombre al que iban a ver se llamaba Solomon Kellner y era un rabino jubilado de la Ciudad Vieja. Se interrumpió allí, sin aclarar de qué manera podría ayudarlo Kellner, y Michael no había querido presionarla. "Debes tener un poco de fe", se dijo, deseando que hubiera otra opción. En conjunto, la fe parecía algo que al mundo le sobraba y le faltaba al mismo tiempo. Era siempre así al este del Paraíso.

Capítulo Cuatro

La ciudad de oro

Durante más de tres mil años ha habido una ciudad en ese lugar. Ha sufrido destrucción, total o parcial, al menos cuarenta veces. A medida que se levantaba y caía, los judíos siempre se sentían impulsados a reconstruir las ruinas, y le atribuyeron diversos nombres: Ariel, Sión, Salem, la Ciudad de David, la Ciudad de Judá, Jebus, la Ciudad de los Grandes Reyes, la Ciudad de la Verdad, la Ciudad de Oro... o, la mayoría, simplemente la Ciudad Santa. De más estaba decir que bajo cada nombre se escondía la ciudad de las lágrimas.

David marchó triunfante a través de sus portones con el Arca de la Alianza, un cofre cubierto de oro que contenía las reliquias más preciosas de su historia, incluidas las tablas en las que Moisés recibiera los mandamientos de Dios. El hijo de David, Salomón, construyó el primer templo con objeto de venerar el Arca, reemplazando con piedra las tiendas nómadas, conocidas con el nombre de tabernáculos, que habían sido los lugares tradicionales de adoración para las doce tribus errantes. El día de la consagración, el templo se llenó de sacerdotes de túnicas blancas que hacían sonar trompetas, címbalos y tambores, y entonces ocurrió un milagro. Dios entró en la cámara en forma de una nube que se hallaba en todas partes, ofreciendo Su presencia y bendición a los azorados adoradores. El Primer Templo de Salomón en Jerusalén fue consagrado cuatrocientos dieciocho años después de que Moisés condujera a los israelitas fuera de la esclavitud en Egipto.

La obra de Salomón guardaba el propósito de ser eterna, pero en ese lugar la ola de destrucción parece tener un ritmo propio. Los babilonios redujeron el templo a escombros y dispersaron el Arca y sus reliquias en el olvido. Transcurrieron siglos. Diez de las doce tribus desaparecieron, pero los judíos nunca perdieron la atracción de su imán sagrado. Un segundo templo se elevó en mayor escala, ampliado por el rey Herodes para mayor magnificencia. Cuando los romanos sometieron a los rebeldes de Palestina, que habían constituido una molestia menor desde que toda la región se convirtiera en una colonia del Imperio, demolieron la estructura de Herodes. Todos los restos de los templos son capas de piedras de cimientos, junto con el Muro Occidental de la ciudad. Este muro no es el centro del mundo para los judíos devotos, pero sí lo más próximo a ello, ya que el verdadero centro, el Monte del Templo, es terreno en el que se prohíbe caminar. Esto responde a dos motivos: Tras pasar siglos sin su lugar sagrado, nadie ha podido ser purificado del toque de la muerte con los debidos rituales, lo cual torna a la gente demasiado impura para pisar el lugar que es el más sagrado entre los sagrados. El segundo motivo, y más práctico, reside en que el Monte está ocupado por la suntuosa Cúpula de la Roca, que, según se afirma, es el edificio islámico más hermoso del mundo.

Como una amante que se vuelve codiciada porque tantos otros hombres la desean, la ciudad ha atraído ávida atención desde sus orígenes. Los últimos conquistadores en llegar y partir fueron los británicos. Desde 1948 hasta 1967 Jerusalén fue una ciudad dividida contra sí misma, donde la Puerta de Mandelbaum se erguía como la encrucijada de esta Berlín sagrada. Incluso después de la reunificación, en la guerra de los Seis Días, la ciudad se resigna a seguir siendo lo mismo que siempre, pese a tanto sufrimiento: un campo de batalla. La Ciudad de Oro continúa levantándose sobre la espalda de sus cadáveres, y no ha cesado de ser el botín más célebre de Oriente, demasiado tentador para que los conquistadores lo dejaran pasar, ya fueran persas, asirios, babilonios o por nombrar los avasalladores extranjeros más recientes, griegos, cruzados cristianos, mamelucos y turcos otomanos. Tal vez demasiada conquista al fin hizo que la ciudad deseara retornar al nivel común y profano que define a otros lugares, porque no puede sino matar a sus profetas y apedrear a aquellos que Dios le ha enviado, para parafrasear a Jesús.

Ésta es Jerusalén la Novia.

Estaba ya avanzado el día cuando Solomon Kellner salió de la pequeña sinagoga donde rezaba por la mañana y la noche. Se ajustó el abrigo encima del taled y comenzó a caminar con lentitud en dirección al Muro. El sol de primavera era como una bendición, y mientras caminaba Kellner meditaba sobre todo lo que tenía para agradecer en el septuagésimo año de su vida.

Solomon Kellner había nacido en la otra Berlín, en 1929, en una familia de eruditos y profesores cuyo nombre había constituido una honra para la universidad desde la época de su bisabuelo. La familia no se consideraba adinerada, pero gozaba de comodidad y felicidad, libros, música y risas francas. No recordaba en qué momento sus padres habían comenzado a hablar en susurros cuando creían que él y sus hermanas podrían oírlos. Pero un niño vive en el presente, en los buenos instantes entre los lapsos inciertos.

Noviembre de 1938. Él tenía nueve años la Noche de los Vidrios Rotos. Recordaba haber caminado por las calles a la mañana siguiente, viendo los fragmentos de los escaparates de los negocios tirados en centelleantes trazos sobre la calzada sobre la vereda como una extraña nevada temprana. Un sonido de trompetas parecía hacer eco en sus oídos. Le daba la impresión de oír los gritos de batalla, y se apretó más contra su niñera. Podía sentir el miedo de la mujer, y por un momento pensó que ella había oído lo mismo que él, pero no era así. Las trompetas habían sonado para él solo, y Solomon supo en ese instante, joven como era, que todas las certezas de su vida habían desaparecido, y que su futuro sería consagrado a la guerra.

Transcurrieron dos años. El tiempo que su familia podría haber aprovechado para huir, emigrar a los Estados Unidos o Canadá, o incluso a Palestina, había pasado, malgastado por la creencia de su padre en el poder de la razón, y la confianza de su madre en la permanencia de la amistad. Ninguno de ambos previó que las cosas llegarían tan lejos. Siempre habían creído que era posible rescatar algo, que las nuevas leyes del Canciller constituían una medida temporal que sería revocada por la mofa de los hombres cuerdos.

Pero ya no quedaban hombres cuerdos.

En la primavera de 1941, cuando Solomon tenía doce años, los Kellner recibieron órdenes de presentarse para que se les asignara un nuevo destino. La madre lloró y el padre se mostró sombrío, pero creían firmemente, o lo fingían, en la historia que les contaron: se les darían tierras de cultivo en el este. Cada uno hizo una sola maleta, como se les había indicado, y abandonaron el luminoso y aireado apartamento de la calle Thiel.

Solomon nunca más volvió a ver el departamento, ni tampoco la maleta que le había preparado su madre, llena de ropa de abrigo y sus libros favoritos. En años posteriores, esa pequeña crueldad lo atormentó más que cualquier otra cosa: ¿Por qué los nazis les exigían hacer las maletas y les daban una lista del contenido aprobado, si se proponían no dejárselas usar jamás? Para entonces Solomon ya sabía, sin disponer de conceptos concretos con que disfrazar su conocimiento, lo que iba a suceder. Cada nuevo horror no era ninguna sorpresa, sino sólo la manifestación de algo que ya era real a sus ojos interiores. Los vagones de carga en que los transportaron sin alimento ni agua; el largo viaje lejos de todo lo conocido; los rumores susurrados entre los extraños que se apiñaban como ganado destinado a venderse en algún mercado remoto y tétrico.

El tren se detuvo en un lugar donde los muros estaban hechos de alambre de púa, y el cielo, de ceniza. La madre y las tres hermanas mayores de Solomon fueron llevadas a empujones en una dirección; él y su padre, en otra. Fue un error —Solomon era bastante pequeño, de modo que deberían haberlo enviado con las mujeres y los niños— que le salvó la vida. Una hora después un hombre de expresión colérica, que sostenía una tablilla sujetapapeles, sacó al muchachito de once años de la línea de procesamiento donde los recién llegados eran conducidos hacia las duchas. Antes de que el hombre y su superior llegaran a decidir si sería o no demasiado problema enviar al pequeño internado al lado de las mujeres, la jornada de trabajo había terminado.

Solomon continuó salvando la vida día tras día. Comprendía de forma instintiva que no había ninguna necesidad de buscar a su padre. Solomon era joven y fuerte y estaba resuelto a vivir. Sobrevivió cuatro años en ese lugar de alambre y cenizas, y fue allí donde comenzó a estudiar la Torá. Su familia no era profundamente religiosa; todos los eruditos salidos de entre los Kellner eran seglares. Solomon estaba llamado a ser un guerrero, y allí, en el infierno, descubrió para librar su batalla, las herramientas espirituales en el corazón y la mente de hombres que se las pasaban de uno a otro al morir.

El 10 de junio de 1943 Berlín fue declarada *Judenrein*, depurada de judíos. Dos años después se abrieron los campos de concentración, liberados por los aliados. Solomon Kellner tenía dieciséis años cuando llegó el ejército ruso. La guerra había terminado. Él continuaba vivo. Algunos retornaron a sus países, a lugares que habían conocido antes de la guerra, pero Solomon no podía soportarlo. La Berlín de sus recuerdos de infancia ya no existía, y regresar a aquello en que la ciudad se había convertido sería una mofa amarga a tales recuerdos. Como tantas de las personas a las que la guerra privó de todo derecho, volvió la mirada hacia los Estados Unidos. El tesoro que llevaba dentro de su corazón esperaba con paciencia.

Durante los veinte años siguientes, diez manzanas de Nueva York fueron su hogar. Asistió a Columbia y se graduó en psicología. Estudió la Torá con mayor empeño, se casó, tuvo hijos, pero siempre comprendió que la guerra para la que había nacido no había concluido. En 1967 él y su familia emigraron a Israel, a obtener la ciudadanía por la Ley del Retorno. En Jerusalén prosperó en el ejercicio de su profesión. Cuando cumplió cuarenta años contrató un maestro de entre sus colegas de la Ciudad Vieja y comenzó a estudiar el *Sephir Yetzirah*, el *Libro de la Creación*, y ahondó en el misterio interminable de la Intención transformada en Manifestación.

Pasaron los años, tranquilos, llenos de los pequeños triunfos y tragedias de la vida doméstica, unidos por la plegaria. Cuando alcanzó una edad que lo tornó impaciente con las neurosis intratables de existencias vividas en el olvido espiritual, Solomon dejó por completo de lado su vida secular. Se convirtió en el *rabí* Solomon, el maestro. Había momentos en que se preguntaba si había elegido el camino correcto. Cada hombre y mujer tenía un yo-luminoso dentro de sí; la huella santa de la creación del Más Alto. Sin embargo, la gente parecía volver la espalda casi automáticamente a esa chispa interior, para pasar sus días envuelta en el dolor de la confusión manufacturada. Rezaban a Dios en templos y rara vez ponían los pies en el templo de su propio corazón. Él sabía muy bien todo eso, pero por alguna razón Dios no lo había dotado de la elocuencia necesaria para despertar a los que dormían y hacerlos ver el poder simple de la inocencia recuperada. De modo que él hablaba con aquellos que ya se agitaban en su sueño. Hombres jóvenes que no habían conocido otro modo de vida que el *yeshiva,* buscaban a Solomon para que los guiara en sus estudios. Porque Kellner comprendía que había, entre las tribus de los hombres, uno al que debía encontrar, uno al que debía decir la palabra que lo despertara por completo a la conciencia.

Salió de un estrecho callejón adoquinado y llegó a la plaza cercana al Muro Occidental —una plaza que él vio despejada de un destartalado vecindario musulmán unos días después de la victoria de la guerra de los Seis Días—, y al cruzarla se detuvo una y otra vez para hablar con conocidos: "Sí, ¿cómo andas?"; "Qué bonito cumpleaños tuviste el último Adar"; "Por supuesto que los tribunales rabínicos están abiertos a ti", "¿Por qué no irían a oírte, si es el tipo de muchacha al que tu Shmuel ha dado su dinero?". Así era como se medía la vida de un hombre: en plegarias y amistades a través de las calles de una ciudad sagrada anidada dentro de una secular.

Mientras se aproximaba al muro vio a un joven que se hallaba de pie ante él, mirándolo fijamente como si nunca antes hubiera visto sus piedras antiguas. El día en que Moshe Dayan entró por primera vez en la Ciudad Vieja para reclamar el derecho judío a rezar en el Muro Occidental, siguió la tradición e insertó entre las piedras un papel doblado, en el que ofreció esta plegaria: "Que la paz descienda sobre toda la casa de Israel." Dayan no tenía fama de religioso, más bien todo lo contrario, pero su plegaria era muy pertinente tanto en el ámbito político como en el religioso. Hasta la fecha, Dios no la había atendido en ninguno de ambos terrenos.

El joven al que Solomon había divisado ahora lo vio a él. Lo mismo que Kellner, vestía la ropa oscura y sencilla de los ortodoxos, y su ancho sombrero negro y el abrigo largo lucían a la vez extraños y apropiados bajo el radiante sol mediterráneo.

—Simon, ¿qué ocurre? —preguntó el rabino, tras saludar a su pupilo—. Te echamos de menos en las plegarias de esta mañana.

—No podía rezar —respondió Simon con voz grave—. Tuve un sueño, y debes aconsejarme al respecto de lo que significa.

—Un sueño significa que no moriste mientras dormías —indicó Solomon. El alumno no sonrió, sino que se limitó a bajar los ojos con respeto. —Bueno, ¿qué es lo que soñaste, que te impidió rezar después?

—Vi el fin del mundo. Vi las puertas de las casas marcadas con sangre al pasar el Ángel de la Muerte, y esta vez ni siquiera se salvaron los primogénitos de Israel. Vi la faz del sol cubierta de sangre, y vi las diez plagas liberadas una vez más para matar al pueblo. Y el Señor ocultaba su rostro... sin hacer nada.

Que Dios pareciera no hacer nada mientras las personas buenas sufrían era una verdad del mundo que había destrozado muchos corazones y espíritus antes de los de Simon. Solomon pensó en La Pascua que iba a comenzar al ponerse el sol el viernes. Era el símbolo de la liberación de los judíos de la esclavitud de Egipto, y de la promesa que les había hecho Dios, pero en los últimos tiempos había momentos en que Solomon se preguntaba si ese año no devorarían al cordero pascual. De uno de los *kibbutzim* cercanos a Galilea llegó el informe de que de la noche a la mañana todos los frutos se habían marchitado en los árboles —uno de esos portentos que recorren con una oleada

117

de pánico y fervor a toda la derecha religiosa— y una familia había perecido quemada viva en su hogar, aunque los vecinos juraban que no habían transcurrido más de diez minutos entre la primera señal de humo y la destrucción total de la vivienda.

Después estaban los terribles sueños del propio Solomon, acerca de los Últimos Días. Era ya bastante malo que él hubiera tenido tales visiones, pero cuánto peor que las viera también Simon, con su cara juvenil y serena. ¿Qué significaba? "Sin duda, Tú lo aclararás a Tu propio tiempo", pensó Solomon.

—Después de tu sueño, ¿cómo te sentiste al despertar? —preguntó.

Simon agachó la cabeza.

—Sentí que no podía amar al Señor, rabino, si ésta había de ser mi suerte. Tenía mucho miedo.

—¿Amar? —Solomon resopló—. Epa, ¿qué somos? ¿Gentiles? Dios pide nuestra obediencia, no lo imposible. —Palmeó al joven en el hombro—. Es como el matrimonio, Simon. El amor viene después; primero se hace lo correcto. Ahora vuelve a tu casa. Pide a Dios que te quite el miedo. Y si vuelves a soñar, ven a verme. Hablaremos.

—Sí, rabino. —Simon cuadró los hombros y se marchó.

Cuando se había alejado un poco, el rabino dio media vuelta.

—¡Eh, Simon! —El alumno se volvió—. No siempre es prudente saberlo todo. Cuando Dios creó el mundo, ¿sabes lo que dijo? "¡Esperemos que funcione!" ¿Comprendes?

—No, maestro.

Solomon meneó la cabeza y prosiguió su camino mientras murmuraba para sí:

—Tal vez necesites morir mientras duermes, después de todo. —Experimentó una punzada de remordimiento y alzó la vista al cielo—. Debes perdonar a un viejo... Gracias.

Sin embargo, las temerosas palabras de Simon no lo abandonaron. Solomon pasó el día en los lugares santos habituales, pero aquel anochecer, mientras sus pasos lo llevaban hacia su casa, se dio cuenta de que el momento que había esperado de manera incierta durante sesenta años estaba a punto de llegar.

Susan había flirteado con los guardias de ambos lados de la frontera, parloteando en inglés a los pulcros soldados israelíes mientras les mostraba sus documentos. Era una distracción para impedirles que examinaran la tinta con demasiada atención. El auto fue registrado con escrupulosidad, primero por los libaneses, aunque era un cruce relativamente tranquilo, lejos del alboroto de la Línea Verde que separaba Israel de los territorios ocupados. Los centinelas no habían permitido a Michael subir de nuevo al auto tras la primera inspección, de modo que caminó junto al vehículo mientras Susan conducía despacio a través de la frontera hasta el puesto de control israelí, donde se repitió la inspección completa.

—Que lo pasen muy bien, ¿de acuerdo? —dijo por fin el joven teniente de la Fuerza de Defensa de Israel, con un puro acento sureño: una última nota estrafalaria. Aturdido por la presión de los hechos recientes, Michael casi no reaccionó a la incongruencia. El trayecto hacia el sur y el este les llevó casi todo el resto del día. El paisaje cercano a la costa era típicamente mediterráneo; con las ventanillas del auto bajas, podían oler el mar y la fragancia penetrante de las hierbas cultivadas por sus resinas aromáticas. Allí el aire era suave, suave por la humedad y el aroma de la tierra cultivada. Era un lugar tan diferente del desierto como resultaba posible y, sin embargo, llevaba consigo la memoria del desierto, como si la desolación fuera el fundamento, y esa frondosa belleza, una sugestión efímera. El conocimiento de que escapar del desierto era un privilegio que podía revocarse con facilidad parecía informar a todos los que vivían allí de que su jardín podía serles arrebatado según el capricho de Dios o la naturaleza. No hay mucha diferencia entre ambos cuando se es granjero. Salvo si se puede arriesgar un pacto con Dios, quizá...

Una vez que se hallaron a kilómetros de distancia de la frontera, a los ojos estadounidenses de Michael la región comenzó a adquirir un aspecto más semejante a una campiña común. Por un momento olvidó lo que lo rodeaba. Las imágenes de una última tormenta de fuego se elevaron tras sus ojos como lo habían hecho en sueños, pero él las rechazó porque no constituían prueba de nada, salvo del miedo. Si no eran sueños, el papel que lo urgían a desempeñar tal vez tampoco lo fuera.

Y eso no era posible.

—Un dracma por tus pensamientos —se inmiscuyó Susan, devolviéndolo al presente.

Michael sacudió la cabeza.

—Estaba pensando que me encuentro en aguas demasiado profundas.

—Eso nunca lo sabes con certeza hasta que te ahogas —contestó Susan en tono jovial.

Los alrededores de Jerusalén, que ya se divisaban en la distancia, causaron en Michael una euforia inesperada. Cuando vio la maraña de edificios de muchos reinos que resplandecían dorados bajo los rayos del sol de las últimas horas de la tarde, sintió un hormigueo como si hubiera encontrado a salvo a una persona amada después de perder toda esperanza. ¿Acaso era una especie de reverencia? ¿La liberación del dolor? Ninguno de los rótulos conocidos parecía adecuado; aún le quedaba una poderosa sensación de ambigüedad, como la de un hombre que se halla a punto de ejecutar un salto que podría significar la redención o el suicidio.

Entraron en los suburbios poco antes del crepúsculo; ya que ese día no era Sabbath, normalmente la hora importaba poco respecto a encontrar alojamiento. Susan siguió la ruta de Jafa. Pasaron ante las habituales barricadas y entraron en Jerusalén propiamente dicha —dividida en la Ciudad Nueva, la Ciudad Vieja y Jerusalén Oriental, predominantemente palestina—, por la calle David en dirección al zoco turístico.

—¿Y ahora adónde vamos? —preguntó Michael, distraído por la marea de gente que lo invadía todo.

Era el comienzo de la Semana Santa y la ciudad se hallaba repleta de visitantes que se desplazaban en bicicleta, a pie y en auto, incluidos los profundamente religiosos y los profundamente indiferentes.

—Al Barrio Judío —respondió ella—. Nos convendrá ir directo a la casa; de ningún modo conseguiremos una habitación de hotel, y es inútil perder tiempo preguntando.

Avanzaron a paso de tortuga a través del atestado zoco y llegaron al Cardo Maximus, la calle principal reconstruida de la Ciudad Vieja. A ojos de Michael, era la versión hollywoodense de Biblialandia, donde edificios de color pardo grisáceo se abrían a estrechas calles de adoquines, y carteles escritos en una mezcla de hebreo e inglés exhortaban a las mujeres a vestir con decoro. Vio a un viejo con túnica que conducía un burro cargado por una calle angosta, flanqueado por tres soldados armados con Uzis. De algún modo, todo parecía inconsistente, como si fuera una recreación esterilizada de la Antigüedad que hacía lo posible por anular un mundo mediante la glorificación del mundo que debería ser. "No es de sorprender que cientos de personas acudan a Jerusalén todos los años y se vuelvan locas —pensó Michael mientras miraba por la ventanilla—. Es irreal y demasiado real al mismo tiempo."

—Esto es lo máximo que podemos acercarnos —dijo Susan al tiempo que aminoraba la velocidad del auto y se detenía frente a un umbral de piedra caliza.

—¿Y el auto? —preguntó Michael mientras bajaba en el estrecho espacio que quedó entre el vehículo y la pared.

Susan se encogió de hombros y se echó el bolso a la espada.

—Seguirá aquí cuando volvamos, o no.

—¿El fatalismo te proporciona alguna forma de seguridad? —replicó Michael.

—Algo así. —Susan sonrió.

Elizabeth Kellner, a quien todos llamaban Bella, sabía que su marido se sentía cada vez más inquieto en las últimas semanas. Él mantenía un lúgubre silencio, aun con ella, pero al cabo de medio siglo de matrimonio habría resultado sorprendente si ella no supiera lo que pasaba por la mente de su esposo. Aquel anochecer, al llegar a la casa después de sus plegarias, él había desestimado el saludo de Bella con un ademán.

—¿Quieres decir que no deseas cenar? —preguntó Bella.

—Tal vez un poco de sopa —respondió Solomon con aire ausente.

Era su fórmula abreviada para expresar: "No me molestes con la comida. Tengo cosas más importantes en que pensar." Ella sacó un recipiente de sopa de *matze* y la puso en la mesa, entre ambos. A veces se preguntaba, cuando su marido se sumía en esos estados de ánimo, si podría darle un plato de agua sucia sin que él lo notara.

El matrimonio de los Kellner, desde su celebración, en Brooklyn, los había llevado a muchos lugares extraños, para al fin trasladarlos a Israel. Algunos habían afirmado que sólo el Mesías podía crear el reino de Israel sobre el cual reinaría, y que cualquier intento por apresurar la llegada de ese día era impío. ¿Cómo se atrevían los judíos a fundar una nación en el sitio de su antigua patria y llamarla Israel antes de que el Mesías les diera el derecho y el poder de hacerlo?

Era una cuestión para eruditos, no para ella. Bella Kellner, nacida y criada en Borough Park, Nueva York, había seguido a su marido a esa tierra intimidatoria sin quejarse; al menos no mucho, sólo una vez que se dio cuenta de que él tomaba muy en serio sus estudios. Ella había aprendido pacientemente hebreo; en la calle, a veces los extraños se burlaban de su yidis, la misma lengua que hablaba su *mamaloschen*, aunque entonces, como ahora, se comprendía en casi todo el país. La mujer se había adaptado a vivir en un estado de permanente riesgo de guerra, aprendido ejercicios de bombardeo y máscaras de gas, y a sonreír cuando sus hijas, junto con sus hijos, fueron llamados para cumplir el servicio militar obligatorio. A través de todo aquello había formado un hogar y conocido la vida de todos los que vivían dentro; entonces, ¿cómo no iba a saber ahora que su marido estaba profundamente preocupado?

No había nada que él no le contara, salvo esto. Incluso los arcanos que los religiosos conservadores consideraban inadecuados para los oídos de una mujer —el estudio de la Creación y la naturaleza mística de Dios a través de su sagrada Cábala— eran moneda corriente a la mesa de la cena de los Kellner, pues —decía Solomon— si Dios había hecho a la mujer, y Dios había hecho la Cábala, ¿cómo podía estar mal que una tuviera conocimiento de la otra? Bella no recordaba un momento, en los últimos veinticinco años, en que no hubiera habido por lo menos seis personas charlando alrededor de la mesa mientras comían, reían e inundaban la cocina de dichosas discusiones.

Pero ahora cenaban solos, y Solomon estaba callado. Bella no sabía qué palabras emplear para romper el silencio.

—¿Estás segura de que es aquí? —preguntó Michael.

—Lo era la última vez que me fijé —respondió Susan al tiempo que consultaba una página arrancada de su agenda.

Michael miró calle abajo; era tan angosta que al estirar los brazos casi se podían tocar las paredes de cada lado. Había una lánguida iluminación amarillenta, que provenía de dos faroles callejeros distantes y de la débil luz que se filtraba a través de unas ventanas con cortinas. Los pisos superiores de las casas se extendían hacia la calle, reduciendo el espacio en lo alto hasta que casi daba la impresión de que él y Susan caminaran por un túnel o un cañón. Las piedras gastadas del suelo se hundían un poco en el centro como un colchón viejo, moldeadas por las pisadas de siglos.

Susan accionó la aldaba del número 27. La puerta se abrió y Michael vio por encima del hombro de Susan a una mujer baja y regordeta que parecía tener unos sesenta y tantos años de edad; su pelo rubio era la peluca tradicional que se exigía a las mujeres judías ortodoxas casadas. Vestía una blusa de mangas largas, chaleco y falda hasta la mitad de la pantorrilla.

—¿En qué puedo servirles? —preguntó.

—¡Bella! *Vos tut zich?* —gritó un hombre desde el interior de la casa.

—*Los mich tzu ru!* —respondió la mujer, y luego retomó el inglés: —Este hombre no me deja tranquila. —Se encogió de hombros, sonriendo, y miró con más atención a Susan.

—¿Te conozco, querida?

Susan asintió.

—Nos conocimos en una conferencia de derechos humanos en Suiza. Hemos venido a ver al doctor Kellner.

—¿Sabes que ya no ejerce? —dijo Bella, y antes de que ellos tuvieran tiempo de responder, agregó—: ¡Pero pasen! ¿Qué ha sido de mis modales? Íbamos a sentarnos a cenar, pero estoy preparada para recibir invitados; hay comida en abundancia. Pasen, pasen...

Sin darles oportunidad de negarse, Bella los condujo escaleras arriba hasta el segundo piso, donde la mesa del comedor se hallaba puesta para dos personas. Un hombre de edad, vestido con el *kipput* y el *payess* de los hombres judíos ortodoxos, estaba sentado a la cabecera de la mesa. Cuando ellos entraron se puso de pie.

—¡Susan, bienvenida! —exclamó sonriente, y luego miró a Michael.

Michael estudió la cara del hombre y le vio adquirir una expresión alerta, como si el viejo rabino esperara el resultado de algún acontecimiento. Eso solo habría bastado para avivar los fuegos de la inquietud de Michael, pero los ojos del rabino eran los mismos del sufí de la mezquita bombardeada.

—Tardaste bastante —dijo Solomon.

—No sabía que teníamos una cita —replicó Michael—. Ni siquiera sé por qué he venido.

—No —replicó Solomon—. Sabes con exactitud por qué has venido. Lo que no sabes es si lo sé yo.

Susan se mostró confundida.

—¿Me perdí algo?

Ninguno de los hombres respondió. Tras una pausa tensa, Solomon dijo:

—No hablemos de banalidades, *nu?* No hay tiempo para eso. —Señaló la ventana—. Jerusalén es una ciudad tan santa que un milagro más y quizá muramos todos. ¿Quieres morir?

—Nadie lo quiere —contestó Michael, casi por reflejo.

—Entonces mucha gente hace lo que no quiere —observó Solomon. Afuera, la voz estridente de un predicador callejero subió y bajó de tono; aunque Michael no entendía las palabras, el mensaje era universal: fanatismo, odio y exclusión.

—Está bien. Siéntate, cena. Después te explicaré, y dirás que soy un viejo loco. ¿Tenéis donde alojaros en Jerusalén? ¿No? Mi yerno administra un hotel en la Ciudad Nueva. Dispondrá de dos habitaciones para ti y la dama. Ella es una buena chica.

Casi contra su voluntad, esta descripción de Susan divirtió a Michael. Solomon advirtió la débil sonrisa y resopló.

—Soy un viejo frágil; estoy a salvo de cualquier cosa que puedan hacerme las mujeres, salvo la venganza. —Tomó a Michael del brazo—. Ven. Saborea los últimos momentos de paz antes de que te haga un agujero en la cabeza.

Bella regresó de la cocina, adonde se había retirado en silencio. La comida era sencilla pero abundante: sopa de repollo y *matze*, cordero con papas y una enorme ensalada. No obstante, Michael la engulló con impaciencia. Por fin, tras un postre de naranjas en almíbar y un té fuerte de menta, Bella se levantó, saludó y dejó a Solomon a solas con sus invitados.

Pese a lo que Solomon había dicho antes en cuanto a que no había tiempo, la conversación a la mesa había sido ligera y social, de manera estudiada.

—Dios me anunció que vendrías —dijo el rabino de repente—. Admito que no me sentí demasiado dichoso, pero Él me dijo que soy un tonto.

—¿Te lo dijo Dios? —repitió Michael. Las palabras sonaron insulsas, carentes de inflexión. Se podían interpretar de cualquier modo.

—Esto es Jerusalén; aquí Dios habla todo el tiempo. El mes pasado, el hijo de mi vecino, David, decidió que el Mesías vendría sólo si todos mostrábamos suficiente sinceridad. Ahora está en el muro diciendo a unos cuantos *kasniks* que asesinar a los no creyentes es un sacramento. Lo arrestarán antes de que finalice la semana, y entonces ¿qué harán sus padres? —Solomon suspiró—. Pero ven conmigo. Es hora de que te hable seriamente. —El rabino se puso de pie, dispuesto a abandonar la habitación.

Michael miró de reojo a Susan, pero ella había guardado silencio desde el comienzo de la cena. Michael se encogió de hombros y siguió a Solomon. Entraron en el estudio del rabino, que se hallaba en el piso inferior, al fondo de la casa. Era un cuarto bien amueblado, con iluminación discreta y gruesas alfombras orientales. Las paredes estaban cubiertas de anaqueles de libros en una docena de idiomas, una mina de conocimientos. Los anaqueles contenían también otros tesoros: una pulida trompeta de cuerno; una gastada copa *kiddush* de plata; una antigua representación en terracota de la diosa babilonia Anatha, que en un tiempo fuera la novia de Yahvé, sentada sobre su leona totémica. En una esquina había un facistol, y en el centro una mesa larga de madera rodeada de sillas. Más libros se apilaban sobre la mesa, como si los que estudiaban allí hubieran partido hacía apenas un momento. Una lámpara halógena de cable largo colgaba encima de la mesa; cuando Solomon la encendió, proyectó un círculo de luz blanca y dura. El rabino meneó la cabeza y volvió a apagarla.

—Así está mejor, ¿no? —Solomon había ido a un armario para tomar una vieja lámpara de aceite, de bronce, en cuya base aparecían grabadas unas letras hebreas. Sacó un fósforo de madera y lo acercó a la mecha. Saltó una llamita blanca. Aunque era pequeña, la iluminación resultaba casi tan penetrante como la de la áspera lámpara colgante—. ¿Conoces el Talmud? La lámpara de aceite es un símbolo del espíritu humano. Si la lámpara se apaga, el mundo se acaba. Eso creemos los judíos. Y, como todas las creencias, es en parte cierta y en parte falsa. Siéntate y cuéntame qué te ha pasado.

Michael se sentó en un banco largo y angosto. Apenas notó en qué momento Susan entró a reunirse con ellos. El viejo rabino se sentó del otro lado de la mesa. Por un momento reinó el silencio mientras Michael se esforzaba por encontrar las palabras con las cuales comenzar.

—Ayer —dijo, incómodo— vi algo raro.

—¿Cómo de raro? —preguntó Solomon con calma.

Esta vez el relato de Michael dio forma a los hechos de modo que resultaran un todo coherente; había tenido tiempo para pensarlos en su totalidad. No omitió nada en su narración, puesto que Solomon daba la impresión de poseer algún preconocimiento inexplicable.

—¿Y? —preguntó el viejo rabino cuando Michael concluyó.

—¿No es suficiente? Quisiera pensar que simplemente estoy loco...

—Pero en tu corazón sabes que no lo estás —terminó Solomon—. Ese joven con sus milagros... Lástima que lo hayas visto. Os encontraréis de nuevo. Dios te ha marcado para eso.

Michael hizo una mueca de desagrado.

—¿No te agrada la idea? —observó Solomon—. Ahora te encuentras en una situación extraña: ni aquí ni allá. ¿Alguna vez has oído el dicho: "No salgas al mar con un pie en cada bote"? Así es como te veo yo.

—No entiendo.

—Significa que al nacer eras una persona ignorante y, si continuabas siendo ignorante, serías feliz y quizás te hallarías a salvo. A tu tiempo te convertirías en una persona sabia, y en ese caso serías feliz y probablemente te hallaras a salvo. Tal como son las cosas, estás en una situación intermedia y, por lo tanto, tus reacciones no son fiables.

—¿En qué esperas que confíe...? ¿En ti?

Solomon se puso de pie y se paseó de un lado a otro de la habitación como si se hallara en un aula.

—Permíteme explicarte unas cuantas cosas acerca del mundo en que vivimos... Pero antes debo explicarte algo sobre el mundo en que vivo yo: el mundo de la Cábala. ¿Alguna vez la oíste mencionar?

Michael asintió con un gesto.

—Pero conozco muy poco.

—La Cábala es el antiguo libro de misticismo de los judíos. Se conoció por primera vez en la historia en la España del siglo XV, pero la tradición nos enseña que el Señor dio este conocimiento primero a Moisés. ¿Crees en el Señor?

—¿Debo hacerlo?

Solomon sonrió.

—Ya veremos. Lo que resulta difícil de creer, cuando ahora aparece impreso en carteles en toda Jerusalén para vender Coca-Cola, es que el hebreo sea un idioma de carga mágica. Cada letra posee un significado... *aleph*, "buey"; *bet*, "silla"... y cada letra tiene también un valor numérico. Cuando se escribe una palabra en hebreo, el idioma en que el Señor hizo el mundo, según creemos nosotros, tiene automáticamente un valor numérico. Y cada palabra cuyo valor numérico suma el mismo número es la misma palabra. Éste es un concepto místico. Sólo en la mente de Dios un perro y un arbusto espinoso pueden ser uno y el mismo, pero el hecho sigue siendo que los números son entidades espirituales. Ángeles matemáticos, si quieres. El número cuarenta es el número de la totalidad. Cuando Dios hizo que lloviera durante cuarenta días y cuarenta noches, estaba diciendo: "Ya está, basta ya, ésta es mi última palabra sobre el tema." Y así fue.

"En la numerología de la Cábala, el número de la vida, *l'chaim*, es el dieciocho. Dos veces dieciocho, o sea treinta y seis, es el número de la Creación, porque a partir de dos vidas, hombre y mujer, se originó todo el mundo. En hebreo, el número treinta y seis es *lamed vov*.

"La Biblia nos cuenta la historia de Sodoma y Gomorra. Por la desobediencia y la depravación de esos pueblos, Dios se proponía destruir las ciudades de la llanura arrojando fuego y azufre desde el cielo. Pero Abraham lo desafió diciéndole: "¿Es así que vas a destruir al justo con el impío? ¡Lejos de ti que hagas morir al justo con el impío, y que el justo y el malvado sean tratados del mismo modo! ¿Acaso el Juez de toda la Tierra no ha de hacer justicia?". Era un buen punto para debatir, y Dios fue persuadido para que prometiera: "Si hallare en Sodoma siquiera un alma pura, perdonaré a toda la ciudad por amor a ella".

—Esa alma pura era Lot —interrumpió Michael—, que ni siquiera era judío, según recuerdo.

Solomon asintió, complacido pero no dispuesto a que lo interrumpieran.

—Sin embargo, Lot no salvó a Sodoma y Gomorra. Dios destruyó las ciudades, y sólo exceptuó a la familia de Lot, si ésta marchaba sin mirar atrás. Pasaremos por alto el episodio de la estatua de sal y la esposa desobediente. Esta fábula del alma pura no es en absoluto una fábula, sino otro símbolo místico. Desde la Caída, el ser humano ha sido mancillado por el toque de la muerte, pero Dios se compadece de los impuros, lo cual nos abarca a todos, permitiendo que exista un alma pura. Es esta alma pura, como comprenderás, lo único que permite que el mundo continúe, a causa de la alianza que Abraham hizo con Dios. El alma pura, como el cabalista, tendría perfecto conocimiento de Dios.

—¿Estás diciendo que una persona tal existe... tiene que existir... para evitar que ocurra el Apocalipsis?

—Detesto desilusionarte, hijo, pero no existe una sola alma pura —respondió el rabino, bajando la voz con aire conspirador—. Hay treinta y seis, el número de la Creación. Siempre ha sido así y siempre lo será. Y te diré otro secreto: la mitad son hombres y la otra mitad mujeres y, en general, ninguno de ellos sabe que existen los otros. —Alzó las manos, como para atajar las preguntas de Michael—. ¿No creó Dios todo lo que existe, bendito sea? Es cierto que los judíos son Su pueblo elegido... un honor tan grande que no puedo explicártelo. Pero esto no significa que se deje sólo en nuestras manos completar el número de las almas puras. Quienesquiera que sean, no se conocen; se conocen en su corazón. Y me gusta imaginarlos así: una monja rusa y un chamán australiano, sacerdotisas brasileñas de candomblé, un cardenal católico, sanadores por la fe pentecostales, budistas tibetanos, sacerdotes *ointoístas* y, si Dios quiere, quizás un judío.

—¿Has conocido a alguna de estas personas?

—¿Personas? He estudiado los textos durante meses. ¿Cómo sabemos que no son animales? ¿Que tal vez Dios encontró un gato abandonado más puro que cualquiera de nosotros? —dijo Solomon—. No, nunca he conocido a un *lamed vov*, pero quizá te agradaría tener ese placer.

—Tal vez ya lo ha experimentado —intervino Susan.

Solomon alzó sus cejas blancas.

—¿Es así?

—¿Los treinta y seis pueden curar u obrar milagros? —preguntó Michael.

—Estás haciendo la pregunta errada —replicó Solomon, mientras sacudía la cabeza—. Nada puede limitar a los treinta y seis, y nada puede hacerlos realizar ningún acto que no sea por completo de su voluntad.

—Entonces podrías conocer a uno y no saberlo nunca, porque él... o ella... opta por no revelar su identidad —observó Michael—. Por otro lado, el próximo Mesías podría salir de este grupo, ¿verdad?

—Ésa, como sabes, es la única parte de mi pequeña disertación que realmente te interesa. ¿Estoy en lo cierto? Bien. Una verdad que la Cábala nunca abandona: Dios está dispuesto a ser conocido. Por lo tanto, también Su Mesías debe estar dispuesto a ser conocido. ¿Pero sería alguien de los treinta y seis? —El viejo rabino calló, con un sentido teatral que era producto de mucho ensayo—. No puedo decírtelo.

Los dos norteamericanos se desanimaron.

—Tal vez se necesite uno para conocer a otro —dijo Susan, rompiendo el decepcionado silencio—. Es decir, quizás sólo un miembro de los *lamed vov* pueda reconocer a otro.

Solomon apuntó al aire con un dedo.

—Por fin has planteado una nueva posibilidad. Nos hemos estado entreteniendo demasiado. ¡Vamos!

—¡Escucha, oh Israel, la última advertencia que Yahvé te ha hecho! ¿No conoces tu pecado? Sí lo conoces, y no puedes rehuirlo. Tus novillas son manchadas y estériles; caminas por el suelo donde gusanos comen a los muertos bajo tus pies, y por lo tanto morirás. ¿Dónde está la vaca roja que nutrirá tu alma con ofrendas quemadas? ¿Cuánto más puedes trotar con las Nike por encima de las tumbas de tus padres? ¡El Señor no tenía Adidas!

Entre los buhoneros y los curiosos ociosos que vagaban por las afueras de Ha-Kotel aquella noche, el muchacho por el que se preocupaba Solomon, el hijo de su vecino David, ocupó su lugar. Sus ojos lucían vidriosos de fervor y, mientras él elevaba la voz recitando locas profecías, la gente se reía o formaba un círculo a su alrededor.

Las muchedumbres reunidas en Ha-Kotel, el Muro Occidental, aún eran considerables después del atardecer. La Pascua es siempre una época en que tanto el bando de los hombres como el de las mujeres bulle desde el alba hasta el ocaso. Cada hora se escriben plegarias en cientos de papeles, que se doblan y se introducen entre las grietas; luego se recogen y se entierran para que la línea directa con Dios no se sature de llamadas. Las hierbas de hisopo que retienen el rocío en esas mismas grietas apenas si disponen de lugar para crecer. Dentro de la barrera que separa a los adoradores de los turistas se murmuraban o susurraban plegarias. Fuera de esa zona, sin embargo, había buhoneros y vendedores callejeros, mendigos religiosos que acosan a cualquiera que encuentren a su paso por una "donación" a la sagrada causa de sí mismos. Incluso los *hasidim* más ortodoxos, vestidos con sus sombreros de ala ancha y sus gruesas polainas negras, fuman y comen, pese a las reglas oficiales contra tal profanación del lugar sagrado.

La diatriba de David no era del todo demente, porque para muchos judíos ultraortodoxos la venida del Mesías dependía de un extraño portento: el nacimiento de una novilla roja pura en el estado de Israel… Algunos hombres de los que rodeaban a David escuchaban con atención la arenga del muchacho y asentían con la cabeza. ¿Cuán loco podría estar si consagraba todo su corazón a la vaca roja? Era un misterio que ningún cerebro sabio había desvelado hasta el fondo; entonces ¿por qué no permitir que lo intentara un cerebro chiflado?

Lo curioso es que, estrictamente hablando, ese lugar, el lugar más sagrado del judaísmo, no es sagrado en sí mismo, ni siquiera Muro de las Lamentaciones es su nombre correcto. Esa construcción maciza de piedra caliza dorada, de unos dieciocho metros de alto, es lo último que resta del templo destruido por los romanos.

La denominación correcta, por lo tanto, es la de Muro Occidental, pero es el templo en sí, y no ese muro de contención en lo profundo de sus cimientos, lo sagrado. Cuando los judíos miran hacia allá para orar, el Sagrado de los Sagrados, que se halla cerca del Muro Occidental —una cámara en que sólo un sumo sacerdote podía entrar un solo día por año— es el objeto invisible de devoción. Después de la crueldad de derribar el templo, los romanos hicieron que los desolados judíos pagaran para obtener permiso para visitar las ruinas, y cuando veían que los hombres y las mujeres lloraban con dolor al entrar en ese sitio devastado, otrora coronado con pilares de mármol y portones de plata y oro, los espectadores le dieron el nombre de Muro de las Lamentaciones. En la actualidad, si uno es judío no emplea este término semiofensivo.

Las plegarias se dicen allí por esperanza y recuerdo, pero los dos mil años de lamentación continúan. El rabino entona: "A causa de nuestros muros, que han caído", y los adoradores responden: "Nos sentamos solos y lloramos". El día de lamento más importante tiene lugar en el mes de *Av*, a mediados de verano, el mes en que cayó el templo, pero para las lágrimas no existen los calendarios. En la Jerusalén israelita, al contrario de la Jerusalén de los cruzados y más tarde la de los árabes, que a menudo restringían el acceso de los judíos a un solo día por año, el Muro Occidental se halla abierto a todos durante el año entero.

Como ocurre con muchos esquizofrénicos, la expresión de los ojos de David resultaba difícil de distinguir de la de un profeta, lo cual indica cuánto se acercan las visiones santas a las iluminaciones paranoicas. La gran diferencia, quizá, residía en que David estaba iluminado de un terror que sólo podía romper la superficie de su mente en forma de cháchara sagrada:

—Os hablo con las lenguas de los ángeles y los hombres, a ustedes, bolsas hipócritas de pus, a vosotros, inmundicia a la que Dios ama tanto que quemará viva antes que verla perder el camino.

Nadie prestaba seria atención a este último ejemplo del síndrome de Jerusalén. Más que nada, David era objeto de vaga desconfianza, porque la policía sabía que los túneles que discurrían por los profundos cimientos del muro, a lo largo de trescientos metros, constituían blancos tentadores para los fanáticos. La mezquita de al-Aqsa se eleva sobre esos túneles y, aunque la superficie del Monte del Templo era estrechamente patrullada por policía árabe e israelí, nunca moría el rumor de que el tesoro de Salomón o las tablas de Moisés, o incluso la propia Arca, yacían enterrados en algún lugar de los túneles. Alguna noche cualquier David loco podía poner una bomba allí, con la intención de volar la mezquita, mientras sus seguidores, desde las líneas laterales, anhelaban fomentar un movimiento de masas para extraer los objetos sagrados mancillados por la presencia musulmana.

Contando las antiguas, diez religiones reclaman algún derecho, en general sangriento y doloroso, a ese lugar. Ningún forastero podía captar las intrincadas creencias enfrentadas que se ocultaban en la multitud festiva mientras Solomon se aproximaba con Michael y Susan. Se detuvieron a treinta metros del área donde las mujeres debían cubrirse la cabeza con un pañuelo y los hombres judíos llevaban el *tefillin* y aprendían de los voluntarios la manera de decir las plegarias.

—¿Por qué hemos venido aquí? —preguntó Michael.

Solomon alzó una mano.

—Espera.

Por un momento no sucedió nada en el crepúsculo que se desvanecía con rapidez. Después se oyó un zumbido peculiar que parecía venir de ningún sitio en particular. Uno de los *hasidim*, un niño que aún vestía pantalones cortos y polainas negras que denotaban que todavía no había pasado por el *bar mitzvah*, comenzó a ejecutar una pequeña danza solo. Sus rizos sin cortar se balanceaban cuando giraba. La gente comenzó a reparar en él, sin saber por qué, pues había otros niños ruidosos que corrían entre el gentío. Solomon frunció el entrecejo y lo señaló.

El niño agregó a su danza unas cuantas cabriolas, parándose sobre las manos, cabeza abajo; luego sus ojos comenzaron a vidriarse y alzó la vista. Michael oyó el sonido de un clarinete a su izquierda, al tiempo que se sumaba una banda *klezmer* ambulante. El niño se puso un poco frenético y abrió los brazos en gesto amplio. ¿Estaba implorando a

Dios o invitando a los otros *hasidim* a unírsele en la danza comunal que les imponía la costumbre en las bodas o en el *Sabbath*?

El rostro de Solomon se había oscurecido; meneó la cabeza. La gente empezó a aplaudir, y de pronto, al aumentar el zumbido en el aire, el niño congregó una multitud.

—¿Qué ocurre? —preguntó Susan.

El viejo rabino se había apartado, aferrando los brazos de los hombres que se sentían atraídos por la danza.

—No, retrocedan, no vayan —decía.

Algunos le obedecían; la mayoría se quedaba y se liberaba de Solomon de un tirón.

El cielo estaba claro; Michael vio que aparecían las primeras estrellas, pero su atención no estaba puesta en ellas: vio un haz de luz de tono blanco azulado, al principio muy débil, que brillaba por encima del niño danzarín. Con mirada extática, el chico comenzó a saltar y brincar como uno de los bailarines medievales mordidos que se libraban del veneno de una araña con una frenética tarantela. Al ver que el haz de luz se tornaba más brillante, Michael atrajo hacia sí a Susan:

—Es asombroso —murmuró ella, que se le resistía.

—Por favor, esto es lo que vi con Yousef —advirtió Michael, pero la multitud había comenzado a gritar tan fuerte, oscilando alrededor del chico, que no supo si ella lo había oído.

—¡No! ¡Vuelvan! —exhortaba Solomon a todos los que lo oyeran, pero el haz de luz se volvía ya mucho más ancho, y su color se tornaba más luminoso, hipnótico, el aire creaba su propia música de zumbidos, ahora renovado con una brisa fresca que levantaba los pañuelos de las mujeres y agitaba el pelo de los pocos hombres que llevaban la cabeza descubierta. La danza comunal los abrazaba a todos, y la banda *klezmer*, alentada a acelerar el compás, pasó de las viejas melodías *shtetl* de Polonia y Rusia al *pop* cadencioso del rock hasídico que se podía oír en los taxis que recorrían la Via Dolorosa.

—¡Esto va a ser un desastre! —le gritó Michael a Solomon.

Les resultaba extraño ser los únicos dos aguafiestas en medio de un festejo que ahora devoraba todo el entorno, incluidos los ancianos, que cesaron de murmurar sus plegarias rituales ante el muro para aplaudir junto con la muchedumbre.

—¡Debemos quedarnos! —respondió Solomon, también a gritos—. Pero necesitamos ponernos a cubierto. —Señaló las dos aberturas en forma de arco que se alzaban a la izquierda de la sección de los hombres y comenzó a tirar de Michael hacia sí.

—¿Y Susan? —protestó Michael. A ella jamás se le permitiría franquear la barrera. Solomon, de pronto consciente del problema, señaló hacia otra posible vía de escape, a través de los túneles. Los tres comenzaron a abrirse paso a empujones entre el gentío; salieron pronto y se introdujeron en una abertura oscura, cerca del muro, donde unos escalones empinados conducían a los túneles propiamente dichos.

—Deteneos aquí —indicó con calma Solomon, que por primera vez podía hablar con un tono normal de voz. Cuando Susan y Michael se volvieron hacia la plaza, quedaron sin habla. Ya no vieron al niño bailarín, porque el núcleo de la muchedumbre, de quizás unas quinientas personas, se había agolpado contra él, rodeándolo, apretados entre sí hasta formar un solo cuerpo oscilante e histérico. Mujeres y hombres gritaban en confuso hebreo, y el cuerpo comenzó a girar en el haz de luz, totalmente envuelto en su refulgencia.

Desde cierta distancia aquello semejaba una extraña comunidad de dicha, salvo que no todos podían seguir el ritmo del círculo a medida que giraba. Primero una anciana, y después dos bebés, tropezaron y cayeron. La masa humana no se detenía sino que pisoteaba los cuerpos, y el rock hasídico ahogaba los gritos de los caídos. Michael se estremeció y atrajo a Susan más cerca de sí.

—Debería haberte sacado de aquí —susurró.

—No había tiempo —respondió ella, incapaz de apartar los ojos del espectáculo.

Como un monstruo de múltiples cabezas, la muchedumbre comenzó a aullar. Más personas cayeron bajo los pies implacables de los que bailaban, y sin embargo la luz hipnótica atraía cada vez a un número mayor de personas. Michael sintió que el corazón le latía con fuerza, no sólo por la terrible visión sino por el miedo de que lo atrajera a él. El haz de luz era como la visión de la luz de Dios y, a medida que se tornaba más brillante, él comprendió por qué al acercarse a la muerte la gente siente angustia si no consigue entrar en la luz y desprenderse de la carga de la vida terrenal. Aquélla era una luz que no debían ni era posible rechazar, y la masa de cuerpos continuaba bailando pese a la sangre que corría bajo sus pies.

Solomon pareció leer la mente de Michael.

—Tú no irás —dijo.

"¿Por qué no? ¿Qué me retiene?", pensó Michael, pero no había tiempo para especulaciones. Captó una imagen del muchacho David, alzado en los hombros de otro bailarín, mientras gritaba al cielo desvaríos dementes que morían ahogados en la histeria ensordecedora.

—Tiene que haber otro modo de salir de aquí —gritó Michael; la luz se expandía cada vez más cerca del sitio protegido.

Solomon negó con un movimiento de cabeza.

—No estamos aquí por elección. Éste es el comienzo del mundo, no el fin.

—¿Qué quieres decir?

—Para esta gente, éste es su salvador, el que va a cambiar la historia. Antes de que Solomon continuara su explicación, en la danza se produjo un cambio. En los rostros sudorosos de los bailarines, rojos e inflamados de emoción, comenzó a brotar una suerte de rara erupción epidérmica. Aparecieron llagas en los brazos y las piernas, primero en unas cuantas personas, después en más a cada minuto. Los afectados trataban de ignorar esos portentos y seguían bailando... Quizá pensaban que Dios estaba probándolos, como a Job, o purificándolos. Pero ese momento pasó con rapidez. Ahora Michael veía bien las llagas, y los gritos de pánico se mezclaban con los de éxtasis. Rapido, demasiado rápido para escapar, la luz comenzaba a arder.

"No, no", pensó Michael, sabiendo que así era como debía de haber ocurrido en la aldea. Apretó más fuerte a Susan, sin mirarla, con el único deseo de protegerla de cualquier loca tentación de correr hacia el monstruo. Ahora la luz celestial era tan intensa que desde afuera no era posible ver lo que estaba aconteciendo; cada pocos segundos otra víctima salía corriendo, quemada, con la carne sangrante desgajada en tiras espeluznantes, o en muchos casos con las manos

136

apretadas contra los ojos. Había comenzado la ceguera, y no había modo de impedir la masacre pues el nudo de bailarines se pisoteaba entre sí, resbalaba en su propia sangre, y moría o infligía la muerte al no ver más que negrura.

Horrorizado como estaba, parte de la mente de Michael se mantenía distante del espectáculo y sentía ganas de... reír. El absurdo de lo que veía, todo el melodrama sangriento, acaso le había trastornado la razón, liberando la tensión de una visión tan increíble mediante la risa demente, o bien las ganas de reír se debían a otra cosa. Michael no se sentía loco, y la risa no era la catarsis que estalla en un velatorio cuando la pena es demasiado dolorosa y sólo puede sobrevivirse a la inmediatez de la muerte mediante una danza alegre en presencia del cadáver. La hilaridad y la muerte siempre han sido aliadas, pero él sabía que, si en verdad estallaba en risa, no sería una especie de lúgubre regocijo. Lo que sería, no era capaz de imaginarlo.

Por el momento no había tiempo para pensar en su reacción peculiar. La luz asesina iba cambiando: se apreciaban en ella unas minúsculas fluctuaciones y luego un desvanecimiento gradual. La fuerza que mantenía a la gente dentro del haz, impotente, también había menguado, porque de pronto docenas de víctimas salían tambaleantes, algunas medio ciegas e incapaces de distinguir el camino que llevaba a la seguridad, otras bamboleándose de manera lastimosa en azarosos zigzagues, mientras imploraban a gritos que alguien las tomara de la mano y las guiara.

—¡Vamos! —gritó Susan, y salió a la carrera de la arcada de piedra que presidía la boca del túnel. Se zambulló en la multitud, tomó de la mano a una niña cegada y la envolvió en su vestido; la ropa de la niña estaba quemada casi por completo.

—¡No! —advirtió Solomon cuando Michael empezó de inmediato a correr tras la mujer.

Sin embargo, la necesidad de atender a los heridos fue más fuerte que el peligro. Michael gritaba exigiendo la presencia de médicos y enfermeras para que, si lo oían, se reunieran con él. Se adelantaron varios, los que habían permanecido al borde de la luz o habían conseguido, por alguna razón desconocida, escapar a su poder fulminante.

—¿Dónde queda el hospital más cercano? —preguntó Michael—. Tenemos que evitar que toda esta gente muera de *shock*, y necesitamos establecer prioridad de atención para las peores víctimas de quemaduras. —Aunque la mitad se hallaban también al borde de sufrir un colapso, unos cuantos supervivientes señalaron a su espalda, en dirección a la Puerta de Jafa y la Torre de David que se elevaba del otro lado.

—Al oeste —indicó alguien entre jadeos, dando a entender que la parte moderna de Jerusalén occidental contaba con los hospitales y ambulancias necesarios. Michael se sentía impotente; no disponía de elementos ni equipos, ni siquiera de mantas.

—Tenemos que hacer algo. ¿Podemos llevarlos a las casas de las calles laterales?

A esa altura, al darse cuenta de que la tragedia era mucho mayor que cualquier cosa que él y el reducido grupo de supervivientes fuera capaz de controlar, Michael miró alrededor para asegurarse de encontrar a los otros. Susan estaba agachada del lado de las mujeres del recinto, ayudando a los heridos más graves a llegar a lugar seguro junto al muro, donde pudieran recostarse. El suelo se hallaba cubierto de libros de plegarias chamuscados y en llamas; los rollos de la Torá guardados en anaqueles, del lado de los hombres, yacían desparramados aquí y allá, también ardiendo. Michael no alcanzaba a ver a Solomon en la confusión de víctimas, que ahora deambulaban al azar y solicitaban a gritos a sus parientes y amigos. Entonces por casualidad apareció una abertura, y a través de ella divisó al rabino: sostenía al demente muchacho David, que de algún modo había sobrevivido y sólo presentaba unas pequeñas quemaduras en la cara y los brazos.

—Tráelo aquí —gritó Michael—. Debe de sufrir un *shock*. Puedo pedir a alguien que lo lleve a la casa.

Pero Solomon, si lo oyó, no prestó atención. Michael notó que no atendía en absoluto los traumatismos del muchacho, sino que lo sacudía por los hombros. David parecía aturdido; el rabino se puso a gritarle y luego lo abofeteó con fuerza en la cara. Esto causó un cambio dramático en el muchacho, que sacudió la cabeza como si despertara de una borrachera y de inmediato se soltó con violencia de las manos de Solomon. Un segundo después escapaba por la calle Al Wad, rumbo al corazón del Barrio Judío.Michael, desconcertado por esta escena interpretada en silencio, sintió que contemplaba un drama con una trama oculta. La brecha en el gentío volvió a cerrarse, y perdió de vista a Solomon. A la derecha, donde el muro lindaba con el territorio islámico, debajo de la mezquita de Al-Aqsa, la conmoción se intensificó de repente. Vio que la gente comenzaba a agolparse alrededor de una figura que iba hacia ellos.

—¡Susan! —exclamó Michael, pero antes de que ella se diera la vuelta para responderle, el haz de luz, que había ido desvaneciéndose en forma gradual, comenzó a chisporrotear al tiempo que se llenaba de relámpagos. Sabía que era hora de escapar de allí, pero la muchedumbre ya no parecía magnetizada por la luz. Se abrió un sendero, y a través de la masa de gente Michael vio al profeta. Vestía la misma túnica blanca que antes, y levantó el rostro al dirigirse a la luz con voz imponente:

—¡Esto... no... SERÁ!

Las palabras sonaron casi sobrenaturalmente fuertes; la gente retrocedió, tapándose los oídos. El profeta avanzaba con cara sombría hacia la luz, que parecía temblar de manera imperceptible. Abrió los brazos, y aparecieron lágrimas como si implorara a un Dios cuya presencia flotaba directamente sobre su cabeza.

—Jerusalén, tú que matas a los profetas y apedreas a los que te son enviados, ¡no te estremezcas! Ven a mi misericordia.

Había cambiado del inglés al hebreo, y Michael vio que muchos espectadores se estremecían y otros se conmovían profundamente... Se preguntó si la cita de las palabras de Jesús era una burla gratuita del profeta. Sin embargo, no había subterfugios en la escenificación. La luz asesina se desvanecía con rapidez, y junto con ella su zumbido ominoso, y el haz era ahora tan angosto que hacía las veces de luz de un proyector para la actuación del profeta.

Michael no se sorprendió por lo que pasó a continuación, una repetición de las curaciones milagrosas que presenciara bajo los olivos, en Galilea. Víctimas cegadas y quemadas se apresuraban a que las tocara, y mientras el joven obrador de milagros cumplía con las peticiones, aplicando su poder con apenas el roce de un dedo aquí, tomando allá con gesto dramático la cara de alguien entre sus dos manos, la muchedumbre respondía con gritos y chillidos extáticos. La turba casi cayó en un segundo frenesí de pisoteos en su ansiedad por acercarse; sólo Solomon y su pequeño grupo permanecieron atrás.

—De modo que éste es él —dijo Susan, sin apenas disimular cierto tono de asombro en la voz, pese a la desconfianza que le merecía una llegada tan oportuna—. Ya veo por qué Nigel arde en deseos de presentarlo al mundo.

—Ahora habrá montones de tipos como Nigel; que aparezcan, sólo es cuestión de días —murmuró Michael. Se volvió hacia su derecha y vio que Solomon meneaba la cabeza con asco antes de poner rumbo a una de las estrechas calles laterales—. Espera, rabino, ¿sabes qué es lo que está ocurriendo aquí?

—Sí, tengo esa suerte —respondió Solomon por encima del hombro, y desapareció en las sombras del Barrio Judío.

Capítulo Cinco

Hacia regiones desconocidas

Eran apenas las diez, pero Bella dormía en su cuarto, en el piso superior, cuando oyó el golpe de la puerta y el sonido de voces alborotadas.

—Rápido, que no os vean.

—¿Por qué? Aquí estamos a salvo, ¿no?

—No, haced lo que digo. Él es un lobo, tiene buen olfato, y no quiero tentarlo.

Bella reconoció la voz de su marido y las de los dos norteamericanos. Preocupada y curiosa, se puso la bata y la peluca y fue hasta lo alto de las escaleras. Aún no había decidido si hablar o no, cuando su marido la vio allí.

—Por favor, regresa a la cama —dijo, serio.

Entonces ella oyó un ruido fuerte que procedía de la calle. Abrió una ventana enrejada y vio que una multitud se abría paso, apretujada, por el estrecho pasaje; le llegaron sonidos de vítores y murmullos excitados. Decidió correr a la planta baja.

—¿Has cerrado la puerta con llave? —preguntó al irrumpir en el salón—. Nunca estuve en un *pogrom*, gracias a Dios, pero esto me da la peor de las sensaciones.

Solomon habló con impaciencia:

—No hay cosacos, mujer, y no van a derribar la puerta con hachas. —Pero el viejo rabino parecía preocupado y resuelto cuando se volvió hacia los estadounidenses: —No podeis estar aquí, ¿de acuerdo? Bella, llévalos arriba.

—Estoy totalmente confundido. Este mesías sustituto ya me ha visto, y yo a él. ¿Qué clase de peligro corremos? —preguntó Michael.

Ahora los ruidos del gentío eran mucho más fuertes, y se oían las quejas y gritos de los vecinos que acudían a las ventanas, despertados por el alboroto. Susan tenía una expresión extrañamente sombría. Movió la cabeza para indicar a Michael que dejara de protestar, lo tomó de la mano y lo condujo arriba con la esposa del rabino.

Cuando quedó a solas, Solomon abrió de par en par la puerta. Se asomó, pero casi de inmediato las primeras filas de la multitud lo empujaron contra la pared. Venían del muro; agitaban camisas a modo de estandartes y blandían antorchas improvisadas. Él aparecería en un instante. Solomon esperó, tenso.

—¿Así que esto es lo que esperabas de mí? —murmuró entre dientes—. Pasé cincuenta años intentando comprender lo que le ocurrió a mi pueblo, ¿y ahora me pides lo que no puedo dar, ni siquiera a ti? —La multitud se apiñaba cada vez más alrededor del Profeta, tan densa y apretujada como antes alrededor del niño que bailaba en la luz. Solomon no podía moverse, pero gritó—: ¡Impostor! ¡Termina con esta perversidad y muéstrate!— La gente que se hallaba más cerca de él lo miró fijamente; algunos rieron y trataron de apartarlo a empujones. Pero Solomon había tenido un impecable sentido del tiempo: el profeta, aunque rodeado, se hallaba casi frente a su puerta—. En esto no hay nada puro. ¡Él trata de engañarles, a todos ustedes! —Pensando que el viejo estaba loco, unos cuantos retrocedieron, y entonces Solomon vio en línea recta al profeta, que se había detenido en la calle, con expresión burlona. El rabino dio dos pasos hacia adelante, con el rostro serio y furioso—. Soy el rabino Solomon Kellner, un viejo. He vivido demasiado tiempo con mis secretos, pero ahora no tengo opción. Enfréntate a mí.

Entre las burlas y rechiflas de la turba, el profeta parecía confundido. Volvió la cabeza de un lado al otro, como si no oyera bien de un oído y buscara la fuente de un sonido misterioso.

—¿Quién eres? —gritó, como si se dirigiera a un fantasma.

—Soy mucho más que tú, y mucho menos —contestó Solomon, con una nota de escarnio en la voz—. Preferiría morir a manos de Sameel, el diablo consorte de Lilith, a que tu mano me curara de la lepra.

Este extraño desafío hizo reír al profeta, que levantó una mano al ver que dos hombres se dirigían hacia el viejo rabino.

—Déjenlo en paz —ordenó.

—Pero, maestro, él no es digno de hallarse ante tu vista —dijo uno de los hombres, un campesino de cara colorada que aún conservaba unas débiles marcas de quemaduras en los brazos.

—¿Ya han comenzado a llamarte "maestro"? —se burló Solomon.

Más elementos de la turba iban irritándose, de modo que el rabino entró en su casa y dejó la puerta abierta. El profeta, aunque aún se mostraba confundido, avanzó hacia allí.

Dentro del salón, Solomon se mantuvo firme, mirando fija e intensamente al profeta parado en el umbral. El obrador de milagros no entró, sino que olfateó el aire con curiosidad.

—Aquí hay más gente, ¿eh? —observó.

Solomon resistió en silencio. Oyó un débil chillido a sus espaldas, y la voz de Bella exclamó:

—*Der Teufel!*

—Cállate y no tengas miedo —susurró Solomon sin darse la vuelta—. El diablo no está en tu sala.

Pero al momento siguiente el Profeta dio un cauteloso paso hacia el interior de la casa. Aunque en apariencia Solomon era invisible para él, vio a Bella, que se hallaba de pie con una sopera y un cucharón en la mano. Nerviosa e incapaz de estarse quieta, después de la cena había bajado a lavar los platos, y al oír regresar al marido había salido de la cocina.

—¿Ésta es tu casa? ¿Estás sola? —preguntó el profeta.

—Estaba preparando sopa —respondió Bella, aturdida, sin lograr ocultar su miedo—. Por favor, llévese toda esa gente de aquí.

Si el obrador de milagros hubiera dado dos pasos más, habría tropezado con Solomon, pero no se movió.

—Huelo a engaño —dijo—. Y una vez que lo huelo, nunca pierdo la pista. —Se volvió y se marchó veloz.

Solomon cerró la puerta mientras Bella se desplomaba en un sofá tapizado con *chintz*.

—Te dije que no te dejaras ver —la reprendió Solomon con suavidad.

Bella no podía dejar de menear la cabeza.

—*Der Teufel*, en mi propia casa. ¿Qué haremos? ¿Y si vuelve? —Parecía hallarse a punto de estallar en las lágrimas, asustada por una sensación que no tenía nada que ver con la presencia inofensiva, hasta benigna, que otros veían en el apuesto sanador.

—Si vuelve —respondió Solomon con calma—, procura no ofrecerle sopa.

Solomon se hallaba de ánimo locuaz; su ansiedad por abrir a sus huéspedes todo su conocimiento se le tornó de pronto irresistible. Antes de dejarlos ir a la habitación de hotel que les había prometido, insistió en ampliar el tema de las treinta y seis almas.

—Tenía que llevaros al Muro Occidental, el Ha-Kotel, para ver por mí mismo, para evaluar si nos hallamos ante un peligro. Ahora sé que sí.

Michael se sentía demasiado agotado para sentir siquiera curiosidad y mucho menos entretenerse con el estilo que el viejo rabino imprimía al discurso.

—Sin rodeos, por favor —dijo—. Cuéntame que está ocurriendo. Pero de la forma más directa y simple posible.

Solomon se molestó, pero decidió complacer a Michael.

—Hace varias horas te dije que te contaría algo acerca de tu mundo, pero que antes debía contarte acerca del mío. Ahora has visto un fragmento muy pequeño de aquello a lo que me refería.

—¿Te refieres a que la escena que tuvo lugar en el muro... es algo a lo que estás habituado? —preguntó Michael, incrédulo.

—Sí y no. Tal vez sirviera si te lo explicara de este modo. "Alma pura" significa mucho más que alguien que lustra una manzana y la deja sobre el escritorio de Dios, y más que alguien que rezuma en virtud. "Alma pura" también significa "claro", y los treinta y seis son totalmente claros.

—¿Acerca de qué?

—Acerca de todo. No es posible engañarlos, lo cual significa que viven en la verdad. A eso se refieren los textos sagrados cuando dicen que alguien ve la luz. No están dormidos ni ciegos como el resto de nosotros. Dios necesita tal claridad con objeto de mantener el mundo en marcha. ¿Crees que las estrellas y las montañas existen por sí mismas? Son tan tenues e intangibles como los sueños. Para mantener intacto este mundo, Dios precisa que alguien lo sueñe, siglo tras siglo. Sin un soñador, todo lo que ves desaparecería. Éste es el significado secreto que se oculta tras los relatos de la Torá acerca de la destrucción de la Tierra por Dios.

Estaban hablando en el salón, todos reunidos. Susan se hallaba sentada en la alfombra, a los pies de Michael. Bella, a quien habían cedido el mejor sillón, se había quedado dormida. Susan permanecía absorta en las palabras del rabino, sin hacer comentario alguno. Michael se preguntó si también ella se habría dormido. Solomon continuó—: Imagina a los treinta y seis como el adhesivo con que Dios mantiene unida la creación: la Cábala enseña que los *lamed vov* son el mecanismo de control mediante el cual se mueve toda la conciencia humana. Normalmente los treinta y seis simplemente son... lo que se podría llamar un sistema pasivo. Pero a través de ellos fluye el poder de la Creación y, si ellos eligen tomar el control de ese poder, pueden literalmente cambiar la realidad. Es en este punto donde nos aproximamos a la esencia de nuestro problema.

Ahora Michael ni siquiera se atrevía a mirar a Susan. Era algo demasiado complicado, demasiado vasto, demasiado desconcertante, y en extremo surrealista. Se le pedía que creyera en un Dios que se entrometía en Su propia creación a través de una red de agentes secretos anónimos.

—Muy bien —dijo Michael con cautela—. Son treinta y seis almas puras. No veo qué relación guardan con el desastre de esta noche.

El rabino esbozó una sonrisa amarga.

—Ya lo entenderás, hijo. La Cábala enseña que cada una de las almas puras tiene un complemento, de modo que todo se equilibre, como Chokmah equilibra a Binah y Kether equilibra a Malkuth. Dieciocho pares. Imagínalo como los cromosomas de Dios. Se dice que, si todo el resto de la creación llegara a perecer, podría reconstruirse a partir de los huesos de los treinta y seis. El rabino se sentó en el sillón que había frente a Michael y miró con expresión grave la llama de una vela ubicada en el centro del alféizar. Mientras haya treinta y seis, la Alianza se mantiene pero, si se desequilibran, la Creación se vuelve vulnerable, como ahora, en que aparece el antiguo enemigo del lado de sombra de los treinta y seis.

—¿Entonces eso es lo que es? —preguntó Susan de repente, ya incapaz de mantenerse en silencio.

Solomon hizo un gesto afirmativo.

—Porque él está tan lejos de la luz como los treinta y seis están cerca de ella, lo llamo el Mentiroso o el Alma Oscura. No es Satanás ni un demonio, sino un ser humano que ha visto en la luz y luego elegido apartarse. ¿Recuerdas que te mencioné que las almas puras tiene ciertos poderes? Bien, he aquí un misterio: Se supone que no deben usarlos. Su poder es un subproducto de su conocimiento de Dios, nada más.

"Qué conveniente", pensó Michael mientras observaba el rostro del anciano. Sentía el calor del cuerpo de Susan, sentada a su lado; aunque ella y Solomon Kellner eran amigos, no podía creer que ella ya hubiera hablado de todo eso con el rabino.

—Bien. Con su poder, los treinta y seis podrían hacer muchas cosas. Podrían desterrar la muerte. Pero nada, en toda la Creación, está destinado a ser eterno, salvo la mente de Dios. En cambio, cada *lamed vov* muere cuando le llega el momento, y entonces nace otra alma pura para ocupar su lugar. Ahora os planteo un problema: ya no hay treinta y seis, y sin embargo siguen siendo treinta y seis.

—Lindo acertijo —comentó Susan—. Si uno de ellos se ha ido, ¿cómo puede seguir habiendo treinta y seis? —preguntó con tono vagamente indignado.— Uno traicionó al resto. No murió. —Ahora el anciano se mostraba muy serio—. Había este joven... llamémoslo Ismael, el Alma Oscura, que le miente a Dios. Era uno de los *lamed vov*. Le llegó su hora de morir, pero no lo hizo. Usó el poder que había adquirido para salir de la Creación, del tiempo; para mofarse de Dios de la peor manera, negándose a escuchar.

”¿Veis ahora nuestro problema? El Mentiroso no estaba muerto, de modo que su reemplazo no podía nacer. Pero ya no era un alma pura, de manera que la Alianza con Dios no podía mantenerse: los treinta y seis ya no eran treinta y seis. ¿Qué hacer? Tenían que improvisar, elegir a alguien de entre los candidatos prometedores, de modo que la estructura de la Creación pudiera permanecer entera. Desde luego, si elegían mal, sería destruido por la Gloria de Dios en lugar de recibir su poder, e Ismael ganaría un tiempo valioso para obrar su voluntad, quizás incluso sobornar a otros de los *lamed vov*.

”Él lo sabe y, durante muchos siglos, cada vez que surge la oportunidad de que lo reemplacen, vuelve a este mundo para crear insoportables caos y desastre. Ahora ha retornado otra vez. Nadie conoce sus planes. Pero ya has visto al joven obrador de milagros reuniendo a sus seguidores. Simula ser bueno, pero actúa sólo para insultar a Dios. Esgrime de forma abierta sus poderes transformadores, sin prestar atención a los efectos que surtan en las almas de los no despertados. Y se propone destruir a todos los que pudieran completar el número sagrado. Como está destruyendo a David.

—¿David? —preguntó Michael, asombrado.

—Sí —respondió Solomon con angustia—. Un buen chico, un estudioso... Podría haberse purificado en extremo, con el tiempo. E Ismael lo sabía: vino a David, le envió visiones del apocalipsis.

“Como me las envió a mí”, pensó Michael. Pero la comparación era tan monstruosa, tan egocéntrica, que la desechó.

—Ahora David ha caído. E Ismael se siente bastante confiado para tomar posesión del mundo humano como se le antoje.

—Lo lamento —se apresuró a decir Michael al tiempo que se ponía de pie. El corazón le latía muy rápido—. Esto... Tengo la certeza de que eres sincero... —Calló, no muy seguro de lo que iba a decir—. Yo no soy uno de ellos —logró expresar al fin—. No soy puro. Ni siquiera creo en Dios. Quizás hasta siento cierto odio por Él.

—¿Por qué? —preguntó Solomon, perplejo pero no ofendido—. ¿Crees que yo nunca he maldecido a Dios? En Estados Unidos predican que el amor a Dios es fácil, que llueve del cielo como sopa y que lo único que hay que hacer es tomar un recipiente y llenarlo. Después tomas tu recipiente y ¡sorpresa! Adentro no hay nada. De modo que lloran grandes lágrimas de cocodrilo. Creen que cualquier cosa que no es fácil es imposible. Se equivocan. El amor es como oro, no sopa: hay que cavar mucho para encontrarlo, pero está ahí.

"Los libros sagrados declaran que cada uno de los *lamed vov* ve tanto sufrimiento que su corazón se congela y se convierte en un bloque de hielo. Después de la muerte, Dios debe calentarlo entre Sus manos durante mil años; sólo entonces el alma puede entrar en el Paraíso. Cuando hayas sufrido en esa medida, ven a mí y háblame de odiar a Dios.

Michael meneó la cabeza, abatido.

—Este profeta al que llamas Ismael... En resumen dices que es el Anticristo, pero de algún modo quieres que yo le haga frente y lo combata. No dices exactamente cómo. Soy un hombre común, no un "candidato prometedor".

Susan lo miraba alarmada.

—¿Qué te pasa? Nadie ha dicho nada de ti ni de lo que tenías que hacer. Cálmate.

El viejo rabino meneó la cabeza.

—Busca las respuestas en tu propio corazón. Dios no chismea sobre sus intenciones. Voy a llamar a mi yerno al hotel.

Cuando Solomon abandonó la habitación, Michael se volvió a mirar a Susan.

—¿Pero qué se supone que debo hacer yo? —preguntó enojado—. Todos me repiten que siga los dictados de mi corazón. Bueno, tengo algo de qué informarles: mi corazón no me dice ni pío; se limita a latir a toda velocidad.

Susan esbozó una sonrisa torcida.

—Ya se te ocurrirá qué hacer, o este Ismael te encontrará y lo resolverá por ti.

—¿Ésta es tu idea de cómo confortar a alguien? —replicó Michael.

Solomon volvió a la habitación, llevaba un papelito en las manos.

—¿Conocéis la ciudad? —preguntó, y Susan asintió—. Bien. Llamé a Yacov; os guarda una habitación. Aquí está la dirección. Que Dios os acompañe... Y no te quedes más de una noche aquí, Michael. Tal vez tú no creas que eres uno de los elegidos, pero quizá lo crea él. Y te teme.

—Grandioso —replicó Michael—. Tal vez sea un poder del aprendiz... Lo tengo temblando de miedo... a morirse de risa cuando vuelva a verme. La parálisis causa ese efecto en algunas personas.

El hotel New Jerusalem quedaba al borde del Barrio Cristiano de la Ciudad Vieja, cerca de la Puerta de Jafa. De cien años de antigüedad, ofrecía el mismo aspecto decadente que el Grand de Damasco. Cada uno simbolizaba el apogeo de un imperio caído, cada uno era una reliquia de un mundo incomprensible en términos modernos, tan inalcanzable como la perdida Atlántida.

En una noche que parecía repleta de portentos, había sido otro milagro que el auto continuara todavía donde Susan lo había dejado. Fueron a buscarlo y lo estacionaron en un callejón, a pocas manzanas. El bolso de Susan aún se hallaba en el baúl, pero las posesiones de Michael habían quedado reducidas a la ropa que llevaba puesta antes de haber iniciado aquella búsqueda. Se apoyó contra un enorme pilar de falso mármol mientras Susan, cuyas habilidades políglotas eran notables, se dirigía a la recepción a preguntar por la habitación. Incluso a medianoche el vestíbulo del New Jerusalem estaba colmado de una mezcla cosmopolita de viajeros, empleados del hotel, vendedores callejeros y guías, y a Michael le maravilló la habilidad de

Solomon Kellner para asegurarles un cuarto en la más atestada de las temporadas turísticas, con yerno o sin él. En el desgastado esplendor oriental del vestíbulo, extranjeros de procedencia diversa se apiñaban con sus vapuleadas pilas de equipaje, reñían entre sí y reclamaban la presencia del personal del hotel. Los vendedores ofrecían pasteles de carne y gaseosas tibias, cruces de hojas de palma y rosarios de madera de olivo... junto con fragmentos de la Cruz verdadera , pensó Michael con acrimonia.

Oyó unas voces norteamericanas en medio de la cháchara. Al cabo de un largo tiempo sin oírlo, el inglés sonaba más bien fuerte, chato y carente de inflexiones, como ladridos de perros. Pero no sintió la tentación de presentarse a ningún compatriota. Tenía los ojos ardientes y secos debido a la falta de sueño, y sentía un vacío indefinible que no era producto del hambre.

Fue un alivio cuando Susan retornó del mostrador de recepción, con una llave anticuada que colgaba de una chapita de bronce.

—Nuestra habitación está lista. La aniquilación tendrá que esperar, al menos hasta que me dé un baño.

El cuarto que se hallaba en el quinto piso, daba a una calle lateral silenciosa. Michael supuso que era la habitación que todo hotel guarda para una emergencia; era demasiado buena para que se mantuviera desocupada durante la Semana Santa por cualquier otro motivo.

El lugar olía a limpio, cerrado y caluroso, como sábanas recién sacadas de la secadora. Los muebles eran de estilo danés moderno de la década de los sesenta, un raro complemento para las proporciones victorianas del cuarto. Una puerta semiabierta daba a un baño en el que había una bañera anticuada de patas de hierro en forma de garras.

Susan fue hasta la ventana y la abrió. El aire nocturno era fresco y transportaba aromas a naranjas y especias, abriéndose paso entre los tubos de escape de los vehículos.

—¿Le crees? —preguntó Michael.

—¿A quién? ¿A Solomon? Supongo que debo hacerlo. La verdadera pregunta es qué significa. Estoy segura de que vamos a acabar solos en esto. Tu obrador de milagros va a asolar el mundo como una gran fogata, ya lo sabes.

Michael asintió. Apartó las manos de ella, se puso de pie y se acercó a la ventana.

—La gente no se aventura en la Línea Verde sólo para divertirse, en especial los administradores de nivel medio de la OMS. Tú sabías lo que él iba a decirme, ¿no?

—Estaba bastante segura —admitió Susan en voz baja—. Sabía que era un estudioso de estos temas; no son extraños a la realidad de Solomon.

—La realidad del mundo surge demasiado a menudo en nuestras conversaciones —replicó Michael, que miraba fijo una vivienda árabe del otro lado de la calle. Alcanzó a ver una familia que discutía alrededor de una mesa puesta con platos sucios y botellas de vino—. El asunto es que, cuando se la usa debidamente, la palabra "realidad" se refiere a cosas que son reales.

—No siempre funciona así —contestó Susan—. La mente humana tiene tendencia a igualar lo desconocido con lo imposible. ¿Qué hace que algo sea real? En última instancia, sólo el hecho de que sabemos que existe. Pero podría haber toneladas de cosas ocultas, listas para saltarnos encima.

—No puedo evitar sentirme mal por lo que nos dijo Solomon.

—¿Por qué?

—Prometió decirme algo sobre mi mundo, pero en realidad se puso a destrozarlo. ¿Qué clase de mundo es, cuando treinta y seis personas, suponiendo que todo esto no sea una fantasía, podrían simplemente levantar un dedo y solucionarlo todo?

—¿Eso es lo que querrías?

—En este momento mi cerebro no está exactamente templado como acero, ¿pero acaso no lo querrías tú?

—No sé. Estos *lamed vov*... ¿Cuál sería el efecto sobre la mente común si aparecieran de pronto en nuestra vida, volviéndolo todo perfecto? Muchas de las cosas que nos hacen humanos... el esfuerzo, la esperanza, el heroísmo... desaparecían, ¿no?

—¿No las sacrificarías con tal de acabar con la miseria, la enfermedad y la guerra?

—Eso es lo curioso. La mayor parte del tiempo los seres humanos no se definen por las cosas buenas y nobles. Causamos desastres cuando nos proponemos poner orden, inventamos enemigos y formas oscuras de ignorancia contra las cuales luchar. Tal vez los treinta y seis nos despojaran hasta dejar un esqueleto de nosotros mismos, porque no nos quedaría nada contra lo cual luchar. Nuestra vida sería sublimemente tediosa y ajena a todo acto de voluntad propia.

—¿Estás diciendo que todas las guerras valen la pena? —preguntó Michael—. Toda la gente que muere de hambre, que sigue muriendo todos los días de enfermedades que desde hace un siglo sabemos cómo curar, gente que los soldados matan a patadas por hallarse en medio de un camino polvoriento huyendo de la destrucción... ¿Eso está bien?

—Absolutamente —respondió Susan con sarcasmo, y su voz rasgó la oscuridad—. Dame tu versión. Una vez que logres tu paraíso en la Tierra, ¿qué?

—¿A qué te refieres? Con el paraíso en la Tierra, ¿qué más se podría pedir?

—Toda la gente seguirá muriendo —contestó Susan—. Aunque sólo mueran de vejez. Y los nuevos *lamed vov* que nazcan... Son ellos los que deben mantener el paraíso en funcionamiento, ¿correcto? Tal vez no puedan hacerlo a menos que nazcan en un mundo que los necesita, y entonces adiós a tu paraíso en una sola generación, más o menos para el momento en que la gente habrá comenzado a olvidar. O digamos que las primeras almas puras que cree el paraíso deciden usar sus poderes para acabar con la muerte. ¿Qué ocurre entonces?

—¿Que todos viven por siempre?

—¿Acaso eso no llevaría sólo a un mundo senil por toda la eternidad? Y si solucionas eso, la superpoblación se convierte en el mayor de los males. Al final no quedan opciones para nadie, salvo nuestros dictadores de las almas puras. Incluso si los *lamed vov* obraran milagros para alimentar todas las bocas hambrientas con maná del cielo, ¿cuánto tiempo transcurriría hasta que hubiera sólo robots sin alma por los que velar?

—De acuerdo —admitió Michael—. Pero ¿por qué no pueden hacer algo? ¿Curar el cáncer o el sida o salvar el Amazonas?

—¿Y cómo podrían detenerse allí? ¿Cuánta interferencia es admisible, y cuánta es excesiva? ¿Lo sabes tú? —replicó Susan.

Michael meneó la cabeza en gesto de frustración.

—Pero no tiene sentido. Son perfectos, ¿no?

—Lo bastante perfectos como para conocer sus límites, en apariencia.

—Has pensado mucho en esto —comentó Michael, que se hundió más en el sillón, nada tranquilizado por la conclusión de su compañera.

—No tanto como vas a tener que pensarlo tú —dijo Susan.

Después de esperar tanto tiempo, hacer el amor tuvo una intensidad especial que dio la impresión de borrar todas las preocupaciones menores y unir a ambos en una sensación de comprensión. Fuera lo que fuere de sus respectivas vidas, había habido un momento de íntima honestidad y comunión que se convertiría en el cimiento de su futuro en común.

—¿Por qué te gusto tanto? —preguntó Michael a Susan después—. ¿Porque descubriste que soy un dios?

—No. —Susan rió—. Porque pensé que es probable que mañana los dos estemos muertos.

Veterano de largas noches de trabajo e insomnio, Michael se había convertido en un conocedor de las horas previas al amanecer. Cada una tenía su propia textura, su propio sabor peculiar. Incluso en una habitación sin ventanas uno podía sentir el paso de la noche, el

153

transcurso de cada fase, seguida por la siguiente, como un desfile de criaturas de las sombras bajo un cielo carente de luz.

En la cama, la respiración de Susan reflejaba el sueño apacible, no perturbado. Michael le envidiaba eso, aunque por una noche las visiones no lo habían acosado.

"Quizá ya no haya más premoniciones. No tiene por qué haberlas. Él está aquí". pensó.

Alisó la sábana alrededor de Susan; se levantó y fue hasta la ventana. Al norte y el este del hotel se extendía la mayor parte de la Jerusalén moderna, cuyas luces arrojaban un débil resplandor sobre el horizonte. Jerusalén la Dorada se había transformado en un aura eléctrica, modernizada, secular. Antes de ese día, si alguien hubiera obrado milagros allí, la gente habría reído y vuelto la espalda.

—Ojalá —susurró Michael.

Aunque en lo más hondo sabía que la gente nunca actuaba de manera tan racional. Era mucho más probable que un obrador de milagros desatara disturbios como la ciudad no había visto nunca. En especial allí, en especial en aquel momento. Con esa chispa, la guerra y el caos se propagarían pronto, porque no hay nada que los fieles odien más que el milagro realizado por alguien de una fe rival.

¿Era eso lo que quería Ismael? Michael no creía que Solomon le hubiera dicho todo lo que sabía. Había afirmado que los *lamed vov* no tenían contacto alguno entre sí ni con terceros, pero en ese caso, ¿cómo sabía él que Ismael había caído y se negaba a aceptar la muerte?

Michael apoyó la frente contra el vidrio fresco de la ventana. Pese a su discusión ante Susan, no sabía si deseaba conocer a alguna de las almas puras. Michael era hijo de un cosmos mecanicista que funcionaba por sus propios medios, de un relojero ciego que no jugaba a los dados. ¿Qué espacio había allí, en esa filosofía, para hombres y mujeres que poseían el poder de transformación en sus manos mortales y finitas?

Como médico, él tenía un eco vago de tal poder, y los médicos, famosos por jugar a ser Dios, más a menudo jugaban al suicidio y la adicción a las drogas. "No estamos destinados a tener poder completo. Nadie posee la sabiduría para utilizarlo sabiamente. Nadie."

Ésa, entonces, era su posición: él rechazaba a los *lamed vov* y quería negar su validez. Tan pronto como se dijo esto, el infierno de las visiones que llevaba consigo se desvaneció un poco. Ahora sabía cuál era la espada: su capacidad de elección, el dominio, la libertad de dejar en paz la oscuridad.

Ahora no extraería poder de la piedra. La tentación había perdido. En el análisis final, en realidad no importaba si las palabras de Solomon Kellner eran ciertas, si los *lamed vov* eran o no reales, si un falso maestro se levantaba en el mundo con el apocalipsis en sus manos. Nada de eso importaba ante el único y sobresaliente hecho de que Solomon había ofrecido a Michael la posibilidad de esgrimir la misma fuerza a la que los treinta y seis ya habían renunciado.

"No jugaré sus juegos."

Pensó en el joven profeta haciendo un bien tan espectacular con motivos ulteriores tan tortuosos y terribles. ¿Qué había de nuevo? ¿Acaso Poncio Pilatos no había dicho que en Jerusalén siempre había un nuevo profeta?

Se lo diría a Susan por la mañana, y los dos regresarían a Damasco; luego él retornaría a su trabajo e intentaría olvidar las visiones por completo, ahora que sabía lo que representaban.

Ismael tal vez lo persiguiera hasta darle muerte en Palmira, pero si el Alma Oscura tenía el poder que Solomon le atribuía, se daría cuenta de que Michael no constituía amenaza alguna para él y sus planes. El viejo rabino había dado a entender que había muchos que tenían el mismo potencial de Michael de convertirse en un alma pura. Que el anciano e Ismael buscaran a otro, y que el candidato no fuera un médico que ya tenía demasiados recuerdos y demasiados rehenes de la fortuna. Se acostó de nuevo otra vez.

Estaba solo en una cama vacía cuando la luz de la mañana, ya avanzada, al fin lo arrastró de vuelta a la conciencia. Michael se dio la vuelta con pereza, enseguida reaccionó para no caer por el borde del estrecho catre del ejército, antes de darse cuenta de que no se hallaba en su tienda.

Se hallaba en un hotel, en Jerusalén. Ahí estaba. ¿Pero dónde se encontraba Susan?

Unos ruidos de agua en el baño le dieron la respuesta. Tomó sus prendas y comenzó a vestirse. En los últimos días su vida casi se había descarrilado, pero ahora había vuelto a encontrar el equilibrio. Había cosas que no se le podían exigir, cosas que probablemente era incapaz e indigno siquiera de intentar hacerlas. Había trazado los límites de su mundo, y así estaban las cosas.

Susan probó con cautela el agua que llenaba la bañera humeante. Tal vez había exagerado un poco con el agua caliente, pero en el Grand de Damasco las opciones consistían en una ducha tibia en la habitación o una bañera problemática y semipública en el sótano.

Deseó que ambos pudieran quedarse más tiempo en Jerusalén, pero sabía que aquél no era lugar seguro. El hombre al que el rabino Kellner llamaba Ismael estaría buscando a Michael, para destruirlo antes de que éste se sumara a los *lamed vov*. Cualquiera que fuera la elección de Michael, Ismael la consideraría una amenaza y lo atacaría. Según el anciano, su táctica consistía en eliminar a todos aquellos susceptibles de ser elegidos para integrar los treinta y seis, antes de movilizarse contra el grupo.

Susan apenas sospechaba la existencia de los *lamed vov* cuando se arriesgó a llevar a Michael allí, pero sabía que Kellner era doctor de enfermedades del alma, y Michael poseía la misma capacidad para curar. Como hija de médico, ella sabía que no eran santos. Sin embargo, Michael había mostrado una profundidad insospechada. Había tolerado la obsesiva cautela de ella. Cuando pasó por Alejandría camino a Palmira, ella lo clasificó de inmediato como "demasiado bueno para ser cierto", una suerte de príncipe dorado que no podía durar tres meses bajo las condiciones primitivas de un campo de refugiados o un campamento de asistencia médica. Se equivocaba. Michael había durado y regresaba pidiendo más. Susan sintió curiosidad suficiente para ahondar; él tornó en un enigma que ella tenía que resolver.

Descubrió que bajo el aire de suficiencia del cirujano, Michael podía ser tímido, frugal, adicto a la cafeína. Vivía para el trabajo, igual que ella. En algún lugar a lo largo del camino dejó de verlo como un enigma y comenzó a considerarlo una persona: bondadoso, vulnerable, pero también empeñado, si lo impelían demonios, a mantenerse lejos de ella. Michael le había curado cicatrices que Susan consideraba permanentes, y sabía que él surtía un efecto similar en otras de las personas que lo rodeaban. El único que no veía esto era el propio Michael.

En los últimos seis meses habían peleado más que nunca, discutiendo con un salvajismo propio de parientes que Susan había aprendido de su propia familia. Michael comenzó a trabajar de manera demente durante largas horas sin descansar ni hacer caso del mal que se causaba con ello. Cuando se mostró resuelto a rastrear hasta Irak a la víctima de la peste, ella temió no volver a verlo nunca más, que él alcanzara la destrucción que parecía cortejarlo en forma tan ardiente. Entonces él apareció al costado del camino como un caballero medieval en una limusina negra, y cuando le habló de las terribles visiones, su conducta autodestructiva por fin cobró sentido.

El agua de la bañera se había enfriado mientras ella soñaba despierta. Susan salió y se envolvió el cuerpo con una toalla. El baño estaba lleno de vapor. Se acercó al espejo y con una punta de la toalla lo secó.

Algo que no era su propio rostro la miraba fijo desde la superficie del espejo.

Una cara. Joven y de tez aceitunada, el rostro de un hermoso muchacho que acababa de cruzar la frontera hacia la madurez viril. Entonces ella lo reconoció, por las fotografías de Nigel. Él le sonreía, con una sonrisa radiante, llena de dicha.

Luego tendió una mano a través del espejo como si fuera el marco de una ventana, y le tocó la cara.

Susan gritó.

Había un dejo desesperado e incrédulo en el alarido que impulsó a Michael a actuar antes de pensar nada. No se trataba de una araña que hubiera entrado por el desagüe; el grito se prolongaba, arrancado de la garganta de alguien que era presa de un terror mortal.

—¡Susan!

Se abalanzó contra la puerta del baño. Se abría hacia adentro y, como el cerrojo era viejo, habría saltado con sólo tocarla. En cambio, el choque contra ella fue como contra una plancha de acero. Michael rebotó y sin aliento a causa del golpe, se desplomó en el suelo.

—No entres.

Michael se esforzó por ver de quién era la voz.

Había una vieja de pie frente a la puerta cerrada que daba al pasillo. Podría haber tenido cualquier edad comprendida entre los sesenta y los ochenta años. Era una anciana arquetípica, calzada con zapatillas. Parecía medir sólo metro cincuenta y se la veía encorvada por la deficiencia de calcio que acarrea la vejez. Sus ojos castaños, de expresión cálida, brillaban alerta en un rostro arrugado por la vida; un pañuelo floreado le cubría el pelo canoso. Vestía un cárdigan de color rosa y una falda corta, floreada. Llevaba una bolsa de compras de una tienda local.

Michael observó todo esto en el preciso instante en que aún reaccionaba ante su presencia. La mujer parecía por completo inofensiva, como la abuela de cualquier persona, pero de ningún modo podría haber entrado en la habitación del hotel a través de esa puerta cerrada con llave y cerrojo.

Mientras procesaba esos datos en una parte de su mente, Michael se puso de pie y se dispuso a embestir de nuevo contra la puerta. Los gritos cesaron de repente, pero el silencio que siguió resultó mucho peor.

—¡Susan! —gritó Michael. Se arrojó de nuevo contra la puerta, esta vez dispuesto a resistir.

—¡No lo hagas! —gritó la mujer—. ¡Te lo advierto!

Michael hizo caso omiso de las palabras. La puerta del baño crujió sobre las bisagras, y, al embestirla Michael una vez más, cedió.

Detrás no había nada.

El baño había desaparecido. El hotel había desaparecido. La ciudad entera había desaparecido. A través del umbral donde antes se hallaba el baño no había más que una escarpada bajada hacia el suelo de un cañón desértico, trescientos metros más abajo. La puerta, derribada, caía al espacio, trazando una espiral hacia el vacío, ya pequeña como una hoja en la distancia. La caída tornaba siniestramente real lo absurdamente imposible. Un viento suave rozó a Michael, como si alguien hubiera abierto la puerta de un horno. Michael se tambaleó, perdiendo un momento el equilibrio, y sintió que el movimiento lo echaba hasta adelante y lo llevaba a través de la puerta hacia el espacio vacío.

Allí moriría.

Unos dedos fuertes, afilados como garras, se clavaron en su brazo y lo arrastraron hacia atrás. Michael cayó de espaldas sobre la alfombra polvorienta y raída del New Jerusalem. Retrocedió gateando para atrás, como un cangrejo, lejos de la puerta, hasta que su espalda quedó apretada contra un costado de la cama.

—¿Quién eres? —preguntó, sin dejar de mirar fijo el agujero que se había abierto de pronto en el mundo. La mujer misteriosa, que estaba arrodillada a su lado, aún le aferraba el brazo. A tan corta distancia, Michael percibió un tenue olor a vejez, a talco perfumado y ropa limpia. La mujer era real, sin la menor duda.

—Tu amiga —respondió ella.

Él volvió la cabeza para mirar de reojo la ventana del cuarto, y sintió una punzada de náusea al ver que aún se reflejaba en ella los tejados de Jerusalén. Ventana y puerta: una de ambas era un engaño.

Las paredes de la habitación estallaron de pronto en llamas, todas al mismo tiempo.

Un momento estaban cubiertas del papel decorosamente desteñido que se había vuelto familiar en una sola noche de estancia allí; al siguiente estaban cubiertas por láminas de fuego, detrás del cual los cuadros colgaban intactos. El fuego proporcionaba a la habitación la luminosidad del sol del desierto al mediodía, y Michael oía el sonido que produce un incendio intenso, el sonido rugiente y avasallador del movimiento incandescente. Con tremendo esfuerzo, habría hecho caso omiso de las llamas como si éstas fueran una especie de alucinación visual, pero el calor presionaba contra su piel como si las propias paredes hubieran avanzado hacia adentro. Era como el calor mortal de un incendio, que extraía el oxígeno del aire y mataba en segundos.

Estaba muriendo. No había escape del anillo de fuego. Incluso el umbral abierto estaba lleno de llamas.

Ni siquiera había tiempo para juzgar su propia cordura, para pensar y reflexionar y decidir qué era real o cómo era posible que ocurrieran esas cosas. Instintivo como un animal, Michael reaccionó a la evidencia irresistible de sus sentidos. Jadeaba y luchaba por respirar, pero sólo aspiraba un calor resecante, un calor aterrador. El sudor le cubría la piel y se evaporaba enseguida, cubriéndolo con la sal de su propio cuerpo.

—Mantén la calma —dijo la mujer, a su lado—. Concéntrate. Él no puede verte. Perdió la Luz, y ahora no puede verla. No sabe dónde estás.

Michael había olvidado que la anciana seguía allí. La miró a los ojos. No había miedo en ellos... ni miedo ni fuego. La anciana volvió a tender la mano. Michael la tomó. La mano era fuerte y seca y tibia.

Las llamas se apagaron. La ausencia de calor fue como un *shock* frío. Michael se dobló hacia adelante, con la cabeza contra las rodillas, jadeando.

—Soy Rakhel Teitelbaum —dijo la anciana en un inglés con acento estadounidense—. ¿Ésta es tu primera visita a Jerusalén? —La pregunta le resultó extraña a Michael. No quería mirar de nuevo hacia la puerta del baño, pero se obligó a hacerlo.

La puerta continuaba ahí, cerrada e inocente. Sintió que su capacidad de recordar los últimos momentos se debilitaba, como si lo ocurrido poseyera la inmediatez vívida y peligrosa de un sueño y, lo mismo que un sueño, no pudiera encontrar lugar para sí mismo en el mundo de la vigilia. Pronto habría desaparecido, y la vida de Michael volvería a tejerse alrededor de la brecha. Se puso de pie y con gran sorpresa se dio cuenta de que Rakhel seguía allí. La anciana hizo una mueca.

—Ahora dices: "Hola, Rakhel. Yo soy Michael. *Shalom*. La próxima vez deja que sea yo quien te salve la vida" —dijo la anciana, respondiéndose sola.

"Es el *shock*. Estoy conmocionado." Se sentía aturdido y deseaba llorar. Los síntomas eran conocidos: desorientación, desorganización del pensamiento, incapacidad de establecer una relación con lo que lo rodeaba. Había sucedido algo muy grave, y con creciente desaliento Michael se dio cuenta de que no sabía qué era y no tenía manera de averiguarlo.

—¿Susan? —llamó con voz débil.

Por un momento alimentó hasta la posibilidad de que no existiera ninguna Susan... o, si existía, de que no hubiera ido a Jerusalén con él. "No. Ella estaba aquí. O estuvo. ¿Qué le pasó?"

—No quiero apremiarte, pero deberíamos irnos —dijo Rakhel.

Michael se quedó mirándola sin expresión.

—¿Irnos? Pero tenemos que buscar a Susan. —Dio un paso vacilante hacia la puerta del baño y se volvió—. ¿Quién eres? —preguntó al fin.

—Rakhel... —repitió la anciana, pero él la interrumpió con un gesto tajante.

—¿Quién eres realmente? —Su voz sonó baja y peligrosa—. Eres una de ellos, ¿no? ¿Qué le has hecho a Susan?

Mientras hablaba, por el rabillo del ojo captó un movimiento.

—Adivina —contestó Rakhel con sarcasmo—. Ahora no tenemos tiempo para esto. Confía en mí. Es hora de irse.

Michael se volvió para observar el movimiento. El espejo que colgaba encima del tocador estaba derritiéndose.

No, no era eso con exactitud. Despedía un brillo tenue, como un charco de mercurio ladeado y colgado allí desafiando la gravedad. Mientras él observaba, la superficie se estiró y rompió, y el mercurio cobró formas humanas. Dedos... manos... brazos... una cara.

La cara del profeta. Ismael volvió la cabeza hacia uno y otro lado, mirando el cuarto mientras atravesaba el espejo como si éste fuera una ventana abierta. Iba vestido como cuando Michael lo había visto cerca de Nazaret, con la túnica de un peregrino del desierto. Por un momento sus miradas se encontraron, pero la expresión de Ismael no cambió. No veía a la anciana ni a Michael.

"¿Es ciego?" —se preguntó Michael, en un momento de evaluación automática. Pero sus movimientos eran los de un hombre que ve—. "No puede vernos porque no puede ver la Luz."

Los dedos de Rakhel le tiraban de la manga, urgiéndolo en silencio a ir hacia la puerta.

—¿Dónde está Susan? —gritó Michael. Detrás de él oyó sisear a Rakhel.

La cabeza de Ismael se volvió de repente, concentrada en la voz de Michael. Miraba fijo; su rostro perfecto mostraba calma.

—Está conmigo —dijo—. ¿Por qué no vienes también tú?

En su voz había un humor que helaba los huesos. Evocaba el hambre indiferente y egoísta de un tiburón.

Michael entendió que allí nada podía hacer por Susan. Lo mejor era escapar y volver a la casa del rabino Kellner. Él sabía cómo combatir a Ismael.

—No me desees por enemigo, Michael. Puedo ser realmente despreciable.

"Armagedón. El bar donde todos saben tu nombre —pensó Michael con una frivolidad desesperada. Dio un paso atrás, pero la mirada de Ismael no siguió el movimiento—. Todavía no puede verme." La mano de Rakhel lo guiaba de nuevo hacia la puerta.

—No te acobardes ahora. Imagino que tendrás muchas preguntas que hacer. Yo puedo respondértelas, ya lo sabes. ¿Michael? ¿Estás ahí?

Su tono era tan seductoramente razonable... Ahora la espalda de Michael estaba apretada contra el costado de Rakhel; casi experimentó la sensación en sus propias manos cuando ella tomó el picaporte y con lentitud comenzó a hacerlo girar.

—¡No me abandones! —gritó Ismael, al tiempo que se adelantaba.

Rakhel abrió la puerta y de pronto volvió a ser empujada hacia el interior del cuarto; tropezó con Michael, de modo que éste cayó

162

casi en brazos de Ismael. Detrás de sí oyó un clamor indescriptible. Una jauría de perros salvajes —negros como el carbón y más grandes que cualquiera que Michael hubiera visto allí— se precipitaron dentro de la habitación.

"Si me toca, todo habrá terminado", pensó Michael con una claridad prenatural. Se arrojó a un lado, sobre la cama.

Rakhel quedó apretada contra la pared, sin moverse. Los perros salvajes habían encontrado la bolsa de compras de la anciana y se peleaban por ella, destrozándola a mordiscos, pero no parecían ver a la dueña. Con cuidado, Michael rodó sobre la cama y comenzó a bajar por el otro lado. Miró arriba y vio que Rakhel lo observaba con expresión aprobadora.

Ismael corrió hacia allí, apartando a los perros de su camino como si esperara encontrar a Michael debajo de ellos. Y, aunque en apariencia podía oír voces humanas, el ruido de los perros que peleaban enmascaraba con eficacia todo sonido, lo cual proporcionó a Michael y Rakhel cierto espacio para actuar.

"Pero la habitación no es tan grande. Al final nos encontrará, a menos que logremos huir de aquí."

De pronto los ladridos de los perros cesaron. Michael se deslizó bajo la cama y miró al otro lado de la alfombra. Sólo vio los pies desnudos de Ismael. Buscó los pies de Rakhel, pero no los encontró. Avanzó algo más bajo la cama.

—¿Michael? ¿Por qué haces esto? Únete a mí. Ayúdame. Somos el mismo, tú y yo.

—No le creas, *bobbeleh* —le susurró Rakhel al oído.

Michael se crispó espasmódicamente, pero no emitió un solo sonido.

La mayoría de las camas de hotel están atornilladas al piso, de modo que los huéspedes emprendedores no puedan robarlas. Pero o bien el New Jerusalem atraía una mejor clientela, o bien sus camas no eran lo bastante buenas para que las robaran. Al mirar arriba, Michael vio que el colchón se asentaba sobre una estructura que estaba dotada de pequeñas ruedas, lo cual permitía moverla con facilidad.

Acelerado por la descarga de adrenalina y el mero terror, Michael comenzó a desplazar la cama para volcarla.

—¡Vete! —gritó al tiempo que empujaba a Rakhel delante de él.

Michael oyó el grito de sorpresa que lanzó Ismael.

—¡Vete, te digo! —volvió a gritar. La cama se ladeó; él le dio un último empujón.

Por la puerta abierta distinguió el vestíbulo que se extendía del otro lado. Se arrojó a través del umbral, sin ver a la anciana, y al darse la vuelta para encontrarla sintió que el piso se disolvía bajo sus pies, y que él resbalaba hacia abajo como si lo engulleran arenas movedizas...

Iba hacia la oscuridad.

Capítulo Seis

Humo y espejos

Susan gritó, alejándose del hombre del espejo. Resbaló en el mosaico y habría caído, pero Ismael sacó la mano por el espejo y le aferró el brazo izquierdo por debajo del codo. El contacto provocó en ella un miedo atávico, irracional. Con esfuerzo logró mantener el equilibrio. Todo su peso colgaba de un brazo mientras Ismael la atraía hacia sí. Ella veía el brazo del joven que se proyectaba a través del vidrio: la manga de algodón rústico, gastada de muchos lavados, y su piel lisa y perfecta, apenas acariciada por el sol.

—No te resistas —dijo Ismael con una voz espectralmente tranquila, sin ira ni urgencia. Su rostro, detrás del espejo, aparecía sereno, indiferente al destino de Susan, concentrado por entero en la tarea que tenía entre manos. Pero sus dedos se hundían con crueldad en la carne de Susan.

—¡Suéltame! —susurró ella con fiereza. Tras el primer grito se dio cuenta de que, por muy cerca que se hallara Michael del otro lado de la puerta, no tenía sentido llamarlo.

Entonces Ismael tiró, y los dedos de Susan encontraron la superficie del vidrio frío y húmedo, duro y resistente al contacto. Aferró con la otra mano el borde del lavabo, para resistir. Pero por mucho que tirara hacia el otro lado, el apretón de Ismael no aflojaba. Agujas de dolor recorrieron el brazo de Susan mientras la palma de su mano se apretaba con fuerza contra el vidrio del espejo. Un momento más y se rompería.

Entonces sintió que sus dedos comenzaban a hundirse en el vidrio como en un plato de gelatina, que se cerraba alrededor de su piel con una presión resbaladiza y despiadada. Ahora su brazo se deslizaba con rapidez, lo cual permitió que Ismael se retirara por completo a su lado del reflejo. Ella ya no sentía la otra presión, la de la mano de él en su brazo; era como estar atrapada en una cinta transportadora diabólica que la absorbía hacia lo desconocido.

"Oh, Dios, no... No permitas que me agarre. No pasaré. No pasaré. Él trata de desgarrarme."

Su otra mano soltó el borde del lavabo, y ella fue absorbida hacia el interior del espejo hasta la altura del hombro. Se golpeó dolorosamente la mejilla contra el vidrio; sintió súbitos y nuevos terrores de asfixia, de ceguera, como si la enterraran viva en una tumba desconocida.

No podía hacer nada para impedirlo. La tracción sobrenatural la levantaba en vilo. Susan se resistía con frenesí, retorciéndose a un lado y otro, luchando por unos segundos más de vida. Tenía el mentón apretado contra el pecho, pero casi de inmediato sintió el beso frío del vidrio contra la nuca mientras la parte posterior de su cabeza comenzaba a hundirse en el espejo. Trató de echar la cabeza hacia atrás pero no pudo. La fría insistencia comenzó a treparle por el cuero cabelludo, las orejas... Luego se hizo el silencio. Ahora respiraba con grandes bocanadas jadeantes, y sus ojos inmóviles se hallaban fijos en la ventana que había a pocos metros de distancia.

Del otro lado de la ventana estaba la mañana, y la ciudad, y todos los detalles de una vida normal en un mundo normal. Le cayeron lágrimas y corrieron por el vidrio. Cerró los párpados con fuerza al sentir una presión hormigueante en las comisuras; cuando un instante después intentó abrir los ojos, comprobó que no podía. Tuvo tiempo para aspirar una última bocanada de aire antes de que el frío le llenara la boca, y comenzó a tener arcadas intermitentes al tratar de escupirlo, luchando impotente mientras el meridiano de vidrio descendía por su cuerpo.

—Él está usándola —dijo Rakhel con calma—. Ése fue siempre el peligro. El amor nos hace vulnerables... pero sin amor no somos humanos. Es una paradoja, *nu?* A Dios le encantan las paradojas, como habrás notado. Al igual que los crucigramas.

—Nunca tuve tiempo para hacer crucigramas —replicó Michael con suprema impertinencia. Se hallaba en una negrura intensa, sentado sobre algo firme, aunque no recordaba haber aterrizado, sino sólo haber comenzado a caer mientras pasaba a través del umbral del cuarto de su hotel. Tendió una mano y sus dedos encontraron una superficie lisa, ni caliente ni fría, que cedía débilmente como la goma dura—. ¿Dónde estamos? —preguntó mientras trataba de controlar el miedo y las fuertes náuseas que sentía.

—En ninguna parte. Consideré que era el lugar más seguro adonde llevarte —respondió Rakhel.

Eso era lo que parecía: ninguna parte. Cuando inhaló hondo, Michael no olió nada, ni siquiera humedad. Imposible distinguir si el espacio que lo rodeaba era grande o pequeño. En la oscuridad absoluta, le resultó un alivio tocarse la cara y sentir que tenía los ojos abiertos.

—¿Qué ves? —preguntó Rakhel.

—Nada de nada —respondió Michael.

—Bien. Ahora quizá te dejes de tonterías y podamos hablar.

—¿Yo? —preguntó Michael, indignado—. Sólo trataba de seguir vivo.

Rakhel emitió un resoplido elocuente. Él sintió una oleada de irritación pero la desechó, pues era una emoción inútil. Intentó recordar con exactitud lo que había sucedido, pero sólo chocó con una perturbadora pared en blanco en su mente.

—¿Te gustan las películas? —preguntó Rakhel, al parecer sentada a medio metro a su izquierda—. Entiendo que cuando contratan extras para huir de un desastre, no resulta convincente si todos se muestran completamente aterrados. Las personas son diferentes, incluso en una catástrofe. De modo que a algunos les indican que muestren pánico en primer grado, a otros en segundo grado, a otros en tercero, y así. De esa forma resulta mucho más realista.

Sin hacer caso de la anciana, Michael se puso de pie, pero la oscuridad lo desorientó. Trató de apoyarse en una pared inexistente.

—Cuidado —advirtió Rakhel.

—¿Puedes verme? —preguntó Michael, que apenas mantenía el equilibrio.

—Ésta es tu oscuridad privada —respondió Rakhel con calma—. Por supuesto, la oscuridad de cada uno es privada de un modo u otro, pero en realidad no es ése el tema que nos ocupa, ¿no? —Michael decidió no responder, sino concentrarse en recuperar sus facultades mentales—. El tema aquí es el pánico —prosiguió Rakhel—. Si estuvieras huyendo del lagarto gigante que devoraba Detroit, te asignaría un pánico en segundo grado. Es decir, en realidad lo sientes en sexto grado, pero no lo demuestras bien.

—Tal vez lo escondo bien. —Al oír la risa de la anciana, Michael sospechó que ella le había hecho morder el anzuelo para que diera esa respuesta—. Mira, ¿podríamos salir de aquí, o podrías encender las luces, o hacer algo?

—No sé. Tendrías que inspirarme algo más de confianza. Trata de respirar.

—¿Qué? —El advirtió que de hecho no estaba respirando.

Sin embargo, eso no lo impulsó a inhalar de pronto. Se sentía mareado. Con un esfuerzo consciente intentó llevar aire a sus pulmones... y sin lograrlo. El aire que lo rodeaba, tibio y carente de todo olor, era una ficción plausible, nada más. Se hallaba a la deriva a través de un vacío, y de pronto la imagen mental de su ubicación cambió, y se halló de pie en una llanura infinita en un universo sin luz.

—No es opción tuya vivir o morir —prosiguió Rakhel, cuya voz le llegaba débilmente desde cierta distancia—. Si no respiras, te desmayarás.

Él no la escuchaba. La falta de oxígeno en el cuerpo comenzaba a afectarle el cerebro, próximo al límite establecido de cuatro minutos que causaría daño cerebral. Michael captó con claridad ese detalle médico. De pronto hubo una chispa de luz en la oscuridad, y en el momento de su aparición el cosmos desarrolló tres dimensiones, orientándose con relación a la chispa. "Y Dios dijo: 'Hágase la Luz'."

Se preguntó si estaba muriendo y, si era así, cuándo comenzó. Probablemente Ismael lo había vencido, al fin, y aquello era algún tipo de lucha mortal. Michael dejó de ofrecer resistencia a medida que la luz se intensificaba; ni siquiera tenía miedo de que le llagara la piel y lo cegara, como sabía que podía ocurrir si se trataba de un truco de Ismael. Quizá pronto se encontrara flotando por encima de su propio cuerpo, contemplándolo expirar en la habitación del hotel. La perspectiva despertó curiosidad en él. "Los resultados experimentales de algunas pruebas científicas, aunque en una escala estrictamente limitada, sugieren que el aumento de actividad neuronal en el lóbulo temporal derecho, según el fenómeno de las experiencias de cuasi muerte, puede inducirse de forma artificial mediante..."

—Gracias, muy bien, ya puedes irte —dijo Rakhel, hablándole casi al oído.

De repente Michael absorbió una bocanada honda de aire, y la luz desapareció.

—¿A quién dar las gracias? —preguntó Michael, al darse cuenta de que yacía en la misma superficie dura donde había aterrizado. Tomó más aire.

—A tu cerebro —respondió Rakhel—. Vamos a tener que apagarlo por un rato. Estaba montando un buen espectáculo. ¿Quién puede culparlo? Quería que dispusieras de una historia, una explicación.

—¿Por qué haces esto? —preguntó Michael con voz débil. Se incorporó, sentándose, y tomó conciencia de que su aterrada alucinación se despejaba y su mareo se disipaba.

—No hago nada —replicó Rakhel—. Ya te dije que esto es una tontería tuya.

Michael tuvo la sensación de que habían vuelto al punto de donde habían partido. Se permitió ceder al agotamiento y el aturdimiento de sensaciones que sigue a una tremenda excitación. Exhausto, se oyó decir:

—Susan. Está en apuros, y tú dices...

—Que él está usándola. Correcto —respondió Rakhel—. Dejémosla de lado por un momento. ¿Y tú? Yo diría que has retornado a una versión de la normalidad.

—Tan normal como es posible ser sin cerebro. ¿Puedes devolvérmelo?

Rakhel soltó otro resoplido.

—No seas tan literal. Sólo quería decir que debes desprenderte de las locuras que te corren por la cabeza. Eres como todos los demás. Simulas tener miedo o terror o ira, cuando en realidad son esos sentimientos los que te tienen a ti... bajo su control, quiero decir.

Meditaba en voz baja, y mientras lo hacía una suave luz de vela apareció en sus manos juntas, formando una copa. El resplandor le definía la cara con crudeza; una luminosidad rosada le irradiaba de la piel. A la luz Michael se vio a sí mismo, aunque aún no alcanzaba a distinguir nada alrededor de ambos. Rakhel se hallaba sentada en la misma superficie oscura e indefinida donde estaba parado él, a unos dos metros de distancia.

—Ahí tienes —dijo la anciana—. ¿Te sientes mejor?

—Mejor aún sería la cordura. O una explicación. Todavía me siento como si estuviera perdiendo la cabeza —dijo Michael.

—Bien —respondió Rakhel con energía—. Si tu cabeza está tan confusa como la de la mayoría de la gente, valía la pena perderla—. Michael se sentó, quieto. Debía admitir, dado que no sabía nada de la extraña anciana, que le convenía dejar de discutir con ella. En el caos de los hechos ocurridos en el hotel, había registrado una impresión inmediata de una anciana con una vestimenta vagamente absurda, pero se equivocaba. Ninguna primera impresión podía abarcarla, quienquiera que fuera ella.

De pronto el rostro de Rakhel, que hasta el momento sólo había reflejado una expresión alerta, se suavizó.

—No te he reconocido el mérito por haber llegado hasta aquí —dijo—. Pensaste en escapar, pero fue sólo tu ego, tu cáscara. La mejor parte de ti ha decidido quedarse. Es muy probable que él lo haya sentido, razón por la cual se abalanzó sobre ti tan pronto.

—¿Mató a Susan? —preguntó Michael, sombrío. Ahora el cerebro le enviaba imágenes coherentes, y la vio luchando detrás de la puerta del baño, primero gritando, después callada.

Rakhel negó con un movimiento de la cabeza.

—No creo. Ella es demasiado inteligente para eso.

—¿Inteligente? ¿Te refieres a que fue más astuta que él? Entonces debemos encontrarla. ¿Dónde queda la salida? —Michael sintió que el esperanzado entusiasmo disipaba su agotamiento. Se levantó y miró la oscuridad exterior más allá de la luz de la vela. Sintió en su brazo la mano pequeña pero fuerte de Rakhel.

—Eres un buen muchacho —murmuró la anciana—. Bueno pero convencional. Ya te dije dónde estamos: en ninguna parte. No es un lugar real, al menos del modo en que tú entiendes ese mundo. Él te alcanzaría en la mayoría de los lugares reales a los que yo pudiera llevarte.

Michael se sintió abatido, pero era obstinado; por el momento no había ningún otro sentimiento admisible.

—Vayamos ahora y hablemos después —dijo—. Me he habituado a algo de esta mistificación, y puedo decirte que tú eres igual a él. Recuperemos a Susan, y luego nos preocuparemos por mí.

Rakhel sonrió, sin el menor rastro de mofa, y de pronto Michael vio, bajo la ruinosa máscara de la edad, a la joven que había sido. En ese relámpago de intuición captó la visión más provocadora de sí mismo y la vida que podría haber llevado con la muchacha que la anciana había sido alguna vez. El momento se disipó como las ondas en un estanque, y luego se desvaneció sin dejar rastro.

—Mira, Rakhel... ¿tengo derecho a llamarte así?... Mientras nosotros perdemos tiempo aquí, él escapa. ¿Eso no significa nada para ti? Se supone que es tu enemigo.

—Nosotros somos los treinta y seis —dijo Rakhel, como si ello constituyera una respuesta.

—Exacto —replicó Michael con impaciencia—. Tienes el mismo poder que él, ¿correcto? Entonces, úsalo.

Rakhel negó con un gesto.

—Deberías haber escuchado mejor cuando el rabino te daba sus lecciones, *mein gaon kinder*. Nosotros somos testigos, nada más. Observamos. ¿Crees que Dios necesita pistoleros contratados? *¿Bang, bang,* igual que Rambo? Si quieres detener al Mentiroso, imagina cómo lograrlo.

Michael sacudió la cabeza, odiando su impotencia.

—No puedo.

La anciana comenzó a ponerse de pie, gruñendo un poco por el esfuerzo.

—¿Quieres morir por una causa? Es muy comprensible que la ames. Pero no puedes tomar una decisión sin contar con todos los datos. Mira aquí.

La luz resplandeciente declinó y fluctuó mientras ella terminaba de levantarse, y enseguida se estabilizó una vez más. Michael observó, de manera remotamente absurda, que uno de los cordones de las zapatillas de la anciana estaba desatado.

Rakhel alzó hacia él las manos juntas. La luz blanca y firme se expandió despacio, como si el blanco puro pudiera adquirir otra dimensión. Pareció cobrar nuevas cualidades dentro de sí misma: de sonido, de textura, hasta que Rakhel sostuvo en alto un exquisito loto blanco azulado, que albergaba entre sus pétalos una historia cautivadora. Lo que la historia comunicaba no tenía palabras... era sobre vidas y épocas, cada vida un pétalo que brotaba del centro del loto y de forma casi instantánea era reemplazado por uno nuevo. A Michael le pareció detectar voces que fundían las viejas y las jóvenes, cada nacimiento enlazado tan rápidamente con la muerte que no conseguía establecer la diferencia entre ellos. La flor seguía creciendo desde dentro de sí misma y, aunque los pétalos nacían, se elevaban y caían, ninguno de estos cambios alteraba la flor resplandeciente, que permanecía siempre dulce y viva.

—Es hermosa, ¿verdad? El alma humana —dijo Rakhel a sus espaldas—. Preguntas por qué no peleamos... Una vez que hemos visto esto, no sólo en la gente buena sino en todos, ¿por qué deberíamos pelear? Está ahí, ¿sabes? En cada uno de nosotros. ¿No te dije que a Dios le encantan las paradojas?

La necesidad de verlo de nuevo desgarraba a Michael como una añoranza por el hogar que había perdido, como si lo hubieran arrojado de un lugar perfecto pero desconocido. Sin embargo, si miraba, si escuchaba, si creía... eso lo cambiaría.

—Esto no va a funcionar —dijo con voz ronca—. Me dices que no vas a hacer nada respecto a Ismael... Me dices que yo debo detenerlo... ¿y ahora en cambio se supone que debo perdonarlo? Tal vez quisieras explicarme cómo nos va a beneficiar eso a Susan o a mí.

—El perdón —dijo Rakhel simplemente— nunca se malgasta. Imagínalo como la goma de borrar de Dios. Sin él, todo lo que tienes es otro nivel de culpa y violencia.

Michael cerró los ojos para concentrarse en la cara de Susan, reconstruirla en su memoria. El peligro que ella corría era responsabilidad de él... Ismael sólo estaba usándola para llegar a él. Hasta Rakhel lo había dicho. La muerte deja muy pronto de ser una sorpresa para un médico, pero a Michael le resultaba insoportable la idea de que Susan muriera por un acto fortuito de terrorismo que él podía prevenir.

—No soy uno de vosotros. —Su voz sonó fuerte y tensa; sus manos estaban apretadas. Intentaba controlar sus emociones, pero vio que temblaba de una ira fría y distante.

Rakhel emitió un sonido despectivo.

—Es asombroso cuánto está dispuesta a sufrir una persona, mientras pueda seguir siendo la misma. Muy bien, haremos esto a tu manera. Iremos a rescatar a tu *shayma maidel.*

Susan había caído de cabeza a través del espejo del baño, pero Ismael estaba allí para pararla y ponerla en pie como si no hubiera hecho nada más imponente que tirar de ella a través de un agujero en la pared. Él sonrió. Ella se quedó mirándolo entre lágrimas: desnuda, jadeante, incapaz de orientarse despúes de esa terrible violación a las leyes de la naturaleza.

Ismael la miraba, el rostro tan imposible de descifrar como la primera vez que le había tendido la mano. No la tocaba ni hacía movimiento alguno para acercarse.

—¿Por qué luchaste contra mí? —preguntó.

—¿Qué? —Aunque profundamente conmocionada, Susan advirtió que no sentía terror—. Yo...

—Si creíste que te secuestré, mira alrededor.

Susan se frotó la cara con ambas manos, en un gesto infantil. Dio un paso adelante y se detuvo: todavía se hallaba en el baño del New Jerusalem. El cepillo de dientes estaba en el lavabo; la toalla, en el piso donde había caído. Pero el espejo estaba del lado errado.

—¿Michael? —susurró Susan, con voz ronca de tanto gritar. ¿Dónde estaba Michael?

—¿Ves? No hay nada de malo —dijo Ismael—. Simplemente fuiste... reorientada.

Ella miró con más atención. Si se paraba frente a la ventana, el espejo debía quedar a la derecha y la bañera a su izquierda. Pero de algún modo él había cambiado la habitación.

Levantó la toalla y se la ciñó alrededor del cuerpo. A través de la puerta abierta vio el cuarto de hotel tal como lo había dejado, sólo que al revés. Michael no estaba allí. Atravesó el umbral, sólo para asegurarse de que de veras no se encontraba allí. Aún continuaba sobre el escritorio la botella de vodka que los dos dejaran ahí la noche anterior, sólo que ahora las letras de la etiqueta estaban también al revés. Susan pensó que Ismael iba a agarrarla y llevarla de vuelta, pero él se mostraba imperturbable.

—¿Por qué? —preguntó Susan.

El profeta se encogió de hombros y por primera vez esbozó una vaga sonrisa.

—Quería ser considerado. Ésta versión te resultaría reconocible, pues es tan cercana a la original como necesitamos por ahora. Podría haber otras versiones, desde luego. Recuérdalo. De hecho, recuerda todo.

La voz era tranquila, carente de amenaza, pero Susan apenas reparó en ello, o en las palabras que él pronunció. Temblaba, y sentía frío y náuseas por el exceso de adrenalina. Apenas logró llegar a la cama antes de que sus piernas flaquearan y su cuerpo se desplomara allí, estremecido, descompuesto.

—Tómate el tiempo que quieras. Camina un poco —dijo Ismael. Se paró junto a ella, pero sin ninguna intención abierta de tocarla o atacarla.

Con la lentitud onírica propia de las pesadillas, Susan se obligó a actuar. Se puso en pie, tambaleante, y levantó unas prendas, bamboleándose como si estuviera borracha. Sólo tomó lo que necesitaba para cubrirse, y abandonó todo lo demás. Terminaría de vestirse en el pasillo, en el vestíbulo, en medio de la calle; había que salir de allí antes de que el Alma Oscura siguiera jugando con ella.

Sus manos temblaban mientras abría los cerrojos de la puerta del pasillo. Se rompió una uña y se desgarró una cutícula, dejando una pequeña mancha de sangre en el cerrojo, pero al fin la puerta se abrió. Corrió afuera sin interferencias y se precipitó por el pasillo. El hecho de no oír pasos tras ella le causó un terror mayor que el de antes: ahora entendía cómo era posible que alguien muriera literalmente de miedo.

El pasillo estaba vacío. El terror hizo que lo viera ancho como una catedral. Susan corrió hasta el final, bajó las escaleras y llegó al vestíbulo, donde hizo acopio de fuerzas para pedir ayuda a gritos. También el vestíbulo se hallaba vacío. Vacío y silencioso como la recepción de una funeraria de pueblo. El sol de media mañana se filtraba oblicuo a través de las ventanas. Susan se detuvo; el peso de un pie al otro mientras aprehendía aquella nueva imposibilidad; luego corrió a la puerta de calle. La toalla se le deslizó del cuerpo; se la ciñó con más fuerza. Se sentiría segura si lograba salir del hotel... Sabía que así sería.

Empujó la puerta... y se encontró ante el mostrador de recepción, con la salida a sus espaldas. Sacudió la cabeza, gimiendo, incapaz de comprender cómo había sido capaz de cometer un error tan estúpido y peligroso.

Volvió a intentarlo.

Ocurrió lo mismo, y luego una vez más, hasta que entendió que se repetiría una vez tras otra. La puerta conducía a un solo lado: de vuelta adentro. Lentamente regresó al mostrador.

—¿Hola? —susurró en voz muy baja.

Allí no había nadie.

Dejó caer el manojo de ropa que llevaba y comenzó a revisarlo como si vestirse fuera lo único que importara en el mundo. Para conservar algún vestigio de control, se puso las prendas con meticuloso cuidado: blusa blanca y falda caqui, armadura profesional, símbolo de la vida normal que continuaba aun en circunstancias angustiosas. Todavía tenía mojado el cabello; se lo peinó lo mejor que pudo y se sentó en la alfombra para calzarse los zapatos. Aún conservaba los dos; una pequeña victoria.

—Ah, estás ahí. —La voz era liviana, socarrona, jovial. Ella se sobresaltó pero no miró—. Susan. —La voz, rebosante de buen humor, pronunciaba su nombre con un ligero tono de reproche. Ella se mordió el labio hasta sentir el sabor de la sangre; sus ojos se concentraban en sus manos, en los cordones de los zapatos—. Si ni siquiera me miras, voy a sentirme muy ofendido.

Susan había tenido suficiente experiencia con las consecuencias del orgullo masculino herido como para saber que esas palabras encerraban una amenaza. Alzó la vista. Ismael estaba parado al final de las escaleras, apoyado en el poste de la barandilla, mirándola. Continuaba vestido como en el espejo, como cualquiera de los nómadas y peregrinos que llenaban los campos de refugiados, pero algo alerta brillaba en sus ojos. La expresión era tan insolente y la sonrisa tan burlona como la de un abogado defensor muy caro dispuesto a vender justicia sin escrúpulos. El disfraz del profeta había perdido su efecto, aunque por fuera él siguiera siendo la misma persona.

"Dicen que el diablo es un abogado..."

Un humor desalentado se apoderó de ella.

—Parece ser que no has visto el cartel de "No molestar" —dijo al tiempo que se ponía de pie—. Por esta vez lo dejaremos pasar—. Ismael echó la cabeza hacia atrás y rió—. ¿"Dejaremos"? Vamos... Tenemos mucho terreno que recorrer y muchos lugares donde estar.

Terminó de bajar la escaleras. Ella se mantuvo firme; sólo se crispó cuando él le apoyó un brazo sobre los hombros, pero salvo eso no hizo el menor ademán de detenerlo.

Se produjo una chispa súbita, más brillante que mil soles.

Michael permanecía con la vista fija en un muro de piedra, el costado de un túnel oscuro. La luz del sol se filtraba débilmente a través de una abertura, a pocos metros de distancia, y exponía los colores de la piedra caliza clara a lo largo del pasadizo. Por la textura de las rocas, supo que la piedra había sido trabajada, tal vez por manos antiguas.

—¿Rakhel? —llamó.

Había perdido el rastro de la anciana en la oscuridad, aunque no podía recordar con exactitud cuándo, así como no podía recordar en qué momento ni tampoco cuándo la negrura indefinida se había convertido en una cueva. Los pastores se refugiaban en esos lugares en todo Oriente Próximo, de modo que él no tenía idea de si se hallaba en Siria, Israel o incluso Arabia Saudita. Cada cultura tiene sus propios símbolos. En el islam, un agujero oscuro en un peñasco de piedra encerraba el simbolismo del espíritu, porque el profeta Mahoma había encontrado al arcángel Gabriel en una cavidad semejante, la noche de Qadr, en el año 610. El episodio se describía en la *surá 97* del Corán. Michael se preguntó si podría ser transportado a ese tiempo con la misma facilidad con que se había trasladado a "ninguna parte".

—No te demores —dijo Rakhel detrás de él.

—¿Éste es el camino correcto? —preguntó él.

—Si no sabes adónde vas, ¿qué importa dónde te encuentres? —replicó Rakhel.

—Gracias.

Al otro lado de la abertura Michael vio el reflejo deslumbrante de unos centelleos sobre una ladera rocosa. Avanzó tanteando hacia la entrada, impaciente por hallar indicios en lo que lo rodeaba.

—¿Te molestaría darme una idea de dónde saldremos? —rezongó.

177

—No, no me molestaría, pero gracias por preguntar.

Rakhel sin duda se divertía al permitirle encabezar la marcha. Habían estado andando, a veces a pie, a veces a gatas, a través de pasadizos que en forma inesperada se tornaban húmedos debido a las gotas que caían del techo de la caverna. Las dificultades del terreno no parecían importar a la anciana; sólo una vez comentó que avanzar les habría costado menos esfuerzo si Michael no estuviera atrapado en los mitos de renacimiento. Michael había hecho caso omiso del comentario.

El túnel los condujo afuera, a algo que semejaba una vieja cantera. Michael permaneció un momento de pie en la abertura, mirando un vasto panorama de nada. El calor rielaba sobre las piedras claras, difundiéndose desde los muros cortados en forma escalonada y ascendiendo hacia un cielo azul y vacío.

—Allá vamos —murmuró, y se volvió a ayudar a Rakhel a subir por los escombros de la boca de la caverna.

Pero ella no estaba a sus espaldas, y él trató de no hacer una mueca de disgusto cuando oyó la voz de la anciana a unos diez metros de distancia.

—Ten cuidado con las serpientes.

Rakhel descansaba a la sombra de un taray que Michael tuvo la certeza de que no existía la primera vez que él había mirado. Fue hacia ella, haciendo alarde de no cuidarse en absoluto de las serpientes. Estaba atascado entre el orgullo y el conocimiento de que sin duda sus heroicos esfuerzos, si comenzaban en forma tan absurda, no prosperarían con el tiempo.

Rakhel limpió el polvo de una piedra chata que había a su lado.

—¿Tienes sed? —preguntó. De los bolsillos de su falda sacó una cantimplora y una taza de metal. Él se quedó mirándola, a punto de decir algo, pero Rakhel lo cortó—. Ya sabes suficiente como para no preguntar. Hasta ahí hemos llegado, ¿no?

Michael no respondió. Aceptó la taza y bebió; luego se desplomó en el suelo, contemplando el cielo a través de la sombra verde clara.

—De veras vas a dejarme hacer esto solo, ¿verdad? —dijo—. ¿Por qué?

—Todos hacen todo solos.

—¿De veras? ¿Crees que los bebés nacen con carnés de conductor, por ejemplo? ¿O quizá criar hijos no entra en tu noción de ayuda?

—No desperdicies energía. Ya discutiremos cuando sientas más confianza en tu capacidad de ganar.

Ahora que se había acostumbrado, la calma de Rakhel no le resultaba tan exasperante, pero aun así desvió la mirada. Le preocupaba que la voz de la anciana, con su leve ironía, su dejo divertido ante los esfuerzos de él, lo hiciera olvidar el peligro real al que se enfrentaban.

—Muy bien, ¿cómo llegamos al camino? —preguntó, refugiándose en los detalles prácticos. Se puso de pie. Todavía estaban en el medio de la cantera, que bloqueaba toda vista del horizonte—. Iré a reconocer el terreno.

—¿Ésa es la expresión que empleas para perderte más todavía? —replicó Rakhel.

Michael gruñó. Había un sendero angosto que conducía a lo alto. Avanzó poco a poco por allí, con la espalda apretada contra la piedra clara y caliente, procurando no mirar abajo. Al llegar al borde se balanceó, con la respiración agitada. Tenía el pelo y la camisa mojados de sudor, y los pantalones se le adherían a las piernas, húmedos. Se hizo sombra sobre los ojos con una mano, para escrutar el horizonte. El terreno estaba cortado en hondonadas donde no había caído lluvia alguna en tiempos recientes: el esqueleto reseco de *wadis* que sólo fluían a principios de la primavera. La rala vegetación desértica daba testimonio de que el agua retornaría algún día. Había una senda de tierra tallada en el desierto y, estacionado a la sombra de una gran roca, Michael vio un *jeep*.

Echó un vistazo atrás y vio que Rakhel subía con dificultad por el sendero estrecho. Unas piedras sueltas caían en cascada bajo las zapatillas de la anciana y rebotaban por la ladera hacia el fondo del abismo, pero ella no les prestaba atención, en apariencia despreocupada por su seguridad personal. Él esperó hasta que la mujer se acercó a lo alto y luego le señaló el vehículo.

—Muchas gracias —murmuró Michael.

—¿Y yo qué tengo que ver? —preguntó Rakhel en tono inocente. Resultaba casi increíble—. Necesitas dar mejor uso a tu *goyischer kopf* que tratar de explicarte lo que no te explicarás nunca.

—No sé qué significa eso, pero no suena a cumplido —contestó Michael—. Vamos. Tal vez encontremos a los dueños del *jeep*.

Quince minutos después, tras un inútil intento de atraer la atención de alguien en las cercanías —aunque Michael sabía muy bien que no había nadie—, llegaron al camino. El asiento de atrás del *jeep* requisado les proporcionó otra cantimplora, dos sombreros de campaña y un rifle. Michael debería haberse sentido complacido; en cambio, se sintió silenciosamente burlado.

Su humor no mejoró cuando Rakhel insistió, como condición para subir al *jeep*, en manejar ella. Al contrario de su experiencia con la manera temeraria de manejar de Susan, Michael tuvo la sensación de que no iban a sobrevivir a ese viaje. Rakhel dirigía el *jeep* como un arma: elegía un punto del horizonte y se lanzaban allí a máxima velocidad. Parecía decidida a pasar sobre cada piedra y cada bache del camino.

—¿Qué haces? —inquirió Michael, después de que una piedra levantada por las ruedas del vehículo causara en el vidrio del parabrisas una red de grietas.

—Trato de matarnos —explicó Rakhel—. Batalla, asesinato, muerte súbita... Nos convendría ir acostumbrándonos.

—¡Reduce la velocidad! —gritó Michael cuando rebotaron abruptamente y volaron a través del aire un breve instante, para luego volver a la tierra con un fuerte golpe. Aferró el volante y detuvo el vehículo—. Déjame a mí —dijo cuando consiguió recuperar el habla—. Si debo correr riesgo de muerte, no tiene por qué ser de este modo.

—Como tú digas.

Rakhel bajó mientras Michael se deslizaba del asiento del acompañante al del conductor. Por un momento pensó en huir y dejarla allí, pero sabía que no lo haría. Esperó a que la anciana volviera a subir y se acomodara, y luego puso el motor en marcha. Con cautela, retrocedió para volver a tomar el camino de tierra, rogando que no se hubiera roto nada.

—Enfurruñarse no es la única alternativa —gritó Rakhel entre el viento que les rozaba la cabeza mientras Michael aceleraba el motor en medio de nubes de polvo.

—No estoy enfurruñado. Estoy pensando —replicó él.

—Como tú digas.

—¿Vas a dejar de repetir eso? El maldito problema es que lo estoy haciendo a mi modo. ¿No es eso lo que intentas decirme?

—*Mein Kind*, lo llames enfurruñamiento o no, te digo que existe otro enfoque.

Michael advirtió que ella hacía lo posible por aplacarlo; si él deseaba descender de la torre del orgullo, la anciana ya lo había ayudado a poner un pie en la escalera.

—Está bien —dijo.

Maniobró con violencia el volante hacia un costado y frenó; el *jeep* se detuvo en un borde ancho y desnudo del camino. Pero fuera lo que fuere que ella iba a decir, no lo dijo. Rakhel entrecerró los ojos y se paró en el asiento.

—Hmmm. Esto no huele bien —murmuró.

—¿Qué miras? —preguntó Michael.

—Eso. —Rakhel señaló. En el horizonte, en el cielo oscurecido, unas nubes de color negro verdoso se alzaban como el humo de un incendio—. Vamos allá.

A medida que se aproximaban a la tormenta, las cosas empezaron a adoptar una apariencia conocida. Los carteles del camino estaban de nuevo en hebreo. Al pasar ante el primero, Michael se dio cuenta de que manejaba por un camino pavimentado. Miró por encima del hombro, pero lo único que vio tras él fue asfalto, que se prolongaba hasta donde alcanzaba la vista. "No es posible que no reparara en eso."

—No noté dónde terminó el camino de tierra —dijo, desconfiado—. ¿Esta región es real?

—Tan real como puede serlo cualquier cosa irreal —respondió la anciana sin sonreír.

181

El humor de Rakhel se había oscurecido junto con la vertiginosa masa gris que subía del horizonte. Miraba directo hacia adelante, con ojos entrecerrados como si así pudiera ver a través del denso humo. La tormenta ya ocupaba la totalidad del cielo, y Michael sentía que la electricidad le erizaba la piel. Daba la impresión de alimentar la sensación de urgencia que experimentaba. Los últimos carteles del camino señalaban hacia Har Megidó, un cerro prominente que se erguía en la distancia. Michael recordó vagamente haber visto el nombre en un mapa del norte de Israel, camino al mar de Galilea.

—De modo que hemos vuelto al territorio preferido de él —gritó Michael al tiempo que aminoraba la velocidad para que Rakhel lo oyera mejor—. Aquí es más o menos donde vi al profeta.

Rakhel asintió.

—Le gustan los símbolos.

Michael la miró.

—¿Me lo vas a explicar?

Ella señaló la tormenta, que ahora se centraba justo en lo alto del cerro. El *jeep* subía por un paso sinuoso; Michael sabía que del otro lado se extendían las tierras fértiles del valle de Jezreel.

— "Y hubo relámpagos y voces y truenos —recitó Rakhel—, y se produjo un gran terremoto como nunca lo hubo desde que hay hombres sobre la Tierra. Así fue de grande este poderoso terremoto."— Se interrumpió y su voz recuperó la ligera ironía—. No pensarás que el mundo llegue a su fin, no con una gran explosión o un sollozo, sino con una palabra mal pronunciada. —Michael sabía que debía dejarla continuar—. Di *"Har Megido"* lo más rápido posible —ordenó Rakhel.

Él lo intentó varias veces, juntando las sílabas.

—*Harmegidó, Harmegidó.*

—Casi lo has conseguido. No pronuncies la "h", y lo tienes. Armagedón.

Ella se mostró complacida cuando vio que él comprendía.

—Extraño, ¿verdad? La gente cree que es un hecho, cuando en realidad es un lugar. El famoso Cerro de las Batallas donde a lo largo de cuarenta siglos los ejércitos han derramado sangre para capturar...

¿qué? —Señaló a su alrededor—. Si no supieras que estás en un lugar legendario, ¿siquiera lo notarías? Pero lo extraño es no notarlo. En este momento avanzas sobre huesos y carrozas más antiguos que cualquier cultura que se consiga recordar o incluso registrar. Este sitio fue Canaán por un breve lapso, apenas dos mil años, antes de que los asirios, egipcios e israelitas no pudieran vivir sin él.

—¿Crees que ahora lo quiere él? —preguntó Michael.

Rakhel meneó la cabeza.

—Por supuesto que no. Él puede ver, ¿no? Es un cerro.

Ahora los cielos estaba tan oscuros que resultaba casi imposible distinguir el día de la noche. Rakhel tenía razón: Armagedón era sólo un cerro, un montículo, en realidad. Había ido elevándose sobre pueblos enterrados, veinte en total, que se remontaban a unos cuatro mil años de antigüedad. Allí cada ejército había vencido a un enemigo, construido una fortaleza y luego había sido vencido a su vez. El Cerro de las Batallas era un sitio cincelado sobre la mente antigua, y en aquel entonces el mundo era lo bastante pequeño para que, cuando la mente de san Juan procuró un lugar adecuado para acabar con el mundo, Har Megiddó se cerniera más grande que si en la actualidad Normandía, Moscú o Vietnam si unieran en un solo terreno sangriento. Har Megiddó fue el lugar donde el séptimo ángel reunió a todos los sobrevivientes de las primeras guerras del Apocalipsis, para hacer una última afirmación de Dios contra el Mal.

—¿No crees...? —Antes de que Michael concluyera la pregunta, Rakhel golpeó con vigor en el parabrisas.

—¿Si creo que el mundo se acerca a su fin? Ya te dije: eres convencional —replicó, cortante—. No voy a decir que tú causaste esta escena particular, pero empiezo a conocerte mejor, y quizá se te hayas contagiado una tendencia al melodrama barato. Apresúrate.

El camino sinuoso los había llevado ante el *kibbutz* local y a una zona de estacionamiento escalonada, en la base del montículo.

—¿Y ahora qué? —preguntó Michael.

Rakhel lo miró como si sólo él conociera la respuesta. En ese momento, cuando él iba a decirle que dejara de desconcertarlo, estalló la tormenta.

Fue como una detonación, y Michael se arrojó del *jeep*, abrazando la tierra con un gesto reflejo, como si hubiera detonado una bomba. Un momento después le cayeron en la cara las primeras gotas, y se relajó un poco. Pero la luz de la tormenta parpadeaba alrededor, y creció la sensación de maldad que transmitía. Se puso de pie, ya empapado. La zona de estacionamiento, de piso de tierra, se convertía con rapidez en una sopa de barro.

Rakhel, parada del otro lado del *jeep*, esperaba con paciencia. Se había puesto el cárdigan rosa y el pañuelo cubría su cabeza rizada, pero salvo eso no hizo concesión alguna a la tempestad. Mojada, la falda floreada se le adhería al cuerpo; parecía una abuelita desvalida.

—Espero que no hayas leído la Biblia con atención —dijo Rakhel.

Michael no logró descifrar el tono de voz de la anciana.

—Esperemos que no lo haya hecho él —respondió.

—No te preocupes. Si figuras en ella, no te hace falta leerla.

Con un débil sonido de protesta, Rakhel se alejó. Michael miraba hacia lo alto del cerro. Una tiara de relámpagos, de color azul verdoso en su intensidad, coronaba los viejos baluartes de piedra y los portones, dándoles un matiz espectral. Una pequeña oficina constituía el único refugio a la vista, pero Michael tenía la sensación de que Ismael estaba ahí.

Mientras empezó a correr sendero arriba, muy por detrás de Rakhel, se dio cuenta de que la burlona tranquilidad que mostraba la anciana le había dado falso coraje. Sentía que se le escurriría como aceite si no se mantenía cerca de ella, y lo abrumó la vergüenza. ¿Qué frase le había dicho? "Esto es sólo tan real como puede serlo cualquier cosa irreal." En medio de un trueno ensordecedor, Michael perdió la cordura de rogar que Rakhel tuviera razón.

La cumbre de Har Megiddó se alzaba a sólo unos cientos de metros más arriba. En el instante en que Michael alcanzó la cima, la tormenta cesó de golpe. Sacudió la cabeza, intentando adaptarse al súbito silencio. El lugar se hallaba peculiarmente desierto. Vacilante, miró hacia el mayor de los dos edificios, el museo arqueológico. Pero de algún modo no daba la impresión de ser la elección correcta, y cuando vio que la puerta de la oficina yacía en el suelo como si la hubieran arrancado de quicio, se dirigió allí.

—¿Rakhel? —llamó en voz baja.

—Aquí.

El interior resultaba tenebroso, debido a la pequeñez de las ventanas de aluminio y a las nubes de tormenta. Pero al instante vio a Susan. Yacía en el piso del vestíbulo, de espaldas. La parte delantera de su blusa estaba roja de sangre. Michael se arrodilló, abrió la prenda empapada y retrocedió ante lo que vio.

En medio del pecho de Susan había un agujero del tamaño de una moneda. Era imposiblemente preciso, como si se lo hubieran hecho con un bisturí. La cavidad estaba llena de sangre; mucha le había manchado la camisa, pero la mayor parte aún continuaba dentro. Michael levantó a Susan en sus brazos y la acunó con suavidad. Más sangre se derramó en sus manos. Todavía tibia... Debía de haber muerto apenas unos minutos antes.

—¿Ves? Podríamos haberlo hecho a mi modo —dijo Rakhel con serenidad.

—Maldita seas —gritó Michael, sin mirarla—. Intentaste evitar que llegara aquí. Lo tomaste como una broma.

—Regla número uno —dijo Rakhel. Su voz sonó tan dura que Michael alzó la vista—. Nunca te inclines ante su poder, porque cuando lo haces lo alimentas. Para jugar contra Ismael, no debes tener ningún miedo, ni duda ni flaqueza.

—¿Jugar? —Aunque se sentía aturdido, lo invadía una oleada de amarga furia.

Rakhel no le prestó atención.

—Y debes conocer sus planes. Susan ha estado con él. Ahora ella sabe más que tú o yo. Pregúntale.

—¿Qué? —Michael no podía creer lo que oía. —Está muerta. ¿No lo ves?

Rakhel emitió un sonido de duda.

—Hace cinco minutos estaba viva, ¿y qué son cinco minutos? La doceava parte de una hora, nada más. Así que inténtalo. Observa lo que puedes hacer. Ya has tenido bastantes pruebas. Inténtalo.

185

Era la primera vez que él la oía hablar con un ritmo persuasivo tan peculiar. Miró la cara de Susan. Se la veía relajada, los ojos cerrados, como si fuera a despertar si él no guardaba silencio.

—¿Quieres que resucite a los muertos? —preguntó Michael con voz carente de toda inflexión. No sabía si reír o llorar. Con ternura cerró sobre la herida la camisa blanca ensangrentada.

—¿Te perjudicaría intentarlo? —preguntó Rakhel—. Sería imposible empeorar las cosas, ¿verdad? Creo que ella puede vivir. Tal vez yo tenga razón.

"Y le dijeron: Maestro, ¿estos huesos pueden vivir?" Michael se sentía oscuramente asustado en lo más profundo de una parte de sí mismo que hasta el momento no había sido tocada por los hechos que habían acontecido. ¿Y si lo intentaba... y daba resultado? ¿En qué clase de mundo se convertiría su mundo entonces?

—Susan —dijo, sintiéndose maldito—. Susan, despierta. Necesito preguntarte algo.

No ocurrió nada.

—¡Qué convincente! —se burló Rakhel—. Debes de amarla mucho, para desear con tanta intensidad que vuelva.

—¡Cállate! —gritó Michael, cuyos nervios estaban tensos como un garrote. Entonces, de golpe, toda la furia, el miedo, la frustración y la necesidad de ese día se unieron en un solo rayo de voluntad—. ¡Susan, despierta!

El tiempo se detuvo. La cabeza de Susan se ladeó fláccida contra su brazo... ¿o se movió por propia voluntad? No. No había surtido efecto.

Michael sintió cierto alivio interior.

Dejó a Susan en el suelo y se puso de pie.

—No puedo participar en tu fantasía. ¿Es así como quieres que sea, la manera de hacerme mejor que este Ismael tuyo? Simplemente no puedo... —Sofocado, retrocedió.

—Ah, sí que puedes —aseguró Rakhel, meneando la cabeza—. Pero tienes miedo de no poder soportar que sean mis reglas las correctas. —Dio un paso adelante, se arrodilló junto a Susan y puso las manos a ambos lados de la cabeza inerte—.

Querida, soy Rakhel —dijo con suavidad—. Es hora de despertar.

Con la garganta cerrada, Michael tomó conciencia de que no habría más milagros, ni más ruptura de leyes naturales, al menos por aquel día. Entonces el pecho se Susan subió y bajó, y él vio con admirado temor que ella respiraba.

—¡Aaahhh! —Susan emitió un gritó de miedo y se apartó con violencia de las manos de Rakhel. —¡No! ¡No me toques!

—Tranquila —susurró Rakhel—. No es él.

Pero Susan no entendía. Retrocedía, arrastrándose por el piso.

—¡No, no! —gemía.

Michael permanecía inmóvil como una piedra, sin atreverse a tocarla. Los ojos de Susan lo miraron sin reconocerlo.

Rakhel abofeteó con fuerza a Michael y en el momento en que él recobró el sentido también lo hizo Susan. Se incorporó sobre las rodillas, aún aturdida, pero no tardó más de diez segundos en darse cuenta de dónde y con quién se hallaba.

—¡Michael! —Hizo ademán de correr hacia él, pero entonces vio la sangre. —Oh, Dios... ¿estás herido?

Era algo tan lejano de la verdad que él rió sin querer.

—No. Es... otra cosa.

"¡Estás viva! ¡Estás viva!" La alegría lo anonadaba tanto como el terror que había experimentado antes.

—¿Estoy herida? —Susan se miró la camisa ensangrentada. —Lo último que recuerdo es que Ismael me señalaba con un dedo, y entonces... —Se apretó el pecho con una mano, sobre el corazón, con los ojos agrandados por el recuerdo.

—No pienses en eso —indicó Rakhel con firmeza—. Él no te lastimó. ¿Cómo podría lastimar a una muchacha inteligente como tú?

—No —dijo Susan, azorada—. Creo que... quería que yo lo amara. Eso fue lo que dijo.

—Así que ahora es cómico —murmuró Rakhel. Tendió una mano—. Me llamo Rakhel. *Shalom*.

Susan estrechó con gesto automático la mano de la anciana.

—Encantada de conocerte.

—No pensarás lo mismo más adelante —replicó Rakhel.

—¿Adónde fue Ismael? —interrumpió Michael.

Tenía la ropa cubierta de sangre y barro. No conseguía escapar de la fatalidad de lo que el profeta acababa de hacer. Era su manera de arrojar el guante. Pero Susan estaba viva, un milagro más allá de toda comprensión... aunque Michael sabía con certeza que el milagro tendría un precio.

Susan sacudía la cabeza sin decir nada. Afuera estalló un trueno. La tormenta cobraba de nuevo fuerza, como una obra de teatro que se reanuda tras el intervalo.

—Será mejor que salgamos de aquí —dijo Michael—. Creo que él volverá. Como para subrayar las palabras, el edificio osciló. Se oyó un zumbido grave, reforzado por el estrépito de cosas que caían de los estantes al tiempo que la endeble oficina se estremecía. Michael miró por la ventana. Armagedón, la pronunciación errada que tres religiones esperaban con tanta impaciencia como un novio enamorado.

—¿Un terremoto? —preguntó Susan, perpleja.

—Michael —dijo Rakhel con urgencia—, ahora eres tú. Te ha convencido. No lo vi venir, pero no importa. Tienes que dejar de hacer esto.

—¿Hacer qué? —Susan lo miró asustada y confundida.

Rakhel tomó a Michael por los hombros, sin dejarlo apartar la vista.

—Acepta lo que eres. Nada va a salir bien hasta que lo hagas.

—Sé lo que soy —replicó Michael con tono distante. Sin esperar la respuesta de Rakhel, hizo salir a Susan por la puerta, hacia la lluvia.

—Michael, ¿quién es ella? —preguntó Susan. Parecía contenta por el chaparrón, y aprovechó el agua para lavarse la cara y las manos y limpiarse de la camisa toda la sangre posible—. ¿Dónde la encontraste?

—Es uno de ellos, y ella me encontró a mí. Trata de empujarme a hacer algo. Ahora no hablemos más, ¿de acuerdo? Vámonos.

Calculó cuánto tiempo tardarían en recorrer los doscientos metros que los separaban del *jeep*. Después advirtió que Susan se había detenido y permanecía de pie bajo la lluvia, mirándolo fijo. En ese instante estalló otro temblor. La lluvia espesaba el barro bajo sus pies; Michael se tambaleó, y Susan cayó.

—¿Qué haces? No puedes abandonarme —gritó Michael, pero ella ya había logrado ponerse en pie y regresaba resuelta junto a Rakhel, que estaba parada en el umbral—. ¡Susan! —En lo alto descargaban los relámpagos, cegadores, subrayando la necesidad de huir—. ¿No crees que yo sé mejor que ellos lo que soy y lo que no soy? ¡Vamos!

La tormenta crecía, ganando intensidad. Se oyó un chasquido aterrador cuando un rayo cayó sobre el edificio. Ismael retornaba. Michael estaba seguro de ello.

Rakhel dijo algo a Susan —una nueva descarga de truenos tapó sus palabras— y le dio un suave empujón. Susan avanzó un paso vacilante hacia Michael, aún enojada, meneando la cabeza y mirando atrás, a Rakhel.

El suelo volvió a sufrir una sacudida, y Michael cayó, pero los temblores no cesaban. Quedó tendido a lo largo. Se oyó un sonido semejante a un desgarrón. Michael sintió la vibración a través de la tierra, distinguiéndola de las sacudidas que producía el terremoto. Levantó la cabeza y se incorporó con torpeza en el barro. Susan yacía sobre el vientre y avanzaba como si tratara de llegar a él nadando en la tierra. Detrás de ella, el edificio de la oficina se ladeó como un transatlántico que zozobra. Michael vio a Rakhel todavía parada en el umbral, aferrada al marco con una mano a cada lado. En la tierra se abrió una ancha fisura, que lentamente engulló el edificio, con cimientos y todo. Michael gritaba por encima del rugido ensordecedor que invadía el aire, como si estuvieran todos dentro de una gigantesca mezcladora de cemento.

—¡Tómame de la mano! —gritó a Susan.

Ésta había sido arrojada al suelo mientras corría hacia él; ahora gateaba, tratando de acortar la distancia que los separaba. Michael vio, con un escalofrío de horror, que ella agitaba los brazos cerro arriba, nadando desesperadamente contra la tierra inclinada que amenazaba tragarla junto con el edificio.

Sin embargo ahora el lodo se convirtió en el aliado de Michael, pues tornaba el suelo lo bastante resbaladizo para que él lograra atraer a Susan hacia sí sin resistencia.

—¡Corre! ¡Corre! —gritó mientras ella pasaba a su lado arañando la tierra. Michael se incorporó sobre las rodillas—. ¡Rakhel! ¡Salta! —Tendió los brazos.

La anciana negó con la cabeza. Ahora el umbral estaba muy por encima de Michael, casi en vertical.

—¡Cree! —gritó Rakhel—. ¡Confía! ¡Nada saldrá bien hasta que lo hagas!

Con un movimiento súbito, el edificio se hundió en la tierra y desapareció. Michael se puso en pie de un salto y corrió tras Susan.

Capítulo Siete

La roca de la fe

Tardaron unas cuatro horas en volver en *jeep* a Jerusalén. Michael había perdido toda noción del tiempo, de modo que no le sorprendió ver que cuando llegaron se ponía el sol. Ni Susan ni él hablaron demasiado sobre Rakhel. No quedaba claro si se había sacrificado o había muerto para enseñar a Michael alguna lección oscura que necesitaba aprender; quizás fuera su modo de renunciar a él.

¿Había sido apenas aquella mañana cuando Ismael apareciera en la habitación del hotel? Habían sucedido tantas cosas desde entonces que resultaba demasiado agotador siquiera pensar en ello. Michael había perdido toda certeza que tuviera con anterioridad acerca de lo que era correcto. Lo correcto y lo incorrecto se diluían en una bruma; no había tenido tiempo de pensar en nada más sutil que la mejor forma de sobrevivir.

Sin embargo, Ismael no constituía la única fuente de peligro de los dos. Ahora tanto Michael como Susan viajaban sin documentos ni dinero. Sin esas cosas, no se hallarían a salvo en ningún lugar que no fuera Israel, e incluso allí podrían atraer las sospechas de la policía. Debían recuperar su identidad. El mejor lugar para encontrarla, con un poco de suerte, era el New Jerusalem.

Michael aún conservaba en el bolsillo la llave de la habitación. Eso lo salvó de tener de convencer al empleado de recepción de que les permitiera volver a entrar, lo cual, considerando el estado lastimoso en que se encontraban, podría no haberles resultado muy fácil.

—No estoy segura de esto —dijo Susan mientras Michael abría la puerta—. Es un gran riesgo venir aquí. El *jeep* no está registrado. ¿Y si pertenece al ejército de algún lugar? ¿Y si la policía local reparó en él y mandó que nos vigilaran a nuestro regreso?

En verdad eran cosas para ponerse nervioso, pero hablar de ellas constituía una manera de disfrazar un miedo más hondo: la habitación del hotel era el último lugar donde había estado Ismael.

—Puedes quedarte afuera mientras yo echo un vistazo —ofreció Michael. Susan respondió con un gesto negativo y lo siguió. Los dos se quedaron mirando boquiabiertos el cuarto vacío. Parecía completamente inocuo. Incluso estaba tendida la cama—. Supongo que ha venido la mucama —comentó Michael con tono anodino.

Sintió que Susan juntaba valor para recorrer la habitación. Con movimientos rápidos y metódicos, tomó la mochila y comenzó a guardar cosas dentro: el pasaporte, la billetera, las llaves del auto que habían alquilado. Un momento después tenía todo en su poder y se hallaba lista para huir, con el bolso aferrado entre los brazos como si fuera una pelota de fútbol.

Michael guardó su billetera y pasaporte en el bolsillo de los pantalones. Se sentía agotado y hambriento: quemado por el sol y el viento, sucio y magullado. Ansiaba un baño, una cama, ropa limpia. "¿La mente humana está construida para desear comodidades terrenas antes de poder pensar en algo más elevado?" No conocía la respuesta, pero sabía que sólo conseguiría salir adelante si se disciplinaba para no volver a pensar jamás en esas cuestiones de la vida común.

—¿Quieres tu cepillo de dientes? —preguntó al tiempo que tendía la mano hacia el picaporte del baño.

—No entres ahí —se apresuró a advertirle Susan.

Michael retrocedió. Le llenó la conciencia un súbito y feroz recuerdo de una caída sin fondo donde debía haber estado el piso del baño. ¿Cómo podía haberlo olvidado, siquiera por un momento?

Meneó la cabeza y se apartó de la puerta.

—Tienes razón. Vamos.

Michael había pensado ir a la embajada de los Estados Unidos, un destino bastante lógico para los viajeros que se encuentran en apuros. Pero después de regresar al auto se descubrió manejando hacia el interior de la Ciudad Vieja. No tenía motivaciones heroicas ni la curiosidad insaciable de un investigador. De las pocas cosas que había dicho Susan sobre la aventura de ambos en Armagedón, había una oración de la que Michael no podía escapar: "Él perdió la Luz. Ya no puede verla."

Ésas eran las últimas palabras que había susurrado Rakhel a Susan poco antes de que el terremoto tragara el edificio de oficinas, y el mensaje críptico sin duda iba destinado a él. Durante varias horas Michael había reflexionado sobre a quién se refería Rakhel, si a Ismael o a él mismo. Quedaba una sola persona a quien preguntar.

El tránsito era aún peor que de costumbre, y transcurrió media hora antes de que llegaran a una puerta conocida. Susan golpeó. No acudió nadie.

—¡Rabino! ¡Somos nosotros! —gritó Susan.

Pasaron varios minutos hasta que abrió la puerta un joven cuyos *payess* y larga barba lo distinguían como un miembro de alguna secta ortodoxa, una de las muchas que había en todos los rincones del Barrio Judío. Miró fijo a Susan —parada allí con la cabeza descubierta, una blusa sucia y desgarrada—, con disgusto apenas disimulado.

—¿Solomon Kellner? ¿Está? —preguntó Michael.

—No. —El joven comenzó a cerrar la puerta.

—Tenemos que verlo —insistió Michael al tiempo que empujaba la puerta y se apoyaba contra ella—. ¿Podemos esperar?

—Ya le dije que no está aquí —repitió el hombre en inglés con fuerte acento—. ¡Esto es *bait kn'ne'set*, una casa de plegaria! *L'ha'veen?* ¿Entienden?

—¡Pero es la casa de él! —protestó Susan por detrás de Michael.

—No lo es, a menos que él sea Dios —replicó el hombre—. Ahora, déjennos en paz. —Un momento después la puerta se les cerró en la cara. Se marcharon.

—¿Será cierto? —preguntó Susan, perpleja.

—¿Es una sinagoga? No creo que Solomon nos haya mentido, o le haya pedido a otro que lo hiciera —reflexionó Michael, tanteando con lentitud las posibilidades—. No creo que él esté aquí. La cuestión es: ¿se fue por su propia voluntad? Qué raro... Todos quieren que yo vea ciertas cosas y no otras. Me obligan a espiar, y después vuelven a cerrar la cortina. No comprendo. ¿Quién está del lado de quién?

—Todavía no contamos con información suficiente —dijo Susan con cautela—. Ismael podría haber cambiado las cosas. No puede resultarle tan difícil cambiar una dirección.

Michael hizo un gesto de irritación.

—No son los detalles lo que deberíamos mirar. Hasta ahora, ¿qué sabemos con certeza? Hemos sido partícipes de algunos hechos increíbles, pero no fueron más que mero espectáculo. Son los hechos invisibles, los motivos ocultos, las alianzas no expresadas lo que todos nos están escondiendo. Admitámoslo: existe todo tipo de realidades que debemos comprender a partir de apenas unos cuantos indicios. Es como tratar de aprender un idioma extranjero leyendo recortes de diarios recogidos en la calle.

—¿Y eso qué significa? ¿Que alguien, presumiblemente ese grupo de los treinta y seis, trata de enseñarte poco a poco? Quizá se sientan tan reacios como tú a dejarte llegar más allá.

Michael asintió con un gesto. Resultaba imposible especular sobre una sociedad secreta cuyos miembros no se conocían entre sí, y que además estaban empeñados en limitarse a observar, sin interferir. La cruda verdad era simple: tal vez él se hallaba al final de un sendero. Una de dos: había interpretado su papel, o no. Sólo "ellos" lo sabían.

Los pocos transeúntes que había en la calle a esa hora les echaban miradas curiosas, y Michael fue de nuevo conciente del mal aspecto que ofrecían los dos. Debían asearse antes de que los arrestaran por vagancia, víctimas del síndrome de Jerusalén, o algo peor aún. A pocas manzanas, en el zoco de turistas, consiguieron gorros, chaquetas, camisetas, un par de vaqueros para Michael y una falda para Susan, y sandalias para sustituir el calzado estropeado.

Encontraron un restaurante chino cercano y se turnaron para lavarse y cambiarse en el pequeño baño del fondo, hasta que los dos lucieron otra vez razonablemente presentables.

Mientras esperaban que el mozo les llevara un plato de pollo, Susan continuaba debatiéndose con el dilema.

—Michael, en todo esto hay algo que no encaja. No sé con certeza qué, ni cómo expresarlo en palabras, pero cualquiera de estos personajes extraños podría haberte causado mucho más daño del que han hecho... y también a mí.

—Sí. —Michael cerró los ojos por un largo momento—. ¿Quieres volver al hotel? —preguntó, desganado.

—De ninguna forma —respondió Susan de inmediato—. En realidad no sé qué hacer, pero volver no es la respuesta, y tampoco detenernos. —Los dos sabían que bajo esas palabras se ocultaba un mensaje en extremo significativo: ya se había recuperado lo suficiente del trauma de Har Megidó como para querer seguir adelante.

En una repisa alta había un televisor desvencijado y barato en constante funcionamiento. De pronto las luces azules titilantes y el aullido fantasmal de un coche de la policía pasaron veloces frente al restaurante; lo seguían tres más. Michael miró a Susan y luego a la pantalla del televisor, que se hallaba detrás de ella. Eran más de las ocho, y la programación había cambiado del árabe al hebreo, pero de pronto una voz conocida, en inglés, se introdujo en los pensamientos de Michael.

—...aquí, en la Cúpula de la Roca. Parece ser la figura de un hombre que literalmente está caminando en el aire. Mientras las autoridades se apresuran a llegar a la escena, los observadores especulan que éste podría ser el mismo hombre que ha estado predicando e incluso, según algunas versiones, obrando milagros ante crecientes multitudes en toda la franja occidental y los territorios ocupados...

En la pantalla, una imagen fluctuante mostraba la fachada iluminada de la mezquita de la Cúpula de la Roca. En una foto aparecía una figura que flotaba. Vestía vaqueros negros y una camiseta blanca, y, aunque la imagen era pequeña y distante, a Michael le pareció que llevaba lentes de sol. Iba descalza.

—¡Dios mío! —murmuró Susan, que se había vuelto a mirar—. Es él.

—Y nuestro amigo Nigel comenta la proeza —agregó Michael, que se puso de pie de un salto.

Tenía que salir de allí, pero sus ojos permanecían fijos en el televisor.

—...una ciudad en suspenso tanto por la celebración religiosa como por la guerra. ¿La aparición de este hombre es la señal que millones de personas han estado esperando, tanto en esta encrucijada de tres religiones como en todo el mundo? —La voz de Nigel sonaba excitada pero controlada; mantenía una objetividad que carecía de sentido en aquel momento.

De repente, como si la emisora se hubiera dado cuenta de pronto de lo que estaba difundiendo, la pantalla se puso en blanco y un momento después pasó a un fondo celeste con el logotipo de la *menorah* y la palma de Televisión Israel, junto con un texto en hebreo que con toda probabilidad decía: "Dificultades técnicas."

En la distancia gemían más sirenas.

Michael dejó dinero sobre la mesa y salió con Susan a la calle.

—Esa ropa era la que tenía puesta en Megidó —señaló ella mientras se abrían paso a empujones a través del mercado. Sus ojos relucían de lágrimas, aunque ni ella misma sabía si eran de miedo o de furia—. Anduvo buscando en las oficinas algo que ponerse, y encontró eso. Pero no halló unos zapatos. El mesías descalzo. ¡Oh, Dios mío!

En situación normal habrían llegado a pie a la Cúpula en diez minutos, pero el gentío crecía y se agitaba. Michael oyó más sirenas y algo que sonaba a disparos de arma de fuego. La aparición de Ismael en la Cúpula de la Roca haría pedazos la ciudad. Para la mañana se producirían disturbios, si no habían estallado ya.

—Si Solomon sacó de aquí a su familia adelantándose a esto, actuó con astucia —comentó Michael, obligado a elevar la voz por encima del estrépito cada vez más intenso—. También tengo la sensación de que podría cambiar de dirección con tanta facilidad como el profeta. Están jugando un juego profundo, todos y cada uno de ellos.

A medida que se acercaban a la Cúpula, las calles angostas se tornaban más obstruidas por la gente, como hondonadas rebosantes a causa de una inundación súbita. Michael empujó a Susan dentro de una carnicería en la que había un televisor encendido encima del mostrador. Varias docenas de personas se apiñaban allí para mirar, algunos con sus paquetes de salchichas bajo el brazo.

La imagen que mostraba la pantalla resultaba, de ser posible, aún más electrizante que antes. El cielo nocturno sobre el Monte del Templo estaba cruzado de haces de reflectores, y se oía el zumbido de los helicópteros que sobrevolaban a baja altura. En cualquier momento del día la Cúpula revestida en oro constituía una visión espectacular, el emblema de la Jerusalén multirreligiosa y el símbolo ineludible de su conflicto. Las tres religiones la reclamaban, y para reforzar el reclamo ubicaban allí una docena de hechos milagrosos y unos cuantos momentos críticos de la historia. Ése era el sitio exacto donde Abraham ofreció a Isaac en el altar a Yahvé, donde el rey David erigió su propio altar, después de comprar todo el lugar y unos bueyes destinados al sacrificio por cincuenta *shekels* de plata. Era el sitio que eligió Salomón para su templo, y donde se levantó su segundo templo después de que los judíos regresaran del exilio en Babilonia.

Según el Talmud, la roca sagrada también cubre la entrada del Abismo, donde, si se es lo bastante devoto, es posible oír el rugido del diluvio de Noé. También se la ha llamado el Centro del Mundo, ya que allí Abraham inició dos religiones, el judaísmo y el islam, así como Piedra Fundamental, sobre la cual descansaba el Arca de la Alianza. Bajo ella aún yace enterrada el Arca, oculta desde la destrucción de Jerusalén que destruyó el primer Templo. En la roca sagrada está escrito el grande e indecible nombre de Dios —*shem*—, que fue descifrado por Jesús; fue este acto lo que le dio el poder de obrar milagros.

Allí, siglos después, fue llevado Mahoma por el arcángel Gabriel y ascendió al cielo en un caballo alado. La Cúpula de la Roca se denomina en árabe Haram Ash-Sherif, y *haram* significa "prohibido". Pero puesto que no quedan restos de ningún templo en la superficie, el lugar está vedado tanto a los judíos ortodoxos como a los musulmanes devotos, pues su suelo se halla contaminado por la muerte hasta que pueda sacrificarse la décima de una línea de novillas rojas puras —la novena fue ofrendada por David—, para purificar a los adoradores.

Según la creencia musulmana, la roca en sí no se erige sobre cimiento alguno. Se apoya sólo sobre una palmera regada por el Río del Paraíso, y ésta se encuentra suspendida por encima de Bir el-Arwah, el Pozo de las Almas, donde todas las semanas, si se escucha con devoción, es posible oír a los muertos que allí se reúnen para orar, esperando el día del Juicio Final.

Pero ahora, mientras Michael observaba la escena que se desarrollaba en el televisor, por encima de las cabezas de los clientes del carnicero, le pareció apropiado dar al lugar su otro nombre legendario, la Boca del Infierno. La figura de Ismael había desaparecido —estaba perdido entre la turba—, pero puesto que las emisoras repetían las mismas imágenes cada diez segundos, la levitación bien podría haber sido continua. Al mirar alrededor, Michael vio camiones blindados que avanzaban por la calle lateral hacia la Cúpula.

—Ella dijo que a Ismael le gustan los símbolos —murmuró Michael.

—¿Quién? —preguntó Susan.

—Rakhel. —Ya habían salido del comercio e intentaban en vano abrirse paso a la fuerza entre el gentío—. Sólo me dio algunos indicios acerca de Ismael... Ése fue uno.

—Ya veremos.

Cuando el río de gente se detuvo, incapaz de avanzar más, Michael se dio cuenta de que ir allí había sido mala idea, pero ya era demasiado tarde para retroceder; él y Susan se habían introducido en medio de una turba compuesta por peregrinos, nativos y soldados nerviosos que portaban rifles automáticos; todos empujaban y gritaban a pleno pulmón.

Michael recordó lo que le había dicho Solomon la noche anterior, medio en broma: "Un milagro más y quizá muramos todos."

—¡Tenemos que salir de aquí! —gritó al oído de Susan.

La vio asentir, vio que se movían sus labios, pero nada más. Ambos sabían que iba a estallar un disturbio.

A empellones, al fin lograron ponerse de espalda contra una pared. Si daban con una calle lateral por la cual escabullirse, existía una probabilidad de retroceder hacia una de las vías principales y retirarse hacia el oeste. No tenían posibilidad alguna de acercarse a Ismael, ni tampoco a Nigel Stricker. Michael se preguntó qué clase de sociedad habría formado Ismael con Nigel, y si sería ya demasiado tarde para poner fin a todo aquello.

Los reflectores proporcionaban un resplandor al cielo por encima de la Cúpula, que ahora se intensificó, como si la propia Cúpula estallara en llamas. La multitud, al notarlo, calló por un momento. Aun desde esa distancia, que Michael estimaba en no más de unos cuatrocientos metros, se oyó un sonido semejante a un crujido. Un dolor sordo y ominoso lo golpeó en el pecho. Por mucho que le gustaran los símbolos, tal vez a Ismael le gustara aún más destruirlos.

—¿Puedes trepar? —preguntó a Susan.

El silencio había durado sólo unos segundos, y la muchedumbre estaba lista para desencadenar un pandemónium. Susan se apresuró a asentir con un movimiento de la cabeza. Michael se agachó un poco y formó un estribo con las manos; en cuanto ella apoyó el pie, la levantó lo más alto posible. La arquitectura medieval de la Ciudad Vieja acudió en su rescate: Susan pudo hacer pie a un metro y medio de altura de la pared semidesmoronada, y luego repitió la operación. Se oyó un tintineo de vidrio cuando rompió una ventana con el bolso. Michael hizo lo posible por esquivar los fragmentos que caían. Cuando miró atrás, ella se asomaba por la ventana abierta y le tendía la correa del bolso a modo de cuerda salvavidas. Él oyó un matraqueo de ametralladoras en la distancia, así como alaridos que semejaban los gritos lejanos de aves marinas.

Se oían más alaridos en dirección a la Puerta de las Tribus. De pronto la multitud fue presa del temor; todos trataban desesperadamente de huir de la calamidad celestial. En pocos momentos el mero pánico llegaría incluso hasta donde se encontraban ellos.

Michael logró trepar hasta el pequeño balcón que había bajo la ventana a la cual se asomaba Susan. La baranda de madera cedió bajo su peso, pero ella lo arrastró adentro justo cuando el balcón caía sobre la masa de cuerpos que se agitaba más abajo.

El ruido de la calle era ya indescriptible; Michael sintió que un escalofrío atávico le recorrían la columna vertebral. Oyó un fuerte zumbido que podría haber sido de fuego de mortero, pero desde el ángulo de la ventana no alcanzaba a ver nada de lo que estaba ocurriendo más cerca de la Cúpula.

—¿Cómo sabías que iba a pasar esto? —preguntó Susan en voz baja.

—Había una luz en el cielo... obra de Ismael.

—Pero no les está disparando con rayos mortíferos, como antes.

—No —respondió Michael—. Si repitiera algo así, se volverían contra él.

—Si les promete salvarlos, no —señaló Susan con aire apesadumbrado—. Creo que después de esta noche va a parecer que él es la única esperanza de esta gente.

—Sí —convino Michael—. Está intentando muchas cosas, pero una idea básica lo preside todo: Él va a salvar al mundo... de sí mismo.

Jerusalén, y con ella todo el mundo religioso, sufrió una conmoción cuando la imagen de la Cúpula, destruida por el fuego en cuestión de horas, se difundió por todo el planeta. Encerrados en un apartamento en apariencia abandonado, quizá de propiedad de algunos extranjeros ricos que sólo iban allí de vacaciones, Michael y Susan permanecían sentados en la oscuridad mirando la televisión.

El caos se magnificaba al haber ocurrido todo durante la noche. Los pilares que sustentaban la Cúpula dorada habían cedido pronto a causa del intenso calor del fuego, arrojando hacia abajo toneladas de metal y piedra y enterrando por completo los sitios santos. Además de la destrucción del edificio sagrado más hermoso del islam, Jerusalén se enfrentaba al espectro del sacrilegio humano o el castigo divino. Una u otra opción inflamaban a miles de personas en la ciudad. Estallaron incendios de represalia en el Santo Sepulcro (el segundo lugar designado por los fieles como posible centro del mundo) y avanzaban turbas por la Vía Dolorosa —la calle por la cual Cristo marchó a su crucifixión—, saqueando y destrozando ventanas. Los árabes ya habían destruido la mayor parte de las antiguas sinagogas de la Ciudad Vieja antes de perder, en 1948, la guerra que convirtiera a Israel en Estado, pero ahora derribaron hasta las reliquias — antiguas arcadas y columnas— que aún se mantenían en pie. Era la manifestación visible del odio que en realidad nunca había abandonado la mente de muchas personas... al parecer todas, salvo las que habían renunciado a la vida religiosa.

Ya eran las tres de la madrugada cuando Michael consideró que podían aventurarse al exterior sin correr peligro. Las calles cercanas mostraban furia y gentíos, pero ya no locura. Había policía por doquier; se valían de megáfonos para imponer un toque de queda que abarcaba toda la ciudad. El miércoles se convirtió en jueves. Al ponerse el sol del día siguiente comenzaría la Pascua.

Cuando al fin consiguieron llegar al *jeep*, descubrieron que había desaparecido, víctima de los disturbios. Aunque los documentos que llevaban les darían cierta inmunidad contra el arresto, no querían correr el riesgo de que les disparara algún extremista que merodeara por la ciudad. Jerusalén se hallaba bajo la ley marcial, con barricadas en casi todas las esquinas. No todas eran controladas por las Fuerzas de Defensa de Israel, de modo que lo máximo que Michael y Susan podían intentar era no acercarse a nadie que llevara intención de matarlos.

—La Cruz Roja debe de tener un puesto médico cerca de aquí —aventuró Michael.

—En Israel es la Magen David Adom, la Estrella Roja de David, pero así lo espero. Lo más posible es que esté cerca de la Puerta de Jafa; es probable que hayan convertido al New Jerusalem en un centro de refugiados, y además desde allí podríamos llamar a la embajada.

Michael asintió y marchó adelante. Le ardían los ojos a causa del humo que se extendía sobre la ciudad, reflejando los numerosos incendios accidentales; pronto todos los lugares santos se hallaban cubiertos con un paño mortuorio de color rojo. Patrullas armadas de cien facciones diferentes vociferaban entre la devastación surrealista. Se apilaban los cuerpos en las alcantarillas. Se habían saldado viejas cuentas con bombas y antorchas, y era posible que media ciudad hubiera ardido. Después del último espectáculo de Ismael, Armagedón había llegado a tiempo para La Pascua.

Michael y Susan invirtieron una hora en retrocesos y rodeos hasta llegar al hotel, y cuando lo hicieron descubrieron que el New Jerusalem estaba en llamas. Había tanques estacionados a lo largo de la calle ancha del frente, escoltando los camiones de bomberos. Un *jeep* tenía un obús atornillado a la parte posterior. Por doquier había soldados que amontonaban cuerpos en la calle y trataban de evitar los charcos de agua que formaban las mangueras. Mientras Michael y Susan miraban, dos bomberos salieron corriendo del edificio incendiado, arrastrando a un tercero entre ambos. La cabeza se le ladeaba fláccida. Michael se abrió paso a codazos entre el gentío y se les acercó.

—¡Soy médico! —gritó.

Los bomberos depositaron la carga en los brazos de Michael, que acostó al hombre sobre el pavimento. Tenía la cara negra de tizne, el uniforme chamuscado en los brazos y las piernas.

—Tranquilo; se va a poner bien —dijo Michael—. ¿Cree que sufre una conmoción?

El bombero negó con la cabeza, pero sus ojos fijos decían otra cosa. Michael abrió la gruesa chaqueta. Cuando retiró la mano, estaba ensangrentada. Se quedó mirándola azorado. Alguien había disparado al bombero con un arma de fuego. Abrió de un tirón la camisa que llevaba debajo. Había una herida de arma de fuego en la parte superior del hombro izquierdo.

—¿Puede salvarlo? —preguntó alguien a su espalda.

—Consíganme morfina —pidió Michael. Había tenido la buena idea de llevar un botiquín improvisado de suministros médicos, que había tomado del apartamento vacío y cargado en la mochila. Encontró un paquete de gasas y ejerció presión directamente sobre la herida—. ¡Sostenga esto! ¡Apriete fuerte! —indicó a un espectador—. Podemos mantenerlo estable hasta que llegue la ambulancia.

Apareció Susan. El bombero herido comenzó a sacudir débilmente las piernas, gimiendo de dolor.

—Hay francotiradores que prenden fuegos, esperan que acuda alguien y disparan —informó Susan.

Michael palpó el pulso con una mano mientras con la otra buscaba en la mochila unas tijeras.

—Mis hombres me han dicho que usted es médico —dijo alguien por encima de su cabeza.

—Sí. ¿Trajeron la morfina? —contestó Michael. Una mano invisible le puso en la palma una aguja hipodérmica cargada. Michael rasgó la manga del bombero y buscó una vena; debajo de sus dedos la piel crujió. Presionó el émbolo y sacó de la mochila otro paquete de gasas—. ¡Necesito una camilla!

El alba los encontró en un puesto médico que habían improvisado allí cerca; las víctimas yacían sobre mantas, a falta de camas. Michael había seguido a su paciente hasta allí y lo había atendido lo mejor posible antes de que lo cargaran en la parte posterior de una camioneta que hacía las veces de ambulancia.

La noche se había transformado en una sucesión interminable de heridos. Susan trabajaba junto a él sin pausa, moviéndose como un segundo par de manos mientras Michael curaba quemaduras, huesos rotos, heridas de arma blanca y de balas. Apareció un camión cargado de suministros médicos y dos miembros del cuerpo médico militar; Michael los dirigía a todos. Muy pronto faltaron guantes quirúrgicos, de modo que se vio obligado a desinfectarse las manos con vodka; arreglaba todo lo posible con una inyección de antibióticos, rogando al dios de la asepsia que aquello bastara para prevenir la infección.

Él y Susan se trasladaron unas horas después a un puesto de la Magen David Adom, en el camino a Mamilla. Michael mostró sus papeles y les dijo que Susan era su enfermera. Nadie lo cuestionó. Mientras trabajaba, alguien le llevaba interminables tazas de un café espantoso. Sin embargo, la oleada de heridos resultaba casi un alivio —o al menos una tregua— del otro mundo que pendía a su alrededor, dónde él no poseía poder ni competencia y unas sombras chinescas jugaban a los dados con su futuro.

En medio de la confusión, la única información que alguien parecía dar sobre el profeta era que había desaparecido al iniciarse los disturbios. Tal vez apareciera de nuevo el domingo, al cabo de tres días, si la gente se mostraba digna de ello. Pero, en medio de la locura que azuzaban los rumores, Ismael ya era Jesús resucitado. O era el verdadero Mahdi, el imán que retornaba de la "ocultación" para reinar en un mundo perfecto, un ángel de Satán, un ser extraterrestre, o un complot de la CIA. Vendría a salvarlos. Vendría a matarlos. Era la única esperanza.

Poco antes del amanecer Michael se sentó junto a una hilera de camillas, incapaz de dormir pero necesitado de descansar unos minutos. Se le acercó un comandante del ejército israelí, que parecía africano puesto que era étnicamente marroquí aunque culturalmente israelí. Charlaron con voces agotadas y entumecidas mientras compartían medio cigarrillo. Cuando Michael murmuró unas palabras sobre su encuentro con el profeta, el comandante se mostró muy interesado en el nombre.

—¿Ismael? Sabes de qué se trata eso, ¿no? —preguntó, y Michael negó con la cabeza—. Es un nombre muy poderoso, el que se le dio al Imán Oculto —dijo el comandante. Al ver la expresión desconcertada de Michael, se explicó con mayor detalle—. No sé si este individuo de veras se llama Ismael o si adoptó ese nombre por el efecto dramático, pero la historia es la siguiente: En el islam, la línea de profetas, a partir de Abraham, debe terminar con Mahoma. Los musulmanes son oficialmente muy escépticos respecto a los santos. Pero entre la gente común, y en particular entre los musulmanes chiítas, que constituyen una minoría poderosa dentro de la fe, siempre ha existido la creencia de que un día aparecerá una suerte de mesías, llamado el Mahdi. Millones de fieles creen en el séptimo imán, un ser sobrenatural que permanece oculto desde el año 757, cuando pasaron por alto al hijo del sexto imán en favor de su hermano, que no era digno de ello. El hermano indigno se llamaba Musa; el otro, Ismael.

”De modo que, como verás, esto es una bomba de relojería. Hasta que el imán no regrese de su ocultación, todo el mundo es impuro, deshonrado y carente de grandeza espiritual. Pero el día en que Ismael vuelva a revelarse, Dios habrá señalado el triunfo de una religión en el nombre de Alá sobre todas las demás... un triunfo sangriento, se podría agregar. Y no importa que el islam derive, hasta donde uno pueda remontarse, de un hijo de Abraham, también llamado Ismael.

El comandante resultó ser en realidad un profesor de la Universidad Hebrea reclutado en las reservas. Su breve esbozo del conflicto religioso en Oriente Próximo hizo que Michael se diera cuenta de que cada vez se acercaba más a lo que significaba el profeta. Fue a contarle a Susan lo que había averiguado.

—Tal vez en realidad él sea el Imán Oculto —especuló ella mientras aceptaba lo último que quedaba del cigarrillo—. Solomon debía de saberlo. Es decir, incluso con su historia de los treinta y seis, hizo hincapié en que las almas puras no tenían por qué ser judías, que podían provenir de cualquier fe.

—No creo que la pureza sea el sello distintivo de este Ismael en particular —opinó Michael—. Es posible que estuviera incitando a una suerte de Jihad o guerra santa en beneficio de una sola religión, aunque yo creo que trama una maldad en que todos dispongan de iguales oportunidades. Es un manipulador, magnetizado por cualquiera que sucumba a la manipulación.

Terminaron su descanso de diez minutos y retornaron al trabajo hasta que la Estrella Roja envió un grupo de profesionales de relevo provenientes de Tel Aviv, alrededor de las diez de la mañana. Entonces se rindieron al agotamiento que habían mantenido a raya y durmieron, acurrucados en catres detrás de un armario de municiones, hasta las seis de aquella tarde. Cuando Michael despertó, el Jueves

Santo tocaba a su fin. Sólo sabía que el día anterior había sido Miércoles de Ceniza y que el siguiente, por lo tanto, sería Viernes Santo. La importancia de la Semana Santa habría significado algo más, de no haber sido el telón de fondo para un número de víctimas cinco veces superior al que se habría producido durante una semana normal.

Sentía la piel grasienta, cubierta de sudor y hollín. Se preguntaba si habría jabón y agua suficientes que lo limpiaran de lo sucedido la noche anterior. ¿También eso era culpa suya... una consecuencia de su negativa a pelear? ¿O habría ocurrido pese a cualquier cosa que él hubiera hecho?

—¡Prensa! ¡Soy periodista, maldita sea! *Capisce?* —gritaba alguien desde el otro lado de la tienda: una voz inglesa, ronca y estridente.

Nigel. Michael corrió hacia el sonido, tropezando con los cabos de las tiendas, hasta que logró distinguir el portón del frente. En la abertura de una barricada de bolsas de arena y alambre de púa, erigida con prisas, se hallaba parado Nigel. Vestía un chaleco safari encima de una camiseta de rugby a rayas, y una vapuleada gorra en la cabeza. Detrás de él había un asistente que cargaba una minicámara sobre el hombro.

—Usted no entiende nada. —Nigel hablaba a un estólido guardia israelí que le bloqueaba el acceso al puesto de emergencia—. Quiero hacer unas entrevistas a la gente que lo ha visto. Dígame, ¿quién es su superior? ¿Por lo menos habla inglés?

—Aquí casi todos hablan inglés —contestó Michael al tiempo que se aproximaba al portón—. Nos agrada pensar que es el idioma de la amistad entre los diversos pueblos de Oriente Próximo. —Vio que al otro lado de la calle había un furgón blanco con el logotipo de la BBC. El vehículo presentaba varias abolladuras y agujeros recientes, como si le hubieran disparado durante la noche.

La cara de Nigel pasó del asombro al placer calculado.

—¡Michael, amigo! ¡Qué sorpresa! ¿Podrías decirles a estos tipos que me dejen entrar? Le llevamos varias horas de ventaja a Nueva York. Sólo tengo tiempo de hacer unas tomas más antes de montar la emisión de esta noche.

—Al parecer, crees que estoy en buenos términos contigo —contestó Michael.

—¿Y por qué no habrías de estarlo?

—No sé... ¿Culpa por asociación? Da la impresión de que andas en relaciones con gente que inicia disturbios y atiza el fanatismo religioso, todo eso antes del desayuno.

Nigel abrió los ojos, como platos.

—Escucha, no me hizo falta buscarlo; me encontró él. Simplemente apareció en la habitación de mi hotel en Damasco y me dijo que tal vez fuera a Jerusalén. Venir aquí no fue idea mía, ¿sabes?

—Apuesto a que no. ¿Y no crees que su presencia aquí es como mínimo un poco insalubre? —Michael echó una mirada al horizonte: los edificios chamuscados, la evidencia de los disturbios que habían durado toda la noche—. No olvides ponerte de rodillas para la emisión, Nigel. Debes dar a la gente alguna pista del tipo de trabajo que haces.

Nigel evaluó a Michael con sagacidad, preguntándose cuánto había de sinceridad y cuánto de consecuencia de la tensión en su actitud.

—No uso rodilleras, salvo ante la diosa Éxito, ya lo sabes. No es mi trabajo esconder un fenómeno, ni juzgarlo.

Michael replicó enojado:

—¡Por el amor de Dios, hombre, mira alrededor! Tu mascota ha iniciado una guerra, él solo. Han muerto miles de personas— replicó Michael, enojado.

—No fue culpa de él —se apresuró a replicar Nigel—. Los extremistas han distorsionado su mensaje. Él no tuvo nada que ver con ningún...

—Él lo comenzó todo, de forma deliberada —cortó Michael.

—Hablas de manera irracional. Él dejará perfectamente clara su posición cuando se dirija al Knesset hoy al mediodía. La emisión será en directo, por supuesto, aunque querrán volver a pasarla a una hora decente para los Estados Unidos.

—¡Por Dios! Escúchate.

Nigel calló un momento. Al ver que no tenía nada que ganar, meneó la cabeza con desprecio.

—Permite que te dé un consejo. Tus opiniones van a tornar esta ciudad un lugar muy inseguro para ti. Este profeta, si puedo usar el término sin que me arranquen la cabeza de una dentellada, hará mucho para unir a las tres religiones en guerra, mucho más de lo que nadie ha hecho en los últimos dos mil años.

—Y a cambio de traer esta bendición a nuestro conocimiento, ¿cuál es tu tajada?... ¿Treinta mil piezas de plata?

Michael sabía que sonaba tan estúpidamente fanático como Nigel, sin el beneficio de hallarse del lado ganador. No alimentaba ilusión alguna a ese respecto.

—Mira —continuó—, no tengo tiempo para esto. Estuve en pie muchas horas tratando de coser a todos los que tu insignificante Príncipe de la Paz hizo trizas anoche. Si todavía seguimos vivos para el ocaso, supongo que esta noche me ocuparé de lo mismo. Haz lo que tengas que hacer, pero no me pidas que te deje fotografiar los cadáveres.

Se abrió la puerta posterior del furgón y antes de experimentar el primer relámpago de reconocimiento Michael alcanzó a ver por el rabillo del ojo unos vaqueros negros y una camiseta blanca. También los guardias lo reconocieron. Retrocedieron nerviosos del portón, y luego uno de ellos —Michael pensó que podía ser un cristiano árabe en lugar de un israelí— cayó de rodillas mientras el profeta se aproximaba.

—Levántate, hijo, y ve en paz —murmuró Ismael, poniendo una mano sobre la cabeza del hombre. El abrumado soldado se la tomó y besó con fervor. Michael quiso apartarse, pero estaba fascinado por este nuevo personaje; le resultaba imposible identificarlo como el atormentador burlón que se había llevado a Susan el día anterior.

Detrás de los lentes oscuros, los ojos de Ismael recorrieron los alrededores, haciendo caso omiso de Michael.

—Podría ayudar a mucha gente aquí —dijo—. Pero percibo que mi ayuda sería rechazada. ¿Conoces las Escrituras? "Oh, Jerusalén, tú que matas a tus profetas..."

—"Y apedreas a los que te son enviados" —concluyó Michael—. Eso se está convirtiendo en una letanía trillada, ¿no crees? —Se sorprendió por atreverse a enfrentar a aquel ser cuyos poderes se demostraban ilimitados, pero no era mera bravata. No existía duda de que Ismael podría haberlo matado una docena de veces ya. Y él imaginaba que no era coincidencia alguna que Nigel hubiera elegido ese puesto en particular para llevar a cabo sus entrevistas.

—¿Nigel? ¿A quién hablas? —Ahora el profeta se expresaba en un inglés perfecto y culto, aunque Michael habría apostado a que tres días antes no sabía una palabra en ese idioma. Su voz era dulce y amable, una voz afectuosa, como la que esperan oír los niños cuando los llevan a la cama por la noche o ansían oír los amantes del otro lado de la almohada.

—Con nadie importante —respondió Nigel, malhumorado—. Vamos, podemos hacerlo sin material local. Me queda todavía mucho trabajo por terminar.

La nota de familiaridad casual que resonó en la voz de Nigel rayaba lo impúdico, y Michael tuvo la certeza de que Ismael reparó en ello. Aunque el ratón se hallara por el momento a salvo viviendo entre las zarpas del león, no duraría para siempre. Antes de volverse hacia el furgón, el profeta escrutó con atención a los soldados y las tiendas, pero su mirada no se posó en Michael.

"Perdió la Luz. Ya no puede verla." Las palabras de Rakhel afloraron a la superficie, rescatadas de la memoria junto con la escaramuza que había tenido lugar en la habitación del hotel la mañana anterior. Ahora, como entonces, Michael veía a Ismael, pero éste, sin la menor duda, no lo veía a él.

Michael contuvo el aliento, rogando que Nigel no dijera nada que delatara su presencia. El inglés se limitó a cruzar enojado el camino, con el cámara detrás.

—Si los impíos se apartan de todos los pecados que han cometido y respetan todas mis reglas y hacen lo que es lícito y justo, seguramente vivirán —dijo Ismael, y se alejó. Michael pensó que ensayaba para un público que no había actualizado sus entretenimientos religiosos desde hacía varios siglos, pero mientras observaba cómo el profeta subía al furgón también supo que el acto surtiría el efecto deseado.

Debería haber contado a Susan el encuentro, dada la profundización de la intimidad y el vínculo de guerra que los unía aún más. Pero no lo hizo, pues juzgó un gesto aún más íntimo mantenerla en la ignorancia por un tiempo, por respeto al miedo que ella sentía todavía. No inmiscuirse en eso era un acto de bondad.

Cuando le contó que iría a Jerusalén Occidental en busca de suministros médicos y quizás algo para desayunar, si no habían saqueado los locales, Susan aceptó quedarse y fue a lavarse en la tienda de las mujeres. Michael se dirigió primero a la calle del mercado del Barrio Cristiano en busca de pan y queso, tal vez algo de fruta si era posible encontrarla. La necesidad de comer le había sido extirpada por la tétrica excitación de la violencia de la noche, pero le vendría bien comer algo sencillo. El toque de queda sonaría al atardecer, de modo que debía apresurarse.

Las multitudes aún estaban muy alteradas, pese a la fuerte presencia militar. Michael miraba bien adónde iba y, por lo tanto, se hallaba alerta cuando vio al muchacho. Su figura delgada, vestida de negro, se deslizaba entre un grupo de soldados junto a un almacén.

—¡Eh! —gritó Michael. Pese al gentío, de algún modo el chico supo que lo llamaban a él. Volvió hacia Michael el rostro pálido y sobresaltado—. ¡David, para! Pero al oír su nombre, el vecino loco de Solomon echó a correr. En cinco segundos Michael fue en su persecución.

Vio que el muchacho dejaba caer su bolsa de compras. Una botella de leche se estrelló contra los adoquines. David no estaba cerca de su casa, pero parecía conocer bien las calles y callejones. Al correr tras él, Michael empujó a transeúntes enojados, esquivó una Vespa chirriante y derribó a un vendedor callejero. El gentío no se apartaba ni miraba con curiosidad; aún continuaban encerrados en sus propias burbujas de *shock* y consternación.

Al cabo de tres manzanas Michael sintió que se quedaba sin aliento; experimentaba fuertes punzadas en las costillas y le dolían las rodillas de correr por las calles de piedra. David parecía aumentar la velocidad, impulsado por el pánico. Michael no se creía capaz de alcanzarlo, pero no le resultaba tan difícil mantenerlo a la vista y quizás el chico lo condujera hasta la gente que lo había mandado a buscar comida... Ésa era su mejor esperanza.

Un par de veces el muchacho se desvió hacia una calle más importante, y cuando se acercó a una de las grandes barricadas Michael casi gritó: "¡Deténganlo!", pero sabía que no era probable que los militares le creyeran antes que a un asustado chico *hasid*. En apariencia, el miedo no reducía la astucia de David. Cuando sus zapatos pisaron vidrios de una botella de leche rota, Michael se dio cuenta de que lo estaba llevando en círculo. Se detuvo, agitado y jadeante, y dejó escapar al muchacho.

—La cualidad de la piedad no ha menguado... Bien.

Se dio la vuelta con brusquedad y vio a un divertido Solomon Kellner que lo miraba desde el otro lado de la calle. El rabino jugaba con dos repollos que llevaba en cada mano y trataba de tomar un tercero del puesto de un vendedor callejero—. Fue piadoso que lo dejaras ir. El pobre chico no ha hecho nada malo, salvo perder el juicio en algún lugar del Talmud.

—De todos modos no lo quería a él —contestó Michael, jadeante, mientras recobraba el aliento con lentitud.

—Me querías a mí, *nu?* —dijo Solomon, que pagó al vendedor y empezó a alejarse.

Michael lo siguió.

—Algo así —respondió—. Suponiendo que puedas decirme lo que necesito saber.

—Mejor sería que te dijera lo que no deberías saber. —Michael esperó una aclaración—.

"No deberías saber quién soy, dónde vivo ni qué voy a hacer a continuación —continuó Solomon—. Tienes un fuerte sentido de lo melodramático, y esto se trata de algo por entero diferente.

—También tu amiga Rakhel me dijo que me gustaba el melodrama —comentó Michael.

—¿Y eso qué es...? ¿Tenderme un anzuelo, sonsacarme información? —rezongó el viejo rabino.

Michael lo tomó de una manga.

—No estoy bromeando. Te buscaba porque sé con certeza que no fuiste totalmente sincero conmigo. Tú eres uno de los *lamed vov.* —No esperó a que Solomon protestara—. Mira, no me molesta si quieres preservar tus secretos, pero dejaste muchos indicios. Al menos Rakhel lo hizo por ti, porque dijo que él, Ismael, no puede ver la Luz. Y la otra noche, cuando nos escondimos en tu casa, tú te paraste adrede en el salón para comprobar si él podía verte. ¿Qué otra persona haría semejante cosa?

—¿Estabas espiando? —preguntó Solomon en tono acusador.

—Por casualidad bajé las escaleras. Quería ver si te hallabas en apuros —contestó Michael—. En todo caso, éste no es exactamente el momento más adecuado para evasiones, ¿no? Porque el hecho es que él no puede verme tampoco a mí. Entonces, ¿qué hacemos?

Sin responder, Solomon, señaló hacia adelante.

—Ven conmigo. Ya ha sonado el toque de queda. Aquí no estamos seguros, y tu linda novia deberá esperar y preocuparse. Es inevitable.

Cinco minutos después, tras evitar unos soldados que patrullaban, se encontraron frente a la vieja casa del rabino. Solomon abrió la puerta y se apartó para que entrara Michael.

—Pero ya estuve aquí —protestó Michael—. Y había dejado de ser tu casa.

—No me eches la culpa. Me he habituado a los trucos baratos. —Sin más explicaciones, Solomon lo empujó hacia el salón, que aparecía apenas iluminado por una sola vela; las cortinas se hallaban corridas—. Le llevaré esta comida a Bella, que está arriba. Nos encontramos en mi estudio, ¿de acuerdo?

Mientras se sentaba en uno de los antiguos sillones y contemplaba las hileras de libros encuadernados en cuero, Michael advirtió que su conciencia había cambiado. No era un solo hecho lo que había causado aquello, quizá tampoco un solo pensamiento o una sola decisión de su parte. Pero de algún modo había abordado un bote y navegaba lejos de la vida normal, que ahora se le aparecía sólo en la distancia, como vista desde un horizonte remoto. ¿Era eso lo que lo tornaba invisible a Ismael, o alguien lo protegía?

Con los ojos de su mente podía imaginar la creciente violencia que se diseminaba a partir de la aparición del profeta. Aquello ya no era un sueño. No tenía más que cerrar los ojos para encontrarse caminando por una ciudad en llamas, sólo que esta vez los edificios que ardían eran altos y modernos. El profeta estaba allí, y sus palabras eran fuego. Cuanto más predicaba, más altas eran las llamas, pero Michael seguía mirando sin miedo. Si ésa era la esencia del ser en que se había convertido, no estaba seguro de que fuera buena. La falta de miedo le parecía una postura peligrosa cuando en realidad se ignoraba todo.

Abandonó estas reflexiones para encontrar a Solomon de pie ante él, apuntándole con un arma a la cabeza. Michael se levantó de un salto.

—¿Qué haces? Baja esa cosa.

Solomon apartó el arma.

—Hemos llegado a un punto crítico. El hecho de que Ismael no pueda verte no significa que haga caso omiso de ti. Todo lo contrario. Para él, la única amenaza es lo invisible, y se da cuenta de cuán peligrosos somos. La cuestión es si nosotros aceptamos ser un peligro, o bien continuamos observando y confiando.

—No veo cómo podemos tomar parte. Si los treinta y seis tienen algún poder...

—Tropiezas con las palabras, meras palabras. ¿Qué crees que es el poder? —preguntó Solomon.

—No veo qué pueda importar eso. Éste es uno de los vuestros, quizás un renegado, pero aun así alguien como vosotros y diferente de todos los demás. Dijiste que los treinta y seis tenían poder ilimitado.

Solomon negó con un gesto.

—Ismael es como nosotros, cierto, pero lo que lo hace así es el libre albedrío. Nosotros somos personas que hemos saboreado la tentación de alterar la realidad, sólo para renunciar a ella. Él no ha renunciado y, sin embargo, eso no significa que podamos controlarlo.

Michael sintió una punzada en el corazón.

—¿De modo que van a limitarse al fatalismo mientras mueren miles de personas y estalla el caos a gran escala? Ya entiendo. —Echó un vistazo a la habitación, preguntándose con abatimiento si tres mil años de sabiduría servían sólo para aquello. Volvió la cabeza cuando sintió un golpe en el costado izquierdo, que casi lo derribó, y se produjo un fuerte ruido de colisión.

"Él me siguió." Sólo tuvo tiempo para ese único pensamiento. Michael se dio la vuelta a toda velocidad, logrando apenas mantener el equilibrio, y vio que toda la pared del estudio que daba a la calle de pronto de derrumbaba. Ladrillos y argamasa llenaron el cuarto en cuestión de segundos. La pared quedó reducida a una pila de escombros. Se veía la calle, silenciosa y oscura salvo por una luz que se apreciaba en la lejanía.

—¡Permanece donde estás! —ordenó Solomon.

Fijó la vista en la abertura en la pared, con ojos duros. En ese momento una figura trepó por encima de los restos de ladrillos y, pese a las densas nubes de polvo, Michael supo al instante quién era. Supo que ser invisible ya no constituía protección alguna. Ismael podía hacer que toda la casa se derrumbara sobre ellos. Con un salto desesperado hacia adelante, se arrojó contra la figura oscura al tiempo que una intensa detonación sonaba junto a su oído.

Con la cabeza aturdida de dolor, aterrizó encima del cuerpo de Ismael. Rodaron dos veces antes de que Michael comprendiera que su rival estaba inerte. No mostraba resistencia alguna, nada. Solomon se hallaba de pie junto a ellos con el arma.

—Ya puedes dejar de pelear —dijo en tono seco. Michael soltó el cuerpo y se irguió. Ismael se desmoronó sobre la pila de ladrillos, con los brazos abiertos—. ¿Te parece satisfactorio? —preguntó el anciano.

Al fondo Michael vio que Bella, vestida con su bata de franela, había bajado apresurada las escaleras y permanecía de pie con una mano sobre la boca, debido a la impresión.

—¿Cómo lograste matarlo? —preguntó Michael, aturdido.

Solomon devolvió con tranquilidad el revólver al escritorio y cerró el cajón.

—¿Quieres decir cómo fue posible? Todos somos mortales. Nunca dije que él no pudiera morir. No debiste hacer suposiciones.

Michael se puso de pie después de palpar el pulso del brazo que yacía más cerca de él. De la frente de Ismael manaba sangre por una herida limpia que había causado la bala de pequeño calibre. Las náuseas se mezclaron con la oleada de gran alivio que sintió Michael.

—Todavía me resulta increíble —dijo.

—Ver para creer. ¿No es siempre así? —Para ese momento Solomon se había reunido con Bella y la estrechaba en sus brazos. —Por favor, vuelve a tu habitación. Prepara una maleta —indicó en voz baja—. Este joven ha ayudado a atraer esto hacia nosotros. Ahora recibiremos una visita de los soldados. Quiero que te vayas de aquí.

Las palabras del rabino se tornaron realidad casi tan pronto como las pronunció. En la calle oscura apareció un todo terreno blindado, y dos miembros de la policía militar israelita, con las armas listas, avanzaron por encima de los escombros.

—¡Retrocedan! ¡Manos arriba! —vociferó el que iba delante.

Bella comenzó a llorar, pero Michael se puso blanco. Entre alucinación y violencia, sentía que ya ni siquiera él era real. Durante las dos horas siguientes las cosas ocurrieron con rapidez. La policía acordonó la casa y los hizo esperar afuera mientras informaba al equipo del médico forense.

Michael no llegó a ver cómo envolvían el cuerpo de Ismael y se lo llevaban. Él y los Kellner fueron trasladados en un camión a la comisaría de Kishle, cerca de la Puerta de Jafa. Normalmente allí operaba la policía turística, que lidiaba con los carteristas y los cheques de viaje perdidos. Después de oscurecer, el lugar se hallaba casi desierto, sólo había unos cuantos visitantes aislados, privados de sus pasaportes, que necesitaban permiso policial para regresar a sus respectivos hoteles. Esos visitantes miraban boquiabiertos mientras el sargento de recepción registraba en el libro a los tres, esposados y silenciosos. Michael nunca supo qué fue de los Kellner. Antes del amanecer apareció Susan para pagar la fianza y liberarlo; en cualquier caso la policía le informó, mientras firmaba para que le devolvieran la billetera y el cinturón en la recepción, de que no lo acusarían de ningún crimen. Tenían una confesión del rabino y, si Kellner se declaraba culpable en la instrucción de cargos, Michael ni siquiera sería citado como testigo material.

La ordalía del profeta había terminado.

Quizá porque habían matado a su acólito, el diablo no se presentó nunca. La desaparición de Ismael no bastó para acabar con los disturbios en Jerusalén, al menos enseguida. El odio y la sangre derramada se prolongaron durante tres meses, declinando en forma constante o al menos volviendo a sus cámaras secretas hasta la nueva erupción. Pese a los espectaculares estallidos de terrorismo aislado que aparecen en las primeras planas de la prensa internacional, Israel puede jactarse de ser uno de los estados más seguros del mundo. La policía y las fuerzas armadas tenían experiencia y cumplieron con su deber; antes de que terminara el mes habían despejado Jerusalén de visitantes extranjeros, asegurado las fronteras de la franja occidental y concentrado todos sus esfuerzos en el objetivo de restaurar el orden civil. Incluso se reparó la Cúpula de la Roca: el proceso de reconstrucción constituía un símbolo de la ciudad en proceso de curación.

Michael y Susan se contaron entre los primeros expatriados, lo cual en su caso significaba volver al trabajo. Habían hablado de que Susan pidiera de inmediato un nuevo destino en Palmira, pero cuando tocaron el tema del matrimonio algo cauteloso y frío surgió entre ellos. Les sorprendió a los dos. No era como volver a su antigua relación, pero el impulso de seguir adelante había desaparecido. En cierto modo Ismael los había cambiado, y ahora él ya no existía. Eran como soldados que habían sido hermanos en las trincheras pero sabían que dejarían de serlo al concluir la guerra; aquello les daba una extraña sensación de intimidad verdadera pero provisional.

Por lo tanto, al final Susan tomó el siguiente vuelo de vuelta a Alejandría. Michael fue a despedirla al aeropuerto Ben Gurión un día después del domingo de Pascua.

—¿Estás segura? —preguntó.

Susan le echó una mirada escrutadora, casi acusándolo de dejar esa decisión en manos de ella, pero ya habían superado los juegos emocionales que disfrazaban las motivaciones reales. Los dos sabían que la simple tarea de adaptarse de nuevo al mundo normal resultaría ya lo bastante difícil como para agregarle complicaciones. Ella se marchó en silencio.

Michael regresó en un todo terreno nuevo que reemplazó al que había perdido con Yousef. Tomó la precaución de cruzar de noche lo peor del desierto, y pasaba el tórrido día en posadas del camino o durmiendo bajo palmeras si divisaba algún *wadi* atrayente. Pese a toda la hostilidad, ahora el desierto le parecía un lugar confortable... Necesitaba que la quietud absoluta lo renovara. Por su parte, el desierto no mostraba reacción alguna a todo lo ocurrido. Aceptaba y conservaba su secreto.

La noche que volvió puso al tanto de todo a Nikolai, agregando algunos detalles a la información periodística que se había filtrado hasta el campamento. Suavizó las partes más increíbles de su historia; considerando los hechos fantásticos que debía absorber el mundo entero, la pequeña contribución de Michael se tornó casi irrelevante.

La tarea inmediata consistía en levantar campamento y trasladar el equipo médico a su nuevo destino, cerca de Alepo. Concentrado en la carga de trabajo y sumido de nuevo en la rutina de tratar a cientos de pacientes por día, Michael consiguió bloquear sus fantasmas. Por la noche, mientras permanecía acostado pero despierto en su tienda, escuchaba la radio, al principio esperando algún tipo de gigantesca ola espiritual que barriera el mundo. Al fin y al cabo, los milagros de Ismael y sus apariciones en la Cúpula habían encendido una fiebre apocalíptica casi de inmediato. Pero al no ocurrir nada más, la humanidad volvió a hundirse en sus viejas costumbres, y, fuera cual fuere la interpretación de los fanáticos, las personas comunes volvieron a dormir tranquilas.

En nueve meses Michael recibió papeles de traslado que lo enviaban de vuelta a los Estados Unidos. Ya que sus nuevas tareas no eran quirúrgicas, puesto que lo destinaban a una oficina administrativa en las afueras de Washington, aceptó la opción de renunciar. Con dos meses de indemnización por despido en el bolsillo, voló a Damasco, pero allí el vuelo a Roma se canceló.

—Deberá quedarse hasta mañana —le comunicó la empleada de la aerolínea mientras operaba el teclado. Negó con la cabeza—. No creo que le interese, pero hay un vuelo más tarde, con escala en Chipre y cambio de avión en Jerusalén y El Cairo. La perspectiva no es muy buena, ¿verdad?

Conciente de que cometía un grave error, Michael tomó el vuelo. Iba cavilando en el aire, y pasó las tres horas mirando el mar azul y luego la tierra marrón que se extendía bajo él. Desembarcó en Jerusalén y detuvo un taxi.

Solomon abrió la puerta casi en cuanto Michael golpeó. Michael lo miraba, presa de la conmoción; esperaba encontrar a Bella.

—¿Saliste de la cárcel? —balbuceó. Solomon no respondió pero se apartó para dejarlo entrar—. Vine a disculparme contigo —prosiguió Michael—. No puedo dejar de pensar en lo que ocurrió aquella noche. Lo mataste por mí, ¿no? Yo te insté a hacerlo, con toda aquella charla fantástica acerca de que tenías el poder de detenerlo. No puedo expresar cuánto...

Había ensayado el discurso cientos de veces, pensando que se lo diría a Bella, pero jamás podría haber anticipado la reacción de Solomon. El rabino giró sobre los talones y entró en su estudio. Michael esperó, preguntándose si el anciano volvería. Lo hizo, unos segundos después, y llevaba el mismo revólver que había usado para matar a Ismael. Ahora apuntaba a Michael.

—Esto es una locura —protestó Michael—. Déjame ir.

Solomon meneó la cabeza e indicó con el arma que se acercara.

—Entra y siéntate —ordenó.

Michael obedeció; sentía el estómago revuelto. Las náuseas se debían al miedo, pero también a algo mucho más pavoroso.

—¿Qué haces? —preguntó en cuanto tomó asiento en el sillón de cuero que se hallaba frente al escritorio. Sabía que Solomon estaba repitiendo la escena de la última vez que se habían encontrado—. Si esto te produce algún tipo de retorcida satisfacción...

En ese momento no estaba mirando, como la vez anterior, los anaqueles de libros, sino la pared que Ismael derribara aquella noche. Se inició un sonido retumbante, que venía de allí. Michael se irguió de golpe en el asiento, deseando huir pero sin poder hacerlo.

—Esto no tiene nada que ver con la satisfacción —dijo Solomon con calma, y dejó de apuntarlo con el revólver—. Tiene que ver con aprender. ¿Crees que has aprendido algo?

Antes de que Michael contestara, el sonido grave se convirtió en estrépito al tiempo que la pared se desplomaba entre una conmoción de ladrillos y cemento. Una nube sofocante de polvo llenó la habitación, y afuera apareció una figura oscura. Era la misma figura, cuya silueta se recortaba contra la misma calle negra iluminada desde cierta distancia por un solo farol. Esta vez Michael no quedó paralizado de miedo, ni tampoco una ira furiosa lo impelió a abalanzarse sobre su agresor. Observó con un extraño interés distante mientras Ismael trepaba por la pila de escombros y entraba en el cuarto.

Solomon se volvió y apuntó el arma hacia el profeta, que movió la cabeza de lado a lado, incapaz de verlos.

—Deja de inmiscuirte —gritó—. ¿Entiendes?

—Creo que él podría —dijo Solomon con calma.

Los ojos de Ismael volaron en dirección al lugar de donde venía la voz. Michael se puso de pie, abarcando la escena.

—¿Disparo? —preguntó Solomon—. Todavía podemos hacerlo a tu modo.

—Te has hecho entender, rabino. Hay mucho más que aprender de lo que creí —respondió Michael... o habría podido responder.

En ese instante toda la casa se sumió en la oscuridad, y el último sonido que recordó fue el ruido que produjo el arma de Solomon cuando éste la arrojó contra la pared al tiempo que emitía un gruñido de total repugnancia.

Capítulo Ocho

El pozo de las almas

Al no retornar la luz, Michael supuso que habían hecho otro viaje a ninguna parte. La negrura era igualmente absoluta, sólo que esta vez él se sentía mucho más tranquilo —respiraba sin que lo empujaran a hacerlo— y el aire no tenía una humedad cavernosa. Entonces advirtió que había ruido alrededor de él, ruido de tránsito que entraba por una ventana cerrada.

—¿Solomon? —preguntó.

No hubo respuesta, pero casi de inmediato Michael cobró conciencia de que no podía moverse. Tenía los brazos atados tras la espalda y, aunque no los viera, sabía que también tenía atados los pies; estaba sujeto a una silla en un cuarto barato en algún lugar, en la clásica pose cinematográfica de una víctima de secuestro.

—No hables —ordenó la voz de Solomon desde atrás. Michael intentó volver la cabeza, pero no había nada para ver ni luz para distinguirlo.

—Eh, sácame de aquí —protestó.

—Calla. ¿Vas a aprender o no? —Solomon hablaba con voz severa y seria.

Aunque no sabía de qué iba el juego, Michael decidió obedecer. Oyó sirenas distantes y bocinas de autos que le llegaban desde afuera. No necesitaba aguzar el oído para saber que se encontraba en Estados Unidos, aunque no guardaba recuerdo alguno de haberse desplazado de un lugar al otro.

—Lo que tú llamas realidad común se mantiene en su lugar mediante los pensamientos —comenzó Solomon—. Cuanto más ordenados sean los pensamientos, más ordenada será la realidad. ¿Empiezas a comprender?

Michael oía los pasos del rabino, que daba vueltas alrededor de su silla mientras hablaba.

—Me refiero a los pensamientos cotidianos, nada excepcional ni mágico. Es decir, tus propios pensamientos.

Michael asintió.

—Tu mente es increíblemente desordenada, aunque no es un comportamiento nada especial según las pautas normales. Hemos contemplado el caos creado por todos los que son como tú, y no hemos interferido. No nos es posible meternos en sus mentes y despejarlas. ¿Cómo podríamos? Una mente común es como una cámara de acero con un millón de balas que rebotan en su interior de un lado a otro. En el mejor de los casos, si tú me permites entrar en tu mente, sólo conseguiría atrapar unas cuantas.

Michael escuchaba, sin dejar de retorcerse en el asiento. Estar atado era incómodo, y una furia animal en su inconsciente se resistía a ese tipo de cautiverio.

—Incluso ahora —dijo Solomon— quieres luchar. Todavía no crees que soy tu aliado en todo esto.

—¿Aliado? —estalló Michael—. Me has alterado la vida hasta tal punto que ya no soy capaz de reconocerla.

—No, la has alterado tú, sólo porque no tienes conciencia de lo que estás haciendo, de que todo se mueve con lentitud; por lo tanto siempre estás dispuesto a echar la culpa a alguien o algo exterior a ti. Lo único que hicimos nosotros fue conducir de nuevo tu atención al lugar que le pertenece.

—Está bien. —Michael calló, abrumado por la futilidad de discutir con cualquiera de ellos.

Al cabo de unos segundos sintió que le ponían sobre la boca una cinta adhesiva ancha. Ocurrió con rapidez; apenas tuvo tiempo de emitir un grito ahogado de furia. Se balanceó salvajemente en la silla, tratando de dar contra Solomon, quizás alcanzarlo con una de las manos atadas.

—En ti hay algo que hay que sacar afuera. —Ahora la voz de Solomon sonaba más cerca de su oído—. Y sólo tú puedes sacarlo. ¿Hablas de poder? Nunca comprenderás el significado de esa palabra mientras te ocultes tras un escudo de miedo y resistencia. ¿Entiendes?

"¡Desgraciado! ¡Cobarde!", gritaba Michael detrás de su mordaza. Con la claridad que procura el terror supo que Solomon iba a abandonarlo allí.

—Entenderás tu poder cuando dejes de luchar —afirmó Solomon—. Es la lucha lo que te ha mantenido en estado de miedo, pero tú crees lo contrario. De modo que ahora veamos cuán lejos puede llevarte el miedo.

Michael no oyó pasos que se alejaran, pero la habitación quedó en silencio, salvo por el tránsito distante. Movió la silla con violencia, tratando de romper la soga que le aprisionaba las muñecas, y luego, al inclinarse hacia delante, cayó al piso, de costado. Llamó a gritos a Solomon; su chillido ahogado murió en el cuarto. Decidió parar.

Transcurrieron horas, y podría haberse dormido pese a su mente acelerada. Lo siguiente que notó fue una luz amarilla veteada que entraba por las persianas abiertas. Volvió la cabeza en esa dirección y la alzó unos centímetros de la alfombra mugrienta. Cada detalle confirmaba que se encontraba en un hotelucho de mala muerte. Tenía frente a sus ojos el papel estropeado de la pared, con unas vetas marrones que corrían hacia abajo. Había una ventana, sucia y resquebrajada, que permitía entrar la lánguida luz del mediodía. La habitación apestaba a pobreza: orina y grasa rancia y desinfectante industrial.

Allí era donde se suponía que debía estar, según todos menos él mismo.

Sacudió la cabeza, atontado, intentando cambiar la imagen que veía. Todo su cuerpo, obligado a permanecer en una sola posición, acusaba un dolor sordo. Casi por reflejo se arrastró un poco, cediendo al pánico. Pero no iba a salir de allí por la fuerza ni —imaginaba— mediante un acto de voluntad sobrenatural. Junto a la cabecera de la cama de hierro vio un reloj sucio que indicaba las diez de la mañana.

Pasó un largo rato antes de que algo cambiara. La habitación comenzó a quedarse fría. Michael alcanzó a oír la descarga de un inodoro en un punto más avanzado del pasillo, un baño comunal, y una o dos veces uno pasos firmes pasaron ante la puerta. Michael trató de golpear las piernas contra el piso para llamar la atención de alguien. Sabía que probablemente aquél fuera el tipo de hotel donde la política consistía en no prestar atención a nada, ni siquiera a un cadáver.

Pasó la hora siguiente revisando todas las formas de venganza imaginables. Su odio se canalizó con facilidad hacia Ismael, y un poco menos hacia Solomon. No le importaría ver que alguno de los dos pagaba por lo que le habían hecho, ¿pero ante qué tribunales? ¿Y él seguiría vivo para verlo? El espíritu vengativo perdió fuerza; sólo había logrado agotarlo más. Permaneció inmóvil y volvió a dormitar.

Al despertar no desperdició tiempo ni energía en ninguna estupidez. Obligó a su mente a volver al tema sobre el que había estado enseñándole Solomon: el poder. ¿Qué había presenciado, desde que saliera del puesto médico, sino un aterrorizador despliegue de poder? Solomon le había hablado —y también Rakhel— del grado de lo que les estaba permitido. El poder de transformación, el de hacer y deshacer la propia creación, a su antojo. Trascender el tiempo y el espacio, si no la muerte; dar nueva forma a la realidad... Todos los poderes que el mito, la leyenda y la ficción barata habían atribuido en esencia a los dioses.

"Ahora estoy averiguando qué sucede cuando un dios se enfurece con uno. Nosotros somos para los dioses como moscas para los niños crueles." Pero ahí residía la dificultad, ¿verdad? Nadie lo había matado, y Solomon incluso le había dado el gusto de matar a su enemigo ante sus propios ojos. ¿Qué trataban de mostrarle?

Se dio cuenta de que sentía mucha hambre y sed. Ahora que se sentía más sereno, se preguntó si lograría acercar a la puerta la silla volcada lo suficiente para golpearla con los pies. No valía la pena intentarlo, pero iba a probar. Después de invertir un esfuerzo supremo para arrastrarse un centímetro hacia delante, retornó a sus pensamientos.

Olvidó a los dioses y adoptó una nueva táctica. "Supongamos que los treinta y seis son simples seres humanos, como se pintan ellos mismos", se dijo. Resultaba imposible imaginar cómo lograban pasar de la realidad común de la vigilia a la realidad onírica en que vivían, pero Michael había sido arrastrado junto con ellos. De modo que debía suponer que todavía se hallaba dentro de una dimensión humana. No importaba cómo o por qué hubiera ocurrido aquello. Había ocurrido. Por lo tanto, luchar por volver a través de la frontera carecía de sentido, tanto como desear retornar a la infancia. Si eso era cierto, entonces ahora el único camino posible conducía directo hacia adelante.

La claridad de este razonamiento lo conmocionó. Tuvo la extraña sensación de que esos pensamientos casi afluían solos, como transmisiones externas a su cerebro, pero la voz que hablaba en su cabeza era la suya propia, no la de un extraño. Un momento... Había perdido el hilo. Respiró hondo y volvió al punto donde había interrumpido sus cavilaciones.

El único camino posible indicaba hacia adelante. ¿Qué significaba? Había tratado de no involucrarse, pero los hechos lo habían perseguido con implacable precisión. Había intentado combatir al enemigo, superarlo en astucia, o incluso en sus momentos de debilidad rendirse y dejar que la catástrofe se abatiera sobre su cabeza. Ninguna alternativa importaba, en absoluto. De modo que, o bien todo era igualmente peligroso, o bien todo era igualmente seguro. De algún modo los treinta y seis se sentían a salvo. Fue esta última posibilidad, por completo nueva en su mente, la que atrajo la atención de Michael.

¿De qué modo imaginable era seguro el mundo con Ismael en él? Eso equivaldría a decir que el mundo se hallaba a salvo con el diablo en él. ¿Los treinta y seis habían conseguido resolver la maldad?

Se oyó un golpe a la puerta. El picaporte hizo ruido cuando alguien lo tanteó.

—Eh... Está cerrado. ¿Quién anda ahí? —preguntó con desconfianza una voz apagada.

Michael gimió, pero la persona que estaba del otro lado dejó de accionar el picaporte. "Inténtalo otra vez", pensó Michael. Se obligó a mantener la calma y no luchar. "No está cerrado. Está abierto."

Vio que el picaporte se movía de nuevo, y esta vez se abrió. Entró un hombre encorvado y sucio, que de inmediato se detuvo, sorprendido. Calzaba unas zapatillas baratas, sin calcetines; eso era todo lo que Michael vio al alzar la cabeza.

—¿Qué haces en mi cuarto? ¿Por qué estás tirado ahí? Apuesto a que la policía no sabe que estás aquí.

Michael resistió el impulso de protestar o retorcerse. "No tienes miedo. Todo está bien." Tras una larga pausa, las zapatillas se acercaron. Michael levantó la cabeza y vio unos ojos opacos e inyectados en sangre. Una sombra de barba canosa y tiesa cubría la mandíbula, más larga en algunos puntos que en otros, como resultado de haberse afeitado de mala gana unos cuantos días atrás. El hombre parecía un vagabundo, uno de los leprosos del nuevo milenio: adicto, enfermo, asistente asiduo a las ollas populares y las rejillas callejeras de las que salía aire caliente. Pero hablaba con acento de Nueva York, lo cual proporcionó a Michael el primer indicio de orientación en un largo rato.

Michael cerró los ojos y calló en su interior. Al cabo de un instante sintió que le quitaban con cuidado la cinta adhesiva de la boca.

—Por Dios, Mikey, ¿te lastimaste? Fui hasta la esquina a comprar un poco de... de sopa, eso es. Te dije que no intentaras la abstinencia así, amigo, que podía hacerte daño... —La voz del mendigo calló.

—Desátame, ¿quieres, compañero? —pidió Michael.

Los dedos del hombre manipularon con torpeza los nudos, y con lentitud le liberaron las muñecas.

—¿Cómo te caíste así? —murmuró el mendigo.

—Por eso me ataste, ¿recuerdas? Te dije que no tendría sólo convulsiones. Me caí a conciencia.

Sin afeitar y vestido con ropa barata, el aspecto de Michael se adaptaba a la historia, fuera cual fuere. En cuanto tuvo las manos libres, se desató los pies y se paró; se frotó el hombro sobre el que había caído y estiró los miembros acalambrados.

—Muchas gracias, amigo —dijo—. Te lo agradezco mucho, de veras.

—Eh, no hay problema, Mikey —respondió el hombre, sin mostrar más interés en él.

El individuo logró llegar a la cama de hierro antes de desmayarse. Michael se quedó mirándolo. Sintió una punzada de culpa, pero no iba a correr el riesgo de llamar a la recepción; cuando encontrara un teléfono público se pondría en contacto con el Servicio Médico de Urgencias.

Sobre el escritorio desvencijado vio un objeto conocido: su billetera. La tomó. Estaba llena de dinero estadounidense. Sacó un par de billetes de veinte dólares y los dejó en la cama.

—Toma, y que tengas suèrte —susurró.

El pasillo apestaba a moho y desinfectante, una versión más fuerte del olor que impregnaba la habitación. Al final del pasillo había una escalera. Michael bajó por ella; un solo piso. Cruzó el vestíbulo sin atraer la atención del empleado que miraba la televisión detrás de una ventanilla enrejada. Ya en la calle, vio unos autos estacionados; tenían matrícula de Nueva York. Su mejor conjetura era que había aterrizado en Alphabet City, en el Lower East Side de Manhattan. El viento era helado. Protegido sólo por una camiseta, se estremeció y echó de menos la chaqueta liviana que comprara con Susan en el bazar.

¿Susan?

Se le cruzó el súbito y alocado pensamiento de que, si se dirigía hacia el norte, se encontraría con ella en alguna esquina; quizás ella saliera de Saks y le sonriera al verlo. Pero esta vez la magia del deseo no funcionó, y Michael continuó andando calle arriba mientras se frotaba los brazos para entrar en calor.

"Invierno. ¿Por qué es invierno?" Ya no se preguntaba "cómo". La capacidad de arrojarlo a algún lugar extraño en el tiempo, o incluso de alterar el clima, ya constituía un hecho conocido en su mente. Tal vez fuera una manera de sacarlo del peligro. No, lo más probable es que fuera una prueba o un desafío. Habían acelerado el tiempo, o saltado una gran parte, para llevarlo a ese punto de crisis, como cuando se hojean las páginas de una novela para llegar a la parte de la persecución. "Ahora es el invierno de nuestro descontento." Si era cierto que a Ismael le agradaban tanto los símbolos, tendría sentido elegir esa época del año en que a la gente se le recuerda, aunque sea brevemente, lo sagrado. Veinte minutos después, tras vagar sin rumbo, Michael cruzó el Bowery y se encontró en Broadway, un poco más arriba de Houston. El gerente de una tienda de artículos deportivos que había en la esquina ni siquiera lo miró, pero le vendió una parka, una gorra de felpa y botas para reemplazar las sandalias. Siguiendo un impulso, Michael probó pagar con su tarjeta de crédito y comprobó que aún servía. ¡Qué curioso!

Volvió a las calles, extrañado de no encontrar en ellas sorpresa alguna. En tales circunstancias, lo común resultaba amenazador: anuncios de *Cats* y el hombre de Marlboro en los costados de los omnibuses; obreros urbanos que corrían presurosos con la cara cubierta por pasamontañas para protegerse del fuerte viento; taxis que asustaban a los peatones en los semáforos, sin que a nadie le importara que sólo por un centímetro algún parachoques no los derribaba sobre el asfalto. Michael continuaba andando, mirándose los pies, sin saber qué hacer.

Pequeños copos de nieve bajaban flotando de un cielo plomizo. Vio un quiosco de diarios al otro lado de la calle. "Será mejor que me entere de las malas noticias cuanto antes", pensó. Pero cuando pidió un *Times* al indio arropado que se congelaba en el mostrador, no encontró en los titulares nada que lo sobresaltara, ni siquiera una mención de Oriente Próximo. Mientras buscaba cambio, sus ojos se posaron en el *Post*, y no se apartaron de allí. El titular rezaba: "Rudy agradecido; niega acusaciones de toma del poder". El resto de la página la ocupaba una foto de Ismael estrechando la mano del alcalde en los escalones del Ayuntamiento.

—No es una biblioteca. ¿Quiere ése también? —gruñó el indio, aterido.

—Tomaré un ejemplar de cada uno —dijo Michael.

Leyó un periódico tras otro. Según las cabeceras, era el 14 de noviembre. Michael había perdido seis meses de su vida, y en ese tiempo el profeta había alcanzado la fama. Desplegó cada página con cuidado y fue disponiéndolas como un rompecabezas. Había ido a una fonda cercana, en la avenida B. Tras pagar un plato barato que no tenía ganas de comer, trató de componer lo que había sucedido. El *Times* todavía seguía pareciendo el *Times*, pero al leer con más atención el contenido resultaba surrealista.

El Oriente Próximo no daba origen a titulares porque cuatro meses antes, con la amenaza de la guerra pendiendo sobre la región, las armas de todos los combatientes se habían negado a disparar. Al apocalipsis se le quemó un fusible. Las tres religiones llamaron a una tregua estrechándose las manos alrededor del Monte del Templo y dividieron sus fuerzas a partes iguales para construir una nueva Cúpula, una basílica a la Virgen Madre y el cuarto templo. En Israel nació una docena de novillas rojas, lo cual causó gran regocijo.

En Texas las principales iglesias fundamentalistas organizaron una convocatoria al aire libre; al día siguiente votaron para tomar la actitud de esperar y ver qué acontecía respecto al advenimiento del Anticristo. Puesto que los que deploraban cualquier cosa que no fuera una lectura estricta de san Juan sostenían que el Anticristo tendría que ser judío y estos planes de batalla consistían en comenzar una guerra que borraría a todos menos 144.999 judíos de la faz de la Tierra, la decisión de interrumpir la lucha fue recibida con alivio. "Cualquier postergación del genocidio siempre es bienvenida", dijo por lo visto una fuente en Tel Aviv... que se negó a identificarse.

Ismael estaba en medio de todo aquello. Su aparición encima de la cúpula se veía: *a)* como un intento de salvarla; *b)* lo que la destruyó, dando a las religiones del mundo un muy necesario toque de atención; *c)* un fraude total. Los que sostenían esta última opinión no volvieron a ser invitados a hablar en los medios de comunicación, y algunos hasta desaparecieron por completo de la vista.

Una semana después del desastre había reaparecido Ismael, exigiendo que las facciones fanáticas en conflicto firmaran la paz. Los que se negaron fueron víctimas de pestes devastadoras que mataron de la noche a la mañana a la mitad de la población. (Se presentó una resolución de la ONU condenando esta represalia, de haber provenido del profeta. Pero puesto que la cautela constituye la mejor cualidad de la diplomacia, la resolución no fue aprobada.) Ahora toda la región, desde Turquía hasta Egipto, se había convertido en la Comunidad Económica Oriental, y todas las fronteras habían desaparecido. Reinaba el júbilo oficial aun antes de que terminaran de enterrar a los muertos y reconstruyeran lo arrasado.

El profeta no se había declarado rey; afirmó que había ido a llevar amor y a destruir para siempre a todo el que se resistiera. No era un mensaje que los países estuvieran equipados para combatir; Ismael no pedía nada, no ordenaba nada, se limitaba a decir a la gente que él era el instrumento de su poder. Cuanto más poderosos se volvieran, mediante el proceso de purificar la oscuridad que tenían en su interior, más se acercarían al paraíso en la Tierra.

En algún lugar de las sombras del Vaticano se juzgaba que los musulmanes habían acaparado la atención con el retorno del Mahdi, a lo cual se sumaba un cierto nerviosismo... Después de todo, san Pedro también tenía su cúpula. Ésta parecía espantosamente vulnerable hasta que los cardenales reunidos rescataron una doctrina según la cual, ya que el del Papa era meramente un cargo temporal, el de un vicario que esperaba el retorno del verdadero amo de la Iglesia, el trono de Roma podía quedar vacante en un instante. ¿Tal vez quisiera ocuparlo el profeta? Con la modestia de una estrella de cine que rechaza una propuesta millonaria, Ismael se negó a que lo persuadieran de aceptar el Segundo Advenimiento. Un suspiro de alivio recorrió toda la cristiandad, empero, cuando anunció públicamente que él no era tampoco el Imán. Y sólo para probar que deseaba ser un mesías igualitario, chasqueó un dedo y aniquiló todas las fortalezas secretas del Hamas y Septiembre Negro en los territorios ocupados (ahora astutamente llamados "Jerusalén expandida", de modo que todos contaran con un pedazo de la torta).

Michael pasó las páginas dedicadas a la triunfante gira mundial de Ismael. Todos los artículos mostraban una similitud monótona, como si todos los hubiera escrito el mismo redactor mercenario bajo el dictado del mismo observador invisible. Como la vieja broma rusa sobre el *Pravda* y el *Izvestia*: "No hay ninguna noticia en la Verdad y ninguna verdad en las noticias".

Ismael era recibido con júbilo en cada escala, quizá por amor, quizá porque los líderes nacionales habían tenido un buen panorama de lo que sucedería si no le daban la bienvenida. A nadie le gustan las plagas. Si hubiera habido intentos de asesinato, todos habrían fallado, y si cualquier gobierno se oponía a Ismael, se arriesgaban a sufrir disturbios generados por los propios ciudadanos. El profeta se movía a su antojo, predicando su mensaje del Edén por venir. Los humildes del mundo lo reverenciaban; los no tan humildes aguardaban su oportunidad, temerosos de que no llegara nunca.

El *Times* informaba de prosperidad mundial, desiertos que se convertían en jardines, el fin de las privaciones y el hambre. No se había informado de nuevos casos de sida desde la aparición del profeta, y los que sufrían la enfermedad se curaron con rapidez. La incapacidad de cambiar de VIH positivo a VIH negativo se consideraba obstinación. El cáncer, la polio, la fiebre tifoidea, el cólera, la meningitis... habían desaparecido sin comentarios una vez que se desvanecieron de la memoria los primeros meses de boquiabierta incredulidad.

Era un mundo perfecto, reflexionó Michael.

—¡Una carne con puré! ¿Quieres más café, muñeco? —Cuando la camarera lo vio leyendo, sonrió con legítimo afecto—. No me molestaría leer esos periódicos cuando te vayas. Que pases un buen día —dijo.

Si tener a Ismael en el mundo significaba un peligro, la ilusión resultaba demasiado inconsistente para mostrar fisuras, pensó Michael.

Debía decidir qué hacer. Todavía tenía su profesión, si no su vida. Como uno de los primeros rebeldes, podrían haberle negado su apartamento en el Edén, pero no fue así. Tras andar por las calles durante varias horas más, entró en la sala de guardia del Hospital de

Nueva York. Fue hasta el mostrador de recepción, donde había tres enfermeras apoyadas en los muebles de archivo, bebiendo café.

—Disculpen, ya sé que éste no es el lugar adecuado, pero ¿podrían decirme dónde queda la oficina del jefe de personal? Quisiera solicitar empleo —dijo Michael.

Las enfermeras intercambiaron miradas.

—Buena broma —dijo una—. Supongo.

Se oyó una risita disimulada, y luego la más formal de las enfermeras dijo:

—Están esperándole en Trauma 2, doctor. —Michael debió de mostrarse por completo confundido, porque la muchacha se apresuró a agregar—: Disculpe, soy Rebecca. No nos habíamos visto desde que me enviaron de Monte Sinaí. —Esbozó una tímida sonrisa, por si se trataba de un sujeto difícil. Michael giró sobre sus talones y se marchó.

Cuando llegó al cubículo que exhibía el número 2, al final del pasillo, empujó las puertas giratorias de metal. Vio a un joven residente inclinado sobre un hombre que yacía sobre una mesa; la camisa del hombre estaba abierta y todas sus prendas se hallaban ensangrentadas.

—Por favor, quédese quieto. Ya sé que duele —decía el residente. El hombre gimió. Al reparar en Michael, el residente lo saludó con un movimiento de la cabeza pero continuó dando órdenes a su enfermera—. Cinco unidades más de sangre, y avise a quirófano para que estén listos.

Michael sabía que era el momento de la verdad, pero no sentía duda ni preocupación alguna.

—Disculpe —dijo—, me llamaron del Bellevue justo cuando llamó usted. —Tendió la mano para tomar unos guantes de goma y una bata. La enfermera se los alcanzó enseguida, sin vacilación... ¿o acaso sus ojos habían parpadeado apenas un segundo, mirando al residente?

Michael confiaba en adaptarse a la situación, y estaba en lo cierto. El residente alzó una radiografía.

—No hay problema. Creo que lo tenemos bastante estabilizado. Aquí están las placas.

—Permítame mirar un segundo —dijo Michael—. Una fea fractura cuarta costilla; el hueso está astillado.

El residente asintió.

—Me di cuenta enseguida. Hay un fragmento muy cerca del riñón. —Señaló una sección de la radiografía mientras Michael, incorporándose fluidamente a la escena como si la hubieran escrito para él, caía en la cuenta de que en cierto modo así había sido. Alguien lo había dejado caer en un mundo donde él siempre había ocupado un lugar. Sólo deseaba que, a quienquiera que fuese, se le hubiera ocurrido incluir también a Susan en aquel paisaje, mientras durara. Sabía sin pensarlo que ese paciente, víctima de un auto que lo había atropellado y huido en el centro de Manhattan, sólo era parte de la escenografía de un drama cósmico. Michael debía establecer si se trataba de una comedia o una tragedia.

—No creo que la astilla esté tan cerca como usted piensa —se oyó decir Michael.

—¿De veras? —El residente tomó la radiografía y la miró con expresión desconcertada.

—¿Creyó que había cortado la arteria renal? —preguntó Michael.

—Sí. Es decir, el tipo sangra mucho y...

—Creo que la hemorragia es general. —Se volvió hacia el paciente, que estaba aturdido pero consciente—. ¿Alguien le dijo alguna vez que su sangre no coagula muy rápido? —preguntó, y el hombre asintió—. Creo que deberíamos intentar con un poco más de factor coagulante, y ver si eso soluciona el problema —decidió Michael.

Medio azorado, el residente dio las órdenes pertinentes y la enfermera fue hasta el armario de las medicinas.

—Yo habría jurado... —comenzó a decir el residente, pero Michael ya estaba sacándose los guantes.

—No se preocupe —dijo—. Asegúrese de avisar a quirófano de que no va a enviar a nadie. Le veo en las rondas, más tarde.

Deslizarse en un universo paralelo era una de las cosas más fáciles que había hecho en su vida, pensó Michael mientras caminaba por el pasillo de vuelta al mostrador donde activaban las historias clínicas.

Ya tenía una identidad preparada, un estatus profesional y todos ya conocían su nombre.

—Usted es April, ¿verdad? —dijo a la enfermera más joven de la recepción—. Lamento no haberme acordado antes. Nos cambian de turno todo el tiempo.

La muchacha sonrió, complacida de que hubiera reparado en ella. Michael tomó la carpeta siguiente: una rara herida de arma de fuego a consecuencia de un altercado doméstico, y volvió a su trabajo.

El resto del día fluyó con la misma languidez que el reestreno de una obra larga y mediocre en Broadway. Michael se preguntaba si debería tomar alguna decisión real, o si todos los días transcurrirían con igual monotonía. Sabía de antemano qué sucedía a cada paciente, y sin mayor esfuerzo los salvaba del peligro. Alguien había decidido tornar reales sus fantasías o burlarse de él entre bastidores. El supermédico convertido en marioneta. Por lo menos eso le daba tiempo a considerar dónde se hallaba en realidad, y decidir qué haría a continuación.

Para cuando se despidió y salió del edificio, eran las siete de la tarde y había anochecido. La ligera nieve había cesado de caer; las calles estaban despejadas. Podría haber vuelto a vagar, pero sabía que su coche se hallaba en el aparcamiento: ya había encontrado las llaves en el bolsillo. Con la misma certeza podía ir al edificio de piedra del Upper East Side donde había vivido durante los últimos seis años. Cuando llegó allí, se encontró con una casa cómoda, aunque amueblada sin lujos. Michael se desplomó en el estudio, en su sillón de cuero preferido, que lo había seguido, como un perro fiel, desde la facultad de medicina a cada empleo que había conseguido en la Costa Este.

De haberse hallado de ánimo para ello —cosa que sin duda no sucedía—, se habría asombrado de cómo habían pensado en todos los detalles. Las habitaciones estaban decoradas según su gusto. Le agradaba toda la comida que contenía el frigorífico, y en un armario encontró la marca de whisky que bebía. Cada libro de los estantes y cada foto de la repisa del hogar tenían su historia; su vida abundaba en recuerdos tranquilizadores. Sin embargo, sólo echó un vistazo de un segundo a los recuerdos. El realismo de una falsa existencia no significaba nada, salvo que el director de escenografía, quienquiera que fuere, conocía bien su trabajo. Con el destino del mundo colgando de un hilo, y Susan aún desaparecida, Michael esperaba que la broma se fuera tornando más amarga.

¿Era "forzado" el término adecuado? Solomon, lo mismo que Rakhel, no había cesado de afirmar que sólo había dos opciones: hacerlo al modo de él, o de otro modo. La resistencia a Ismael había fracasado; Michael veía con sus propios ojos que los treinta y seis existían en un plano donde el tiempo podía moverse en círculos —y sin duda hacia atrás o los costados— y los hechos resultaban tan fáciles de manipular como los sueños.

De eso se trataba el poder verdadero, entonces. De cruzar la línea entre el sueño y la realidad, aunque esos términos fueran por entero inadecuados. Un sueño se siente como un sueño, y cuando uno despierta distingue la transición a la vida real. Allí, las cosas no funcionaban de esa manera. Cada vez que Michael miraba alrededor, se desplazaba de un estado irreal al siguiente, como despertando de un sueño para encontrarse en otro. La alucinación era ininterrumpida.

Muy bien, de modo que así era. ¿Y entonces qué? Michael decidió que no le perjudicaría servirse un poco de whisky, quizá más que un poco. Encendió el televisor, que mostró, de manera predecible, montones de buenas noticias. Se notaba que algunos de los presentadores no se habían adaptado del todo a informar sobre el último de los acuerdos de paz o las curas milagrosas. Detrás de las máscara de sonriente confianza había un rastro de pánico. Michael comprendía. "El que da puede quitar." En verdad, cualquier indicio de incomodidad era sutil y difícil de detectar. Pasando con rapidez los canales, vio muy pocos disturbios. ¿Por qué la gente iba a protestar, si le daban todo lo que quería? Era sólo una cuestión de transición y adaptación.

Captó la parte final de una tragedia: un hombre que había saltado a las vías frente al subterráneo del sistema IRT. Si se trataba de alguien que había sufrido un pequeño problema de adaptación, quizá demasiada culpa como para sentirse cómodo en el paraíso, constituía un pequeño precio que pagar. Hasta se podía ver el lado positivo: No se obligaba a nadie a aceptar el nuevo mundo. No se podía acusar a nadie de ser víctima de una hipnosis masiva. Como había dicho Solomon, la realidad se compone de pensamientos y deseos comunes, nada mágico.

Al cabo de una hora Michael ya no albergaba más dudas. Se encontraba en un lugar donde el peor problema era la incapacidad de aceptar la perfecta felicidad. Ese pensamiento lo decidió a emborracharse por completo. Pasó la noche esperando que el alcohol surtiera efecto, y se desmayó en su viejo sillón cerca de medianoche. Lo último que oyó —y ni siquiera estaba seguro de haberlo oído— fue un quejido, como almas que clamaban desde el fondo de un pozo profundo.

Capítulo Nueve

Yetzer Ha-Ra

Debía de haber una trampa en alguna parte. Michael pasó los días tratando de encontrarla. El desinterés de amoldarse a un guión establecido continuaba. Nunca se sentía del todo comprometido, ni siquiera en el procedimiento quirúrgico más complicado, aunque no eran muchos los que se le cruzaban en el camino. La medicina se había reducido, en su mayor parte, a atender traumatismos en la sala de guardia —Ismael no podía impedir que los conductores ebrios chocaran— y dar albergue a los enfermos crónicos y los moribundos.

Michael adoptó la costumbre de no ir mucho a su casa; al cabo de un rato, el ambiente perfecto para ese nuevo yo le erizaba la piel. La falsa calidad acogedora, y su vacío real, sólo lograban recordarle todo lo que había perdido, en especial a Susan. Sus turnos duraban a veces treinta y seis horas. El personal se mostraba perplejo, dado que los otros médicos trabajaban menos de veinte horas por semana, pero Michael disimulaba bajo el hábito de un adicto al trabajo que necesitaba aquello para sobrevivir. Todos se tragaban su historia, del mismo modo como se tragaban las otras. La paz y la armonía constituían el nuevo conformismo.

No había forma posible de luchar contra Ismael. La rebelión sin sentido le pareció una alternativa razonable por un tiempo. Empezó a fumar demasiado y permanecer despierto toda la noche en el salón de los residentes, mientras pasaba ociosamente los canales de televisión y bebía whisky. Al cabo de una semana, sin embargo, la falta de sentido de todo aquello superó a la rebelión, y Michael depuso su actitud. Pero encontraba consuelo en caminar por las partes de la ciudad donde la mugre y el crimen mantenían su último asidero.

En una de esas caminatas sin rumbo vio a un vagabundo que rebuscaba en un contenedor de basuras. Se le acercó deprisa, imaginando por un momento que era el habitante del hotelucho que lo había liberado aquella primera noche. Vestía un montón de prendas gastadas y malolientes, desteñidas por los muchos lavados a lo largo de los años.

—Eh, viejo, ¿te acuerdas de mí? —preguntó Michael con tono esperanzado, pero no le hizo falta mirar los ojos confundidos y vacíos del vago para saber que sólo se había tratado de una ilusión.

—No hago daño a nadie —murmuró el hombre al tiempo que retiraba del hombro la mano de Michael—. Me limito a seguir por mi propio camino.

—Está bien, lo lamento —contestó Michael.

Se habría ido del lúgubre callejón, pero esas pocas palabras inofensivas le llamaron la atención.

—¿Te limitas a seguir por tu propio camino? —preguntó—. Yo olvidé cómo hacerlo.

—¿Eh? —farfulló el vagabundo.

—Me has dado una pista —continuó Michael—, ¿sabes? Apuesto a que no. —Miró los vidrios rotos y los pedazos de papel que ensuciaban el suelo. Se sentía demasiado pletórico para que el olor del callejón siquiera le llenara ya la nariz. —Alguien me dijo que, si no sabes adónde vas, no importa dónde empieces. Así que voy a empezar aquí. —Vio que el vagabundo tenía intención de huir, pero Michael lo aferró de un brazo.

—Nadie va a hacerte daño. Sólo quiero que le des un mensaje de mi parte a alguien. Sus ojos captaron el reflejo de una envoltura de un caramelo Tres Mosqueteros; la levantó.

—¿Qué clase de mensaje? No sé leer discursos —murmuró el mendigo.

—No importa —contestó Michael. Se sentía no sólo feliz sino más bien jubiloso con ese primer paladeo de poder. Sabía que la siguiente jugada surtiría efecto—. Aquí tienes veinte dólares. Sólo debes hacer lo que yo te diga, ¿de acuerdo?

Puso el envoltorio del caramelo en las manos del hombre y le cerró los dedos alrededor, como un mago que pide que sostengan una carta de un mendigo. Sus ojos encontraron los del mendigo. No pasó nada entre ellos, ninguna mirada hipnótica, pero cuando abrió la mano, el hombre clavó la mirada en un billete de veinte dólares. Esbozó una sonrisa de incredulidad. Michael le devolvió el gesto, mientras el corazón casi se le saltaba del pecho. ¡Sí!

—¿Tengo que recordar algo? —preguntó el vagabundo con tono dubitativo, temeroso de guardarse el dinero; la policía le había tendido trampas demasiadas veces.

—Sólo escucha —dijo Michael con urgencia. Le dio su mensaje con la voz cautelosa de alguien que habla a un contestador telefónico—. Sé lo que quieren que haga. Voy a hacerme responsable, a empezar ahora. Sin miedo, sin dudas ni ilusión. Gracias por darme esta oportunidad. —Hizo una pausa, preguntándose si debía agregar algo específico—. No sé con exactitud a quién va a llegar esto, pero tengo la certeza de que será a los indicados. Éste es el primer hombre que he encontrado que sigue su propio camino, así que de algún modo debe de ir en dirección a ustedes. Sean buenos con él, y... —Se dio cuenta de que divagaba, de que ni siquiera la necesidad de decir su mensaje en voz alta era algo del todo seguro—. Bueno, eso es todo —concluyó.

Esperaba que el vagabundo se mostrara desconcertado, quizás incluso asustado, por haberse topado con un lunático bien vestido. Si ésa era su conjetura, no podría haber estado más errada. La cara del hombre esbozaba una sonrisa cómplice. Asintió levemente. A Michael casi le pareció que iba a quitarse el disfraz y convertirse en un ángel o en una de las almas puras y lo felicitaría por su astucia. En cambio, la mirada sapiente se desvaneció en un instante, y el hombre se volvió para marcharse.

—Buena suerte —gritó Michael desde atrás.

El vagabundo murmuró una última frase sin volver la cabeza. Michael no la entendió, pero bien podría haber sido: "Dios te bendiga."

Cuando llegó a su casa, Michael tiró a la basura el whisky y los cigarrillos. Era un gesto simbólico, igual que el mensaje destinado a los treinta y seis, suponiendo que alguna vez llegaran a oírlo. Pero el entusiasmo seguía siendo real. Sabía sin la menor duda que ese paraíso de cartón era un escenario montado, no para el poder del profeta, sino para el de él... si es que poseía alguno. O más bien, si quería alguno. Echado en la cama, Michael recordó sus últimos pensamientos en el hotel de mala muerte antes de que golpearan a la puerta. O bien Ismael era por completo peligroso, o bien era por completo inofensivo. La elección no estaba fijada de antemano; estaba abierta. Más allá de eso, no era posible conocer nada por adelantado. Michael se hallaba al pie del Everest, sin saber si iría a derrumbarse de miedo en la cumbre o moriría de una caída o bien llegaría más allá del primer campamento. Sólo sabía, ahora por primera vez, que deseaba escalar.

Alguien había estado escuchando. Michael tuvo esa certeza en el instante en que atravesó las puertas de la sala de guardia. Eran las seis de la mañana, y habitualmente el turno de la noche se había encargado ya de los tres o cuatro casos llevados en ambulancia. La sala de espera servía de refugio a unos cuantos vagabundos que los guardias de seguridad tenían orden de dejar entrar. Pero aquella mañana la sala era un hervidero de enfermos y tullidos.

Permaneció de pie en la puerta, como paralizado. Madres llorosas con bebés; una víctima de un disparo de arma de fuego yacía en el piso, rodeada de enfermeros que le gritaban que aguantara; un diabético drogado a quien una enfermera inyectaba insulina... Con una sola mirada Michael reconoció la escena. Se había enfrentado a ella cien veces durante sus años de residente, cuando la sala de guardia de una ciudad populosa era un mundo de sufrimiento humano comprimido en una sola y caótica habitación.

—¡Doctor! —Se le había acercado corriendo una de las enfermeras jóvenes, sin ni siquiera esperar a que él llegara al mostrador de las historias clínicas—. Herido de bala en Trauma 4; lo necesitan de inmediato. Y tenemos más en los pasillos. Es como si hubiera estallado la guerra entre pandillas.

Michael abandonó enseguida sus cavilaciones y se zambulló en la refriega. El herido de bala era un chico hispano de catorce años que había quedado atrapado entre dos andanadas de fuego callejero cuando regresaba de la escuela a casa. Tenía el pecho casi desgarrado, y Michael vio, en cuanto entró, que los proyectiles podían haberle comprometido el corazón. En cinco minutos corría junto a la camilla mientras conducían al chico por el pasillo hacia el micrófono de urgencias. No paró de vociferar órdenes por todo el camino, desde la sala de traumatología hasta el ascensor. Aquella oleada de casos era algo con lo que sabía cómo lidiar. No obstante, durante la hora siguiente aprendió que había dos cosas que no sabía cómo afrontar. La primera, que el chico murió sobre la mesa de operaciones, a causa de un ventrículo desgarrado; la otra, que en todo aquello no había indicio alguno de objetividad ni desinterés. La función había terminado.

"Sin duda, alguien había estado escuchando."

Permaneció de turno durante quince agotadoras horas de práctica de la cirugía antes de poder descansar un poco en la sala del segundo piso. Demasiado cansado para bajar hasta la sala de los médicos, se desplomó frente al televisor en la salita reservada para los familiares que esperaban resultados. Una mujer mayor, de raza negra, acompañada de dos chicos jóvenes que debían de ser los nietos, se quedó mirándolo. Michael la saludó con un movimiento de cabeza y tomó el mando a distancia del aparato. Sentía curiosidad por saber si las cosas habían cambiado por completo en el mundo exterior.

Todas las noches de la semana había dos horas en la franja de mayor audiencia que se dedicaban al profeta: todos los canales emitían el espectáculo de forma simultánea, puesto que no tenía sentido programar cualquier otra cosa para competir. Una hora se consagraba a la revisión de los milagros realizados en las veinticuatro horas previas; la otra consistía en un servicio de oración que conducía por el propio Ismael. Aparecía en diversos sitios no revelados de todo el mundo, desde los cuales aconsejaba y curaba a los asistentes así como a los que lo miraban desde sus casas.

—El doctor Jesús no quiere que estén enfermos. Desea que experimenten un milagro personal —decía Ismael con voz tan untuosa como de la cualquier telemedicador.

La mujer que se hallaba a sus pies, que había llegado al centro del escenario totalmente sorda, emitió un fuerte chillido.

—"¡Lo oigo! —gritó.

El profeta sonrió, de manera no demasiado sincera. Su pequeña broma de hablar como un predicador ignorante no había hecho reír a nadie. Lo tomaban demasiado en serio y lo temían profundamente. Michael se inclinó hacia adelante para ver mejor. El rostro no había cambiado, pero quizás había un dejo de aburrimiento en los ojos.

—He ordenado que se levante la oscuridad y cese al sufrimiento —decía Ismael—. Han vagado por el valle del recelo ciego y la pena, pero ahora se ha cosechado el vino de la fe y sus copas se llenarán. La cámara recorrió un púbico hipnotizado, y de nuevo nadie reaccionó. En apariencia, el cambio a la cháchara bíblica no causó impresión alguna. Michael volvió a echarse atrás en el asiento. Sabía que ya no temía a Ismael, pero eso no significaba que lo conociera. El Profeta ya no tenía nada que demostrar, y caía en repeticiones que formaban parte de su acto de curación original. ¿Acaso eso demostraba algo?

¿Quién lo sabía? Michael oprimió el mando a distancia para cambiar de canal, pero nada cambió. Apoyó la cabeza en sus manos. Era todo lo que podía hacer para no quedarse dormido, pero había demasiadas cosas que considerar. No tenía ninguna prueba de que otros participaran en el juego, salvo él solo, y posiblemente Ismael. Sin embargo, ¿cuál era el juego? No resultaba viable considerarlo una guerra. El profeta había salvado el mundo —al menos esa versión del mundo—, asignando a Michael un lugar perfecto en él. El repentino aumento de gente que sufría en la sala de guardia se había producido porque Michael así lo quería. No, eso tampoco era correcto. Tal vez se trataba de una nueva prueba, una alucinación burlona, un desafío planteado por su enemigo... o ninguna de esas posibilidades.

No iba a ser simple, y él tenía que hallar la explicación por sí mismo.

Entonces debió de quedarse dormido, porque cuando alzó la vista la mujer negra se había ido, y el televisor emitía un suave zumbido y mostraba una pantalla blanca con el logotipo de la emisora. Las cuatro de la mañana. Se levantó, con la espalda dolorida a causa de la incómoda silla, y bajó en el ascensor. En el puesto de las enfermeras se acumulaban las historias clínicas. La cantidad de personas que esperaban atención no había disminuido. Michael firmó para marcharse, bostezando y sin hablar con nadie, y luego se abrió paso entre los enfermos que esperaban de pie a causa de la cantidad limitada de asientos.

—Disculpe, doctor. Espere.

Cuando se volvió, una enfermera le metió una tablilla sujetapapeles bajo las narices.

—Lo lamento, pero si pudiera atender una última paciente...

Él accedió, frotándose el sueño de los ojos.

—Está bien. Ya voy.

La gente se apartó de mala gana para dejarlo pasar. Echó un vistazo a la tablilla y supuso que la paciente, otra herida de bala, aguardaba en algún lugar del pasillo. Pero no era así, y se sorprendió al no ver luz tras la puerta de Trauma 2, lo cual indicaba que el lugar se hallaba vacío. Abrió la puerta.

La víctima era una mujer de edad, aunque él no la viera. Dos enfermeras se esforzaban por mantenerla sentada en la silla de ruedas, y sus espaldas dobladas impedían a Michael la visión. La paciente chillaba muy fuerte, demasiado para alguien que tenía una bala alojada en el cuerpo.

—¡Suéltenme! ¡No saben con quién están tratando!

—No, cálmese. Cálmese o vamos a tener que llamar a alguien —dijo una enfermera, obviamente cansada y exasperada.

—Trata de llamar a un médico de verdad, para variar un poco —gritó la mujer—. Tú no sabes *bupkis*, muchacha.

Las otras enfermeras vieron a Michael.

243

—Doctor, tenemos un pequeño problema.

—Ya lo veo —respondió Michael. Se acercó a la silla de ruedas de la anciana—. Señora, si no nos deja atenderla vamos a tener que tomar medidas. —Se preguntó por qué decía esas palabras, cuando lo único que deseaba era echarse a reír.

Un rostro gris y marchito se alzó hacia él con expresión furiosa.

—¿Cree que ustedes tres pueden atarme? Inténtenlo.

—Podemos pedir asistencia psiquiátrica, doctor. Ya sé que están colapsados de trabajo, pero...

Michael, que miraba la tablilla, negó con la cabeza.

—No creo que sea eso lo que desea la señora... Teitelbaum, ¿no? —A modo de respuesta, la anciana se arrancó del brazo la aguja del suero y se intentó poner de pie. La bolsa de suero se estrelló en el piso, junto con los tubos. Las enfermeras iban a saltarle otra vez encima, pero Michael levantó una mano—. Vayan en busca de correas, y un revólver, de paso —dijo—. Lo lamento, señora Teitelbaum, pero vamos a tener que matarla.

Las enfermeras se quedaron paralizadas, sin dar crédito a lo que oían. Hizo falta un buen trabajo de persuasión para que se marcharan. Una vez que se fueron, Michael se apoyó contra la pared y se cruzó de brazos.

—¿Cuánto tiempo te propones seguir con el espectáculo? —preguntó en tono irónico.

—¡Ja! —contestó Rakhel, y se encogió de hombros con indiferencia—. ¿Acaso una vieja no puede salir a comprar un poco de arenque y pan de cebolla sin que un desgraciado le dispare?

—No me digas que estás herida de verdad —dijo Michael.

—No estás muy contento de verme —contestó Rakhel, y trató de adoptar una expresión desconsolada. Luego bostezó, se levantó de la silla de ruedas y se estiró—. Mi madre decía que yo tenía talento, que debería haber hecho carrera en las tablas. Pero en aquel entonces las chicas buenas no hacían esas cosas.

—¿Hubo una época en que fuiste una chica buena?

—No te hagas el listo conmigo. —Tardó sólo un momento, pero todo rastro de la irascible y mal internada señora Teitelbaum se había desvanecido. —Bueno, *mein Kind,* ¿dónde nos habíamos quedado?

—Según recuerdo, en la agradable escena en que te tragaba la tierra —respondió Michael. Pese a su calma, que era una imitación de la de ella, se sentía mucho más asombrado de lo que demostraba.

—Bien, permite que te aclare que fue una escena de muerte —puntualizó Rakhel con cierta satisfacción—. Las cosas que me obligas a hacer...

Él ya sabía suficiente como para no poner objeciones.

—Todo forma parte de mi melodrama, ¿eh?

—Tratamos de complacer. En comparación con algunos, no eres tan malo. Deberías verme en el papel de ángel. He tenido que besar a unos tipos terribles en su lecho de muerte. Los hace sentir queridos.

—¿Lo cual significa que no lo son? —preguntó Michael.

—No, por supuesto que no, pero la baja autoestima tiende a prolongar la agonía. ¿Qué otra cosa se puede hacer?

A esas alturas se hallaban sentados uno junto al otro en la mesa de examen, en el centro de la sala.

—¿Cuánto tiempo tenemos? —preguntó Michael—. Es decir, antes de que vuelvan con tu chaleco de fuerza.

—El tiempo es la menor de nuestras preocupaciones.

A pesar de la petulancia de ella, Michael sentía una tensión creciente.

—Basta con eso —dijo Rakhel, al notarlo—. La próxima vez sufriré una hemorragia o, mejor aún, tendré un bebé.

Michael no pudo sino reír.

—¿Así que alguien recibió mi mensaje? —dijo.

—Todos recibieron tu mensaje —corrigió Rakhel—. Está bien, no podías evitarlo. —Después de tantas chanzas, Rakhel se puso pensativa—. ¿Te gusta este lugar en que has aterrizado? —preguntó.

—¿Por qué no habría de gustarme?

—No te burles. Te hago una pregunta seria.

Michael negó con la cabeza.

—Al principio fue increíblemente desconcertante. Me había acostumbrado a pensar en Ismael como un enemigo. Pero no puedes echarle la culpa por derribar un aparcamiento de coches para erigir un paraíso.

—Por supuesto que puedes. No eres feliz aquí, ¿o sí? —preguntó Rakhel en tono cortante. No hizo falta que Michael respondiera—. Exacto —continuó la anciana con una nota de triunfo—. ¿Qué es este lugar? Es bonito y bueno y limpio, ¿y con eso qué? Aunque yo no preferiría estar en Filadelfia. —Ninguno de los dos dijo nada por un momento—. ¿De veras quieres saber qué es lo que ocurre? —preguntó con voz casi sombría, y Michael asintió.

"El error básico que cometes —comenzó Rakhel— es querer ser bueno. No es que te culpe por ello; la mayoría de las personas sienten por lo menos la tentación. De todas las tentaciones, la de lo bueno es la peor. —Levantó una mano—. No me interrumpas, por favor. Me gusta hablar así. ¿Quieres preguntar qué tiene de malo ser bueno? No es humano. Ésa es la respuesta. Podría darte una explicación más larga, enviarte al séptimo cielo y traerte de vuelta, ¿pero por qué molestarme? Es un viaje largo y a tu regreso la respuesta seguiría siendo la misma.

Michael fue incapaz de contenerse.

—¿No es humano?

—Por supuesto que no. Lo humano es lo que es. Es tener pensamientos impuros y comer en exceso durante la Pascua y robar al monaguillo. Discúlpame, pero ¿esto te choca tanto? Utilizaré otro ejemplo. Humano es robar del cepillo y acostarse con la organista.

"¿A quién importa que ocurra nada de esto? No a Dios, al menos no que sepamos. Sin embargo imaginamos que Él está muy enojado. El pecado original, la Caída, Adán y Eva obligados a mudarse a un barrio no tan agradable. ¡Qué escándalo! Pero no me preguntes porque no tiene sentido.

Michael era incapaz de distinguir cuándo ella hablaba en serio y cuándo volvía a escurrirse tras la máscara de la señora Teitelbaum, la anciana medio chiflada de Brooklyn. Esperó y escuchó.

—Desde luego, tu error fue detectado por este otro personaje —dijo Rakhel.

—¿Ismael?

—Llamémoslo así. Él tiene el mismo idealismo ridículo que tú. Idolatra la bondad; la visión del dolor le resulta intolerable. ¿Entonces qué ocurre? Cae presa de la locura y, como un demente, por mucho que trate de hacer el bien, nada más que el bien, todo se convierte en un desastre.

Michael estaba pasmado.

—¿Trata de hacer el bien? Pero...

—Ya te dije que se parece a ti. ¿Cuántas veces he dicho que tú eres responsable de todo esto? Gracias a Dios, has empezado a escuchar. Ése fue tu mensaje, ¿verdad? No es preciso que respondas. Ahora él está pegado a ti, y tú debes librarte de él. Creo que lo sabes.

—No, estaba empezando a aceptarlo.

—Entonces acéptalo de una vez. Tienes una peste de bondad en tus manos, y la has causado tú.

—Yo no podría haberla causado. Tendría que causar un mundo entero.

Ella alzó las manos.

—Correcto. ¿Ves algún problema aquí? Créeme que hay mundos suficientes que recorrer. Ocurre que éste es el que gira en torno de ti.

—Pero eso no puede ser cierto. ¿Qué hice yo para merecer...?

—Nada, de eso se trata. Todos están metidos en un mundo personal. Simplemente no lo ven. Les resulta imposible admitirlo, porque hacerse responsable de todo un mundo parece una carga aplastante cuando uno sólo es capaz de ocuparse de su propia vida.

—Quieres decir que en la realidad...

—En la realidad se crea el mundo mediante el simple hecho de vivir una vida. ¿Crees que es un trabajo aparte para el cual tienes que presentar una solicitud?

Ahora Michael escuchaba con total atención. El ambiente de la discusión estaba lejos de cualquier cosa que alguna vez hubiera podido imaginar, y sin embargo tenía la certeza de que había estado esperando oír eso desde hacía muchas, muchas vidas.

—Deberías verte la cara —dijo Rakhel en tono divertido—. Estás tan serio... Creo que me gustabas más cuando enarbolabas un hacha y cortabas cabezas entre risas.

—No sigas.

—¿Piensas que es una broma? Prácticamente bebías sangre para el desayuno, y usabas una sarta de cráneos alrededor del...

—¡Basta!

—...cuello. ¿O era tu cintura? Hijo mío, está escrito que cualquiera que ame el bien con tu obcecada intensidad terminará, antes o después, siendo muy malo. ¿Cuánto tiempo crees que podrás contenerte?

Michael se puso de pie y comenzó a pasearse.

—¿De modo que eso es básicamente lo que le está ocurriendo a Ismael? ¿Está a punto de estallar?

—Es un santo tan encolerizado contra el mal del mundo que está a punto de explotar con él. Por eso te dieron el empleo a ti. Los dos son parecidos. —Ahora Rakhel lo miraba con algo más que un interés casual—. El problema radica en que en realidad no quieres detenerlo.

Michael entendió que aún había más sorpresas.

—¿De veras? ¿Por qué?

—No tengo poderes para leer la mente. Ésa es tarea tuya. Pero tengo una palabra que decirte. De hecho, por eso he venido. Has perdido mucho tiempo, y aunque todo esto es un juego, se trata del juego más serio que existe.

—Te refieres a que hay algo real en juego. Y bien, ¿cuál es la palabra?

—*Yetzer ha-ra*. No tienes que memorizarla. En hebreo significa "impulso del mal", la urgencia por hacer el mal.

—Muy bien. ¿Qué se supone que debe enseñarme esto?

—A no meterte con Dios. Ésa parece ser la lección del día. Cuando fueron creados los seres humanos, recibieron una doble naturaleza. Por un lado buena, por el otro mala. En ambas se hallaba presente el impulso de la vida. El impulso bueno se denomina en hebreo *Yetzer ha-tov*, y el malo, *Yetzer ha-ra*. Hasta donde se sabe, esto forma parte del trato, por lo que respecta a la creación. No hay manera de eludirlo, salvo...

—¿Salvo?

—Salvo que nadie te obliga a aceptarte a ti mismo. La opción siempre depende de ti, y algunas personas... soy demasiado educada para mencionar nombres... no se sienten cómodas siendo simplemente humanas. Quieren ir más allá. Se sientan a pensar qué es eso tan terrible para que lo único que puedan esperar de la vida sea seguir siendo un ser humano. En algún lugar, alguien dijo: "¡Ajá! Ya sé... El problema es el mal".

—¿Y tú dices que no?

—Roguemos que no hayas acabado de darte cuenta de esto ahora. Por supuesto que es lo que estoy diciéndote. Si tratas de acabar con el mal, sólo puedes hacerlo atacando la naturaleza humana. Miras adentro y hay... *Yetzer ha-ra*, el impulso de comer y ganar dinero y engañar y ser promiscuo. ¡Qué terrible! ¿De dónde salió? No hizo falta mucho. ¡Puuum!

—La guerra entre el bien y el mal.

—¡Muchacho inteligente! Satanás nació cuando todos se tragaron la absurda noción de que ser buenos los acercaría a Dios.

La lógica era tan simple que Michael sintió ganas de reír y llorar al mismo tiempo. Se había dado cuenta, a la mitad de la conversación, de que Rakhel era una suerte de espíritu maestro, un ser al que él no podría reconocer en forma pura y que había asumido la forma semidivertida de una anciana judía más bien gruñona. De ser así, el disfraz surtía efecto. Todavía se sentía cómodo. No iba a morir de terror, y no temblaba ante la visión de una espada llameante a punto de atravesarlo.

—Los caballeros templarios —comentó Rakhel con aire casual.

—¿Qué?

—La imagen de la espada llameante te fue puesta en la cabeza cuando fuiste a Palestina con los caballeros templarios. No quiero entrometerme, pero divagas.

En el tiempo que ella invirtió en decir esas palabras, Michael lo había visto todo: el asalto a Jerusalén donde lo habían matado, y la angustia de su corazón por no haber estado vivo cuando los cruzados tomaron el Monte del Templo. Era ese acontecimiento, la derrota de los judíos infieles por todos los tiempos, lo que había inspirado a los soldados a denominarse templarios... y ahora él sabía por qué el símbolo del Monte del Templo siempre lo había atraído. La pérdida de lo Sagrado entre lo Sagrado había desgarrado su alma, y saber de su profundo pecado, la mancha del mal que le había impedido entrar de nuevo en el templo, lo sacudía sin cesar, en apariencia para no terminar nunca.

—Termina —afirmó Rakhel con calma—. Todo termina, al fin.

Se sentía demasiado abatido para siquiera notar cuán malo era el café. El empleado del mostrador volvía a llenarle el jarrito cuarteado, y Michael lo bebía, absorto en sus pensamientos. Ismael, que en su mente había comenzado siendo un símbolo puro del mal, de algún modo se había convertido en su hermano fantasma. Rakhel había dicho muchas cosas, pero no le permitió liberarse de eso. Parecía increíblemente injusto.

—Pues sí que le gusta el café —dijo el empleado—. No me sorprendería que saltara de la silla.

—Sí.

La conversación de Michael con Rakhel había concluido cuando las enfermeras regresaron corriendo, con la camisa de fuerza y un psiquiatra detrás. Aunque costó un poco, la señora Teitelbaum al fin fue liberada y enviada a su casa con un acompañante. Sólo Dios sabía qué había ocurrido en ese breve viaje. Por la mente de Michael pasó una sucesión de imágenes. Vio al endiablado niño bailarín que había iniciado la escena de la turba en el Muro Occidental. En medio del alboroto y el pánico, cuando la luz quemaba la carne y dejaba al descubierto los huesos de la gente, Michael lo había visto huir, no sólo ileso sino con una sonrisa malévola.

¿Qué diría Rakhel a eso? ¿Acaso le importaba que el mal quedara impune? ¿Bastaba simplemente con agitar las manos y justificarlo todo mediante el hecho de ser humano? (La única alusión que ella había hecho sobre este tema era que, para algunos *hasidim*, los niños no son inocentes en absoluto. Dados a mentir, engañar y desobedecer, los niños pequeños son el ejemplo perfecto del *Yetzer ha-ra*, y por lo tanto, de un modo peculiar, deben ser más temidos que los adultos.) En una hora Rakhel había concluido el trabajo de dar la vuelta por completo todo el mundo de Michael y pisotearlo, por si acaso, sin perder en ningún momento la sonrisa sapiente e irónica durante más de un minuto.

Sonó el teléfono que había junto a la caja registradora, y el empleado atendió. Una sonrisa beatífica le iluminó la cara.

—Eeehhh... ¡Qué grandioso, Manny! ¡Grandioso! Gracias por difundirlo. Te debo una. —Colgó, limpió la parrilla y comenzó a apagar las luces.

—¡Epa! —exclamó Michael, sobresaltado.

—Ah, lo lamento, amigo, creí que te habías ido —dijo el empleado al tiempo que se ponía la chaqueta—. Escucha, la casa te invita a la comida, ¿de acuerdo? Yo debo irme.

—¿Adónde?

—Esta noche el profeta habla desde Nueva York. En Times Square, dentro de una hora. —El hombre tomó su gorra y salió apresurado del restaurante en penumbra, sin echar la llave.

Michael se levantó del asiento y se puso la parka. Si quería saber qué iba a pasar a continuación, el mejor modo era enfrentar a su doble espiritual cara a cara. Si eso no le servía para averiguar cómo detener los actos del profeta, al menos le daría una pista de cómo escapar del mundo horrible que había creado la bondad.

Dejó un billete de diez dólares sobre la caja registradora para pagar su comida. Lo perturbaba la premura que mostrara el dueño por abandonar su negocio y oír aunque sólo fuera una palabra de la boca de Ismael Encontró un llavero junto a la puerta y cerró después de salir; luego volvió a arrojar las llaves por el buzón, de modo que el hombre las encontrara tiradas en el gastado piso de linóleo color crema y verde. Fue lo mejor que se le ocurrió.

El aire estaba húmedo y frío, aunque no nevaba. Michael se dirigió a Broadway, buscando un taxi. Times Square quedaba a más de cuarenta manzanas al sur y seis al oeste; no quería recorrer todo el camino a pie en la creciente oscuridad.

Las calles que rodeaban Central Park se hallaban tan desiertas como Wall Street en domingo, y todos los negocios por los que pasaba parecían cerrados; debía de haber corrido el rumor de la inminente aparición del profeta. Al cabo de media hora Michael renunció a toda esperanza de encontrar un taxi, pues daba la impresión de no haber ninguno en las calles, y se encaminó al metro. Pero cuando llegó a la estación más cercana y bajó las escaleras, vio que los portones estaban cerrados con cadenas. Ni siquiera el metro funcionaba.

—No están de servicio, amigo. ¿Acaso eres forastero?

La voz sonó detrás de Michael se volvió, entrecerrando los ojos a la luz escasa para mirar la figura que estaba parada en lo alto de las escaleras.

—Estuve afuera un tiempo —respondió. Se quedó mirando los escalones. Tal vez fuera más fácil conseguir un taxi en la Sexta Avenida. El hombre, que tenía el pelo grasiento a lo Rasputín y vestía una chaqueta roja a cuadros y un pasamontañas, soltó una risa áspera.

—Has cambiado más de lo que crees, Aulden.

Michael se quedó inmóvil en el último escalón. Un instinto lo hizo bajar la vista, y vio la botella rota que sostenía la mano del hombre.

—¿Qué haces? —preguntó Michael despacio, puesto a esquivar el primer embate.

El hombre se le arrojó encima, el rostro contraído en una suerte de anhelo desesperado.

—¡Purifica el impulso! —gritó—. ¡Purifica el impulso, Aulden! ¡Deja salir la oscuridad!

Era el mismo lema que Michael había visto en carteles que empapelaban toda la ciudad, y no era preciso tener imaginación para saber que el autor era el profeta. Michael había supuesto bien y dio un paso al lado ante la primera embestida de la botella; asestó un golpe en el estómago de su atacante y cuando éste se dobló le saltó encima. La botella saltó de la mano y se hizo añicos contra el pavimento.

Michael se agachó en postura defensiva, a la espera del golpe siguiente.

—No vales la pena —escupió el agresor, que se apartó.

—"Purifica el impulso" —dijo Michael entre jadeos—. ¿Qué significa, exactamente?

—Figúratelo, amigo.

En un instante el atacante había desaparecido, tambaleándose por la calle entre el escaso tránsito.

Michael tenía la sensación de que, si ése era el tipo de evangelio que Ismael predicaba ahora, estaba convirtiéndose en la figura que había descrito Rakhel, un alma atrapada en oscilaciones maníaco-depresivas, entre la luz y la oscuridad. La impredecibilidad lo tornaba mucho más peligroso aún. Negar los propios demonios interiores y sin embargo dejar aflorar los deseos era una receta mortífera. Los codiciosos y los imprudentes aprovecharían cada uno de sus estados de ánimo para alcanzar sus propios fines, pero en última instancia lo que significaba era muerte y destrucción para todos y todo.

¿Era eso lo que le hacía falta a Michael para salir de allí? Respiró hondo. Sólo confiaba en tener razón.

Cuanto más se acercaba a Times Square, más gente veía. Cauteloso a causa del ataque, mantuvo las distancias lo máximo posible aunque le resultaba cada vez más difícil en la vecindad de la calle cuarenta y dos. El cartel de letras móviles que dominaba Times Square se había convertido en un gigantesco cronómetro que contaba los minutos que faltaban para la llegada del profeta. No había coches; Broadway y las calles laterales estaban atestadas de gente que esperaba: una muchedumbre vasta, anhelante, necesitada, que iba a ver a su salvador. La desesperación era tan palpable como la electricidad de la tormenta que se avecinaba.

De modo que la súbita afluencia de pacientes en la sala de guardia había sido sólo un avance de lo que vendría. El mundo perfecto de Ismael se deshilachaba en los bordes.

El dominio del profeta sobre la gente iba a transformarse en algo primitivo, elemental como el amor o el odio. Dependería de él la forma en que continuara. Michael sentía la certeza de que la multitud que circulaba alrededor de él se mataría —a sí misma o entre sí— o destrozaría la ciudad ladrillo por ladrillo si Ismael se aprovechaba de la pasión que encontraba esa gente por complacerlo.

"Él está aquí." Michael lo supo un instante antes de oír el rugido que procedía del norte: un sonido frenético, de algún modo desesperanzado y satisfecho al mismo tiempo. Unos momentos después apareció Ismael de pie sobre la parte posterior descubierta de un camión, que estaba envuelto en flecos dorados como si fuera la plataforma rodante de un desfile. Acólitos de largos abrigos negros, que llevaban lentes del sol pese a la penumbra del anochecer y semejaban fantasmales mafiosos de cómic, caminaban junto al vehículo, rodeándolo e impidiendo que el gentío se aproximara demasiado. A pesar de esa presencia, la turba se adelantó con un rugido, y Michael vio que los asistentes de gabanes negros blandían unas cachiporras cortas que enviaban atrás, de vuelta hacia la multitud, a todos a quienes tocaban, causándoles espasmos que los dejaban como peces aturdidos.

Mientras el camión avanzaba hacia el centro a un ritmo majestuoso de unos tres kilómetros por hora, sin detenerse nunca, el Profeta comenzó a hablar.

—Amigos, cada día vengo a vosotros en la esperanza de que éste sea el día... pero nunca lo es. Hago lo máximo que puedo. Lo hago todo por vosotros. Todo ha sido por vosotros... He curado a los enfermos, resucitado a los muertos, alimentado a los hambrientos, divertido a los lánguidos y los perdidos. Y lo hago porque me habéis otorgado el poder. ¿Entendéis?

En la calle la gente se mostraba confundida; habían hecho repentino silencio mientras pasaba el vehículo. No era ése el discurso que esperaban, ni el que estaban preparados para oír. Michael vio miedo alrededor. La ira sin palabras del salvador, hasta el momento contenida, comenzaba a mostrar los dientes.

—Podríamos haber tenido un mundo perfecto, un segundo Edén. Eso era lo que yo deseaba para para todos y cada uno de vosotros. ¡Y vosotros tenéis el poder! ¡Yo tengo el poder! ¿Entonces por qué todavía hay oscuridad? —El profeta señaló el cielo, que estaba oscuro debido a algo más que el anochecer: una capa de nubes bajas y plomizas había descendido casi hasta las cimas de los rascacielos. De manera extraña, no reflejaba las luces brillantes de la ciudad, sino que las absorbía en su tenebrosidad.

"¿Por qué no poseemos la luz perfecta a la que tenemos derecho? Os diré por qué. Sois vosotros... y tú... y tú. —Ismael señaló al azar la multitud—. Todavía estáis llenos de oscuridad. Ahora bien, eso es puro egoísmo. ¿No es cierto?

El camión se hallaba bastante cerca para que Michael viera la satisfacción sudorosa y beata en la cara de Ismael. Era una máscara perfecta para la risa que sin duda se ocultaba detrás de la demagogia barata.

Algunas personas de entre el gentío, ya perdido su asombro, protestaron y se apartaron, alertadas de que se hallaban en una suerte de tienda de milagros de pueblo. Otros vociferaban: "¡Sí!", como si fuera obediencia lo que exigía el profeta, aun cuando estuviera rebajándolos.

—¿Y qué hacemos con el egoísmo? —continuó Ismael, apretando el micrófono contra sus labios como si fuera a devorarlo de un mordisco.

—¡Purificarlo!

—¿Qué hacemos?

—¡Purificarlo!

—¿Cómo destruiremos todo lo que nos contiene, lo que nos mantiene fuera del abrazo del cielo?

—¡Purificándolo!

—No os oigo —gritó a modo de provocación.

La muchedumbre se unió en un solo, enorme y ronco grito de estupefacta lealtad. El amor enloquecido que flotaba en el aire era tan surrealista que Michael se sintió completamente aislado de cualquier elemento humano que intervenía en la escena. No estaba enojado. No tenía miedo; sólo lo invadía una suerte de maravillamiento remoto.

El profeta agitaba las manos como un director de orquesta, hasta que todos comenzaron a canturrear, gritar, aullar, con el único fin de hacer ruido. Entre los chillidos Michael oyó que Ismael continuaba hablando: en tono suave, íntimo, como si susurrara directamente al oído de cada persona.

—No me importa lo que hayáis hecho, o quiénes seáis. ¿Qué podríais ocultarme? ¿Algo ilegal, inmoral, degradante, depravado, vacío, algo que envejece o engorda? No me importa. Sacadlo afuera. Dejemos salir toda la oscuridad para que pueda entrar la luz. No importa si queréis matar o sentís lujuria o deseos de satisfacer el hambre pecaminosa. Debéis elegir. ¿Éste es el campo de juegos de Dios o el de Satanás? No lo sabréis hasta que lo hagáis. ¡Hacedlo ahora!

Michael recordó con objetividad el momento —¿cuánto tiempo había transcurrido?— en que Yousef señalara el *wadi* que se extendía debajo de ellos y le dijera que debía haber un lugar donde Dios y el diablo peleaban solos. Ahora Ismael lo revelaba al mundo.

Michael echó un vistazo alrededor. Algunas personas canturreaban con expresión extática; algunos lloraban, otros habían caído de rodillas, arrobados. La gente se arrancaba la ropa, se tocaban unos a otros, agarrando y desgarrando.

A tres metros de distancia vio episodios de violencia, a medida que el gentío caía sobre sus integrantes y golpeaba o apuñalaba o pateaba. Oyó un niño que gritaba, una nota alta y fina que se prolongaba sin fin. Ahora el deseo de hacer daño a alguien estaba en la mente de todos: el odio había ganado la carrera, por ser el primer impulso que debía purificarse.

"¡Tengo que salir de aquí!" Michael se sacudió el aturdimiento, pero ya media docena de manos lo aferraban. Caras encolerizadas le disparaban veneno con los ojos fijos. Él se retorció, tratando de escapar del apretón de los dedos que se le clavaban en los brazos, los hombros, el cuello. Lanzó un alarido animal para espantarlos, pero por cada mano que lo soltaba, dos lo agarraban. Debió de sufrir una subida de adrenalina, porque sin pensarlo lanzó un puño y golpeó las dos caras que tenía más cerca. Saltó sangre de la nariz de un hombre, que chilló y lo soltó, para enseguida caer de espaldas. La visión de la sangre inmovilizó por un momento a los demás, que lo soltaron el tiempo suficiente para que Michael atravesara la masa compacta de cuerpos que había en torno a él.

Nadie lo persiguió; se conformaban con ventilar su odio con la víctima más próxima. Un hueco en la multitud permitió a Michael correr otros seis metros. Vio una esquina más adelante, donde la calle cuarenta y dos iba hacia el este. Bajó la cabeza y se abrió paso en esa dirección, rogando que la turba disminuyera. Sabía que eso no ocurriría, pero no tenía otra opción.

Detrás de él, el sonido de la voz de Ismael iba apagándose a medida que el camión avanzaba. Michael no prestó atención. Sintió que su cabeza chocaba con un cuerpo sólido; era un hombre corpulento cuyo volumen lo hizo retroceder. Afirmó los pies y se preparó para un ataque.

No ocurrió nada.

El hombre corpulento tenía los puños en alto, listo para pelear, pero sus ojos iban veloces de un lado a otro, confundidos.

—¡Enfrentaos a mí! —gritaba.

Otros dos beligerantes, al oírlo, saltaron junto a él. Michael estaba agachado a no más de un metro y medio, y sin embargo todos ellos escrutaban las cercanías con ojos enojados, pasándolo enteramente por alto.

Fuera lo que fuere lo que lo tornaba invisible, Michael lo aprovechó. Corrió directamente hacia el reducido grupo y se precipitó entre ellos. Unas manos ciegas le palparon la camisa cuando lo sintieron dar contra sus cuerpos, pero él consiguió pasar con facilidad. Lo mismo sucedió con el siguiente grupo de gente con que se topó, y también con el siguiente. Tras doblar la esquina, continuó corriendo hacia el este hasta llegar a la Quinta Avenida. Se sintió lo bastante a salvo para aminorar el paso, al tiempo que recobraba los sentidos.

Por alguna extraña razón, pese a la escena horrenda de la que había escapado a duras penas, experimentaba una excitante sensación de poder, casi tan fuerte como cuando había enviado el mensaje por medio del vagabundo que rebuscaba en el contenedor de basuras. Aquél no era el mundo real. No controlaba a Michael a través de sucesos y fuerzas fortuitos que escapaban a su dominio. No, aquello era un juego, el que los treinta y seis habían estado jugando durante siglos. Él no sabía siquiera cuáles eran las reglas, pero era capaz de imaginar unas cuantas:

"Número uno: Las cosas cambiaban a medida que cambiaba él.

"Número dos: El mal es ciego, lo cual le daba pánico.

"Número tres: Si él no tenía miedo, podría continuar en el juego.

Desde el primer momento en que Michael se había precipitado de forma temeraria en la aldea devastada, sin ni siquiera preocuparse por si lo mataría una placa desconocida, había perdido el control. Su actitud de no tener miedo había sido un intento desesperado de esconder cuánto sentía en realidad, y no sólo de todas las cosas que la gente razonable cree que debe temer: en lo más hondo, él tenía conciencia de que el miedo lo regía todo. Era la máscara que le impedía ver su propio poder.

Y ese poder era asombroso. Podía crear un mundo sólo mediante el acto común de pensar y desear y vivir. Solomon se lo había dicho —todos se lo habían dicho—, pero él tuvo que romper el escudo de miedo antes de experimentarlo de verdad.

Un júbilo total lo invadió. Apenas notó que se había levantado viento, o que la capa de nubes oscuras pendía más baja, como una niebla devoradora. De pronto una mujer que había perdido el equilibrio a causa de una potente ráfaga de viento, cayó contra él.

—Disculpe, no fue mi intención... —La mujer calló de repente y miró alrededor con desconcierto.

Como los demás, no veía a Michael. Otra ráfaga comenzó a llevarse los paquetes que se le habían caído. Quejándose, la mujer intentó tomarlos y desapareció calle abajo. Michael se dio la vuelta para observar; vio que una docena de transeúntes alzaba las manos mientras el viento, como una garra insistente, los empujaba y les hacía perder el equilibrio. En medio minuto se había convertido en un ventarrón aullante, y toda la calle quedó cubierta de desperdicios que provenían de contenedores volcados, bolsas de plástico que volaban y diarios que se agitaban en la calle.

Ismael estaba reaccionando.

A Michael no le asombró que ese gemelo sobrenatural supiera cuándo tenía que hacer la próxima jugada, pero la velocidad del ataque lo sorprendió con la guardia baja. De pronto se levantó de la nada una nube de polvo; al avanzar por la Quinta Avenida, el tránsito se detuvo. Unos autos desprevenidos chocaron entre sí, pero en pocos segundos la tormenta era tan densa que no permitía ver vehículo alguno.

Michael buscó refugio en la entrada de un edificio de apartamentos. Otros transeúntes lo imitaron. La mayoría vestía con elegancia; algunos trataban de abrir paraguas que al instante el viento doblaba y se los arrebataba. Nadie se esforzaba por mostrarse imperturbable; la manera antinatural con que se había desatado el viento provocaba miedo, aun en los elegantes.

Nadie lo veía. Si un cuerpo se le acercaba mucho, Michael tenía la precaución de apartarse. Se preguntaba por qué ese cambio de escenografía, que se tornaba cada vez más oscura y amenazadora, lo había vuelto invisible. ¿Era un arma que podía usar, o bien una maldición echada por Ismael para que él se transformara en un hombre de la nada, en un fantasma urbano libre para saquear los mejores restaurantes en busca de comida y los mejores hoteles en busca de una habitación, pero inexistente para todo lo demás?

El viento aullaba más fuerte, como para no dejar la menor duda de lo que iba a suceder. Michael decidió no luchar. Se arrojó de vuelta a la acera y dejó que el ventarrón lo empujara calle abajo como a uno de los paraguas negros que jamás volverían a encontrar su dueño.

Durante cinco días nada cambió.

Nunca se había visto una tormenta semejante, y azotaba desde el Atlántico hasta Ohio y a lo largo de toda la costa. Las explicaciones habituales acerca del cambio de corrientes y el efecto invernadero no se invocaron. Sin emplear directamente las palabras "ira de Dios", todos conocían la fuente de las inmensas descargas de rayos que interrumpían la energía eléctrica en todas partes, y las caóticas alteraciones atmosféricas que arrasaban con las comunicaciones. La gente se acurrucaba en la oscuridad fría y esperaba que a Ismael se le pasara la rabieta.

Cuando cesó la tormenta y volvió a salir el sol, se descubrieron unos cuantos toques oníricos. En los cielos despejados la luz lucía mortecina, y a simple vista se advertían enormes manchas negras en la superficie del sol. Parecían tumores, y cada día se hinchaban o fundían entre sí para formar otros nuevos. La capa de nubes oscuras nunca se disipó por completo, se extendía mar adentro como un matón contratado que espera órdenes.

Sin embargo, lo más peculiar de todo era el silencio de Ismael. Su rostro no reapareció en televisión. No pronunció discursos públicos ni emitió declaraciones. Era como si con aquello ya hubiera expresado su opinión, y ahora dependiera del mundo reaccionar. Lo peor de la oleada de violencia había menguado durante la tormenta, pero el tejido social no podía recomponerse. Sólo se desgarraba más.

Michael vagaba por las calles, tras descartar la idea de abandonar la ciudad. Todavía llevaba su manto invisible, de modo que no importaba adónde fuera. Su sensación de confianza se había debilitado temporalmente, pero hasta el momento no lo había abandonado. No sentía miedo ni desesperanza. Saber que aquello no era un mundo real no le impedía ver las cosas con igual compasión, pero también con igual desconfianza. Como dijera Rakhel mucho tiempo atrás, aquello era tan real como podía serlo cualquier cosa irreal.

Las calles, una vez que la gente tuvo coraje para regresar a ellas, se llenaban de personas neuróticas por lo ocurrido. La campaña de "Purificar el impulso" continuaba con menos vehemencia. Mientras caminaba por las avenidas, Michael veía constantes saqueos. El aire se llenaba de las sirenas de coches de policía que siempre llegarían tarde a la escena. Los porteros, convertidos en vigilantes, desplegaban sus rifles a plena vista si alguien se acercaba a un edificio de prestigio. Por la noche Michael intentó encontrar refugio temprano, ya que las violaciones comenzaban en las últimas horas del atardecer; los asesinatos se cometían a plena luz del día.

Al séptimo día se apoderó él la preocupación. No se le ocurría nada. Caminaba y caminaba, esperando que se le mostrara el siguiente movimiento que debía hacer, pero sólo había vacío. Ninguna inspiración, ningún impulso de actuar, ningún mensaje que le llegara del lugar lejano donde vivían Rakhel y Solomon. Él era una especie de Robinson Crusoe varado solo en una isla desierta junto con cinco millones de personas que ignoraban su presencia allí. La posibilidad de convertirse en un fantasma comenzó a tornarse real.

Para animarse, pasó la séptima noche en la suite presidencial del Waldorf, en una enorme cama de dosel que presumiblemente habían ocupado alguna vez Theodore Roosevelt, Franklin D. Roosevelt y John F. Kennedy antes de que pudieran permitirse ese lujo los árabes. Ya que nadie lo veía, no podía pedir nada al servicio de habitaciones, de modo que tomó caviar y Dom Perignon de la cocina y esperó que los cocineros volvieran la cabeza para robar un pollo asado y unos espárragos cocidos al vapor. Todo ello compuso una comida reconfortante de la que un verdadero fantasma no tendría necesidad. Se despertó a la mañana siguiente con esa clase de depresión que, si no se cuidaba, podía convertirse en auténtica desesperación.

Se sentó en la cama, casi deseando que estallara el infierno otra vez, cuando la vio. Una muchachita, quizá de catorce o quince años, se hallaba de pie en medio de la habitación. De espaldas a él, empinaba la botella de champán, bebiendo los restos que habían quedado.

La joven tarareaba en voz baja para sí. Michael se incorporó y arrojó a un lado las mantas. Una de las puntas derribó la copa que había sobre la mesita de noche, y se estrelló en el piso de mármol. La muchacha miró por encima del hombro. Sus ojos se encontraron con los de Michael con total despreocupación.

—Eh —dijo Michael.

Ahora la muchacha lo miró con más atención. Se acercó a la cama sin decir nada. Cuando estuvo a unos treinta centímetros, mirándolo fijo a los ojos con pasmosa tranquilidad, los dos comprendieron al mismo tiempo lo que estaba sucediendo.

—¡Para! —gritó Michael.

Ella saltó como un rayo por encima de la cama. Michael se levantó de golpe. Se había dormido vestido, de modo que sólo debió calzar los pies desnudos. Para ese momento, sin embargo, la muchacha se hallaba al otro extremo de la estancia y se dirigía a la puerta abierta.

—¡Regresa! —gritó Michael—. No me obligues a perseguirte.

La muchachita no tenía la menor intención de detenerse. Cuando Michael llegó a la puerta y salió al pasillo, ella ya doblaba la esquina en dirección a los ascensores. Ahora Michael tenía la ventaja, ya que el ascensor tardaba en llegar al piso cincuenta.

Corrió por el pasillo, pero ella iba bastante más adelante. La chica no llamó el ascensor; Michael vio que acababa de cerrarse la puerta de la escalera y se abalanzó contra ella justo al oír el clic de un cerrojo. Al contrario de todas las demás puertas del hotel, aquélla podía trabarse, para proteger al Presidente.

¡Maldición!

No le quedaba otra opción que oprimir los botones y esperar el ascensor. Demoró unos momentos en llegar, pero le parecieron una hora. Por fortuna el coche iba vacío. La muchacha no tendría coraje para tomarlo, de modo que él dispondría de tiempo para bajar hasta el vestíbulo antes de que ella lo hiciera corriendo.

No tuvo suerte. Mientras el ascensor descendía, Michael pensó que probablemente la chica conociera el hotel bastante bien, y sin duda había otros ascensores para el personal de servicio. Cuando saltó a la calle Peacock, en la planta baja, sabía que ella se le había adelantado. Corrió hacia la entrada que daba a la avenida Lexington, porque era la más lejana y la menos usada. Si era una chica inteligente, no habría elegido la salida más cercana y pública.

A diez metros de la puerta supo que se hallaba en lo cierto. La muchacha llegó a la siguiente esquina, todavía corriendo, pero la detuvo una luz roja y el intenso tráfico, en su mayoría coches policiales.

—¡Detente! ¡Necesito hablar contigo! —gritó Michael.

Ella se volvió y vaciló. Era obvio que él podía verla, y ella a él. Pero los demás no los veían. La chica contaba con eso cuando había entrado en su habitación. ¿Qué haría la única persona invisible en Nueva York al darse cuenta de que había otra?

La muchachita huyó. Cruzando con luz roja se lanzó a la corriente de vehículos. Zigzaguear entre los carriles la obligó a aminorar la marcha, de modo que Michael logró acortar la distancia que los separaba. Ella dobló a la izquierda, por la acera, en dirección al norte. Fue una mala decisión; debería haberse mantenido en la calzada. Después de chocar con dos transeúntes que, por supuesto, no la habían visto venir la muchacha quedó apenas a dos pasos por delante de Michael.

Él la alcanzó antes de la calle cincuenta y dos; la hizo tropezar y caer.

—¡Suéltame, suéltame, o gritaré llamando a la policía!

Se retorcía como un pez en sus brazos, un pez capaz de morder. Él demoró un momento en sujetarle los hombros contra el suelo.

—Escúchame, sólo escúchame —dijo Michael con voz fuerte—. Podemos quedarnos aquí, en medio de la acera, hasta que la gente empiece a pasarnos por encima, o bien podemos irnos pacíficamente y conversar de esto.

—No hay nada de qué conversar —contestó ella, debatiéndose con más vigor.

—No te asustes. Soy médico —le dijo Michael.

El total absurdo de estas palabras los tomó a los dos por sorpresa. La chica casi se echó a reír.

—¿Hay mucha demanda de médicos invisibles? —se burló la chica.

—Si fuera un abogado invisible, podrías procesarme por agresión. —Michael sintió que ella dejaba de oponer resistencia—. Bueno, eso fue para romper el hielo —dijo con la mayor calma que le fue posible—. Si te suelto, ¿serás razonable?

La muchacha asintió y él le permitió levantarse.

—¡Mentirosa! —gritó cuando ella volvió a escapar; esta vez tuvo la astucia de ir por el medio de la calzada. En un par de manzanas más él volvió a derribarla.

—No actuaste con demasiada honestidad —dijo—. ¿Acaso eres una delincuente juvenil invisible?

—¿Yo? Mira quién habla. Como si tú pagaras por todo... ¡No!

Esta vez, cuando él la soltó, tras mínimas negociaciones, la chica no huyó. Michael tendió una mano.

—Me llamo Michael.

Ella no se la estrechó.

—Char —dijo, hosca—. Abreviatura de Charlene. ¿Qué quieres?

—Nada. Nada de ti, al menos. Pero es evidente que estamos en la misma situación. ¿Eso no nos convierte en aliados naturales? —Char consideró con desconfianza la proposición—. Puedes seguir enojada —continuó Michael—, pero parece que tenemos el mismo gusto respecto a los alojamientos. ¿No es probable que volvamos a encontrarnos?

263

—Es una ciudad grande, ¿recuerdas?

A esas altura, la hostilidad de Char era mera formalidad, un hábito adquirido tras muchos días de intentar sobrevivir. Michael decidió proceder a partir de esa suposición.

—Tengo la impresión de que hace un buen tiempo que andas por aquí. ¿Quizás incluso antes de que alguien pudiera verte?

Char meneó la cabeza.

—Sólo una semana.

—Una semana puede ser un largo tiempo. Y muy difícil y aterrador.

Ella podría haberse resistido un poco más, pero la comprensión que mostraba Michael era obvia.

—¿Y tú? —preguntó.

—Lo mismo. Hace más o menos una semana también que estoy en la calle. Pero quizá tenga una pista de lo que está ocurriendo, si quieres escuchar.

La curiosidad, o la necesidad de compañía, la vencieron. Caminaron juntos hacia el norte, casi siempre por la calzada, mientras Michael la ponía más o menos al tanto de su historia. No le contó la mayor parte de lo que había precedido al capítulo de Nueva York, pero dio a entender que había sido transferido de un campamento de asistencia en el extranjero. Aun así, el relato duró algún tiempo. Después preguntó a Char qué le había pasado a ella.

—¿De veras quieres saberlo? Vamos...

La muchacha lo llevó hacia el río por una de las calles blanqueadas de árboles que conservan la última ilusión de que Nueva York es un refugio plácido. Se detuvieron frente a un edificio de piedra parda, antiguo pero bien conservado.

—¿El tuyo? —preguntó Michael.

Char asintió.

—No volveré aquí. Quizá no lo hayas notado, pero los demás tampoco nos oyen. —Mantenía los ojos apartados de la puerta de entrada—. Empezó así. Un día era normal, y al siguiente me había derretido, sólo que nadie vino a limpiar el charco.

—¿Te asustaste?

—¡Y cómo! Tiraba cosas al suelo, y cuando mi madre empezó a mirar alrededor como si estuviera volviéndose loca, le agarré la ropa. Dio un alarido y salió corriendo de la casa. —Char calló, abrumada por la emoción. Michael se dio cuenta de que la familia no había regresado. Miró de nuevo las persianas y las cortinas de encaje, el picaporte de bronce y las macetas con geranios, ahora derribados por el viento y a punto de marchitarse.

—Vamos —dijo Michael en voz baja—. Este lugar no te hace ningún bien.

—¿Y cuál sí?

—Sólo ven.

La comida robada de los mejores lugares tiene un sabor extraordinariamente bueno. Se acuclillaron en la esquina del Salón de Roble, en el Plaza, bajo el refugio de un piano. El salón todavía conservaba un dejo de ostentación, pero los invitados del hotel parecían nerviosos. Cenaban en pequeños grupos separados y hablaban en voz baja. El piano era un buen escondite. Michael supuso que nadie querría bailar u oír a Cole Porter aquella noche.

—¿Cómo está tu comida? —preguntó.

—Buena. ¿De veras esto es gallina de Guinea? ¿Qué clase de bicho es ése? —contestó Char al tiempo que se chupaba los dedos.

—Es como pollo frito, pero más caro —respondió Michael.

Los restos del festín estaban desparramados alrededor de ellos. Resultaba curioso que nadie reparara en los platos y las copas, pero los silenciosos mozos se hallaban muy atareados manteniendo una ilusión de orden mientras el miedo latía bajo la superficie.

—¿Me dejas beber un poco de tu vino? —preguntó Char.

—Por supuesto que no.

—No me va a retardar el crecimiento —protestó ella—. Podría robar uno mejor en cinco minutos.

—No. Y quédate junto a mí.

Tanto si lo tomaba como una amenaza o como una promesa, Char guardó silencio. Estaba rumiando algo. Michael se preguntó si tendría que ver con Ismael; ella no parecía relacionar con el profeta su difícil situación.

—¿Intentas explicarte las cosas? No creo que lo consigas —dijo Michael—. Necesitamos concentrar nuestras energías en salir.

—¿De la ciudad?

Él negó con la cabeza.

—Es más complicado que eso. No quiero darte falsas esperanzas, pero en realidad tu familia no está perdida... Sólo se ha ido sin ti.

—Eso ya lo sé —replicó Char—. No me lo recuerdes.

—No, me refiero a que tu familia se fue a otro mundo. Todo esto parece real, pero no lo es. Es una imagen, una versión de las cosas, que se nos adhiere. O nosotros nos adherimos a ello. De un modo o de otro, deberíamos encontrar una salida. Es cuestión de reunir el suficiente poder para hacerlo.

Char comenzó a ponerse en pie.

—Gracias por compartir eso conmigo.

—¿Adónde vas?

—A algún lugar donde pueda ser invisible sin tener que estar loca al mismo tiempo.

Él le pidió que volviera a sentarse.

—¡Escúchate a ti misma! ¿Invisible? No existe explicación para eso; es un absurdo. A una persona cuerda le resultaría imposible vivir con eso. Te guste o no, las reglas han cambiado.

—Sí, han cambiado para ti y para mí, ¿pero qué pasa con los demás?

—¿Crees acaso que todos los demás se sienten normales? Echa un vistazo a este salón. Estas personas también están al borde de la demencia, sólo que su modo de afrontarla consiste en simular. Hacen ver que comen en un restaurante elegante, vuelven en sus coches a los suburbios, quizá hasta vayan a trabajar... como si algo de todo eso importara. Están más implicados en esto que nosotros.

—No trates de hacerme sentir afortunada —replicó Char.

—Muy bien, no lo haré, pero quizás no seamos los únicos que nos hallamos en estas circunstancias. ¿Lo has pensado?

Ella negó.

—Apenas he tenido tiempo de acostumbrarme a ti. Estaba segura de que yo era la única.

—Ahí tienes. ¿Entonces cuáles son las probabilidades de que vuelvas a encontrarme de forma accidental? No muchas. Creo que detrás de todo esto hay un plan, o por lo menos un misterio oculto que debemos resolver. No es fortuito.

Ella se mostraba dudosa.

—De acuerdo. Ojalá tengas razón. —Desvió la vista un momento, y cuando volvió a mirar a Michael sus ojos no eran los de una muchacha a punto de cumplir dieciséis años, sino diez. —¿Crees que ésta es la única manera de que yo vuelva con mis padres?

Michael apoyó una mano en el hombro de la joven.

—Tus padres no han desaparecido de verdad. En un nivel todavía estás con ellos, sólo que en este momento tu mente te dice que estás sola y nadie puede verte. —Ella abrió los ojos con expresión de asombro, como si alimentara nuevas dudas sobre la cordura de él—. Intenta aceptarlo —dijo Michael—. Ya te advertí que era complicado.

Capítulo Diez

Noticias

Susan.

Era el tercer día que pasaba con Char en la calle, cuando la divisó. Salía de una tienda, en Madison, llevando dos bolsas de compras. Michael se detuvo de repente y se quedó mirando para asegurarse de que no se trataba de un error. Pero no, era una versión de su Susan. Vestía un suéter, pantalones oscuros y un abrigo largo de cachemira. No sabía qué vida llevaba, pero desde luego tenía toda la apariencia de ser una existencia próspera.

—Espera un momento —dijo Michael, para que Char no cruzara la calle.

Susan todavía no lo había visto. Acababa de pasar por la puerta giratoria de la tienda y miraba el cielo. Estaba tan claro como el día anterior, pero el sol conservaba las cicatrices de las manchas negras. En la frente de Susan se formaron unas arrugas de preocupación.

—¿La conoces? —preguntó Char con curiosidad, siguiendo la mirada de Michael. Hasta el momento, la búsqueda de otros "invisibles" había resultado infructuosa.

Michael parecía inseguro.

—Sí, la conozco. Pero ésta es la primera versión en que podría no reconocerme.

—¿Qué significa "versión"?

—No importa. Espera aquí. —Michael había decidido arriesgarse a acercársele. Pese al frío, tenía las manos sudadas. No sabía qué sería peor: que Susan lo viera o que no reparara en él. En pocos segundos recorrió la distancia que los separaba. Ahora ella estaba de espaldas; buscaba un taxi o quizás un coche con conductor.

—¿Susan?

Tras una pausa brevísima, ella se volvió. Una ola de alivio lo recorrió.

—Debemos ir a algún lugar donde podamos hablar, ¿sí? Creo que puedo explicarte lo que pasa.

Ella no dijo nada por un momento.

—¡Taxi! —llamó, levantando una mano. Habría chocado con él, al apresurarse a tomar el taxi que se detuvo junto al cordón con un chirrido de neumáticos, si él no hubiera saltado para apartarse. La siguió, corriendo a su lado.

—¡Susan, soy yo! Michael... Mira aquí. —Con la atención puesta en no perder el taxi, Susan abrió la puerta y arrojó las bolsas dentro.

—Necesito ir al centro —le dijo al conductor, que parecía irritado.

—Debería haber caminado una cuadra —gruñó el hombre—. Ahora voy a tener que dar la vuelta.

—No importa —le tranquilizó Susan, y comenzó a subir al asiento posterior. Michael no podía permitírselo. Impulsivamente le aferró una manga.

—Susan, escucha. Dame alguna señal. —Pero ella sólo se mostró confundida; se ciñó el abrigo y cerró la puerta de un golpe. El taxi se introdujo en el tránsito y se alejó.

—Podrías haber subido junto con ella. Por supuesto, yo te habría matado si lo hubieras hecho —le dijo Char, que caminaba tras él.

—Ella no podía verme, pero podría haberme oído, al menos un poco —murmuró Michael con tristeza. Le parecía haber detectado una mínima expresión de reconocimiento en la cara de Susan.

—Quizás haya un modo de entrar en sintonía, pero hay que prestar atención.

—¿Crees que te percibió?

—Quizá.

—¡Qué soñador!

En un momento de mayor debilidad, Michael podría haber perdido la paciencia, pero no se sentía amenazado ni derrotado por lo sucedido.

—Mira, creo en lo que dije con respecto a que nada de esto es fortuito. Lo que acabas de ver ha sido importante. Ha establecido contacto; ahora sólo debemos continuar adelante.

Char le dirigió una mirada escéptica.

—¿Y a eso le llamas tú contacto? Ella se ha ido, no reparó en ti, y tú no tienes ni idea de dónde vive. ¡Menudo contacto!

—Nunca imaginé que diría algo parecido, ¿pero nunca has oído hablar del respeto a tus mayores? —replicó Michael, irritado.

—No estoy segura... ¿Cómo se llamaba el primer CD que grabaron? —contestó Char. Un segundo después cedió—. Discúlpame, ya veo que estás deprimido. Tal vez tengas razón. En cierto modo, ella podría ser nuestra mejor pista.

Michael no se molestó en aceptar esa casi disculpa; ya avanzaba en dirección al centro. Char corrió para alcanzarlo.

—¿Tienes algún plan? ¿Adónde vamos?

—No creo que el "dónde" importe. No tenemos mapa ni expectativa alguna. Así que me figuro que lo único que debemos hacer es ponernos frente a lo próximo que deba suceder.

—¿Como pararnos en medio de la calle a ver si nos atropella un camión? —preguntó Char.

—Correcto. ¿Qué te parece?

—Divertido. —Michael la miró: era una chica de catorce años enteramente capaz de burlarse de sí misma.

El taxi tomó a buena velocidad por Park Avenue, pasando por suficientes baches para arrojar a Susan de un lado a otro en el asiento de atrás como un saco de patatas.

—No tiene por qué ir tan rápido —protestó Susan—. No es que lleguemos tarde para el fin del mundo.

—¿Está segura? —contestó el taxista. En el siguiente semáforo aceleró otra vez y pisó el freno cuando cambió a rojo.

Susan se recostó contra el respaldo del asiento, resignada. Era un día extraño de una semana extraña. Había dejado de mirar las noticias. Todos consideraban que era una actitud peculiar: ¿cuándo las noticias habían sido tan maravillosas e impredecibles? Aquello fue durante los "meses milagrosos". Ahora el aire de amenaza lo había trastornado todo; ella no conocía una sola persona que se hubiera aventurado en las calles durante la tormenta, y pocos que consideraran seguro apartarse de las avenidas principales.

Pero sus amigos tenían razón en cuanto a la extraña conducta de Susan. Ella los conocía desde hacía años, desde que se había mudado a Manhattan a trabajar para la emisora y, sin embargo, últimamente había veces en que Susan los veía a todos como extraños, o como figuras recortadas de cartón apoyadas contra la pared para mantener viva la ilusión de que la gente existía. En esos momentos sentía que incluso ella era también una cáscara.

—¿Me ha dicho la calle Franklin? —preguntó el taxista, interrumpiendo los pensamientos de Susan.

—¿Qué? Ah, sí.

Él la miró de reojo por el espejo, con desconcierto. De hecho Susan no lograba recordar adónde le había indicado que la llevara. ¿No quería ir a su casa? Por un instante le acudió el pensamiento aterrador de que no tenía casa. No, eso no era correcto. Iba a almorzar en la calle Franklin, y después iría a su casa. Por el momento no tenía necesidad de pensar en la dirección.

Diez minutos después pagó al taxista y miró alrededor. Franklin era una buena calle para comer en el centro, y ella tenía sus lugares escogidos. Una de los locales remodelados, con techo de acero y serrín en el suelo... Sí, ése le gustaba. La hacía sentirse real, aunque resultaba un pensamiento un tanto extraño. Entró en el Pig and Whistle, que pese a su prolijidad corporativa se erigía en uno de los viejos depósitos que antaño habían constituido aquella cuadra.

La camarera la condujo a un reservado, y Susan pidió una cerveza y salchichas. No era el tipo de comida que solía elegir, pero las palabras le salieron de la boca en forma automática, casi como si las hubiera pronunciado otra persona: una sensación a la que Susan ya se había acostumbrado. Tenía la vaga impresión de que no era ella misma, pero no era algo necesariamente nuevo. En su mente había pequeñas zonas de confusión gris que le impedían mirar demasiado hondo. No conseguía recordar un yo más antiguo, lo cual era tan cómodo como no tener un yo que perder. Cualquier cosa que sucediera en ese preciso instante, en el ahora, parecía la única realidad con la que podía relacionarse.

Llegó el plato y ella comenzó a comer. También eso lo hizo en forma automática, sin entusiasmo. De pronto se dio cuenta de qué era lo que ocurría. Había pedido una hora para el almuerzo, tras prometer a Nigel que regresaría al estudio para el ensayo del noticiario de las cinco. No disponía de tiempo para ir tan lejos, a ese punto del centro. ¿En qué estaba pensando?

—Señorita, señorita. —Agitó la mano—. Tráigame la cuenta. —Ahora tenía claro lo que sucedía. Dios sabía dónde había estado durante una hora, pero ya había regresado. Susan tendió la mano para beber lo que quedaba de cerveza, pero sin querer le dio un golpe al vaso, que se ladeó, rebotó sobre la mesa y se estrelló en el suelo.

—¿Se encuentra bien?

Susan alzó la vista hacia la camarera, que se hallaba de pie con la cuenta.

—¿Se ha cortado con algún vidrio? Ya lo limpio. No se preocupe.

Susan asintió en silencio. ¿Se encuentra bien? La cuestión era que en realidad ella ni siquiera había tocado el vaso, pero se había movido y caído. Empezó a levantarse, pero una mano le tocaba la espalda... una mano de hombre. Susan sintió ganas de gritar, pero enseguida se contuvo. En el reservado, frente a ella, había sentado un hombre, que la miraba con intensa ansiedad.

—Por favor, permíteme un momento —rogó el hombre. Ella volvió a sentarse, con rostro inexpresivo—. ¿Me conoces? —preguntó él.

—No. ¿Debería? —contestó Susan.

Él se mostró aún más ansioso, pero en su cara también había entusiasmo.

—No, quizá no. Pero es tan asombroso el solo hecho de que puedas verme...

—¿Qué? ¿Verle? —Susan estaba confundida—. ¿Tenemos una cita?

—No exactamente.

El hombre guardó silencio, como si buscara unas palabras que no acudían a su mente. Casi asomaban lágrimas a sus ojos y, aunque Susan habría supuesto que era un borracho y debía llamar al responsable del local para que lo echara, sintió una inesperada compasión por él.

—Mire, si puedo ayudarlo... —empezó.

En ese momento hubo un movimiento en el otro extremo del bar. Susan y el hombre sentado frente a ella se dieron vuelta. Los clientes que se hallaban a la barra se levantaron de un salto. El camarero arrojó el delantal, se secó las manos con un paño y corrió a la puerta.

—¡Esto es increíble! —dijo con voz temblorosa—. Jamás creímos que nos honraría con su presencia.

—Tienen suerte. —Ismael pasó ante todos ellos, mirando la barra. Como el interior estaba oscuro, entornó los ojos. El perplejo camarero contuvo el impulso de decir algo más. En la calle, vio una larga limusina y dos motocicletas de la policía.

Ismael avanzó hacia el fondo, con la mirada fija al frente. Uno de los clientes experimentó un arranque de valor, producto del whisky.

—Bienvenido, señor. Hacía mucho que no se lo veía —murmuró como un idiota. Ismael lo puso en su lugar con una sola mirada, y luego se encaminó directo hacia el reservado de Susan.

—Querida, ¿te has olvidado? —le dijo. Su sonrisa se tornó indulgente, como si lidiara con una novia nerviosa o un niño un poco tontito—. Fijé nuestro encuentro con el jefe de personal a las dos. Tenemos que darnos prisa. —Le tendió una mano.

—No le hagas caso —le dijo el hombre que estaba sentado frente a ella, con voz desesperada. Susan, que se sentía mareada, volvió a mirarlo—. No puedes oírle. Esto es un truco.

Por alguna razón Ismael no lo oyó. Continuaba de pie allí, esperando que ella se levantara.

—Tengo que irme —musitó Susan.

—No —contestó el hombre—. Soy Michael. Me conoces, puedes verme. Te he encontrado, y voy a llevarte.

Susan volvió a negar con la cabeza mientras Ismael se le acercaba.

—¿Con quién estás hablando, querida? —le preguntó.

—Con él. —Apuntó al otro lado del reservado, e Ismael siguió su ademán con mirada penetrante. Sólo que ahora no se veía a nadie. El hombre llamado Michael se había levantado de un salto y retrocedía.

Ismael empezó a hablar al lugar vacío que él había dejado.

—No creí que supieras hacerlo, al menos al principio. Yo veo que vas mejorando.

—Más de lo que crees —contestó Michael desde tres metros, a espaldas del Profeta. Ismael no se volvió hasta ver dónde enfocaban los ojos de Susan.

—Ah, jugando al escondite, ¿eh? —provocó mirando alrededor—. No va a dar resultado. Ya no necesito verte, ¿entiendes?

Michael no respondió; vio que Ismael tomaba a Susan de un brazo.

—Vamos a casa. Podemos dejar de lado esa cita —dijo el Profeta. Ella no tenía posibilidad alguna de resistirse. Aunque hubiera podido ver a Michael, su habilidad de definir su propia historia le había sido arrebatada mucho tiempo atrás. Ismael la condujo a la puerta.

—Escucha, si todavía me oyes, ¿dónde puedo encontrarte? —preguntó Michael, siguiéndola. Vio que Susan ya casi había perdido todo poder de concentración.

—Nigel. Trabajo en el estudio con Nigel —murmuró Susan, pero su conciencia se evaporaba con rapidez. Dejó de concentrarse en el punto donde en realidad se hallaba Michael, y miró en cambio a unos centímetros en la dirección opuesta.

—No ves a nadie, ¿verdad, querida? —preguntó Ismael con una sonrisa burlona.

—No. —Susan miró a su marido; todos sus pensamientos de diez minutos atrás sobre su empleo en la emisora de noticias, sus amigos, su pasado y su antiguo yo, se desvanecían como el humo. No lo lamentaba. Tampoco los había sentido tan reales.

De pronto empezó a nevar, allí mismo, en el bar. Los copos salían de ninguna parte y caían con la furia de una ventisca. Susan miraba con ojos vacuos, sin siquiera preocuparse por lo que sucedía, pero Ismael se reía a carcajadas.

—¡Mi jugada! —gritó. Miraba el suelo ya cubierto con un centímetro de nieve. Se veía una línea de pisadas que corrían rápido hacia la puerta.

—No, no —dijo el Profeta. La puerta se cerró de un golpe, como por obra del viento. Las huellas corrieron hasta allí, y unas manos invisibles forcejearon con el picaporte.

—Cerrado —dijo Ismael—. Tendrás que esforzarte más. —Soltó el brazo de Susan y echó a caminar con firmeza hacia el último lugar donde se habían detenido las pisadas. Más huellas comenzaron a dirigirse a la izquierda, luego la derecha, luego de vuelta.

—¿Confundido? —provocó Ismael. La tempestad de nieve se intensificó, y los paralizados espectadores, apretujados de miedo junto a la barra, distinguieron vagamente la forma de un hombre a medida que la nieve se posaba en los hombros invisibles. La cabeza apenas esquivó las manos del Profeta, que avanzó y lanzó un golpe perverso con el puño.

—¡No! —gritó Susan a sus espaldas.

Ismael no se volvió.

—¿Por qué no, querida? ¿Qué podría significar este ser para ti? —Lanzó otro puñetazo, esta vez a ciegas, porque el fantasma nevado se había sacudido del cuerpo los copos delatores y había desaparecido.

Ismael sonrió y siguió las huellas. Ahora se encaminaron a tres metros de distancia y de pronto se detuvieron. Por un momento el

Profeta esperó, pero no aparecieron nuevas pisadas en los dos centímetros de nieve que cubrían el suelo.

Frunció el ceño y se dirigió a la última marca, lanzando puñetazos al vacío. Esta distracción sólo le llevó un momento, hasta que se dio cuenta de lo sucedido. En lo alto, una lámpara colgante se balanceaba de un lado a otro; detrás de él las pisadas continuaban por encima de la barra y corrían con rapidez hacia el fondo del local.

—¡No, no lo harás! —gritó Ismael. Pero ya era demasiado tarde. Susan sintió un roce de aire en la mejilla, y al momento siguiente la ventana de vidrio esmerilado que había a sus espaldas saltó en pedazos. Las pisadas aparecieron en un reservado; eso fue lo último que se vio. Ismael aferró a Susan del brazo y la apartó de un tirón. Parecía contrariado, pero no enojado.

Susan decidió no mencionar que el desconocido que dejaba pisadas en la nieve se le había vuelto visible, sólo por una fracción de segundo, cuando estaba a punto de saltar por la ventana. Su corazón se detuvo un instante; aunque todo aquello bien podía haber sido sólo su imaginación.

Char lo esperaba en la calle. Michael corrió hacia ella, nervioso y mojado, sacudiéndose los hombros de la parka.

—¿Qué tal? —preguntó la muchacha.

—Misión cumplida. He logrado que me prestara atención, y sin la menor duda me ha visto. Hemos hablado. —Miró por encima del hombro y alejó con rapidez a Char de la escena. —Ésa es la limusina de él. Mejor no tentar al destino.

La muchacha tenía sólo una vaga noción de lo que él decía, pero lo siguió.

—¿Vamos a llevarla con nosotros?

—Excelente pregunta —respondió Michael—. Pero no estoy seguro de saber la respuesta.

—Eso no es muy prometedor —comentó Char—. Dijiste que ella formaba parte de la ecuación.

—Sí, eso dije, y créelo. Pero Susan no sabe nada más que lo que le inculca él. Es como todos los demás... sólo que no del todo.

—¿Porque te ha visto? —preguntó Char.

—Ése es sólo un indicio. El otro es que él esté tan ansioso por vigilarla; lo ha hecho desde el primer día. No sé si está usándola para acercarse a mí, u otra cosa. Forma parte del juego.

—A falta de un término mejor. —Michael aminoró el paso cuando dieron vuelta a la esquina y se encaminaron hacia la calle Spring. Había experimentado un buen susto en el bar, pero el hecho de haber eludido a Ismael lo ponía de ánimo jubiloso. Le demostraba que podía tomar algunas decisiones propias, que no se enfrentaba a un superhombre que sólo jugaba con él. Se trataba de algo serio, y también Ismael estaba tomándolo en serio.

En ese momento una negra que iba empujando un cochecito de bebé chocó con Char.

—Ay, lo siento —dijo—. Iba distraída. ¿Estás bien, tesoro?

Una hora antes habría constituido un hecho asombroso; Char lanzó un chillido. La mujer negra alzó la vista de su bebé.

—No me digas que te he hecho daño —dijo.

—No —respondió Char, meneando la cabeza.

Una segunda negra salió de una tienda y se aproximó.

—No pude resistir entrar, Betty. Tenían unos... —Calló de golpe—. ¿Estás hablando con alguien?

—¿Eh? —La primera mujer miró a su amiga—. Por supuesto que sí. He tenido un pequeño accidente con esta muchachita.

—Tal vez has bebido demasiada leche para bebés —dijo la amiga—. Es normal actuar raro cuando tienes un bebé, pero me parece que estás exagerando.

—Escuche, señora, necesitamos que venga con nosotros —dijo Char, excitada.

—¿Qué? ¿Ir contigo y ese hombre? —contestó la mujer—. De ninguna manera.

—¿Y ahora a quién le hablas? —quiso saber la amiga.

La mujer se acaloraba.

—¡Déjame tranquila! ¿No ves a esa gente? —Exasperada, empezó a alejarse. Char la alcanzó de un lado, y la amiga, del otro.

—Nadie nos ve, salvo usted —imploró Char.

—Empiezo a entenderlo —respondió la mujer—. Eres un invento de mi imaginación, así que seguiré mi camino.

Ahora la amiga estaba enfadada.

—¿A quién le dices que se vaya? ¡Si no te dejas de tonterías, te llevaré directo al hospital!

—No le haga caso —suplicó Char. Se volvió hacia Michael, que se había quedado atrás, observando—. ¿No puedes ayudar?

Él negó con la cabeza.

—¿Para qué, si tú lo haces tan bien?

En ese momento el caos vio su oportunidad. La primera mujer gritó:

—¡Largo de aquí, los dos!

Mientras tanto, la amiga, tras decidir que el bebé no se hallaba a salvo con una madre lunática, trataba de agarrar el cochecito con las dos manos. Chocó con Char y casi cayó, lo cual hizo que se pusiera a chillar.

—¡Oh, Dios mío! —chillaba como una posesa, que era lo que en realidad creía que había ocurrido.

Michael se apresuró a intervenir cuando las dos amigas, ahora ya no tan amigas, empezaban a pegarse con las carteras. La situación era estrafalaria y divertida al mismo tiempo, pero él logró empujar a Char por la puerta abierta más cercana. Permanecieron de pie detrás de los percheros de una tienda de ropa, espiando por el escaparate mientras las dos mujeres continuaban su batalla.

—¿Por qué has hecho eso? —preguntó Char—. Deberías haberme ayudado. Hace días que buscamos alguien que nos vea.

Michael meneó la cabeza.

—Ha sido una corazonada, si quieres. Estamos mejor así, solos.

—¿Por qué? Ayer dijiste...

Michael señaló la tienda, donde varios clientes revisaban los percheros sin prestarles atención.

—¿Ves? En realidad nada ha cambiado. La mayoría de las personas, noventa y nueve de cada cien, no pueden vernos.

—Pero alguien nos ha visto. ¿No es importante?

—Sí, lo es. Pero salgamos de aquí. Podemos terminar esta conversación fuera. —Empujó a la reacia Char a la calle. Las dos mujeres, que ahora tironeaban de ambos extremos de un bebé que lloraba a gritos, no les prestaron atención.

Después de andar un trecho, Michael preguntó:

—¿Sabes lo que es no adaptarse?

—Tengo una idea bastante aproximada —respondió Char, de mal humor.

—Bueno, nadie se adapta perfectamente, nunca. Todos tienen una sensación de exclusión. Si esa sensación es lo bastante intensa, puedes empezar a marginarte de veras. Podrías convertirte en un solitario o un disidente, en un loco o en un genio. A algunas de estas personas extremas que no se adaptan las consideramos santos, pero otras son psicópatas. Eso se aplica al mundo normal, y también aquí.

—¿Entonces no deberíamos juntar a todos los que no se adaptan?

—Llevaría una eternidad, y ni siquiera sabemos quiénes serían. Podríamos acabar con un montón de locos y disconformes... El solo hecho de ser un inadaptado no significa que no pertenezcas a este mundo.

—Genial, eso lo aclara todo.

—Es desconcertante, lo sé. —Michael hizo una pausa para pensar—. Verás: sólo necesitamos reunir un grupo muy pequeño de personas, los que son como nosotros.

Su mente iba formando algo parecido a un plan, pero tardaba mucho en cobrar forma. Mientras caminaban, comenzó a mirar con más atención cuanto los rodeaba.

—¿Ves a ese hombre, el que va con el perro? Nos ha mirado de reojo una fracción de segundo. No me había dado cuenta antes, pero creo que hay muchos más como él.

Michael tenía razón. Durante los siguientes minutos una pequeña cantidad de transeúntes les miraba o parecía reconocer su presencia, aunque sólo fuera desviándose un poco sobre la acera para evitar una colisión. Ninguno establecía contacto ocular, pero ahora ellos sabían que no eran meros fantasmas.

—¡Qué raro es todo esto! —comentó Char.

—Sí, es como ser real para algunas personas, semirreal para otras, y totalmente irreal para casi todos los demás. Pero es nuestra salida.

—¿Lo es?

—Sí, porque esta situación es como películas que compiten entre sí. Al principio todos dieron la impresión de aceptar la película de Ismael, así como aceptan la realidad normal sin cuestionarla. Ignoran un gran secreto: no existe una realidad normal. Todo tipo de mundos están siempre compitiendo alrededor de nosotros, lo cual significa que podemos elegir en qué película actuamos. De hecho, es nuestra propia película, un guión que estamos escribiendo siempre, si supiéramos cómo.

—Hablas como si supieras qué hacer a continuación —dijo Char, visiblemente impresionada.

—Casi. Tenemos que ver a un hombre cerca del fin del mundo.

Con unas cuantas maniobras abordaron un taxi mediante la argucia de subir al tiempo que una mujer de edad bajaba con lentitud. El coche se dirigía al centro; Michael aguardó en silencio hasta que llegaron a un semáforo en rojo cerca de la calle cincuenta y cinco.

—Vamos —dijo, mientras abría la puerta y hacía bajar a Char. El taxista volvió la cabeza de golpe, pero ellos no se detuvieron a ver cuánto había visto el hombre.

El edificio más cercano de la emisora se hallaba en la Sexta Avenida, adonde llegaron en cinco minutos; después tardaron otros diez en pasar por seguridad —ahora los guardias estaban armados, a causa de los disturbios y las tormentas— y subir a un ascensor veloz que los dejó en el piso de las noticias nacionales.

Michael echó un vistazo alrededor. El piso estaba dividido en dos secciones principales. Todo a lo largo del lado izquierdo se extendía la sala de control, donde trabajaban directores y técnicos ante varios monitores; se los veía detrás del vidrio. Desde allí se difundían las noticias nacionales a todo el país. Al otro lado de la sala de control se podía ver el plató, ahora vacío, desde el cual se televisaban las emisiones. Al lado derecho se hallaban las oficinas de los productores y los gerentes ejecutivos.

—Char, necesito que me hagas un favor —dijo Michael—. Cuando te dé la señal, abre la puerta y entra en esa sala de control, y no salgas hasta que te lo diga.

—De acuerdo. ¿Tengo que hacer algo? —preguntó ella.

—Sí, oprime todos los botones que tengas a la vista, y sigue haciéndolo durante todo el tiempo que puedas.

—¿Para qué? ¿Y si alguien me ve?

—No creo que te vea nadie. Hasta el momento nadie ha reparado en nosotros. De cualquier modo, éste es un lugar de alta presión. Si alguien fuera un inadaptado, ya no estaría aquí. Char asintió, entusiasmada por la perspectiva de causar un poco de revuelo, si no del todo tranquila acerca de su seguridad. Michael caminó a lo largo de la línea de oficinas de los productores hasta encontrar la que buscaba.

—Recuerda: si corres el riesgo de que alguien te descubra —recomendó—, huye hacia el ascensor. Me encontraré contigo fuera.

Dio la señal. Char cruzó corriendo la puerta y de inmediato se dirigió al gran tablero de monitores de donde salía el material nacional. Empezó a apretar botones lo más rápido que podía alcanzarlos. Al principio no ocurrió nada. Michael vio cabezas extrañadas que se volvían mientras los técnicos notaban lecturas confusas en sus tableros. Diez segundos después, Char encontró el tifón. Los monitores comenzaron a oscurecerse, a cambiar a material de archivo y pasar frenéticamente anuncios uno tras otro. El vidrio apagaba el sonido de las voces de una docena de directores que gritaban por sus micrófonos. Un minuto después la habitación se había convertido en un caos, mientras Char, entusiasmada con su trabajo, saltaba sobre una consola principal y comenzaba a pisotear un fila de controles tras otra. Alzó la vista y le sonrió a Michael desde atrás del vidrio.

En ese momento, al otro lado del piso se produjo una gran confusión. Cincuenta teléfonos sonaban al mismo tiempo mientras productores y asistentes salían de sus oficinas.

—¡Entre ahí! ¡No me importa lo que tenga que hacer!

—Jerry, apaga el material... No pienses, ¡sólo haz lo que te digo, maldita sea!

—Acabo de ver cómo se borraba una cuenta de dos millones de dólares.

—Santo cielo.

Michael se detuvo el tiempo suficiente para asegurarse de que nadie había divisado a Char, y luego abrió de par en par la puerta que ostentaba el nombre de Nigel. Era una oficina enorme, y en el medio se hallaba Nigel de pie, aullando por dos teléfonos a la vez.

—¡No me importa cómo mierda empezó! ¡Pongan en marcha el maldito material en treinta segundos o empiezo a soltar patadas!

—Hola, Nigel —saludó Michael—. ¿Llego en mal momento?

Nigel tenía los ojos desorbitados.

—Ya sé que eres el capitán de cualquier crisis —continuó Michael—, pero quizá desees colgar y hablar conmigo, ¿eh?

Pálido, Nigel colgó el teléfono de un golpe y se desplomó en el sillón.

—¿Qué estás haciendo aquí? —preguntó con desconfianza.

—No, no, niño malo —reprobó Michael—. Quita el dedo del botón de alarma y pon las manos sobre el escritorio.

Nigel frunció el ceño y obedeció; iba calmándose al tiempo que entrecerraba los ojos.

—No considero que ésta sea una visita amistosa —observó.

Michael avanzó por la mullida alfombra gris y se sentó en el borde de una bruñida otomana de cuero, entre un grupo de muebles dispuestos de manera "coloquial".

—¿Por qué tan sorprendido? ¿Te aseguraron que me habían eliminado, o tu fe en él es tan inamovible que creíste que se ocuparía de todo?

De pronto se oyó un fuerte golpe en la puerta. Nigel abrió la boca y luego calló, mirando nervioso a Michael.

—Puedes decirles que se vayan. De todos modos he cerrado la puerta con llave, así que los de seguridad no van a sacarte en un buen rato, con todo este lío entre manos —dijo Michael. Nigel oprimió un botón de su intercomunicador y pidió que no lo molestaran por ningún motivo.

—Bien —asintió Michael—. Si te resulta sorprendente mi presencia aquí, yo me siento igualmente sorprendido de que puedas verme. Se supone que soy un fantasma, por cortesía de tu jefe.

—En general los fantasmas no están locos —replicó Nigel en tono agrio, conteniendo los nervios.

—Y no se supone que los mesías sean tan veleidosos. Enganchaste tu vagón a una estrella, y ahora él está disparando a ciegas. Tramposo —dijo Michael.

—Él puede hacer lo que quiere —afirmó Nigel, cortante.

—Ah, ¿pero no es ése el problema? Si puede hacer cualquier cosa que quiera, tal vez lo próximo que haga sea librarse de ti... a su antojo. Debe de ser un pensamiento aterrador.

Nigel había convertido su cara en una máscara pétrea, decidido a no revelar nada. Michael se levantó y se acercó.

—Tus motivos son bastante egoístas; los dos lo sabemos —prosiguió—. De modo que sería perfectamente adecuado que trazaras tus planes de emergencia. ¿Me acerco a la verdad? —Nigel desvió la mirada y arrugó más la frente—. ¿Qué estás pensado? —continuó Michael—. No tengo dudas de que robaste dinero suficiente para sobornar a un ejército. Pero si pensabas en escapar en un avión privado en medio de la noche, la fantasía no duró mucho. Éste es el mundo de él; él tiene detectores en todos los rincones. De modo que no hay adónde huir. Desde luego, cinco minutos más de este desastre infernal en las emisiones del país, y necesitarás tener un buen escondite.

Nigel abrió los ojos desmesuradamente.

—¿Tú tienes la culpa de todo esto? —casi gritó, al tiempo que se ponía de pie.

—Cálmate. Estamos hablando de ti, y debes prestar atención. No sé cómo pensabas escapar de aquí... Tal vez has llegado al punto de considerar un suicidio simulado o un conveniente asesinato... Pero tu manera de pensar ha sido demasiado cruda. Verás, él sabe que ya no estás del todo a bordo, de la misma manera que también sabe que yo me encuentro aquí en este instante.

Nigel no lograba definir si Michael lo estaba engañando o no, pero la cara se le puso gris de terror.

—Se ha convertido en un monstruo —susurró—. Tienes que ayudarme.

—Estoy ayudándote —contestó Michael, suavizando el tono de amenaza de su voz—. Este revuelo es lo mejor que puedo hacer para distraerlo. Ahora llegamos a la parte B: ¿Qué hacer con el salvador que no se quiere ir?

—No creo que sea posible matarlo —dijo Nigel; su voz adoptó un tono conspirador pero aún parecía muy asustado.

—De acuerdo. Aunque pudiéramos matar, eso sólo solucionaría el problema provisionalmente. Por si no te has dado cuenta, los de su clase pueden cambiar de escena en cualquier momento. Ellos tienen sus maneras de saltar a través del tiempo y eludir cualquier trampa que podamos idear.

Nigel lo miró sobresaltado.

—¿Qué quieres decir con "ellos"? ¿Hay más de uno como él?

—En cierto modo. Podrías decir que cualquiera de nosotros tiene el potencial de ser como él. Todo esto gira en torno de lograr que la gente crea la versión de la realidad que a uno se le antoje. Ése es su poder, y lo utiliza de manera muy convincente.

Se oyeron nuevos golpes a la puerta, y unas voces masculinas airadas apagadas que gritaban órdenes al otro lado. Nigel saltó como una presa al ver a su predador.

—Van a entrar —graznó—. ¿Qué vamos a hacer?

—Te sorprenderá —contestó Michael secamente. En ese momento se produjo un descarga de disparos. El ruido de las balas contra el metal les lastimó los oídos al tiempo que la puerta se derrumbaba. Tres policías de alta seguridad se abrieron paso a la fuerza, apuntando a Nigel desde atrás de sus escudos.

—¡Es él! ¡Me tomó de rehén! —gritó Nigel.

Los policías entraron, sin bajar las armas.

—¿Dónde está? —preguntó el agente a cargo.

Nigel señaló adonde se hallaba Michael, a dos metros a la izquierda del agente.

—¡Ahí! ¡Agárrenlo! ¿Por qué no hacen nada?

El oficial levantó el visor a prueba de balas de su escudo.

—¿De qué habla?

—Bajen las armas, por el amor de Dios —exclamó Nigel.

El oficial principal vociferó una orden.

—Si le parece, señor, ¿podría decirnos lo que está sucediendo aquí? ¿Por qué estaba encerrado?

—¡Idiotas! Porque él... —Al ver la desconfiada incredulidad en los ojos de los hombres, Nigel calló—. Aquí están perdiendo el tiempo. En la sala de control hay un caos generalizado. ¿Por qué no buscan allá? —Comenzaba a recuperar algo de su autoridad. El oficial principal seguía mirándolo con severidad.

—Evacuamos todo el personal de la sala de control, pero no sirvió de mucho. Nos han dicho que el sabotaje lo están realizando desde otro lugar —dijo.

—¿Así que creían que venía de aquí? ¡Es una locura! —gritó Nigel.

El policía que estaba detrás del oficial principal había registrado la oficina.

—No veo nada parecido al equipo que necesitaría, teniente. Si es él, tendría que estar dando órdenes a un cómplice apostado fuera del edificio.

—¿Es eso cierto, señor? —preguntó el oficial principal en tono inexpresivo.

—No, por supuesto que no. —Ahora Nigel, profundamente agitado, miraba desesperado de uno a otro policía y a Michael.

—Míreme a mí, señor, si no le molesta —ordenó el oficial—. Vamos a poner un hombre frente a su oficina, como custodia y protección. Eso significa que no debe irse hasta que yo le dé permiso.

Nigel apenas conseguía encontrar palabras.

—¿Está arrestándome?

—Sólo por seguridad, señor. Regresaremos.

—¿Pero quién le ha dado este tipo de autoridad? —protestó Nigel.

—¿Quién te parece? —intervino Michael. La cabeza de Nigel giró en dirección a él, asombrado de que nadie lo oyera. Los tres policías salieron de la oficina en silencio. Cuando la puerta se cerró, se oyó que del otro lado empujaban un objeto pesado, tal vez un escritorio.

Nigel hundió la cabeza entre las manos, mientras repetía, como un débil gemido:

—¡Dios mío, Dios mío!

—Ya te dije que me sorprendía que pudieras verme —comentó Michael—. Es tu principal virtud, la verdad.

—Cállate —replicó Nigel—. Él va a matarnos.

Michael dio unos pasos y se agachó para mirar a Nigel a los ojos.

—Créeme: puedo salvarte.

—¿Cómo? No creo que la defensa por demencia dé mucho resultado esta semana.

—Muy bueno. El humor negro es tu segunda principal virtud. Escucha, Nigel: por muy poderoso que sea Ismael, no puede controlar a los que renuncian a él. Por eso puedes verme: ya eras un desertor, sólo que tratabas de ocultarlo.

—Y tuve enorme éxito, ¿no?, a juzgar por esos policías que irrumpieron aquí —comentó Nigel con amargura.

—Olvida tu pellejo por un segundo, ¿de acuerdo? —insistió Michael—. El hecho es que, si logramos encontrar bastantes personas como nosotros, que no se adapten a la situación, podríamos llegar a derrotar al profeta. Es nuestra única posibilidad. Ya no puedes seguir escondiéndote; vas a tener que venir conmigo.

Nigel señaló la puerta.

—¿Cómo pasamos por ahí?

—Polvo de hadas. ¿Por casualidad no habrás robado un poco mientras estabas en esto?

El juego de "sembrar el caos en la emisora" iba viento en popa. Char bailaba de costa a costa, y la confusión que causaba tomó al país por sorpresa. Las ciudades ya conocían el pánico a causa los recientes comportamientos violentos del profeta.

—Uno, dos, tres... —Char había olvidado cómo jugar a rayuela, aunque de todas formas no disponía de los cuadrados numerados debidos, de modo que debió contentarse con hacer de cuenta que era un conejo. No tardó mucho en provocar el éxodo generalizado de muchas zonas urbanas, junto con una variedad de saqueos y delitos callejeros.

Char veía escenas de estallidos de violencia en todas partes donde apretaba al azar un botón que ponía en pantalla a los equipos locales de noticias, que corrían de emergencia en emergencia en Los Ángeles, Miami o donde fuere. Un silencio espectral reinaba en la sala de control evacuada y clausurada. Cuando Char vio que entraba el equipo de SWAT, vestidos para combate, temió que sellaran la puerta.

—Ya es suficiente para un día —se dijo—. Hora de irse.

Con cuidado entreabrió la puerta cuando creyó que nadie miraba y se deslizó hacia el estudio principal. El área estaba atestada; Char no podía pasar entre el gentío a menos que se apretara contra la pared, e incluso así avanzaba con lentitud. Michael le había dicho que tomara el ascensor y se reuniera con él fuera, pero ella temía que la policía hubiera clausurado también los ascensores.

Miró de reojo la puerta por la que había entrado Michael; le preocupó que dos policías la hubieran bloqueado con un escritorio de metal volcado y montaban guardia delante.

"A él no va a gustarle, pero voy a quedarme", pensó.

La escena cambió repentinamente. Como si alguien hubiera chasqueado los dedos, la habitación se tornó silenciosa y la gente dejó de moverse con nerviosismo. Volvieron los ojos hacia la puerta de Nigel, que ahora se hallaba libre de obstáculos. Char no había dejado de mirar hacia allí, y los dos policías de SWAT no habían retirado el escritorio, pero simplemente ya no estaba. Nadie parecía alterado por lo sucedido.

Un segundo después Nigel salió de su oficina. Char respiró hondo, porque lo acompañaba Michael.

—Tengo un anuncio que hacer —dijo Nigel, tras carraspear. Parecía nervioso, pero mientras hablaba recuperó la confianza poco a poco—. Creo que podemos atribuir este reciente apagón, que duró... ¿Cuánto duró, ingeniero?

Un técnico uniformado dio un paso adelante con un *walkie-talkie* al oído.

—Según mejor información que pude obtener, treinta segundos, señor.

—Correcto —continuó Nigel—. Un fallo eléctrico en la Costa Este de aproximadamente medio minuto dio como resultado una breve interrupción en las emisiones. ¿Es correcto suponer que no se extendió por todo el país?

El hombre del *walkie-talkie* asintió.

—No ha habido mayores interrupciones al este de Houston.

Unas cuantas cabezas se volvieron hacia la sala de control. Todos los monitores estaban sintonizados en los programas regulares, y los directores se hallaban en su lugar.

—Muy bien —continuó Nigel—. Quisiera agradecer su trabajo a la gente de seguridad, pero parece que hemos sobrevivido a la tormenta. —Hizo un gesto hacia dos guardias uniformados; en la sala no había ningún policía externo.

—¿Qué pasa? —preguntó Char, confundida. Nadie la miró. Michael se llevó un dedo a los labios. Sin embargo, Nigel debía de haberla visto, porque su mirada se dirigió veloz y nerviosa hacia ella.

—Mientras sigamos reunidos aquí —prosiguió Nigel, elevando la voz—, tengo otro anuncio importante que hacer. Proviene directamente de esa persona extraordinaria a la que tengo el honor de considerar un amigo.

Se oyó un murmullo en la sala. Mientras Nigel seguía hablando, Michael avanzó entre la multitud.

—Hora de irnos —le dijo a Char—. Tenemos mucho que hacer. Has estado muy bien, dicho sea de paso. —La tomó del brazo y la condujo a los ascensores.

—¿A qué te refieres? Parecería que no hice nada... Se ha borrado todo —protestó la chica.

—No, fue perfecto —afirmó Michael mientras oprimía los botones—. Tenía que arriesgarme a atraer a Nigel a nuestro lado. Después fue fácil empezar a plantar mi versión de las cosas.

—De veras no entiendo, pero no importa. ¿Y ahora qué está diciendo? —preguntó Char. Miró por encima del hombro.

—Mañana al mediodía, ante un público que nos sintonizará desde todos los rincones del mundo —decía Nigel—, veremos la proeza espiritual más prodigiosa de la historia de la humanidad. Si alguien nos acusa de exagerar, díganles que callen y esperen. Ah, y las tarifas comerciales costarán el triple una hora antes y después. Se abrieron las puertas del ascensor; Michael y Char subieron.

—¿De qué habla? —quiso saber Char—. Si Ismael es lo que parece, va a bajar aquí en dos segundos y asesinar a ese tipo.

—No, no creo —respondió Michael mientras el ascensor comenzaba su descenso.

—¿Por qué?

—Porque yo voy a arrojarme frente a un tren de carga en movimiento.

—¿En serio? ¿Y yo que voy a hacer? ¿Agarrarte de la chaqueta?

—No. Tú vas a llamar a los rabinos.

Capítulo Once

Ascensión

Se sentía totalmente vacía.

Susan no comprendía por qué debía ser así. Tenía una vida perfecta, un empleo perfecto —administradora de un importante museo metropolitano—, un marido perfecto. Que todavía pudiera sentirse así la asustaba. Era como si no tuviera control de su vida, y ella siempre se había enorgullecido de su autodominio.

"Agradece lo que tienes. Ismael te ha dado todo lo que siempre habías deseado, todo lo que puede comprarse con dinero."

Sus pensamientos eran como propaganda transmitida a distancia hacia el interior de su cabeza. Susan frunció el ceño al sentir las primeras oleadas de una migraña. Tomó el cepillo de plata del tocador y comenzó a cepillarse el cabello. "Uno, dos, tres..." No contaba las pasadas desde que la peinaba su madre, cuando niña, pero ahora volvió a hacerlo, en la esperanza de que la calmara.

Por los ventanales de su vestidor alcanzaba a ver la calle. Estaba tranquila; su marido había desviado el tránsito para que no le molestara. Qué atento.

El vacío comenzó a formar un impulso, un recuerdo que se esforzaba por surgir, que era todo lo que su vacío podía sentir. No siempre estaba segura de qué era esa carencia, pero sabía que estaba allí, aun cuando no hubiera palabras para describirla. "Lo tienes todo." ¿Tenía amor? La voz de la propaganda reía. ¿Acaso Ismael no se lo había dicho así? "Siete, ocho, nueve." Tal vez no fuera ésa la clave que faltaba... No podía saberlo con certeza.

Susan sacudió la cabeza y se quedó mirando el reflejo en el espejo. Dicha, fe, esperanza... También esas llaves se hallaban fuera de lugar, y los compartimientos cerrados continuaban existiendo. Su marido le había dicho que las únicas cosas que importaban eran las que se podían ver, tocar y saborear. Cosas reales, no estados mentales ilusorios, inventados por los menos privilegiados para excusar sus pérdidas. El amor era una alianza conveniente, la dicha era una reacción a la novedad, la fe mantenía a los tontos en su lugar. Si ella no era feliz con todo eso, necesitaba enfrentarse a la realidad.

Estaba habituada a actuar según la idea que tenía Ismael del ser humano. Aun así, su mente no podía superar esa brecha, ese vacío peculiar que había en su interior. Se llevó una mano a la cabeza, pues sentía que la migraña le martilleaba el cerebro.

Alguien llamaba a la puerta.

Susan se preocupó. Su marido estaba trabajando en su estudio. Era importante que no lo molestaran. Fue a mirar por la ventana. En la calle había un hombre ante la puerta. El pelo castaño claro brillaba a la luz de la farola. Susan echó la cabeza hacia atrás y cerró las pesadas cortinas, pero los golpes se hicieron más fuertes e insistentes. Nadie hacía nunca nada semejante, o, si lo intentaban, jamás lo hacían dos veces. No, ella no debía siquiera considerar tales cosas.

—¡Sal! ¡Ven a pelear! —Los gritos del lunático parecían penetrar las paredes. Susan se apresuró a ponerse la bata. No le importaba si el hombre de abajo era un lunático; tenía que hacerlo callar antes de que Ismael lo notara.

Al abrir la puerta vio la cara de Michael. Susan se quedó mirándolo, sobresaltada. Estaba vestida para irse a dormir, con un camisón y una bata vaporosos y sugestivos, como salidos de una película. El cabello le rodeaba la cabeza como una aureola dorada; parecía una muñeca bonita, insensible y complaciente. Él ni siquiera tenía certeza de que fuera la misma mujer que él había tenido que abandonar en el desierto.

—¿Ahora me conoces? —preguntó—. Soy Michael. Te dije que vendría a buscarte.

—¿Qué? —La clara incredulidad de su voz casi bastó para que él dudara de sí mismo.

—Déjame pasar. Me conoces. —Ella se mordió un labio en gesto nervioso y miró por encima del hombro, pero al cabo de un momento se apartó de mala gana. La casa tenía el aspecto cuidado y carente de vida de un museo, un lugar donde se conservaba la vida, no donde se vivía. El vestíbulo, de dos pisos de alto, estaba flanqueado por armaduras y tapices raídos por las polillas, lo cual le daba aún más el aspecto de una cáscara muerta.

—No tienes que decir nada —le indicó Michael en voz baja—. No tienes que creer en mí, Susan. Sé cómo te sientes en este momento. Lo veo en tus ojos. —Ella sólo esperaba morir, en la esperanza de que no doliera demasiado. Salvo eso, sólo reflejaban el cansancio que es la secuela de un largo miedo.

Al final del pasillo había una doble puerta que daba a la biblioteca. Michael siguió a Susan hasta un aposento enorme y señorial donde un fuego crepitaba en el hogar.

—¿Se ha ido? —preguntó Michael. El rostro de Susan se despejó, y ella asintió; Michael tuvo la inquietante sensación de que era cierto sólo porque él lo había dicho.

—¿Puedo avisarle que has venido? —preguntó Susan con voz opaca.

—No —respondió Michael—. Creo que es mejor que no. De hecho, será mejor que me acompañes; ya encontraremos algún lugar seguro para ti.

—¿Por qué? Ya estoy a salvo —contestó Susan. Todavía no parecía asustada de ese extraño; sólo curiosa. El instinto le indicó a Michael que aquello podía ser una trampa sutil. Si él la asustaba, ¿ocurriría algo impredecible?

—Mira a tu alrededor —le dijo con suavidad—. Aquí vives en un mundo perfecto, pero el pasado cambia de momento a momento,

¿verdad? No puedes recordar cuándo conociste a tu marido, o cuándo se te declaró, ni siquiera cómo fue tu boda... pero no puedes evitarlo. Todos tienen que hacer unos cuantos sacrificios, ¿no?

—Por favor —imploró Susan, y el primer rastro de duda asomó a sus ojos.

—Tal vez pienses que todavía estás al mando de tu vida, pero él ha estado jugando con miedos más profundos. Tienes miedo de no ser lo bastante buena o lo bastante fuerte. Tienes miedo del futuro y el azar, de las cosas que podrían hacerte daño. Todos sienten estos miedos, pero no sirve de nada darle a él tu poder. Debes escribir tu propia historia, tengas miedo o no.

La miró a los ojos y comprendió que ella reconocía algo en sus palabras: quizás el eco de la súplica de Yousef, la que ella había ignorado. Susan miró alrededor con nerviosismo.

—Mi marido... Yo debería...

Michael se arriesgó a tomarla por los hombros.

—No pienses en él. Es un fraude. Mira por la ventana. —Señaló un taxi que esperaba junto al cordón—. No hagas las maletas. Sólo ven conmigo. No voy a emplear ningún tipo de fuerza; puedes pedirle al chofer que te deje en cualquier lugar o te traiga de vuelta aquí.

—¿Qué tratas de demostrar? —preguntó Susan, perpleja.

—Quiero oponer mi versión de la realidad contra la suya. Sin duda eres una mujer libre; puedes abandonar esta casa cuando lo desees, ¿no es así? Veamos cómo reacciona él a un pequeño paseo, ¿de acuerdo?

Michael sabía que si insistía en sus ruegos obtendría el resultado que buscaba. No había tratado de convencer a Nigel; se había limitado a crear una realidad diferente alrededor de él, para sacar al inglés de la influencia de Ismael. Pero no iba a manipular a Susan. Ella debía tomar decisiones que afectarían toda su vida futura. Si deseaba quedarse allí, tendría que decirlo, y entonces él cruzaría el puente siguiente. ¿Acaso poseía bastante poder para deshacer lo que había hecho Ismael?

—De acuerdo —accedió Susan—. Sé que te equivocas. Mi marido no me mantiene prisionera. No le molestará que me vaya un rato. —Se volvió para subir las escaleras.

—Espera —dijo Michael—. Sólo vamos a salir un momento. No es necesario que se lo digas a nadie.

Ella se detuvo, con una expresión de preocupada incertidumbre. Por fin lo siguió a la calle.

El taxi continuaba allí. Los faros delanteros hundían la niebla que subía en espirales desde los extremos de la calle. El conductor, uno de los incontables inmigrantes nigerianos que desempeñaban ese trabajo, bajó a abrir la puerta. Michael se paró en los escalones del frente de la casa, junto a Susan, que temblaba.

—Tengo frío —dijo—. Necesito mi abrigo.

—Has llegado hasta aquí —la urgió Michael—. No sabes qué paso tan grande es éste. —Imaginó que unas cortinas se habían corrido en la planta alta y alguien miraba hacia abajo, pero prescindió del hormigueo que sentía en la nuca—. Sigue adelante.

Dentro de Susan algo se decidió. Sin una excusa más bajó los escalones y subió al taxi.

—¿Adónde vamos? —preguntó el taxista. Volvió a sentarse tras el volante, y de pronto a Michael no le gustó su extraña sonrisa.

—Espera, Susan. Abre la puerta. —En lugar de ir hasta el otro lado del auto, Michael trató de abrir la puerta del lado de ella. Estaba trabada. En ese momento el taxi partió con un chirrido de neumáticos.

"Siempre hay alguien escuchando."

—¡Vuelva! —El taxi aceleró, pero enseguida tuvo que aminorar la velocidad para doblar por la primera esquina, al final de la calle. Michael corrió tras él.

—¡Susan, haz que pare!

Gritar no servía de nada. Michael sabía que un hombre no podía correr más rápido que un coche, pero había entrado en un *continuum* en el cual no existían limites —se consideraba personalmente responsable del hecho de que no existieran límites—, de modo que echó a correr detrás del taxi, con los ojos fijos en el vehículo, que iba ganando terreno.

En un momento lo alcanzó, todavía corriendo pero como mirándose en una película de acción en que la velocidad es tan emocionante que ya no hace falta obedecer las leyes de la naturaleza. Podía ver borrosamente la cara de Susan a través del vidrio, pero no su expresión. Ella miraba para el otro lado. Michael aferró la manija de atrás y la sacudió, pero la puerta continuaba trabada.

"¡Mírame!"

Michael golpeó el cristal con la mano libre, mientras corría junto al vehículo que aceleraba.

—¡Susan! ¡Abre la puerta!

No veía otros autos ni edificios, tan densa era la niebla. La única manera de calcular la velocidad del taxi era el ruido del motor y el esfuerzo de su propio cuerpo al correr. El vehículo aceleró aún más y empezó a dar bandazos para deshacerse de Michael, que se vio impulsado de aquí para allá y se golpeaba con fuerza contra los costados del taxi. Dolía más que en un sueño, pero todo lo que le ocurría le resultaba absurdo: aquello era un enfrentamiento de voluntades, no físico.

Debía haber algún modo de detener el coche. Michael clavó los talones. Bajo sus pies el suelo cedió como alquitrán caliente al hundirse sus zapatos en él. De manera imposible, el taxi dio una vuelta hacia él, y Michael sintió las pequeñas vibraciones que atravesaron el metal cuando las bisagras de las puertas comenzaron a combarse. El motor del vehículo gimió. Las ruedas giraron contra el asfalto hasta que finalmente se detuvieron. El bramido del motor se apagó; ahora el taxi era sólo un pedazo inerte de metal, no un demonio fugitivo. Michael de desplomó contra el vehículo, jadeando por el esfuerzo.

La niebla comenzó a disiparse, y él alcanzó a distinguir, a su alrededor los edificios de piedra parda de Gramercy Park. Era el mismo lugar de donde habían partido. No habían ido a ninguna parte, pese a que su camisa estaba empapada de sudor, y su cuerpo, totalmente exhausto.

No podía dejar de sentirse perturbado cada vez que la realidad se alteraba de semejante manera. Sabía que Ismael contaba con eso. Michael se miró la mano, que aún aferraba la manija del taxi, y abrió la puerta, que saltó entera con un ruido desgarrador y chirriante. La dejó caer y flexionó los dedos acalambrados.

—Ahora puedes bajar. —Miró al interior del asiento del pasajero; Susan continuaba allí, conmocionada pero ilesa. Al volante no había nadie.

—¿Adónde ha ido? —preguntó Susan, con voz nerviosa, llorosa.

—No importa. Te dije que tu marido iba a reaccionar —contestó Michael—. ¿Por qué crees que quería hacerte esto a ti, o a mí, o a los dos?

En ese momento ella bajaba del vehículo, desconcertada al ver dónde habían terminado. No dijo nada.

—Yo puedo darte una respuesta —continuó Michael—. Él no necesita un motivo racional. Simplemente manipula por el simple gusto de manipular. Tú no le importas; tampoco yo. Se deja llevar por el mero impulso... Ése es el poder que puede ejercer, así que sencillamente lo hace. Si alguna vez tuvo una causa, para bien o para mal, la perdió hace mucho tiempo.

Susan escuchaba con atención, insegura de qué debía hacer o decir. Michael continuó:

—Ni siquiera sabes si saliste a pasear o si había un conductor en el taxi. No creo que deban obligarte a vivir así... Y está sucediendo a gran escala, y no sólo en tu caso. Así que vamos.

Tendió la mano, y al cabo de una breve vacilación, ella la tomó. En la oscuridad Michael alcanzó a ver que una débil sonrisa asomaba a su rostro.

—Eres muy astuto —dijo Susan—. Pero aquí estamos.

Michael trató de retroceder, pero la mano lo aferró como una garra. El apretón quedó iluminado por el haz de los faros del taxi. La mano de Michael parecía normal, pero la de ella era traslúcida, y él vio con horror que en el interior los huesos se movían y hacían presa en él.

—No te resistas; sólo conseguirás empeorar las cosas –le advirtió Susan.

Michael jadeó de dolor.

—¿Por qué recurres a esto, Ismael? Creí que hasta tú tenías ciertas normas para los trucos baratos.

La voz del ser con la forma de Susan cambió, revelando débilmente el tono irónico del profeta.

—No es ningún truco. Sólo ha llegado la hora de que recibas tu siguiente lección. Te has convencido de que comercio con sueños y espejismos. ¿Pero qué te parece esto?

Apretó más fuerte, y Michael estuvo a punto de desmayarse, gimiendo por el dolor que le recorrió los dedos y la muñeca.

—¿Ves? Es lo más real que existe. Has estado utilizando demasiado subterfugios, amigo. Quieres tener capas de realidad real y realidad irreal; quieres dominar tus sueños y hacer de víctima cuanto estás despierto. Eso es típico. El desagrado que te inspiro es emocional, infantil. ¿Sabes lo que odias de verdad?

—No. ¿Por qué no me lo dices tú? —replicó Michael, en tono desafiante. Pero su peor pesadilla, la de no tener poder alguno contra la voluntad del profeta, poco a poco adquiría realidad. Y si él no podía detener al profeta, nadie sería capaz de hacerlo. Buscó en lo más profundo de su interior la fuerza para seguir adelante. Las palabras que necesitaba acudieron a él—. Dime lo que siento.

—No puedes tolerar la idea de estar aquí. Te consideras demasiado poderoso para el mundo real y, sin embargo, te has convencido de que también eres impotente para cambiar nada. ¿Entonces qué sucede? Dejas un vacío de poder, y naturalmente viene alguien a ocuparlo. O sea, yo. Mi único delito consiste en que soy la única persona real que has conocido en tu vida. Tomo el control. Ejerzo el poder. Juego con todos los juguetes que tú abandonas, y no es culpa mía que quieras recuperarlos.

En el instante en que los dedos de Michael iban a partirse, Ismael lo soltó. Retrocedió y contempló al hombre que, doblado ante él, hacía lo posible por disimular su miedo y su dolor.

—Y bien, ¿qué tienes que decir? —preguntó Ismael.

—¿A qué? —gimió Michael—. A eso. —Ismael señalaba la puerta de su casa, donde había aparecido una segunda Susan, que los miraba sin ver—. Susan te espera en casa en cualquier momento. Te has retrasado, y ella tiende a preocuparse. ¿No crees que deberías ir?

La otra Susan permanecía de pie allí, buscando con la mirada a un lado y otro de la calle. Tenía una expresión preocupada pero, más que eso, Michael veía que no era el instrumento de otro. Era realmente ella, lo más parecido posible a la mujer que él había conocido... Lo sentía.

—Vete al infierno —dijo Michael—. Es una cáscara, y también yo me convertiré en algo parecido si trato contigo.

—Te equivocas —corrigió Ismael—. Sigues tratando de decidir qué es real y qué no. Te han contagiado, esos amigos tuyos. ¿Quieres saber la verdad? Todo es real, y nada es lo bastante real. Acéptalo.

—¿Entonces por qué tengo que aguantar que me tortures?

—Creo que ya sabes por qué. Soy como un hijo cubierto de brea. Me encuentras pegajoso, pero no me sueltas. Quizá me ames. Me aman millones. Sin embargo sigues culpándome por aferrarme a ti. Pero es al contrario. Soy yo el que te muestra la salida... Tómala.

Michael sintió que el dolor abandonaba su mano... Supuso que también eso era obra del profeta, parte de su programa de incentivos. Pese a la furia y el miedo, aún razonaba con bastante claridad como para captar el mensaje de Ismael... y resultaba difícil de contradecir. ¿Quién se había obsesionado con lo real y lo irreal? ¿Quién había adoptado un doble malvado para cumplir alguna fantasía profunda y obstinada? ¿Quién era impulsado por el miedo a su propia debilidad?

—Pero todavía estarás aquí, ¿no? —preguntó Michael.

—¿A quién le importa? —replicó Ismael velozmente—. Para recuperar todo lo que deseas, sólo tienes que cruzar esa puerta. ¿A que es sencillo?

—Quieres decir difícil, ¿verdad? —Michael miró hacia la puerta. Susan estaba enmarcada a la luz que brillaba desde el interior de la casa. Al otro lado del umbral lo aguardaba la incerteza, y la cordura, y todo lo que él tanto deseaba: el amor, el perdón.

—¿Michael? —llamó Susan, y en su voz había una nota del antiguo afecto áspero—. Por el amor de Dios, ¿qué haces ahí afuera en el frío? Ven a casa.

—No puedo —dijo él, y su anhelo iba dirigido tanto a Ismael como a sí mismo.

Por un instante no cambió nada. Susan debería haber retrocedido a causa del frío, o al menos hecho un movimiento. Pero se mantenía en su lugar como una actriz profesional, o una figura de un decorado. ¿Importaba?

—¿Qué sacas de esto? —preguntó Michael—. Parecería que me ofreces un pacto, ¿pero por qué?

—Quiero vivir en un mundo que demuestre, en todas partes adonde mire, que tengo razón. No puedes concebir dónde he estado y qué he experimentado. Hasta he estado en el cielo, y luego me expulsaron. Me fui, diciéndoles que me llamaran si alguna vez querían un nuevo administrador. No puedes imaginar lo aburridos que son los ángeles; ni siquiera son capaces de hablar; sólo sonríen. Me harté. Sólo deseo la paz que consiga crear para mí —dijo Ismael.

Michael lo miró fijamente.

—¡Qué pena que no puedas tenerla! Porque sabes que estás mintiendo. Nunca crearás paz. Todo lo que creas se echa a perder. ¿Piensas que me aferro a ti? Es justo lo contrario. Soy el tipo de inadaptado que no se irá, lo mismo que muchos otros. Te olfateamos cada vez. Debe de ser exasperante. Pones en marcha las cosas tal como las quieres, esbozas un cuadro que se tragan absolutamente millones de personas y luego, como la mínima mancha en un traje liso, aparece esta imperfección irritante. ¿Por qué no te vas? Por mucho que te esfuerces, siempre hay una trampa.

—Estás pisando terreno peligroso —advirtió Ismael. Michael miró por encima del hombro del profeta. La otra Susan habían desaparecido; la puerta de la casa estaba cerrada.

—Has vuelto a retirar el anzuelo —observó Michael—. Pero tenías que hacerlo, ¿no? Todo es vacío.

—Puedo matarte, no lo olvides –advirtió Ismael—. Para eso no necesito verte. —Su leve ironía había sido sustituida por la amenaza. Se produjo un chisporroteo en el cielo, y de pronto bajó del firmamento un rayo de la luz mortífera que había devastado Wadi ar Ratqah y Jerusalén. Michael sintió un escalofrío que le recorría la espalda. Le picaba la nariz y se le secó la boca; experimentaba una sensación de peso y resistencia, como si se estuviera ahogando en agua seca.

—Si crees que el dolor es convincente —dijo Ismael—, has olvidado la muerte. Es una risa. Todos rezan: "Oh, Dios, no quiero morir", pero al final mueren, como bien sabes. No pueden abandonar la costumbre.

Resultaba difícil resistir el pánico que sentía el cuerpo de Michael ante la visión de la luz, que fluctuaba como buscando, como olfateándolo. Vio que respiraba agitado; un peso le aplastaba el pecho.

—¿Crees que puedes obligarme a morir? —dijo trabajosamente—. Permíteme.

Haciendo acopio de todas sus fuerzas, Michael avanzó hacia el haz de luminosidad blanco azulada. La luz dejó de buscarlo, como si esperara. Michael ya no miraba a Ismael. Al frente, la luz ardiente chamuscaba el césped que bordeaba la acera.

—¡No! —Supo, sin mirar, que era la voz de Susan. Ahora ella estaba a su lado, con expresión de profunda congoja. —Él me liberó, has ganado tú. Sólo debemos irnos de aquí. ¡No hagas esto!

Michael negó con la cabeza. La luz estaba a un metro y medio más adelante; sentía que sus piernas se rebelaban, que querían huir de lo que le sucedería a su carne. Susan lo tomó de un brazo y trató de hacerlo volver.

—Mira, Michael, él se ha ido. Has logrado desenmascararlo y no le ha quedado otra salida.

—¿Y qué sacas tú de esto? —dijo Michael por segunda vez.

—Eres cruel. Te quiero, deseo que te salves. ¿No es eso lo que acabas de decirme?

—No sé, ¿estabas ahí? ¿Estás en algún lugar?

La apartó de un empujón y dio el último paso hacia la luz. Antes de que su pie tocara el haz, oyó que Susan gemía de dolor y pérdida. Se le llenaron los oídos con el mismo zumbido que había oído en el Muro Occidental. Se adentró en la luz y dejó que le bañara el cuerpo...

Ahora sabía como se sentían todas esas personas que habían sido tentadas a entrar en el haz mortal. La sensación de frialdad contra la piel comenzó como un roce calmante; luego pareció penetrar, y su cuerpo absorbió su luminosidad líquida y fluyente. Una luz deliciosa, fragante, reconfortante, llena de palabras y recuerdos. Acariciante, anhelosa, remota, intensa, clemente, nutritiva, flexible, omnisciente;

la luz de cada promesa de que habría paz después del conflicto, sueño después de la lucha, paraíso después del dolor. Ahora él podía sentirlo todo, lo mismo que ellos.

Al principio no se produjo ningún cambio. Michael se permitió reír y bailar. Al mirar más allá del círculo de blanco azulado, no distinguió a Ismael ni a Susan. Un egoísmo exaltante se apoderó de él. "Es todo para mí." Esa sola frase encerraba lo más maravilloso de todo: él merecía toda esa belleza y riqueza. Nadie podía entrar con él, lo cual significaba que nadie la contaminaría. Sólo entonces una debilísima sombra se proyectó sobre su mente. Desvió la mirada, rogando que la sensación de delirio no terminara nunca. Pero la sombra acosaba su pensamiento.

"¿Todo para ti? Tú no lo mereces. No estás listo."

"Sí, lo estoy", pensó angustiado. Pero la luz sabía la verdad. En el instante en que apareció la sombra, Michael se sintió diferente. La luminosidad refrescante comenzó a calentarse, y en lo más profundo, sintió que se elevaba una nueva energía. Contenía culpa y pesar, y todos los sentimientos dolorosos que, supuestamente, destruía la luz. Era como una radiografía de su alma. Se vio con el disfraz de mil pecadores; vio su propia violencia y el odio que abrigaba contra sus enemigos. La sombra se movía en glóbulos amorfos, como las manchas negras que habían aparecido en el sol. Ahora había quemaduras en él, tanto dentro como fuera. Comenzó a transpirar.

"Ahora es cuando mueren."

El horrible dolor aumentaba sin cesar. Vio hasta qué punto era indigno de esa dicha celestial, con cuanta ignorancia había blandido sus puños o armas o lanzas en la danza violenta. La tortura de la que había huido toda su vida alentaba dentro de él. Su propia voz juzgaba contra él y no perdonaría jamás.

Michael sintió el impulso de rezar, o al menos de gritar con la angustia que había sofocado durante tanto tiempo. ¿Qué importaba? Tal vez la luz proviniera de Dios y él estuviera destinado a perecer como los otros.

—Lo he encontrado, Michael... ¡Mira!

Con ojos borrosos vio a Char. Se hallaba de pie al borde de la luz. Había alguien más allí, pero no conseguía distinguir quién era. Michael tendió las manos hacia ella.

"Sácame."

—Bueno, todavía se aplican los viejos dichos: "Ninguna buena obra queda sin castigar".— La voz de Char sonó cargada de conocimiento, libre de preocupación—. Es mucho más difícil salvar a los buenos que a los malos. ¿Qué se puede hacer?

"¡Deja de reírte de mí! ¡Sácame!"

Nunca averiguó si su pánico habría sido el golpe de gracia que podía haberlo matado. Su última visión de Char fue extraña: su sonrisa flotaba en el aire como la del gato de Cheshire, y luego lentamente la otra silueta, la figura nebulosa que estaba junto a ella, comenzó a fundirse con el cuerpo de la muchacha. Un brazo fuerte entró en la luz y lo liberó. Michael yacía en el suelo, aún sudando, esperando a que remitiera el tormento interior.

Un rostro con barba se inclinó sobre él con curiosidad.

—¿Y si te dijera que todavía estás en mi estudio? Sería una broma, *nu?*

"¿Solomon?"

—Sí —respondió Michael, jadeante—. Toda una broma.

—No te preocupes; no estás listo para eso. Pero me pediste un rabino. Supusimos que era otro mensaje. Y resulta que yo ya era el rabino. Qué suerte, ¿verdad?

Michael ya casi podía incorporarse; Solomon lo ayudó.

—¿Quieres decir que esa chica fugitiva era un disfraz? —preguntó Michael, que apenas salía de su aturdimiento—. Casi lloró cuando me llevó a su casa vacía. ¿Por qué me obligaste a pasar por esto?

—Tú quisiste que interviniéramos. Bueno, sólo podemos hacer una cosa además de observar: podemos conseguir que alguien despierte un poco más rápido, sólo un poco. Estabas listo, así que vinimos.

—¿Así que se trata de eso? Una vez que despierto, ¿lo único que hago es observar? —Solomon asintió—. ¿Y si eso no basta? —desafió Michael—. ¿Nadie ha cambiado nunca la reglas?

—No, nunca.

Michael miró alrededor. La luz asesina había desaparecido, lo mismo que la calle de la ciudad y sus edificios.

—Espera, espera. No voy adonde quieres que vaya. Todavía no.

Solomon frunció el ceño.

—¿Qué quieres decir?

—Éste es el camino a ninguna parte.

—¿Prefieres la irrealidad?

—La verdad... —Michael pudo pararse por sus propios medios—. No estoy listo para irme. Él ha convencido a demasiada gente, se ha burlado de los milagros y la curación. ¿Dices que ayudas a la gente a despertar? Él es la anestesia que los mantiene dormidos. Pero tiene que haber más como nosotros, a quienes no ha convencido. Él está en su propio infierno inventado, y lo sabe. Nunca volverá a encontrar la Luz. Si eso no es Satanás, todos los ingredientes están preparados y el libro de cocina, abierto.

Solomon asintió.

—No puedo negarlo, pero...

—No —lo interrumpió Michael—. No me importa lo que vas a decir. Le he tendido una trampa, y él está a punto de caer en ella.

—¿Qué trampa?

—¿No te gustaría esperar y verlo?

El viejo rabino parecía dudar.

—¿Vas a decepcionarme volviendo a hacer demasiado bien?

—Absolutamente. ¿O estás incitándome? —preguntó Michael.

Solomon se encogió de hombros.

—Estoy viejo, pero sé cuál es la única trampa que podrías tenderle.

—Correcto. —Michael sonrió—. Vamos a venderle un pasaje barato para que salga del infierno.

Se remontaron encima del Hudson unos ochocientos metros al sur del puente, y luego doblaron en círculo hacia Newark. El motor del helicóptero producía un intenso fragor, incluso en el lujoso compartimiento posterior de los pasajeros.

—¿Por qué estamos haciendo esto? Dímelo otra vez.

—Es lo esperado, y además podría ser el acontecimiento más importante de la historia. —Nigel casi tuvo que gritar para que lo oyeran—. Siempre podemos volver.

El profeta hizo un ademán desdeñoso.

—No, está bien. Pero no me gusta que me manipulen. ¿Entiendes?

—Sí, señor —respondió Nigel, contrito. Se echó atrás en el asiento, rogando por no tener que hablar más. En el compartimiento reinaba la tensión. No se hallaba más allá de los poderes de Ismael aplastarlo de alguna manera en extremo desagradable.

Debajo de ellos se extendía una ancha franja de los campos de Jersey, de apariencia sorprendentemente rural para ser un lugar tan cercano a la ciudad. El profeta nunca hacía nada contra su voluntad, y Nigel sabía que, cuando se difundió a la nación la emisión que prometía un acontecimiento prodigioso, Ismael podría haber tomado temibles represalias. No ocurrió. De algún modo que Nigel no alcanzaba a comprender, el plan que Michael había puesto en marcha iba saliendo bien, como si todos ocuparan su lugar de acuerdo con un guión secreto, o entraran en una red de diseño invisible.

Sólo que aún era demasiado pronto para saber quién era la araña y quién la mosca.

Aterrizaron en el borde de un espacio abierto y bajaron del helicóptero. Había una limusina negra esperando. Sin pronunciar palabra, Ismael subió y se acomodó en el asiento posterior. Nigel sabía que no debía sentarse cerca de él; y eligió uno de los asientos enfrentados. Arrancaron rumbo al otro extremo del campo, a unos cuatrocientos metros de distancia.

—No recuerdo cuándo se planeó esto —dijo Ismael.

Nigel elevó una oración silenciosa, no tanto por su alma como por su vida terrena.

—Recibimos órdenes de construir un estadio improvisado especialmente para este acontecimiento.

—¿Órdenes de quién? —De pronto el profeta hablaba con desconfianza.

—Presumiblemente tuyas —respondió Nigel con voz serena. Michael le había anticipado lo que sucedería. Le había dicho que los mentirosos eran la gente a quien más fácil resultaba mentirle, si uno era capaz de poner cara inexpresiva. Nigel pensó que su cara iba a deshacerse en un polvo gris en cualquier momento.

Ismael no respondió; buena señal, al menos comparado con la posibilidad de que matara a Nigel con un atizador al rojo vivo... o fuera cual fuere su forma de expresar irritación. (Nigel comenzaba a tomar conciencia de que tenía una inevitable imaginación de periódico sensacionalista.) Anduvieron en silencio un momento por el camino de tierra que rodeaba el borde del espacio verde y marrón.

Michael le había indicado qué debía decir a continuación: "La gente necesita ver signos. En general las personas son simples y, a menos que les muestres tu divinidad de alguna forma que puedan reconocer, al final las perderás."

—¿Qué? —dijo Ismael, de mal talante.

—Sólo hablo de las posibilidades —explicó Nigel, nervioso—. Hasta Cristo mostró quién era, en Pentecostés.

—Querrás decir la Transfiguración, idiota. No me cuentes cosas que yo podría haber impedido. Resulta indignante.

—De cualquier modo, son tus propias palabras las que repito, lo mejor que puedo.

Era la mayor mentira hasta el momento. El profeta parecía inseguro, el primer signo que veía Nigel de que su poder podía no ser absoluto. Aunque ese único indicio no servía de mucho: ¿quién había allí para oponerse a él? Actuar basándose en la fe no era una de las habilidades de Nigel.

Cuando bajó el vidrio oscuro de la ventanilla, Nigel miró al exterior y vio un espectáculo pasmoso: tal como había predicho, se había erigido un enorme estadio en medio de la pradera, con grandes altavoces y una inmensa foto de Ismael. Encima, con letras de dos pisos de alto, los obreros daban los últimos toques a un letrero: "ASCENSIÓN". Estaban subiendo con una grúa la última "N" hasta su lugar.

Ismael parecía impresionado.

—¿Tú mismo has supervisado los detalles? —preguntó.

Nigel, que no había levantado un dedo y apenas si podía creer lo que veía, asintió con un gesto. Ya se había congregado una multitud, apiñada en grupos alrededor de estufas portátiles. El tiempo era frío y despejado, cálido para fines de noviembre; el suelo estaba duro pero libre de nieve.

Mientras miraban alrededor, Ismael se sintió más cómodo. Se acercó al escenario y subió los escalones. Había varios pies de micrófonos dispuestos en un amplio arco a partir del centro del estrado. Por lo demás, el amplio espacio de madera se hallaba desnudo.

—No necesito micrófonos, ya lo sabes —observó Ismael. Apenas movió los labios, pero desde doce metros de distancia, para los oídos de Nigel, que aguardaba al pie de los escalones, sus palabras sonaron con tal intensidad que estuvo a punto de gritar. Al ver su confusión, el profeta esbozó una tenue sonrisa—. Lo has hecho bien —aprobó—. Hace ya tiempo que tenía en mente algo como esto. Así que no importa que me hayas mentido todo el día. Yo obro de maneras misteriosas.

—¿Dónde quieres que me ponga? —preguntó Nigel—. Los cámaras llegarán en cualquier momento. —Sabía que Ismael despreciaba las preguntas triviales; el profeta le dirigió una mirada furiosa y le dio la espalda.

Al parecer Michael también tenía razón con respecto a eso. Le había dicho a Nigel que se escabullera en medio del equipo técnico, y luego robara un camión y huyera adonde pudiera. Ésa era la única contingencia contra el fracaso. A Nigel no le importaba; le encantaría salir de allí.

Una horas después había desaparecido. La muchedumbre que se había congregado era ya numerosísima. Los cuerpos se prolongaban mucho más allá del campo de cuatrocientos metros y, por muy apretujados que estuvieran, se integraba un constante flujo de recién llegados, que era absorbido de inmediato. Hileras de cámaras se alineaban al borde del escenario y enormes reflectores iluminaban cada rincón; eran necesarios porque la luz del sol había comenzado a menguar rápidamente, llena de nuevas manchas negras, más grandes.

Ismael se hallaba de pie a un lado, fuera de la vista, detrás de un telón, mirando hacia lo alto con satisfacción. El efecto del sol oscuro se sumaba al misterio del acontecimiento. Se recordó que era un maestro de la improvisación.

—Listo, señor.

Caminó ante la vista del público con total seguridad y permitió que la ovación del gentío lo calmara. Ahora aceptar la adulación de millones de personas se había convertido en su vida y, si no podía obtener lo que más quería, se conformaba con eso. Lo que realmente deseaba era que Dios se disculpara por haber creado tanta ignorancia y ceguera en el mundo. Un Todopoderoso no debía permitir que existiera el mal; Él podría haber abolido la muerte y hecho gente amante y consciente.

Ismael, como todos, era víctima de la incompetencia divina. Pero por lo menos él tenía el poder de enfrentarse a ella.

—Hijos míos —entonó. Usaba el truco de proyectar la voz de tal modo que parecía hablar en tono confidencial al oído de cada uno. Los gritos frenéticos que lo habían recibido fueron apagándose.

"Llegamos a una nueva etapa. He meditado mucho acerca de este día, preguntándome adónde llevarlos. No he hecho suficiente por ustedes. Es cierto que he calmado la tempestad y el mar. He traído paz entre los eres humanos. Los he alimentado, cuidado, amado. ¿Alguien os ha amado más alguna vez?

No se elevaron gritos a modo de respuesta; sólo un quejido, un lamento, como si la multitud reunida rogara por la salvación.

—Vengo a vosotros porque estáis perdidos y abandonados. Estáis acurrucados en un fragmento de roca que cae a través del vacío frío, y a nadie le importa. ¿Queríais ser especiales, ser los elegidos? Nunca habéis tenido la menor oportunidad.

Ismael comenzó a bailar de un lado a otro al borde del escenario, a pocos centímetros de la primera hilera de gente, que no osaba tender la mano para tocarlo. Su rostro resplandecía de entusiasmo; su piel centelleaba de sudor.

—Ahora sé quién está conmigo y quién no. Hoy os daré pruebas, porque no todos os iréis de este lugar. Algunos ascenderéis conmigo, y otros seréis destruidos. ¿Es eso lo que queréis?

Pasmada, la multitud se arremolinó atemorizada, pero estaban demasiado apretujados para escapar. Aquí y allá se elevaron gritos de asentimiento: "¡Sí, sí!"

—Entonces, dadme vuestro poder. Rendíos a mí, y os usaré para ascender a mi Padre y rogar por vuestras vidas. ¿Estáis dispuestos a hacerlo? ¿Necesitáis más orgullo? Entonces mirad; ahora tomaré al primero de vosotros.

Bajó una mano y, sin embargo, nadie podía creer que los instaba a subir al escenario, al menos al principio. Luego, mientras seguía diciendo: "Venid a mí, venid", se dieron cuenta de que lo decía de veras. Unos cuantos de los más valientes subieron junto a él al escenario. A medida que llegaba cada uno, Ismael le tocaba la cabeza con la mano curadora. Su efecto era inmediato. La gente gritaba extáticamente y alzaba los brazos en un paroxismo de dicha. Esta visión alentó a otros, y una segunda ola, más numerosa, avanzó.

—¡Sentid mi presencia! ¡Éste es mi juicio! —gritaba Ismael.

Tocó a los escasos adoradores siguientes, pero esta vez ocurrió algo nuevo y terrible. Gritaron, también, pero era un grito de extremo dolor, y luego se desplomaron inmóviles sobre el escenario.

—Amo, pero soy severo —decía Ismael—. Habéis sido traídos aquí para que aprendáis esta lección.

Al ver lo que podía suceder, los recién llegados más cercanos trataron de retroceder, pero detrás de ellos miles más empujaban para aproximarse al profeta. Gritaban y rogaban, se arrastraban por el suelo hacia el escenario. A medida que iban llegando, él les asignaba sus respectivos destinos de manera indiscriminada. Una madre podía retorcerse en jubiloso abandono, sin notar que su hijo había caído muerto. Los cuerpos desaparecían con rapidez bajo la oleada siguiente.

—¡Os convoco al amor divino!

El profeta tendió los brazos hacia lo alto. El sol negro pareció expandirse hasta llenar la mitad del cielo.

—¿Y tú? ¿Y tú? —dijo una nueva voz. Venía de uno de los micrófonos dispuestos sobre el escenario. Ismael volvió la cabeza de golpe, preguntándose quién se atrevía a interrumpirlo.

—Calla; éste es el momento de mi presencia —dijo Ismael. Continuó con más energía, "salvando" a dos o tres personas con cada toque, barriendo una hilera como una guadaña siega el trigo maduro.

—No me callaré. Has convocado el amor divino, y aquí estoy.

Al no ver fuente alguna de esta voz, la gente que estaba sobre el escenario miró alrededor, confundida. Ismael se encolerizó.

—¿Quién eres? —gritó.

—¿No soy el Padre al que has convocado? Estoy muy complacido contigo, Ismael. Es hora de que asciendas.

—¡No!

El grito del profeta fue tan inflexible que recorrió la multitud como una oleada de *shock*. Los cuerpos que avanzaban se detuvieron de pronto.

—¿Qué quieres decir, hijo? ¿Tu promesa no está cumplida? —preguntó la voz. Ismael se volvió abruptamente, sabiendo de inmediato que era Michael, pero incapaz de verlo.

—Tú no eres el amor divino —gritó Ismael—. Eres un impostor, un demonio. ¡Déjanos, te lo ordeno!

El gentío se agitó, inquieto. Siguió un momento de silencio, y todos se preguntaron si se hallaban a punto de presenciar un exorcismo o una batalla.

—¿Ven? —dijo Ismael con confianza a los adoradores más próximos.

—No, no ven —interrumpió la voz incorpórea—. No puedo irme. Te amo demasiado.

Ismael se apresuró a ir hacia los micrófonos más cercanos y los derribó. Un chirrido hizo que la muchedumbre se crispara y se tapara los oídos.

—¡Sal! —gritó.

—No tengas miedo, hijo. Ya has hecho suficiente. Has cumplido tu misión.

La voz parecía proceder de algún punto por detrás del profeta, que se dio vuelta para localizarla. Barrió el aire con las manos, matando a unos cuantos espectadores desafortunados. Pero había demasiada gente en el escenario; la voz podía estar en cualquier lugar entre ellos.

—Dejad ir a vuestro profeta —dijo la voz—. Que se una a mí. Permitid que reciba su recompensa.

—¡No necesito recompensa! —gritó Ismael. Pero la turba, recobrada de su callado temor, comenzó a creer en la voz divina.

—Asciende... recibe el amor... ¡vete! —Mientras las voces subían de volumen, Ismael miraba a su alrededor con rencor. ¿Estaban burlándose de él? ¿Habían encontrado valor suficiente para darle la espalda, o era ésa su forma de adorarlo?

—No penséis en mí —dijo con voz más calma y controlada—. Yo no pido nada.

—No necesitas pedirlo. Nosotros te damos tu recompensa libremente, por propia voluntad —respondió la voz divina. Entonces algunas de las personas más próximas se apartaron, y Michael avanzó un paso. Tocó a Ismael en el hombro y el profeta se dio vuelta.

—¡Qué dulce momento! —le susurró Michael al oído—. Disfrútalo.

Ismael se abalanzó sobre él, pero Michael se apartó con rapidez. Su voz resonaba a través de todos los micrófonos del anfiteatro, por encima de los gritos y los chillidos de la gente.

—¡Gente! El amor divino no aparece en nuestra vida como la lluvia. Es preciso procurárselo y ganárselo. El viaje a la dicha es difícil, pero posible. Creedme. ¿Cómo podría alguna vez encontrarse el amor sin seres como Ismael? ¿Él os ha salvado? Hacedle oír vuestras voces. —Michael ya comenzaba a percibir el clamor de apoyo de la muchedumbre, que fue creciendo hasta convertirse en un rugido —¡Más! —gritó—. ¿Quién os ha salvado?

—¡El profeta, el profeta!

Mientras recibía el pleno impacto de lo que él había denominado amor, Ismael se encolerizó.

—¿Salvarlos? —se burló en un susurro ronco, dirigiéndose a Michael—. Son tontos. Nadie va a hacer nada por ellos. Sólo me quieren a mí. ¿Cuál es la alternativa? ¿Algún mesías con perfume a limón, activado por enzimas, la salvación en una píldora, la gracia divina en un práctico aerosol?

—Somos más que eso —dijo Michael al oído del profeta. Estas palabras fueron difundidas a la multitud por los altavoces; él no poseía el truco de Ismael, de ampliar y disminuir el volumen de su voz. Michael reunió todo el poder que pudo para el último acto.

—Él os dice que quiere vuestro poder para salvaros. Pero si vosotros tenéis ese poder, ¿por qué vais a dárselo a él? ¡Usadlo por vosotros mismos! Él os ha mentido, os ha engañado... Mirad los despojos de sus bendiciones. ¿Os parece que esto es amor?

Ya no hacía falta ningún truco para dar la impresión de que era la voz de Dios la que hablaba. Michael se expresaba directamente desde su alma.

—¿Queréis ver cómo se va al cielo? ¿Sí? ¡Entonces mandémoslo! —gritó Michael a la multitud—. ¿Creéis que merece irse?

La turba no sabía cómo responder. Algunos gritaron: "Sí", y otros: "No". Unos cuantos, que podían verlo, gritaron que Michael se fuera del escenario. Otros se limitaron a abuchear.

—Yo sí. Creo que debe irse al cielo, y voy a ayudarlo a llegar ahí. Creo que se lo merece. Amo lo que fuiste, Ismael. Amo lo que pudiste ser. Pero en realidad nunca llegaste a sanarme. Ahora te lo pido.

Michael tendió una mano y avanzó. Sabía por primera vez que el profeta podía verlo, que deseaba verlo.

Ismael retrocedió.

—¡No te acerques a mí!

—Vamos, profeta —lo urgió Michael—. Ha llegado la hora de que cumplas todas las promesas.

El sol negro había menguado y la corona parecía echar chispas de fuego, cada una más brillante que el propio astro, cada una una mensajera. El sonido del viento se suavizó hasta transformarse en un acorde, un coro, el sonido de mil voces perfectas cantando al unísono.

—¡No! —exclamó Ismael. Cerró los ojos con fuerza y se tapó los oídos.

A Michael se le saltaron las lágrimas ante la belleza del cielo. No estaba ocurriendo por su voluntad, y sin embargo se sentía fundido con la voluntad que lo provocaba.

—¿Qué es lo que esperas? Esto es lo que dijiste que querías. Vete —le susurró a Ismael.

La muchedumbre comenzó a canturrear:

—Vete, vete, vete...

El profeta empezó a elevarse en el aire, debatiéndose entre unas garras invisibles. La indiferencia despiadada de las cámaras de televisión, enfocadas en él desde cuatro plataformas situadas alrededor del borde del estadio, mostraba a todos los habitantes de la Tierra el rostro de Ismael... que no era en absoluto beatífico.

—¡Todos tenéis miedo! —gritó al gentío—. ¡Dadme vuestro miedo! ¡Dadme algo que pueda usar!

Allá abajo, los hombres y mujeres rodeaban el escenario, esperando. Arriba, Ismael gritaba en silencio y se debatía en los brazos de los ángeles, llevado cada vez más lejos en el cielo hasta que se convirtió en un punto apenas visible.

—Volved a vuestras casas —dijo Michael por el micrófono—. Olvidad todo. Él os usó, pero el único motivo por el que vosotros lo permitisteis es porque os creísteis abandonados. Lo sé, porque yo fui uno de vosotros. Pero de mi desesperanza surgió una verdad. Todos somos Dios, un Dios con un millón de rostros.

Arrancó el micrófono y lo arrojó lejos, y luego miró el suelo, y el círculo de hombre y mujeres. Sólo un lugar continuaba vacío.

—¿Por qué has tardado tanto? —preguntó Rakhel, tendiendo la mano.

—El tránsito aéreo. Era increíble —respondió Michael, que bajó del escenario para tomarle la mano. El círculo estaba completo.

Muy arriba, el profeta era una minúscula mancha oscura, coronada de ángeles... ¿o éstos eran un truco, la única ilusión que los treinta y seis se permitían crear? Ascendió dentro de la luz irresistible que era pura para otros y un tormento para él. La luz se reflejaba en las almas de los treinta y seis, quienesquiera que fueren.

Poco a poco se apagó. El cielo quedó cubierto de nubes y comenzó a llover, lavando suavemente las cicatrices de la Tierra.

El estadio se hallaba casi vacío.

Michael parpadeó; se sentía como si hubiera despertado de un largo y profundo sueño. Miró las caras de los que se hallaban a su lado; luego, despacio, se soltaron de las manos y comenzaron a marcharse.

—¿Qué hacen? —le preguntó Michael a Rakhel.

—Vuelven a sus respectivas vidas. ¿Qué? ¿Acaso crees que esto es un empleo de tiempo completo? —gruñó Rakhel.

De pronto pudieron verse todos los *lamed vov* en su increíble diversidad; negros, blancos, jóvenes, viejos, hombres mujeres. Y todos lo miraban con amor. Cada uno estaba imbuido de una luminosidad blanco azulada; cada uno sostenía entre las manos un glorioso loto blanco azulado. La perfección. El alma humana. La verdadera imagen de la mente de Dios. Y mientras Michael aceptaba eso, la única realidad detrás de todas las máscaras y todas las existencias de llevar máscaras, sintió algo por primera vez: él era un eslabón en el eterno viaje de búsqueda hacia la Luz. Con fe y esperanza sintió que esa certeza penetraba en él y lo cambiaba igual tal como cambia un niño al convertirse en hombre.

—Te van a entrar moscas —observó Rakhel. Debía de estar boquiabierto. Se rompió el hechizo, y los que se alejaban volvieron a ser personas.

—¿Vuelven a ser unos perfectos treinta y seis, ahora que él se ha ido? —preguntó Michael—. ¿O todavía están entrevistando candidatos?

Rakhel meneó un dedo.

—Nos mantendremos en contacto. O tal vez no. ¿Quién sabe?

Se volvió y se dirigió lentamente hacia una de las salidas, bajo la lluvia. Al cabo de unos pasos se detuvo a buscar en la cartera un gorro de plástico, que se ató a la cabeza. En su mente, Michael oyó algo que ella le había dicho una vez: "Batalla, asesinato, muerte súbita... Tu mente lo transforma todo en términos que te resulten comprensibles. Siempre has sido tú el que moldeaba el mundo, no él".

Ahora aceptaba la verdad. La constante lucha, los ataques del profeta a él, la destrucción de Jerusalén... Michael había esperado horrores, y por lo tanto le habían sido concedidos.

Rakhel se volvió y le dijo:

—No es culpa de nadie. "Culpa" significa que hay un "noso-tros" y un "ellos", pero nunca los hubo. Sólo hay un "todos". No existe una manera errada, Michael. Al final, todo conduce al lugar correcto. En cuanto a lo que hiciste, no puedo quejarme. Un poco extenuante, quizás un poco exagerado, pero ya irás aprendiendo.

—¿Así que hemos ganado?

—Siempre ganamos. Todo lo que nos rodea, el universo entero está hecho de Luz. Al final esto llega a comprenderse, y entonces terminan todos los problemas.

Rió, con la carcajada temblorosa y atrevida de una vieja.

—Pero hasta que eso sucede, ¡ay! ¿Quién renunciaría al drama? Tú no.

—¿Alguien renuncia alguna vez? —preguntó Michael, y ella rió mucho más fuerte.

Solomon los había llamado "observadores", pero ése era un tér-mino inadecuado, y Michael lo había entendido mal. Decir que eran observadores daba a entender que había dos cosas; el observador y lo observado. Pero no era cierto. Había sólo manifestación contemplán-dose interminablemente a Sí misma en el espejo de plata de Su crea-ción. Observar era ser. Eso era lo que hacían ellos. Vivían, cada uno, la mejor vida que podían, y mientras lo hacían, el universo se descu-bría a sí mismo en el espejo. Al hacer lo que hacían, los *lamed vov* eran la observación en sí.

Nada más.

Nada menos.

—Bueno —dijo Rakhel—. Veamos si hay alguna otra madri-guera de conejos por aquí. Estoy impaciente.

La lluvia cesó, y el sol comenzó a asomar por entre las nubes una vez más, brillando en los charcos limpios de agua de lluvia y el suelo recién lavado.

—Eh, Michael, compañero —llamó Nigel—. ¿Piensas quedarte todo el día en este maizal?

Michael se volvió. La limusina, negra y reluciente, todavía continuaba allí, estacionada detrás del cartel de "ASCENSIÓN" estropeado por la lluvia. Nigel se hallaba de pie junto al auto, sacudiendo la gorra del uniforme abandonada por el conductor que había huido.

—Sólo por esta vez —dijo, bajando la cabeza.

—Está bien, sólo por esta vez, acepto —respondió Michael. La puerta del pasajero se abrió.

—¿Dónde está él? —preguntó Susan—. Ah, bueno, creí que te habíamos perdido. Este conductor tiene ideas muy extrañas en cuanto a cómo llegar al aeropuerto. Vamos, tenemos que tomar un avión.

Michael subió, decidiendo, también por esa sola vez, aceptar un misterio irresoluble. Dondequiera que ella hubiera estado, había regresado.

—Bueno, no más mesías y no más plagas del cielo. Me siento bastante bien —dijo.

Susan lo miró, asombrada.

—¿Alguna vez se te ha ocurrido que quizá tengas complejo de Dios?

—No. Sólo Dios tiene tiempo de jugar a Dios —respondió Michael—. Estaba pensando en voz alta.

—Bueno, ¿dónde has estado? —preguntó ella—. Te necesitaba.

—No más de lo que yo te necesitaba a ti —respondió Michael—. ¿Adónde vas?

—Adonde nos lleve nuestro capricho. ¿No es eso lo que decidimos? —Susan sonrió. Sus ojos parecían saber algo que ella no revelaba.

—No veo la hora de llegar ahí —dijo Michael, y la tomó de la mano.